MITOS GREGOS RECONTADOS

Título original:
Greek Myths

Autora:
Charlotte Higgins

Ilustrações:
Chris Ofili

Inicialmente publicado como Greek Myths em 2021 por Jonathan Cape,
uma chancela de Vintage. Vintage é parte do Grupo Penguin Random House.

Tradução:
Nuno Carvalho

Revisão:
Ana Breda

Adaptação de capa:
Joana Carvalho

Desenho de capa: detalhe de O Julgamento de Paris
2021 © Chris Ofili

Depósito Legal nº 506446/22

Biblioteca Nacional de Portugal – Catalogação na Publicação

HIGGINS, Charlotte

Mitos Gregos Recontados
ISBN 978-989-9124-51-6

CDU 821.111-344"20"

Paginação:
João Jegundo

Impressão e acabamento:
ARTIPOL - www.artipol.net

para
Minotauro
outubro 2022

MINOTAURO, uma chancela de Edições Almedina, S.A.
Avenida Emídio Navarro, 81, 3D
3000-151 Coimbra
e-mail: editoras@grupoalmedina.net

CHARLOTTE HIGGINS

MITOS GREGOS RECONTADOS

MINOTAURO

Para James e Emma Higgins,
Tilda e Eleanor Lawrence

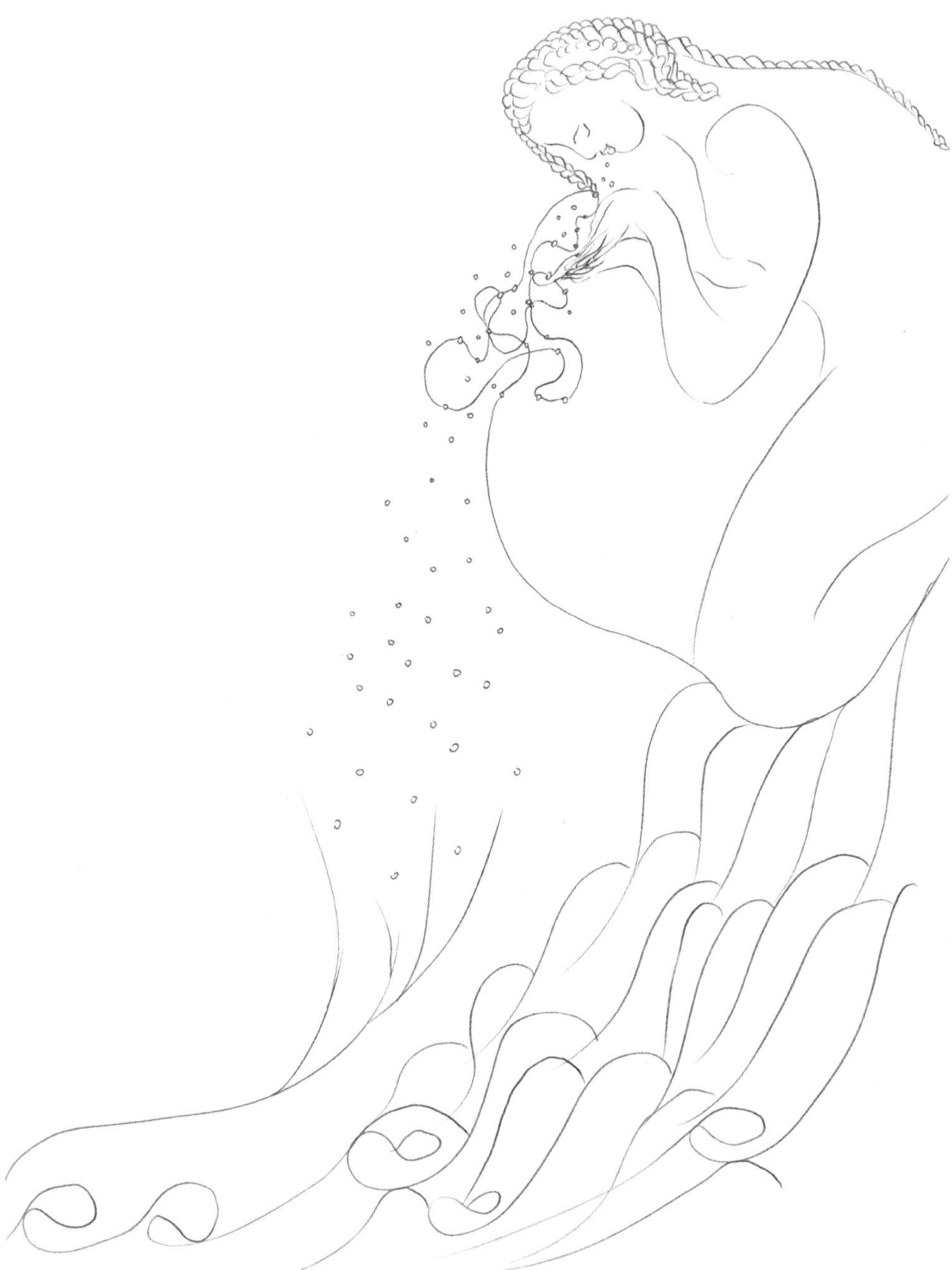

Grandes maravilhas
(e verdadeiras) estas, porém quantas
Fábulas enfeitadas de mentira
encantam nossas mentes
para lá da verdade...

PÍNDARO,
Ode Olímpica 1
Traduzida por Mário Faustino

UMA NOTA SOBRE OS NOMES

Algumas personagens dos mitos gregos são conhecidas dos leitores por versões latinizadas ou anglicizadas dos nomes; a transliteração estrita do grego poder parecer muito pouco familiar. Escolhi a forma que parecia natural, o que significa que sacrifiquei a consistência. Quando a fonte principal é a literatura latina, dei ao deus em causa um nome grego: Atena em vez de Minerva, Zeus em vez de Júpiter, etc.

ÍNDICE

GRÉCIA E O MAR EGEU

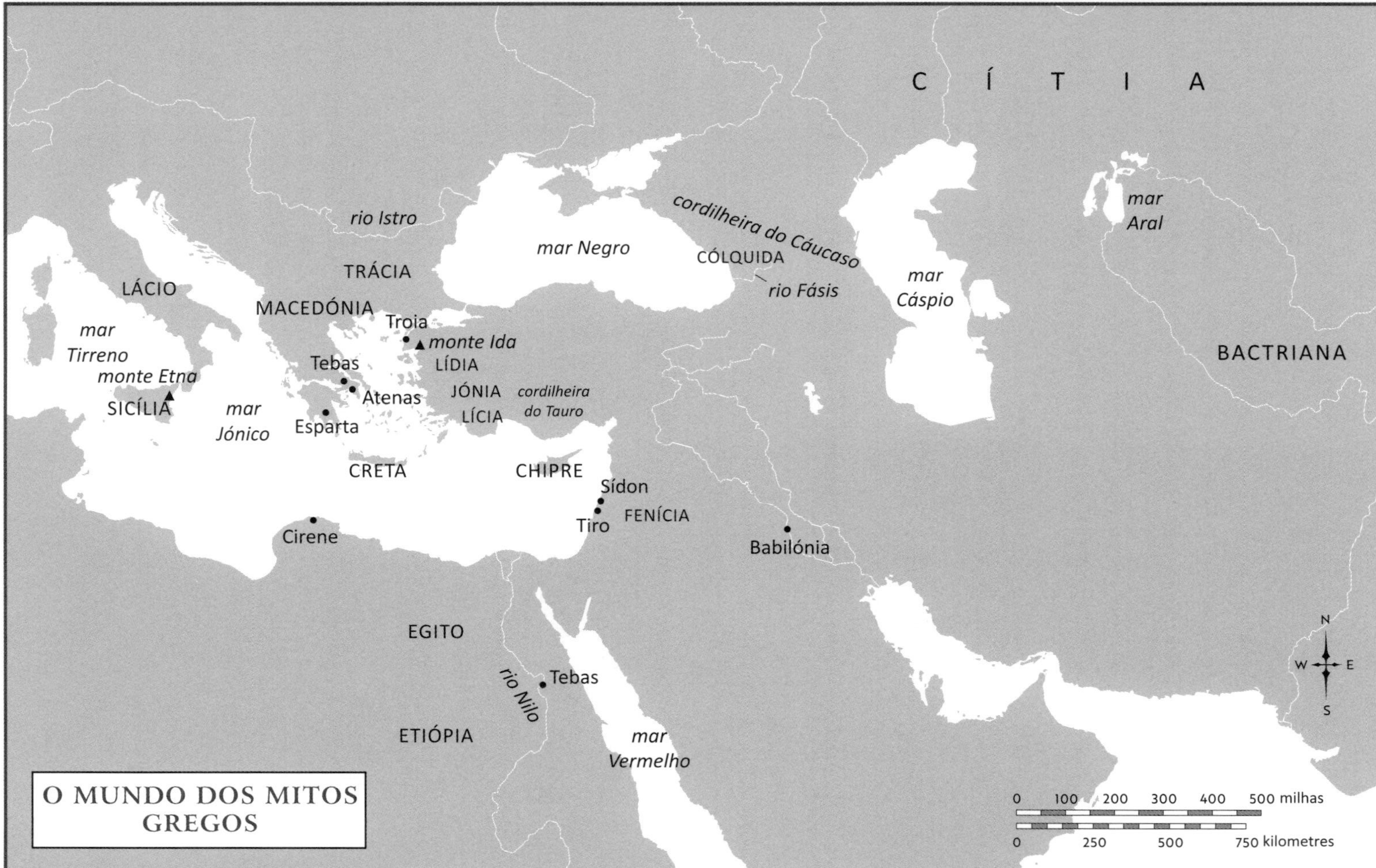
O MUNDO DOS MITOS GREGOS
C Í T I A
BACTRIANA
mar Aral
mar Cáspio
cordilheira do Cáucaso
CÓLQUIDA
rio Fásis
mar Negro
rio Istro
TRÁCIA
MACEDÓNIA
LÁCIO
mar Tirreno
monte Etna
SICÍLIA
mar Jónico
Troia
monte Ida
LÍDIA
JÓNIA
LÍCIA
cordilheira do Tauro
Tebas
Atenas
Esparta
CRETA
CHIPRE
Sídon
Tiro
FENÍCIA
Babilónia
Cirene
EGITO
ETIÓPIA
rio Nilo
Tebas
mar Vermelho
N
W
E
S
0 100 200 300 400 500 milhas
0 250 500 750 kilometres

TITÃS E OLÍMPICOS

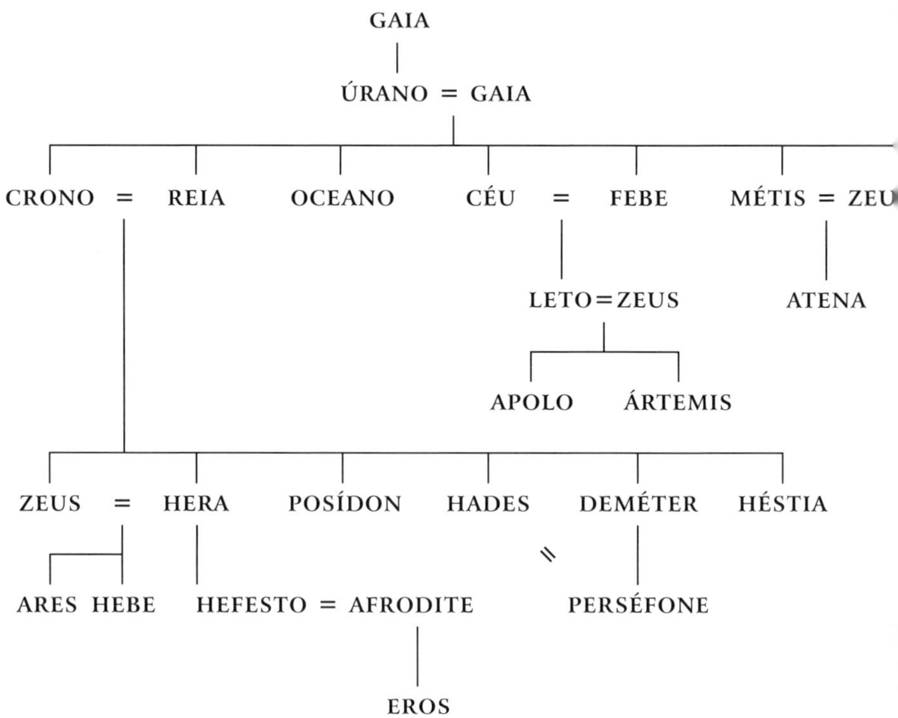

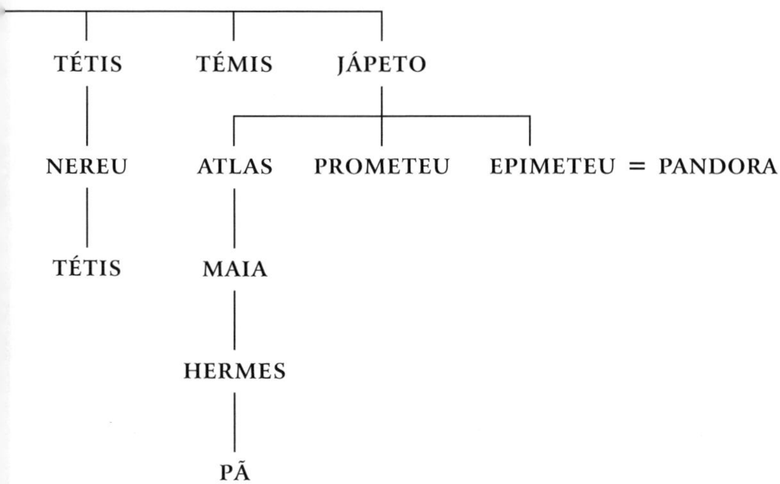
TÉTIS
TÉMIS
JÁPETO
NEREU
ATLAS
PROMETEU
EPIMETEU = PANDORA
TÉTIS
MAIA
HERMES
PÃ

CASA DE CADMO

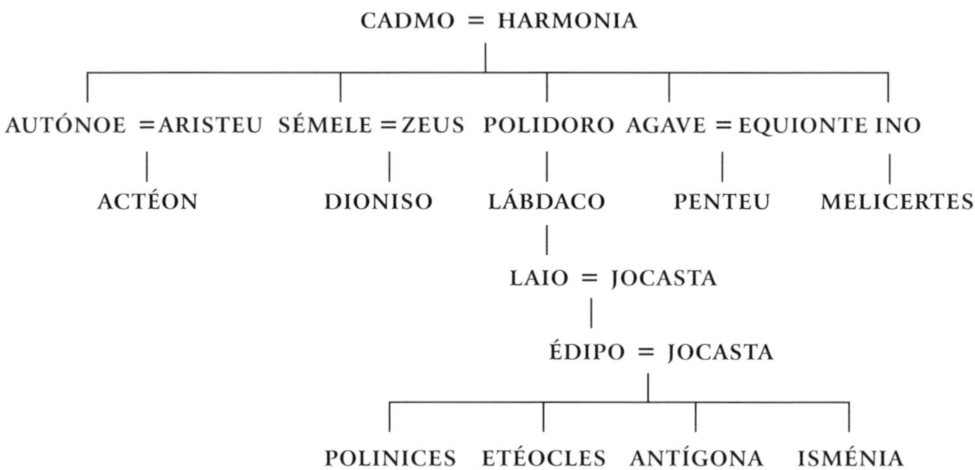

CASA DE TÂNTALO

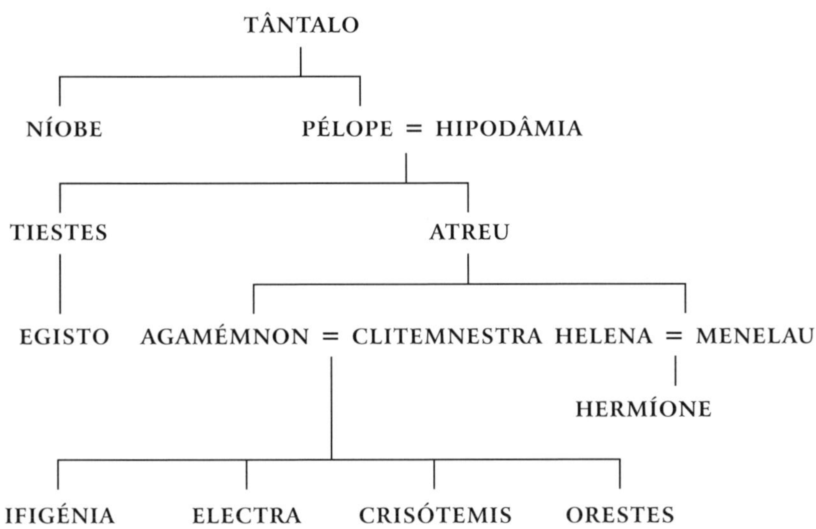

INTRODUÇÃO

Um dos livros que mais gostava de ler quando era criança era uma obra sobre mitos gregos. O meu irmão mais velho, um médico em início de carreira e que devia muitas horas ao sono, comprou-mo numa livraria labiríntica junto do apartamento em que vivia em Londres. Infelizmente, a livraria já desapareceu há muito, mas eu ainda tenho o livro *Children of the Gods*, de Kenneth McLeish, ilustrado por Elisabeth Frink. Infiltrou-se na minha imaginação infantil e foi uma das coisas que me levou a escolher o caminho do estudo dos clássicos e a acabar por me tornar escritora.

Talvez tenham sido as imagens, aqueles desenhos de corpos musculados a lápis que me causaram maior impressão: Ártemis com o corpo longilíneo e atlético; Hades, o inescrutável rei dos mortos, magnífico e assustador na sua quadriga, os olhos ensombrados pelo elmo escuro. Claro que as histórias também eram maravilhosas, estranhas e loucas, cheias de bruxas poderosas, deuses imprevisíveis e assassinos a brandir as espadas. Além disso, eram extraordinariamente violentas: famílias que se assassinavam umas às outras; missões impossíveis ordenadas por reis cruéis; amores que corriam mal; guerras, viagens e perdas terríveis. Havia magia, havia metamorfoses, havia monstros, havia incursões ao mundo dos mortos. Humanos e imortais habitavam o mesmo mundo, que umas vezes era perigoso, outras empolgante.

As histórias eram fantásticas, claro. Seja como for, é verdade que os irmãos lutam uns contra os outros. As pessoas contam a verdade, mas ninguém acredita nelas. As guerras destroem inocentes. Os amantes são separados. Os pais têm de suportar a dor de perder os filhos. As mulheres sofrem violência às mãos dos homens. As pessoas podem não ver o que está a acontecer por mais inteligentes que sejam. A lei da terra pode contradizer o que sabemos ser justo. Doenças misteriosas deixam cidades devastadas.

Para os gregos, a palavra *muthos* significava apenas um conto tradicional. No século XXI, já deixámos há muito o quadro político e religioso em que estas histórias começaram a circular, mas o poder das narrativas perdura. Os mitos gregos continuam a ser verdadeiros no nosso tempo porque vão ao fundo da experiência humana: uma tragédia súbita e inexplicável; inversões radicais da sorte; acontecimentos aparentemente arbitrários que transformam vidas. Em suma, tratam dos factos básicos e simples da condição humana.

Para os gregos e romanos ancestrais, os mitos estavam em toda a parte. As histórias eram pintadas na louça de barro em que as pessoas comiam e com que bebiam; estavam incrustadas nos frontões triangulares dos templos junto aos quais se sacrificavam perante os deuses; eram a matéria-prima das canções e dos rituais que executavam. Os mitos constituíam uma linguagem cultural partilhada e uma rede tentacular e cada vez mais abrangente de caminhos para compreender a natureza do mundo e da vida humana e divina.

Explicavam as estrelas. Contavam a criação das plantas e dos animais, das rochas e dos rios. Pairavam sobre locais específicos, explicavam a origem de cidades, cultos regionais e famílias. Reforçavam costumes e normas, chegando até a oferecer uma justificação narrativa dos hábitos de opressão, nomeadamente de mulheres e estranhos.

Para um povo espalhado ao acaso pelo mar Mediterrâneo e pelo mar Negro — a cultura grega espalhou-se muito além das fronteiras do Estado grego moderno —, os mitos permitiam uma sensação de identidade cultural. As histórias deste livro baseiam-se em fontes de escrita de povos não apenas da Grécia, mas daquilo a que chamaríamos a Argélia, a Líbia, o Egito, a Turquia e a Itália. O mundo que enchiam de histórias ia da Grécia à Geórgia, da Espanha à Síria, do Afeganistão ao Sudão.

Os gregos tinham muitas vezes uma atitude de ceticismo relativamente aos seus mitos. Os primeiros filósofos questionavam a veracidade dos acontecimentos descritos nas velhas histórias. Mas até o inveteradamente racional Platão inventou algumas histórias lendárias para fazer valer as teses filosóficas que desejava propor. É a ele que devemos a ideia da cidade perdida de Atlântida, e a obra *República* termina, como é sabido, com o mito de Er, a história estranha e inquietante da viagem das almas humanas depois da morte. Ninguém vivia sem mitos.

Quando falamos de «mitos gregos» pensamos nas histórias que encontramos na poesia, nas peças de teatro e na prosa dos antigos gregos e romanos: um mundo que também era inspirado por uma extraordinária cultura visual que incluía a cerâmica, a escultura e a pintura a fresco. Estes mitos têm que ver com um longo passado em que os mundos de imortais e humanos se sobrepõem e em que alguns humanos excecionais se conseguem tornar quase divinos. É desta vasta, contraditória e extraordinariamente variada massa de literatura que as histórias deste livro são retiradas.

A literatura grega começa com a *Ilíada* e a *Odisseia,* poemas épicos reduzidos a escrito algures entre o final do século VIII e o século VI a. C., mas que se baseiam em centenas de anos de tradição oral. Estas obras, tradicionalmente atribuídas a Homero, narram histórias da Guerra de Troia e respetivo rescaldo: trata-se, porventura, de versões de conflitos que perduravam vagamente na memória e que ocorreram mais ou menos entre o século XIV e o século XII a. C. Mais ou menos ao mesmo tempo em que os épicos de Homero foram escritos, um autor beócio chamado Hesíodo escreveu o poema *Teogonia*, que descreve a origem dos deuses e da vida humana.

Homero e Hesíodo constituem o fundamento das históricas míticas e literárias dos gregos. Mas foram só o início. Os mitos aparecem num leque alargadíssimo de obras literárias: os *Hinos Homéricos*, por exemplo; composições dedicadas a diferentes deuses gregos, tradicionalmente atribuídas a Homero, mas, quase de certeza, escritas em datas posteriores. Há ainda as *Odes*, de Píndaro, escritas no início do século V a. C. na forma de poemas vitoriosos para os vencedores de competições desportivas e religiosas pan-helénicas que vão buscar a força poética às histórias míticas. Os grandes autores de tragédias da Atenas do século V a. C. — Ésquilo, Sófocles e Eurípides — usaram invariavelmente histórias dos mitos como material para as suas obras. Mais tarde, no grande mar de cultura e aprendizagem que era Alexandria, uma das cidades criadas por Alexandre, *o Grande*, depois da conquista do Egito em 332 a. C., Apolónio de Rodes escreveu o poema épico *Argonáutica* sobre Jasão e a busca do Tosão de Ouro, ao passo que Calímaco escreveu *Hinos* impregnados de mitos.

Os romanos herdaram o mundo das histórias dos mitos gregos, tendo-o absorvido e expandido com narrativas próprias de natureza distinta. Algumas das histórias que conto são, na verdade, mitos romanos. O poema épico *Eneida*, de Virgílio, em que ainda estava a trabalhar quando morreu a 19 a.C., conferiu uma notável origem mitológica a Roma; pretendia ao mesmo tempo homenagear e rivalizar com os poemas de Homero. A obra *Metamorfoses*, de Ovídio, o contemporâneo muito mais jovem de Virgílio, foi terminado cerca de vinte anos depois. Histórias míticas jorram do poema com uma profusão quase desconcertante; é o tesouro ancestral mais extraordinário de mitos clássicos que sobrevive até aos dias de hoje.

De um período posterior ao período greco-romano, sobrevivem «manuais» de mitos, tomos de prosa que munem o leitor de um guia para as histórias mais importantes. As melhores e mais importantes, baseadas em muitas fontes primevas que já se perderam, é a obra *Biblioteca* de um escritor conhecido, de forma algo confusa, por Pseudo-Apolodoro no século I ou II d. C. (A obra chegou a ser atribuída a um estudioso do século II chamado Apolodoro de Atenas, mas já não é, daí o prefixo.) Também em grego eram as *Dionisíacas,* cujo tema são as explorações e viagens do deus Dioniso. Um trabalho vasto, barroco e, tenho de admitir, por vezes extenuante (o tamanho da *Ilíada* e da *Odisseia* combinadas), cujo autor foi Nono de Panópolis, que viveu na cidade grega da Panópolis no Egito no século V d. C.

Pode parecer paradoxal, mas outras fontes importantes são as histórias das quais só subsistem fragmentos. As obras de Homero já foram parte de um «ciclo épico» que também continha poemas longos sobre partes da Guerra de Troia não descritas na *Ilíada* e sobre o longo passado de Tebas, entre outros contos. Estas histórias chegaram até nós apenas na forma de resumos, referências noutras obras e breves fragmentos. No caso da tragédia, durante os séculos V e IV, Atenas produziu cerca de mil peças de teatro de autoria de mais de 80 dramaturgos. Só 32 sobrevivem na totalidade. Académicos com paciência e competências de detetive reconstruíram o que puderam das palavras perdidas com base em fragmentos de antigos papiros encontrados no Egito que constituem pistas tentadoras para um mundo perdido de histórias.

Na antiguidade não havia um registo canónico e completamente autoritário dos «mitos gregos». Havia seguramente versões de histórias que predominavam. A versão de Eurípides da história da Medeia, por exemplo, tornou-se extraordinariamente popular e podemos ver a famosa última cena — a personagem principal magnífica na sua quadriga puxada por dragões — pintada em vasos gregos. Mas as histórias dos gregos eram incomensuráveis e proliferavam incomensuravelmente. Recolher as intermináveis ramificações de todas as versões numa única obra seria uma empreitada desmedida e impossível.

A vertiginosa variedade de histórias reflete a geografia, a política e a cultura do mundo grego — disperso por um continente montanhoso, uma faixa costeira recortada, centenas de ilhas e uma orla litoral que hoje seria a Anatólia. Do século VIII a. C em diante, o alargamento das redes comerciais também levou os gregos a assentarem em redor do mar Negro e nas costas do Norte de África e do Sul de França e Espanha. A mesma deusa podia estar associada a diferentes histórias, com pesos diferentes, em cidades-estados diferentes. (A cidade-estado, *polis*, era uma unidade política típica do mundo grego. As cerca de mil *poleis* eram culturalmente distintas de todas as formas e estavam sempre em pé de guerra, tanto no mito como na realidade vivida.)

Esta diversidade argumentativa fervilhante está representada em toda a literatura clássica. Atrever-me-ia a dizer até que a discordância nos pormenores é um dos aspetos mais notórios das histórias gregas sobre deuses e mortais; a mitografia antiga está cheia de advertências em que se diz algo como «algumas pessoas dizem que isto aconteceu, mas outras pessoas, noutro lugar, dizem que, afinal, foi algo diferente».

Dos escritores da antiguidade adiante, esta consciência de ramificação de escolhas foi uma fonte de uma liberdade empolgante. A mudança da ênfase de um conto mítico podia verificar-se devido à compressão de certos pormenores em troca da expansão de outros. (Um estratagema muitas vezes utilizado pelos autores trágicos era a utilização de um episódio aparentemente menos importante de um escrito de Homero como semente a partir da qual se construía toda uma nova intriga.) Podia acontecer por meio da seleção de um ponto de vista específico para a narrativa, como Ovídio faz nas *Heroides*, uma série de poemas em forma de cartas de personagens femininas a heróis míticos. As histórias podiam ser alteradas radicalmente: um dramaturgo podia perfeitamente escrever uma peça teatral em que Helena de Troia nunca chega a ir a Troia. (Estou a referir-me à *Helena* de Eurípides, em que os gregos e os troianos lutam por uma réplica de Helena feita de nuvens, enquanto a mulher real está no Egito, longe da guerra; o dramaturgo estava a usar a ideia do poeta do século VI a. C., Estesícoro.)

Para os dramaturgos trágicos do século V a. C., o mito também era uma forma de confrontar a política e a sociedade contemporânea. A trilogia *Oresteia,* de Ésquilo, tem lugar num rescaldo distante da Guerra de Troia, mas também apresenta um mito original — e, portanto, uma espécie de legitimação — de uma nova ordem democrática em Atenas. *As Troianas* e *Hécuba* também se desenrolam depois da derrota de Troia, mas podemos lê-las como reflexos das deficiências morais do tempo do dramaturgo, uma altura em que Atenas dilapidava recursos e vidas humanas num desgastante conflito de trinta anos com Esparta. É também por isso que as peças continuam a ser encenadas atualmente, sem perderem urgência nem vitalidade. Estas histórias de longe e de antanho podem ser usados por nós da mesma maneira que Eurípides as usou: como lentes através das quais podemos ver o nosso próprio tempo mais claramente.

Por todas estas razões, a recontadora moderna nunca poderá ser uma espécie de escudeira fiel das histórias. É impossível. É obrigada a assumir a tarefa criativa de rejeitar alguns contos e a aceitar outros, de enfatizar alguns aspetos em detrimento de outros. Tem de escolher para onde, e para quem, deverá apontar a objetiva.

Nos compêndios de histórias míticas elaborados nos séculos XIX e XX, sobretudo nos que eram dirigidos a crianças, era habitual apontar-se a objetiva quase unicamente à figura do herói. Estas personagens — Héracles, Perseu, Jasão, Teseu — eram, muitas vezes, subtilmente ou nem por isso, cooptadas para constituírem modelos de virtudes masculinas para os jovens leitores. As personagens femininas eram frequentemente relegadas para um segundo plano de virgens indefesas, monstros perversos ou velhas grotescas. O desejo homossexual costumava ser completamente banido. As obras de Nathaniel Hawthorne *A Wonder Book for Boys and Girls* e *Tanglewood Tales* são excelentes exemplos deste tipo de tendência: o Teseu de Hawthorne é um tipo intrépido sem nenhum medo de monstros; a Ariadne é uma donzela demasiado virtuosa para abandonar a família; a Medeia é reduzida a uma madrasta vingativa e ciumenta e feiticeira maldosa.

Uma dificuldade para o leitor (e para a recontadora) é o facto de os «heróis» da literatura da Grécia Antiga não serem, de todo, o tipo de pessoa a que nos referimos quando utilizamos a palavra na linguagem moderna: o militar abnegado que Hawthorne imaginaria, ou o profissional de saúde a trabalhar na linha da frente que possamos imaginar hoje em dia. Os *heróis* da literatura da Grécia Antiga eram figuras extremas e perturbantes que tinham uma relação próxima com os deuses. De acordo com os padrões modernos, Aquiles é um criminoso de guerra que viola o cadáver do inimigo; Héracles assassina a própria mulher e os filhos; Teseu é um violador. Alguma da atenuação da singularidade e da violência das personagens da literatura clássica é, sem dúvida, uma consequência compreensível da recriação das histórias com as crianças em mente. Mas os mitos gregos não devem ser considerados histórias infantis. Em certo sentido, são as histórias mais dirigidas a adultos que eu conheço.

Nos últimos anos, foram aparecendo cada vez mais romances — *O Silêncio das Mulheres*, de Pat Barker; *A Thousand Ships*, de Natalie Haynes; e *Circe*, de Madeline Miller — que colocam as personagens mitológicas femininas no centro de histórias em que era habitual serem vistas como personagens periféricas. E autoras como Kamila Shamsi (no romance *Conflito Interno*) usaram os mitos gregos como estruturas que servem de base para histórias modernas. No entanto, este livro é muito mais um compêndio da mitologia antiga do que um romance. O meu trabalho não consistiu em lançar luz sobre traços psicológicos de um conjunto de personagens que se vão desenvolvendo ao longo do tempo, como seria próprio de um romancista, mas em chamar o leitor a percorrer uma paisagem cheia de histórias e a encontrar um caminho particular no meio de uma floresta de contos.

Realçar o contraste entre diferentes abordagens não significa desvalorizar as velhas narrativas, como a maravilhosa obra *Tales of the Greek Heroes*, de Roger Lancelyn Green, ou o primorosamente bem escrito *Os Mitos Gregos*, de Robert Graves, que se constitui como um memorial intrigante das suas próprias inquietações, preconceitos e teorias. Significa, antes, sublinhar o poder dos mitos gregos para fazer eco em cada novo leitor, em cada novo escritor e em cada nova geração. Depois de serem ativadas pelo vigor da imaginação, as histórias ganham nova vida. Os mitos gregos são o oposto de intemporais: são oportunos.

A minha primeira preocupação quando me propus a fazer este trabalho foi decidir como enquadrar ou organizar as histórias que escolhi. Tive em conta o maior de todos os compêndios de mitos: a obra *Metamorfoses*, de Ovídio, um poema épico sobre transformações lendárias. O conteúdo da obra é inseparável da estrutura: o poema transforma-se organicamente à medida que vai avançando, uma nova história a desenvolver-se a partir da anterior numa sequência fluida. A própria forma é expressiva. Nada é estável, diz. Tudo é contingente, a matéria está sempre em movimento.

Não me proponho rivalizar com Ovídio, claro, mas percebi que, tal como o insigne poeta, queria que a forma das histórias escolhidas fosse expressiva em si mesma. Pensei noutros autores ancestrais que construíram poemas ou compêndios mitológicos em redor dos vários temas. Um texto antigo usara as personagens femininas como princípio organizador: trata-se do fragmentário *Catálogo de Mulheres*, que já foi atribuído a Hesíodo. O que resta desta obra é importante e, com frequência, muito bonito; mas é uma obra que se preocupa em grande parte em estabelecer genealogias de heróis e o principal papel da mulher é dar à luz. Houve também a *Ornitogonia*, de Boios, obra perdida sobre as origens míticas dos pássaros; o pequeno manual de histórias eróticas *Sofrimentos de Amor*, de Parténio de Niceia (alegadamente professor de Grego de Virgílio); e a coleção incompleta de mitos estelares *Catasterismos*, atribuídos a Eratóstenes, polímato nascido na Líbia.

Decidi construir os meus mitos gregos como histórias contadas por personagens femininas. Ou, para ser completamente precisa, as minhas mulheres não estão a *contar* as histórias. Teceram os contos em tecidos elaborados. O livro consiste, em grande parte, das minhas descrições destas tapeçarias imaginárias.

A ideia parte de um motivo recorrente na literatura clássica: a ideia de contar histórias por meio de descrições de obras de arte espetaculares, uma convenção literária conhecida como écfrase.

A primeira e mais famosa écfrase é a descrição das cenas que decoram o escudo de Aquiles na *Ilíada*. Muito tempo mais tarde, no século I a. C., toda a história de Teseu, Ariadne e Minotauro foi contada pelo poeta romano Catulo por meio de uma longa descrição dos desenhos de uma coberta. Uma característica da écfrase era o facto de o artigo descrito poder, por vezes, assumir vida própria como narrativa, fugindo do estatuto de um objeto imaginado.

No entanto, mais especificamente, a ideia inspira-se nos momentos da literatura clássica em que as personagens femininas assumem o controlo da história. Há algumas ocasiões notáveis em que isto acontece através do ato de tecelagem.[1]

Vejamos a Helena de Troia. Quando encontramos esta que é a mais famosa das personagens literárias, no canto 3 da *Ilíada*, ela está no tear, a tecer as histórias das batalhas entre os gregos e os troianos. É a única pessoa do poema que tem o discernimento de se manter à distância dos acontecimentos que se desenrolam à frente dela, de os interpretar e de fazer arte com eles. Um dos primeiros comentadores do poema, que escreveu na antiguidade, fez uma observação intrigante sobre esta passagem: «O poeta formou um modelo digno do seu próprio empreendimento poético.» Tanto o escritor como a personagem estão, como apontou este crítico antigo, a criar arte a partir do mesmo material: o poeta em verso, Helena na tapeçaria.

Na *Odisseia*, Penélope espera em casa na ilha de Ítaca pelo marido, Ulisses. Ulisses esteve fora durante vinte anos, dez anos a cercar Troia e outros dez sabe-se lá onde. Provavelmente está morto. Já é altura de ela voltar a casar. Diz aos pretendentes que a estão a assediar que irá decidir que marido escolher quando acabar de fazer o sudário do sogro. Tece todos os dias. Desfaz o trabalho todas as noites para atrasar a decisão. Para descrever este

[1] «Nos velhos mitos, a tecelagem era o discurso da mulher, a história da mulher», escreveu a crítica Carolyn Heilbrun num importante ensaio «What Was Penelope Unweaving?» (1985), que pode ser encontrado em *Hamlet's Mother and Other Women: Feminist Essays on Literature* (The Women's Press, 1991).

expediente, que também é um expediente da intriga, Penélope usa o verbo *tolupeuein*, que significa dobar a lã em mechas para fiar, ou, metaforicamente, engendrar um estratagema.

Nas *Metamorfoses* de Ovídio, Filomela, a princesa ateniense, foi encarcerada e violada. O autor da vileza, Tereu, cunhado dela, cortou-lhe a língua para que ela não pudesse contar o sucedido a ninguém. Mas ela tece a sua história e dá assim testemunho do crime, conduzindo a intriga para uma conclusão aterradora.

Noutro lugar das *Metamorfoses*, uma jovem mulher chamada Aracne desafia a deusa Minerva (a versão romana de Atena) para uma competição de tapeçaria. Aracne urde um desenho que mostra os terríveis crimes cometidos pelos deuses; Minerva — que, saliente-se, é a deusa da vitória — retrata as histórias dos terríveis castigos que esperam os homens que desafiam os deuses. Aracne não tardará a descobrir as consequências da escolha de desenho.

Estas são algumas das personagens que controlam as muitas narrativas contidas neste livro. Tudo começa com a própria Atena; afinal, foi ela que inventou o tear e possui o discernimento cosmológico para descrever a forma como o mundo começou. Alcítoe, uma tecedeira que aparece nas *Metamorfoses*, conta-nos as histórias da mais célebre e antiga cidade dos gregos: Tebas. Depois, vem Filomela: pu-la a urdir histórias de amor, como uma espécie de concretização de um desejo ou encanto contra o desastre. Esta obra não segue uma cronologia rigorosa, embora, como acontece em muitos compêndios mitológicos de Pseudo-Apolodoro em diante, eu tenha começado com a criação do universo e acabado com o rescaldo da Guerra de Troia, uma altura em que parece que o velho mundo, em que os humanos podem unir-se a deuses imortais, parece estar a desaparecer aos poucos.

Agora que a produção têxtil foi mecanizada e se faz em complexos fabris, é preciso puxar pela imaginação para pensar que até à invenção da lançadeira transportadora e da máquina de fiar em meados do século XVIII, as vidas da maioria das mulheres, e de muitos homens, eram dominadas pelos processos lentos e laboriosos necessários para fabricar um pano. Em parte porque houve poucos exemplos do mundo clássico a sobreviver, e em parte porque foram durante muito tempo ignorados e vistos como «trabalho de mulher», os têxtis só começaram a ser objeto de estudo sério nos tempos mais recentes. Contudo, agora, estão a ser investigados em todos os aspetos — sociológico, económico, arqueológico, literário, metafórico, matemático — e são vistos, e muito bem, como fundamentais para a vida no mundo antigo.

O tempo e trabalho que era preciso para fazer têxteis na era pré-industrial é algo que dá que pensar. Uma académica[2] calculou que, para fazer uma toga romana de cerca de 4,2 por 4,8 metros, seriam necessários 42 quilómetros de fio, todos fiados à mão com um fuso de suspensão. (A roda de fiar, inventada por volta do ano 1000 d. C. no mundo islâmico ou na China, viria permitir acelerar este trabalho.) Depois, ainda era preciso tecer. Se uma mulher estivesse a trabalhar sozinha, dez horas por dia todos os dias, teria demorado 120 dias a produzir a toga. (Em termos práticos, provavelmente havia trabalho de grupo, sobretudo por escravas, que aumentava significativamente a velocidade do processo.) E, claro, todos os artigos de roupa do mundo antigo — e todas as velas de todos os navios — necessitavam de fio para serem fiados e tecidos à mão.

O valor atribuído aos têxteis é especialmente claro nos poemos homéricos, nos quais vestidos elaborados são usados como preciosos presentes para convidados, juntamente com taças de ouro e tripés de bronze. Quase todas as personagens femininas na *Ilíada* e na *Odisseia* fiam ou tecem: até as deusas Calipso e Circe. Helena dá a Telémaco um vestido feito pela própria e diz-lhe que a noiva dele o deveria usar no dia de casamento (um presente intrigante dado o próprio historial matrimonial de Helena). A poderosa rainha Arete dos feácios percebe que algo pouco habitual se

---

[2] A Dr.ª Mary Harlow, especialista em têxteis romanos, que simpaticamente me deixou usar o seu tear vertical de liço baixo e me mostrou como usar o fuso de suspensão.

está a passar no seu palácio quando reconhece a roupa que Ulisses está a usar, como é normal, já que fora ela que a fizera.

Não obstante o facto de as relíquias de têxteis do mundo antigo serem tão escassas, há bastantes indicações de que os tecidos verdadeiros e não míticos podiam ser tecidos com desenhos complexos, sobretudo os tecidos oferecidos anualmente em Atenas à escultura de Atena Polias, que, segundo se diz, retratavam as batalhas dos deuses com os gigantes. No Museo Civico de Chiusi, na Toscânia, há um escifo (uma espécie de taça) muito bonito, que remonta a 430 a. C. Está pintado com um desenho de Penélope e do filho Telémaco sentados em lados opostos de um grande tear. No tear, há um tecido meio acabado com uma ourela geométrica em todo o comprimento e, em largura, um grupo de cavalos alados e divindades igualmente com asas. Os especialistas acreditam desde há muito tempo que este tipo de padrão complexo seria impossível de criar num aparelho tão simples como um tear vertical, mas é perfeitamente possível.[3]

Outro vaso, datado de cerca de um século antes, mostra o que parece ser uma cena contemporânea e quotidiana de trabalho com a lã. Trata-se de um lécito, um vaso para armazenar óleos, que está exposto no Metropolitan Museum em Nova Iorque, em que duas mulheres trabalham num tear, uma a enfiar os fios da trama com a ajuda de uma régua, a outra a usar uma lançadeira, que, devido à largura da urdidura, poderá ter de passar para a colega de trabalho. Há outras personagens a pesar a lã, a fiar e a dobrar o tecido final. Não é difícil de imaginar os grupos de mulheres a trabalhar em conjunto desta forma e talvez a contar, ou a ouvir, histórias. (Na peça *Íon*, de Eurípides, uma obra com muitas referências a tecidos urdidos com padrões, o coro de mulheres atenienses reconhece cenas míticas esculpidas em edifícios de Delfos das histórias que partilharam durante as sessões de tecelagem.)

---

[3] A Dr.ª Ellen Harlizius-Klück, especialista em algoritmos, lógica e matemática da tecelagem, demonstrou que é possível, uma vez que ela própria o fez num tear reconstruído. Quando escrevi este livro, o impressionante trabalho de Klück estava a ser exibido no Museu de Moldes em Gesso, em Munique.

Há uma ligação entre a palavra escrita e o fio urdido, entre o texto e o têxtil, que perpassa todo o pensamento grego e romano. O verbo latino *texere*, do qual derivam as palavras portuguesas *texto* e *têxtil*, significa tecer, ou compor, ou montar uma estrutura complexa. *Textum* significa *tecido* ou *estrutura*, ou até, em certos ramos da filosofia materialista, *estrutura atómica*. De vez em quando, o próprio universo é descrito como uma espécie de tecido: Lucrécio, no poema científico do século I a. C., *Sobre a Natureza das Coisas*, descreve a Terra, o mar e o céu como os três elementos dessemelhantes que compõem o *texta*, urdido num conjunto. *Texere* é um termo relacionado com o grego *tikto*, que significa engendrar, causar, produzir, originar. Por sua vez, a palavras gregas e latinas estão relacionadas com as palavras *takman*, criança, e *taksh*, fazer ou tecer, do sânscrito.

A literatura grega e romana está repleta de metáforas que comparam as suas próprias criações à fiação e tecelagem. Por exemplo, Ovídio descreve as *Metamorfoses* como «*deductam carmen*», uma composição bem fiada. Quando está a relatar a forma como iludiu os Ciclopes, o Ulisses de Homero diz: «Urdi todo o tipo de embustes e estratagemas», que se poderia considerar uma descrição da engenhosa construção da própria *Odisseia*. O meu livro retoma todas estas ligações: texto e têxtil, o universo, a produção de ideias, o contar de histórias e os delicados filamentos da vida humana. Trata-se das vidas que são tão engenhosa e implacavelmente manipuladas pelas Moiras, as todas-poderosas deusas antigas que fiam, enrolam e cortam o fio da existência de cada pessoa.

É no mundo delas, o mundo das Moiras, que vamos entrar agora. É um lugar empolgante e perigoso, onde o estranho encapuzado que bate à porta pode vir a revelar-se o rei dos deuses; onde podemos acabar por ser transformados em andorinhas, em guarda-rios ou em veados; onde a busca por um marido perdido nos pode levar a escalar o Olimpo para discutir com os próprios deuses. Está pronto? Então siga-me.

INVOCAÇÃO

Nós, mortais, nunca vos vamos ver claramente. Para nós, vós sois apenas vultos vagos, que nunca chegam a definir-se completamente na claridade, velados pela bruma enquanto dançais, descalços, nas encostas de Hélicon. Por vezes, conseguimos ouvir-vos: cantais tão graciosamente que um fragmento da vossa música, uma frase pungente, fica suspensa a vibrar no ar e depois desvanece-se tão depressa como apareceu, deixando-nos a tentar a todo o custo trazê-la para a terra, apontá-la e fazê-la nossa. Sois o ímpeto do poeta, o raio de certeza do astrónomo, a dançarina quando o corpo dela se torna o criado fiel da sua mente. Sois o momento em que um historiador junta os fragmentos do passado e descobre subitamente um padrão. Só apareceis àqueles que se afadigam por vós, dolorosamente; e mesmo nessa altura, as vossas visitas são erráticas. Clio traz a história, Euterpe canções de amor, Melpómene tragédia, Tália comédia. Érato traz canções de amor, Polímnia cantos sagrados, Terpsícore dança, Urânia conhecimento das estrelas. E Calíope, a mais velha e mais forte de todas vós, traz o verso épico.

Cantai, Musas, sobre as Moiras, as implacáveis, que doseiam o fio da vida humana: Cloto fia-o, Láquesis enrola-o, e Átropo corta-o. Parecem frágeis, com as costas curvadas, os rostos engelhados. Vestidos brancos com bainhas púrpuras a pender dos corpos ancestrais; coroas de rosas vermelhas enfeitam-lhes os cabelos alvadios. Mas elas são mais fortes do que quaisquer seres que vivam no céu, na terra e no mar, e quase tão velhas como eles. O trabalho delas não tem fim: olhai para Cloto, tão diligente a puxar a lã suave da roca enquanto roda o fuso com a ajuda do contrapeso. Estas irmãs são as criadoras de toda a existência. Alçam os humildes e rebaixam os poderosos. Trazem poder e alegria; trazem calamidade, doença e terror. Sabem o que foi, o que é e o que vai ser. Sabem quando o nosso mundo vai chegar ao fim, quando o mar e a terra e o céu vão ser consumidos pelo fogo sulfúreo de um polo ao outro. Comparados com estas irmãs, até os deuses, o próprio Zeus, são tão impotentes como bebés. Não acontece nada que não seja fiado por elas.

Cantai, pois, sobre os fios repartidos pelas Moiras. Cantai sobre os deuses e as deusas, sobre os humanos, cantai sobre os espíritos das árvores e dos rios. Cantai histórias que tenham a força da verdade, histórias bordadas e intrincadas. Cantai a velha teia de contos, histórias já contadas pelas deusas, ninfas e mulheres ao som da música estrepitosa do tear. Deixai que o fio seja tecido em novas formas, modernas, arrojadas e cintilantes.

ATENA

O nascimento do mundo
Gaia e Úrano
o nascimento dos deuses
Titânicos
Crono,
Reia,
os Ciclopes
o nascimento e a natureza dos
deuses do Olimpo
guerra entre os deuses do
Olimpo e os Gigantes
a criação dos humanos
Prometeu, Epimeteu e
Pandora
Deméter e Perséfone
Faetonte
Pirra e Deucalião

Atena tinha um ateliê no Monte Olimpo, perto das mansões onde os imortais se regalavam com néctar e ambrósia e desfrutavam da constante felicidade que lhes agraciava as vidas. Naquele salão espaçoso de tetos altos havia cestos de tosões: alguns estavam por lavar, acabados de sair dos melhores rebanhos arcadianos; outros estavam limpos, à espera de serem penteados e depois desfiados na medida certa para a fiação. A roca estava pousada na cadeira e carregada de lã; a mão musculada de Atena punha o contrapeso decorado a girar, extraindo fios de igual medida entre o dedo indicador e o polegar e enrolando-o no seu fuso de ouro. No entanto, o salão era dominado pelo magnífico tear vertical de baixo liço que ela própria inventara e construíra. Era mais alto do que ela e tão largo que até ela, uma deusa, tinha de andar de um lado para o outro à medida que passava a trama pelos fios da urdidura, a pressioná-los com a régua e a ajustar o liçarol antes de pegar na lançadeira e enviar a trama de volta.

Na sua grande teia, a deusa teceu uma ourela que mostrava a origem do mundo, remontando a um passado incomensuravelmente distante e anterior ao momento em que até ela viu a luz. Naquele passado distante não havia senão o Caos: um abismo, um paul confuso e informe. Ela discerniu-o no escuro, formas em torvelinho, uma estranha abstração. Naquela altura, há inumeráveis anos, o ar, a terra e o mar estavam entremesclados. Não havia Hélio na sua quadriga de ouro, a trazer a luz ao mundo na sua viagem diária pelo céu. Não havia Selene com os seus cornos de marfim a suavizar a noite com um brilho leitoso. Não havia Eos para separar harmoniosamente a noite e o dia todas as manhãs com os dedos rosados. Não havia a fecunda Gaia com os membros verdes. Havia apenas átomos, incontáveis como as folhas a tremer ao sabor do vento na vertente de uma montanha densamente florestada. E obstruíam-se constantemente uns aos outros, estavam constantemente em guerra: o frio combatia com o calor, o molhado com o seco, a gravidade com a antigravidade. O universo começou em conflito e em conflito haveria de continuar.

Mas nada se mantém inalterado. Também existia uma força, um agente de mudança. Esta força deteve o conflito dos elementos e separou-o. Éter, o céu superior leve, afastou-se de Gaia, a forte e ampla Terra. Ela esculpiu o corpo em cordilheiras e amplos vales; alisou as saias e transformou-as em desertos e planícies. Depois, a força soltou os grandes mares salgados; as águas fluíram em direção aos lugares que lhes tinham sido destinados como uma onda que inunda um rego que uma criança cavou numa praia arenosa.

Gaia deu à luz a Úrano, o amplo Céu, num parto espontâneo. Depois, juntos, Gaia e Úrano tiveram muitos filhos e filhas, a geração de imortais chamados Titãs. Entre eles, contavam-se Tétis, senhora das profundezas do mar onde o sol não chega, a mãe de mil ninfas; Oceano, que cinge o mundo com as suas águas correntes; os Ciclopes de um só olho; os gigantes Hecatonquiros; e Jápeto, Métis, Reia e Crono. Oceano encheu o mundo de rios: cataratas começaram a cair sobre rochas acabadas de fazer; estuários foram separados em canais serpenteantes; multiplicaram-se os charcos indolentes. E, dado que Gaia foi alimentada por estas águas, emergiram florestas e planícies ervadas, as plantas criaram raízes, brotaram, espalharam-se, floriram e voltaram a oferecer as sementes cheias de vida ao solo. De seguida, chegaram as criaturas vivas com uma variedade desconcertante: todas aquelas que vão abrindo o caminho pela Terra ou pairam ou esvoaçam ao vento sobre ela; aquelas que fuçam debaixo do solo, aquelas que caminham a passo rápido pelo leito do mar ou que deslizam e se movem apressadamente pelas águas.

Mas Úrano tinha ciúmes e medo da sua própria descendência. Por isso, atirou-os violentamente para o Tártaro, uma prisão muito abaixo da superfície da Terra. E lá os deuses Titãs definharam, rodeados de paredes adamantinas que se inflamavam com a escuridão.

Gaia ficou furiosa quando viu que os filhos tinham sido desterrados para aquele lugar letal. Disse ao filho Crono:

— Hoje à noite, vou resgatar-te dessa prisão horrível feita com os meus ossos e as minhas entranhas. Vou dar-te uma foucinha. Usa-a como arma contra o teu pai. Não hesites.

Quando Úrano foi dormir com Gaia naquela noite, Crono estava deitado à espera. Seguindo as instruções da mãe, Crono brandiu a foice, cortou os genitais ao pai e atirou-os para o mar. Mais tarde, da espuma que se formou em redor dos órgãos cortados, nasceu uma deusa: Afrodite. Atena teceu-a a dar à costa no Chipre, a sorrir e a levantar os braços luzidios para as ninfas que se aproximavam para a servir. A cada passo de Afrodite na terra brotavam violetas e celidónias; dela advinha um delicioso desejo que consumia o espírito de deuses e mortais.

Agora quem reinava eram os deuses Titânicos, Crono e Reia; e os filhos que tiveram juntos eram a geração mais nova de imortais chamados Olímpicos: Zeus e Hera, Posídon e Hades, Deméter, deusa das colheitas, e Héstia, deusa do fogo doméstico.

A cena seguinte na ourela de Atena era a história da forma como Crono veio a ser derrubado pela esposa, Reia, e pelo filho, Zeus, que estabeleceram assim a geração Olímpica de deuses no poder.

Crono, tal como Úrano antes dele, ficou aterrorizado com os filhos, que eram jovens e fortes. Por isso, à medida que iam nascendo, ele ia-os engolindo. E, movido pelo medo, também encarcerou os Ciclopes e os Hecatonquiros nas profundezas do Tártaro.

Reia, tal como Gaia antes dela, ficou horrorizada. Quando o filho mais novo, Zeus, nasceu, enganou o marido dando-lhe uma pedra para ele engolir em vez de um bebé e enviou a criança para o monte Dicte, em Creta. Numa clareira do monte nas profundezas impenetráveis da floresta, a cabra Amalteia alimentou secretamente o jovem deus. Para distrair os curiosos, invocou os ruidosos espíritos chamados Curetes, que abafaram os gemidos de Zeus com os seus címbalos estridentes.

Quando Zeus já estava crescido, persuadiu a mais perspicaz das Titãs imortais, Métis, a ajudá-lo. Métis entregou-lhe uma certa droga.

— Dá isto a Crono para ele comer — disse-lhe. — Vais poder ver os teus irmãos e as tuas irmãs de novo não tarda.

Zeus pôs a erva de Métis no néctar do pai, que é o que os deuses bebem em vez de vinho. Crono começou por se engasgar, depois regurgitou todos os irmãos de Zeus, seguidos, por fim, da pedra.

Zeus e os irmãos estavam finalmente juntos em liberdade e deu-se uma guerra entre as gerações. Os Olímpicos cerraram fileiras contras os Titãs, filhas e filhos a lutar contra as legiões flamejantes do pai. Os esquadrões sitiados de deuses Titânicos encheram os céus. Enfrentaram-nos — pujantes, furiosos — as fileiras de jovens deuses, bem como as dos Titãs mais velhos que se tinham alistado como aliados.

As batalhas entre eles explodiram pela esfera celeste, embora uma década não seja mais do que um instante para estes seres, que nunca podem lutar até à morte. No final, foi Gaia, extenuada pelo conflito, que quebrou o impasse.

— Zeus irá ganhar esta guerra — profetizou ela —, mas só se liberar as forças do Tártaro.

Por isso, Zeus desceu às profundezas betuminosas daquele cárcere e negociou com os Hecatonquiros e os Ciclopes. Em troca da sua liberdade, os Ciclopes ofereceram relâmpagos, e lealdade, a Zeus.

Zeus lançou a sua nova arma, pálida e ofuscante, pela abóbada celeste, rasgando-o de ponta a ponta; depois lançou outra, mais forte, em direção ao pai: parecia uma espada candente arremessada com uma força inexorável.

Crono sentiu pela primeira vez a dor a percorrer-lhe o corpo. Em agonia, contorceu-se, estremeceu e sangrou, embora os imortais não sangrem como os humanos, uma vez que não é sangue vermelho, mas icor, reluzente como ouro, que lhes corre nas veias.

Crono rogou por paz. Zeus encarcerou os inimigos Titânicos, incluindo o pai, nas profundezas do Tártaro. Os Hecatonquiros tornaram-se os guardas do cárcere.

Quando todos estes sucessos terminaram, Zeus virou-se para os seus irmãos mais poderosos: Posídon e Hades.

— O universo é constituído por três partes — disse ele. — O céu; a terra e o mar; e o Mundo Inferior. Proponho que tiremos à sorte e dividamos estes domínios entre nós.

Posídon e Hades concordaram. Posídon ganhou a terra e o mar: quando as tempestades se abatem sobre os oceanos, quando a Terra treme e estala, destruindo cidades, é obra sua. Hades ganhou o mundo subterrâneo, onde os restos débeis e espectrais de mortais se amontoam, insubstanciais e desprovidos de sensações.

Zeus ficou com o céu e tornou-se o rei dos deuses, deus dos reis, fazedor de tempestades, garante da justiça, protetor do direito das visitas a serem bem recebidas. Reinou a partir do seu palácio no Monte Olimpo, em redor do qual pairava a sua ave sagrada: a águia. A irmã Hera, protetora dos votos matrimoniais e das famílias, fez-se sua mulher. Como presente de casamento, Gaia ofereceu a Hera macieiras cheias de maçãs douradas. Hera plantou-as no seu jardim na terra dos Hiperbóreos, para lá do vento norte. A tapeçaria de Atena mostrava a deusa a vaguear pelo seu amado pomar, cuidado pelas Hespérides, as filhas da noite. Por perto, aninhava-se Atlas, um dos inimigos Titânicos de Zeus. Estava encolhido em agonia, os membros a latejar: fora condenado a carregar a esfera celeste nos ombros, para manter Gaia e Úrano separados, para que nunca mais voltassem a ser pais de filhos poderosos e rebeldes.

Os filhos que Hera teve com Zeus foram a eternamente jovem Hebe e Ares, o violento deus da guerra, que se deliciava com os cadáveres estilhaçados. Mas Hera também teve um filho, Hefesto, que nasceu sem pai. Artesão dos deuses, rijo e forte, trabalhava dia e noite com os seus assistentes, os Ciclopes, numa forja tão quente e tão poderosa como um vulcão. Movia-se com dificuldade. Um dia em que Zeus e Hera estavam a discutir, Hefesto tentou intervir e Zeus atirou-o do Olimpo abaixo. Hefesto caiu durante o dia inteiro, até aterrar na ilha de Lemnos, tendo ficado com a perna aleijada. Criou coisas maravilhosas e letais: um escudo à medida do maior dos guerreiros gravado com cenas tão minuciosas e vívidas que quase as conseguíamos ver e ouvir; uma rede feita de metal que era tão sedosa e fina como a teia de uma aranha, mas suficientemente forte para imobilizar um imortal. Construiu uma rede semelhante para capturar a mulher, Afrodite, e o meio-irmão, Ares, quando eles dormiram juntos.

Atena teceu um painel que mostrava a história do seu próprio nascimento. Zeus, na ânsia de poder, tentou violar a deusa Titânica Métis, que usou toda a sua astúcia para lhe fugir. Transformou-se em mil e uma formas para se libertar do terrível punho do rei dos deuses, passando desesperadamente de forma em forma como quem vira a página de um livro.

No entanto, afinal, a ameaça do relâmpago de Zeus derrotou-a. Ele agarrou-a com o seu punho de ferro; ela engravidou. Gaia voltou a profetizar:

— Se Métis tiver um bebé de Zeus, a criança será mais forte do que ele.

A resposta de Zeus foi engolir Métis por inteiro. Mais tarde, mandou Hefesto extrair o bebé da sua própria cabeça com um machado. Atena nasceu completamente apetrechada com uma lança e um escudo e um ramo de penas a abanar no elmo. Se o pai não tivesse desvirtuado a profecia de Gaia, talvez Atena o tivesse derrotado e governado o Olimpo em vez dele.

Atena é a deusa das guerras vencidas, e costumava avançar para a batalha com os seus mortais preferidos, acompanhada de uma coruja. Herdou toda a astúcia da mãe: qualquer mortal que ela aconselhasse era estratégico, meticuloso e engenhoso. Industriosa e prática, também era a deusa da tecnologia. Ensinou os humanos a entrelaçar madeira e a construir o primeiro navio; a cardar a lã e a fiá-la; a trabalhar com o tear.

Além da imagem do seu próprio nascimento, Atena criou um painel com Apolo e Ártemis, os resplandecentes meios-irmãos, com os arcos mortíferos em punho, prontos para matar mortais com flechas certeiras. O pai dos gémeos era Zeus e a mãe a titânide Leto, que os deu à luz na ilha de Delos. Apolo, o deus do sol, era ofuscante, distante, vingativo. A feroz e virginal Ártemis, protetora e caçadora de animais selvagens, mantinha-se ao abrigo das sombras e das florestas.

Quando um humano morria subitamente na flor da idade, o mais certo era que Ártemis ou Apolo lhe tivessem lançado uma flecha. Apolo também usava as flechas para disseminar pragas mortais, embora fosse igualmente um curandeiro. Quando o mundo era jovem, Apolo atingiu e matou uma criatura tremenda chamada Píton, filha de Gaia. Para comemorar esta morte, Apolo fundou os Jogos Píticos, nos quais os mortais competiam em corridas de quadrigas, corridas a pé e lutas. E no mesmo lugar, em Delfos, costumava sussurrar ao ouvido da sua sacerdotisa, a Pítia, que fazia profecias a todos quantos visitavam o seu santuário. Mas o oráculo podia enganar os incautos. As afirmações da Pítia eram poços de ambiguidades dos quais, na maior parte das vezes, os interrogadores retiravam apenas o que queriam ouvir. No átrio do seu templo estavam inscritas as palavras «Conhece-te a ti mesmo», uma vez que só com autoconhecimento poderia um humano decifrar o difuso emaranhado das palavras da sacerdotisa.

Atena teceu o outro meio-irmão, o matreiro e pouco digno de confiança Hermes: apresentou-o a correr pelo céu com botas aladas, o bastão com as duas serpentes entrelaçadas na mão. Era o filho de Zeus e da Ninfa Maia, o protetor dos viajantes, mensageiro de Zeus, um deus travesso que só adotava uma expressão séria quando acompanhava as almas dos mortos ao Hades. Por nenhuma razão que não fosse causar sarilhos, chegou a roubar gado à guarda de Apolo e a conduzi-lo para as montanhas enquanto o meio-irmão estava distraído com um jovem rapaz pelo qual sentia um desejo imenso. Depois de esconder o gado, sacrificou um dos animais. Mais tarde, enquanto brincava distraidamente com as entranhas da vaca e a concha de uma tartaruga, construiu a primeira lira. Quando Apolo o alcançou finalmente, ficou tão arrebatado pelo som produzido pelo instrumento que se esqueceu da fúria e trocou o gado pela lira. Apolo levou a arte da música aos mortais, em toda a sua precisão matemática e ordem harmoniosa.

A cena seguinte na ourela de Atena mostrava dois jovens deuses Titânicos, Prometeu e Epimeteu, a caminhar pelas florestas e pelos vales da Terra, longe do olhar das divindades do Olimpo. Estavam maravilhados com as novas criaturas — homens — que Zeus tinha criado a partir da lama num dia em que se achara distraído.

Os deuses, consumidos pelas suas próprias preocupações, tinham-se esquecido quase completamente daqueles seres curiosos, que se assemelhavam a eles, ou pelo menos, se assemelhavam a eles da mesma forma que se pode dizer que um boneco de barro de uma criança, tropegamente moldado com dedos desajeitados, é semelhante a uma pessoa de carne e osso. Mas Prometeu estava fascinado por aquelas criaturas tolas e infantis. Alimentavam-se de bagos selvagens e vagueavam por um mundo sem casas, nem cidades, nem governos; sem navios nem comércio; sem guerra; sem música, sem literatura, sem filosofia, sem conhecimento das estrelas.

— Tenho pena deles — disse Prometeu ao irmão. — Todos os animais à volta deles estão mais aptos para a vida do que eles. Os veados têm velocidade, os leões têm força, mas estes homens não têm nada de especial que os torne interessantes. São indefesos e estúpidos. Parecem ser incapazes de encontrar padrões no que quer que seja. Parecem completamente assustados sempre que o sol se põe à noite e se levanta de manhã. Devem pensar que o mundo é um conjunto de fragmentos irreais. Mesmo assim, tenho de admitir que me deixam intrigado.

— Tens razão — concordou Epimeteu. — É como se Zeus os tivesse deixado por acabar. Os coitados nem sequer conseguem falar. Já os ouviste a grunhir e a uivar uns para os outros? Não vão durar muito. Vão morrer e ser esquecidos, seguramente. Não passam de mais um descuido de Zeus. Que nome é que ele lhes deu: homens?

— O que eu gostava de saber — ponderou Prometeu — é se os posso ensinar a serem mais engenhosos. Penso que, se eles tivessem algumas das coisas que os deuses guardam para si tão ciosamente, poderiam ter mais possibilidades de sobreviver. Penso que estes mortais podem ser... magníficos, se eu conseguir encontrar uma forma de os ajudar.

Prometeu começou a maquinar e a fazer planos.

Subiu aos salões de Zeus no Olimpo e, depois de distrair o rei dos deuses com uma enigmática pergunta sobre a diplomacia Titãs-Olímpicos, surripiou uma chama ínfima de um relâmpago e escondeu-o num caule de funcho. Depois foi para os palácios vizinhos de Hefesto e Atena, onde os dois grandes deuses estavam a trabalhar: Hefesto, na sua forja, a construir armas e armaduras para os seus congéneres imortais; Atena, no seu ateliê, onde estava a experimentar os refinamentos da quadriga voadora de Apolo. Enquanto falava com eles e admirava o trabalho que faziam, Prometeu esperou até que voltassem as costas e depois roubou uma mão-cheia de habilidade e inteligência a cada um, escondendo-as debaixo do manto que trazia. Depois, voltou a descer à Terra.

Prometeu armou uma tenda numa clareira na floresta onde sabia que os homens costumavam colher fruta e ficou sossegadamente instalado à espera. Como esperado, ao fim de alguns dias, alguns deles ousaram aproximar-se dele, embora não tivessem demorado a afastar-se sorrateiramente como cordeiros demasiado afoitos. Mas Prometeu foi paciente e manteve-se muito calado e quieto, e, logo que os homens se aproximaram dele — motivados, talvez, pelas taças de uvas e mel que ele tinha disposto sobre a erva —, pegou nas mãos-cheias de habilidade e inteligência e atirou-as aos humanos. Levadas pelo ar, a habilidade e a inteligência caíram sobre os corpos dos homens.

De início, não aconteceu grande coisa, mas, paulatinamente, Prometeu viu algo a perpassar pelos rostos dos homens: primeiro, confusão, depois medo, e depois outra coisa, algo que parecia ser curiosidade. Prometeu poderia ter sorrido com agrado. Em vez disso, muito calmamente, muito devagar, começou a falar, na esperança de que eles respondessem à sua gentileza, mesmo que não compreendessem o significado das suas palavras.

— Tenham calma, por favor, não tenham medo. Estou aqui como amigo e tenho coisas maravilhosas para lhes mostrar, coisas que os vão tornar quase tão distintos como os deuses que estão sentados lá em cima no Olimpo. Estou a correr grandes riscos só por estar aqui, por isso não me desiludam.

Estendeu-lhes as taças de uvas e mel e sorriu.

E foi assim que tudo começou. Ao longo dos anos que se seguiram, Prometeu viveu entre os seus adorados homens. Ensinou-os os falar. Mostrou-lhes como construir abrigos para se protegerem dos piores dias de inverno. Ensinou-os a afiar paus e a transformá-los em lanças, a entrançar redes para criarem armadilhas para animais e peixes. Guiou-lhes as mãos enquanto moldavam pederneiras para as transformar em ferramentas para esfolar as presas, e deu-lhes o fogo de Zeus para que pudessem cozinhar os alimentos e aquecerem-se no inverno.

E tudo isto aconteceu sem que Zeus tivesse reparado, porque estava entretido nas suas próprias guerras, exuberâncias e diversões, longe da superfície da Terra. Até que, um dia, ao perscrutar o horizonte do seu palácio, reparou em dezenas de fios de fumo a subir em espiral dos vales abaixo do Olimpo. E, entre as árvores, viu Prometeu a demonstrar a um grupo de homens como afiar a ponta de uma flecha. Zeus percebeu imediatamente o que tinha acontecido. Furioso, mandou chamar Prometeu.

— O que significa isto? — perguntou ao Titã, os seus relâmpagos a estalarem ameaçadoramente. — Achas que me consegues roubar? Ao deus que derrotou Crono? Estás louco?

Prometeu baixou a cabeça, mas, num improviso rápido, disse:

— Grande senhor das nuvens, gerador de tempestades, perdoa-me. Só quis mostrar que a tua criação era fabulosa. E aqueles fogos. Admito que levei uma chama emprestada do teu relâmpago divino. Mas repara que os ensinei a queimar oferendas de carne para te honrar a ti e aos outros deuses. Rogo-te para que os deixes continuar. Acho que os vais achar... divertidos.

Zeus acenou a Prometeu em impaciente rejeição. Pensou em erradicar os homens por completo. Mas, depois de pensar melhor, mandou chamar Hefesto e Atena.

— Aquele Prometeu, sempre tão matreiro, passou-me a perna. E vocês também. Olhem para ali, no fundo dos vales da terra. Agora, aqueles animais idiotas e fracos que eu construí, aqueles homens, estão munidos de inteligência, habilidade e até de fogo. No entanto, há espaço para melhorar.

Atena e Hefesto voltaram para os seus locais de trabalho e, juntos, trabalharam num novo desenho. Hefesto pegou em terra e barro e moldou-os numa forma semelhante à de uma deusa. Atena urdiu o tear e teceu um maravilhoso vestido que brilhava de tão branco que era: mostrou-o na sua tapeçaria, uma tecelagem dentro da tecelagem, um regalo para os olhos. Também desenhou uma coroa, decorada com imagens das notáveis criaturas que habitam a terra e o mar. Hefesto pegou nos desenhos de Atena e converteu-os em ouro macio e lustroso, os pormenores tão realistas que poderíamos pensar que os golfinhos da coroa estavam realmente a saltar, as andorinhas estavam realmente a esvoaçar. Depois vestiram a figura com o vestido e a coroa e levaram-na para a Terra.

Os deuses reuniram-se todos, juntamente com uma multidão de homens, que tinham os irmãos Prometeu e Epimeteu do seu lado. Hefesto e Atena suspiraram sobre a figura. De início, nada. Depois, gradualmente, uma mudança: poder-se-ia jurar que os braços de barro eram maleáveis, se assemelhavam a pele e tinham veias. Uma pestana pareceu contrair-se. Depois a figura sorriu e os olhos abriram-se e ali estava ela: uma mulher, forte e rápida, uma centelha de astúcia e humor nos olhos.

— Aqui estão todos — disse ela, a olhar em volta, os olhos firmes a absorver a clareira da floresta com a luz salpicada e os deuses no seu esplendor metálico. Por fim, o olhar pousou-se e deteve-se nos homens, jovens e vigorosos, corpos musculados e enrijecidos pelo trabalho das suas vidas. — Que criaturas maravilhosas — disse ela. — Que belos são os homens. Que sublime novo mundo! — E riu-se.

A mulher chamava-se Pandora, que significa «aquela que dá tudo». Casou-se com Epimeteu e, juntos, tiveram filhas, que se tornaram as companheiras, as irmãs e as amantes dos homens e que, também elas, se fizeram mães. Pandora não lançou para o mundo todo o horror e todo o sofrimento, como certo poeta — um homem — afirmou erradamente. Com a chegada das mulheres, os homens deixaram de ser como crianças, inocentes e ignorantes. Começaram a conhecer o amor, a alegria, a dor da perda, a ânsia do desejo (muitas vezes uns pelos outros): tornaram-se, afinal, verdadeiramente humanos, com tudo o que a condição tem de bom e de mau. Juntos, e guiados por Prometeu, mulheres e homens aprenderam novas habilidades: capturaram e domesticaram o boi selvagem e puseram-lhe jugos para puxarem arados; aprenderam a guardar as sementes e semearam-nas todos os anos para depois colherem as safras e as guardarem em segurança, para se precaverem para períodos de carência; domaram e arrearam cavalos, e Prometeu ficou deliciado com a alegria que os humanos retiraram da força e da velocidade dos equídeos. Prometeu falou com eles sobre o sol e a lua, sobre a noite e o dia, sobre o curso das estações, sobre os arco-íris, os eclipses e as constelações. Hefesto mostrou-lhes como forjar metal para construir embarcações, facas e freios para os cavalos. Atena mostrou a Pandora como fiar a lã e o linho, como construir um tear e tecer. Prometeu demonstrou-lhes a arte de misturar as ervas para fazer remédios; mostrou-lhes os padrões no voo das aves para que pudessem vislumbrar o futuro; guiou-os quando construíram templos para homenagear os imortais.

Os humanos começaram a observar o mundo à volta deles, a criar as suas próprias teorias sobre a natureza da Terra e dos mares, sobre a vasta e misteriosa abóbada celeste e sobre a ampla circunferência da lua. Começaram a contar histórias à volta das suas próprias fogueiras; surgiram filósofos e poetas entre eles.

Mas Zeus nunca esqueceu o ressentimento contra Prometeu por este lhe ter roubado o fogo. Mandou o seu servo Crato levar o Titã para a cordilheira do Cáucaso e agrilhoá-lo com correntes forjadas de má vontade por Hefesto. Zeus enviou a sua águia para o penhasco exposto e desolado onde Prometeu foi preso. A ave cravou as enormes presas no peito de Prometeu e rasgou-lhe as carnes sem piedade até lhe consumir o fígado. A dor que Prometeu sentiu foi inestimável, mas a carne do gigante era imortal e, durante a noite, as feridas sararam completamente. A águia voltou na manhã seguinte, e depois na outra e por aí adiante, e o castigo foi repetido durante anos sem conta até ao dia em que Héracles o foi libertar. O único consolo de Prometeu, a sua única companhia, foram as Oceânides, as filhas de Oceano, que voaram até ele e o confortaram e lhe contaram histórias do mundo para lá daquele penhasco cítico.

No centro da sua tapeçaria, Atena teceu quatro cenas extraordinárias, a começar pela história da última grande guerra no céu: a Gigantomaquia, a batalha entre os Olímpicos e os Gigantes. Depois da vitória de Zeus contra os Titãs, a paz entre as diferentes gerações manteve-se instável e insegura. Os Titãs retorciam-se nas correntes; a própria Gaia estava enfurecida pela humilhação que estavam a sofrer. Deu à a luz uma nova geração de imortais, criaturas enormes, tão altas que as cabeças roçavam no diáfano Éter. Em vez de terem pernas, os corpos dos Gigantes apoiavam-se em serpentes gémeas, cada uma delas com escamas tão rijas como uma armadura. Encetaram um assalto ao Olimpo, arremessando enormes rochas, e à cidadela, queimando carvalhos nas montanhas do Olimpo, apontando os mísseis aos palácios dos deuses até que o fogo dominasse e carbonizasse os salões pintados a fresco.

Finalmente, um oráculo disse aos Olímpicos que só iriam prevalecer na guerra contra os Gigantes se fossem ajudados por um mortal. Por isso, Atena partiu em busca de Héracles. Filho de Zeus e de uma mãe humana, Alcmena, Héracles era de longe o guerreiro mais brutal e eficaz entre os homens.

E, de súbito, Héracles estava ao lado de Atena: o mortal arremessava lanças em chuveirinho contra os Gigantes enquanto os Olímpicos usavam todas as armas de que dispunham: Hefesto lançava projéteis de metal a ferver; até as Moiras, deusas ancestrais e poderosas que fiam, repartem e cortam o fio das vidas humanas, lutavam com clavas de bronze. Atena pegou numa rocha e arremessou-a; caiu no mar, manietando o gigante Encélado debaixo das águas, no que viria a tornar-se a fértil e encantadora ilha da Sicília. Por fim, a batalha começou a pender para os Olímpicos. Esta foi a cena que a deusa pôs mesmo no centro da tapeçaria: ela própria a lutar com Héracles ao lado.

No entanto, quando os deuses sentiram que estavam a levar a melhor sobre os Gigantes, Gaia enviou uma última criatura para os enfrentar: um filho que ela tivera, fruto da união com a escuridão ecoante do Tártaro. Tifão era maior ainda do que os Gigantes. Tinha o corpo de um homem imenso, mas cem víboras de um tamanho monstruoso ocupavam o lugar das pernas, além de que tinha várias cabeças de serpentes; das bocas saía um silvo enlouquecedor, e os olhos cuspiam fogo. Zeus, no desespero final, enfrentou-o num combate a dois, lançou-lhe uma saraivada de relâmpagos, chicotando-o e queimando-o com choques elétricos infindáveis, como um pugilista que, a sangrar e a recuar, não deixa de conseguir atingir o adversário com golpes sucessivos mesmo quando já está esgotado, sem recursos e à beira do colapso.

À medida que o duelo grassava os mares, Zeus atirou-lhe com o monte Etna, que caiu na Sicília e prendeu Tifão debaixo dele. A fúria da criatura ainda pode ser sentida hoje, quando ele brame e se contorce, enviando o seu sopro sulfúreo para os picos cobertos de neve; já no nosso tempo quase que conseguiu escapar daquela prisão rochosa para voltar a fazer sentir a sua fúria pelos céus. Esta foi a última grande batalha dos deuses, aquela em que a farta Gaia foi derrotada e despojada pelos próprios filhos e netos.

O segundo painel central de Atena descrevia um grupo de deusas a passear por um prado na primavera: a própria Atena, as Oceânides, Ártemis, Perséfone, filha de Deméter, e Hécate, a maior bruxa entre os imortais, que dá fertilidade aos rebanhos. As deusas estavam a colher flores: crocos, violetas e íris. Atena incluiu as flores a cintilar em fios púrpuras reluzentes.

Ao fim de algum tempo pararam para descansar junto das margens de um córrego; todas exceto Perséfone, que continuou a colher flores enquanto vagueava pelos campos e se afastava cada vez mais das companheiras sonolentas. Um narciso pálido abanava ao sabor da brisa e exalava o seu odor delicado. Quando se dobrou para o arrancar, Perséfone sentiu um calafrio súbito, como se uma nuvem densa tivesse acabado de passar em frente do sol, e, com ele, um assomo de ansiedade. Assemelhava-se a quando andamos sozinhos na rua de uma cidade e sentimos o som de passos atrás de nós. Andamos mais depressa, olhamos em frente, embora saibamos que pode não ser nada, absolutamente nada.

Quando ela se levantou, viu que uma quadriga preta, puxada por cavalos pretos, tinha parado silenciosamente ao seu lado. Nas rédeas estava, imponente, um deus: um deus que parecia filtrar a alegria do ar primaveril em redor dele e absorver a luz do céu.

— Entrai — disse ele a sorrir. — Uma deusa tão encantadora como vós não precisa de estar a andar. Levo-vos para aonde quiserdes ir.

— Não — respondeu ela, embora sentisse o medo a apegar-se-lhe às entranhas. — Obrigada, mas prefiro caminhar.

Ele riu-se. Perséfone deixou cair as flores, virou-se e começou a correr. Ele sacudiu as rédeas dos cavalos agressivamente, puxou-as para dar a volta e atiçou os cavalos em perseguição da deusa de pés ligeiros. Ao fim de um instante, o único sinal de que alguém tinha estado naquele lugar eram os crocos espalhados e pisados. As outras deusas não se aperceberam de nada; exceto uma, que entreviu, do canto do olho, um vulto escuro à distância, e abanou a cabeça a pensar que deveria estar a sonhar.

Perséfone era veloz, mas, mesmo assim, não era capaz de deixar os cavalos pretos para trás: a segurar as rédeas ia Hades, capitão das incontáveis legiões dos mortos, um deus mais forte do que todos os outros, à exceção dos seus irmãos, Zeus e Posídon. Foi por Zeus que Perséfone chamou, o seu próprio pai, rezando para que ele fosse ao seu encontro para a salvar. Mas o protetor da justiça não a ouviu; estava muito longe, num dos seus templos, a receber oferendas da humanidade. E, fosse como fosse, tinha sido o próprio a engendrar toda aquela perseguição com o irmão.

Hades não demorou a alcançá-la. Com a mão esquerda a segurar as rédeas, estendeu a mão direita e puxou-a para dentro da quadriga, agarrando Perséfone contra o corpo férreo e frio, os dedos cravados sem piedade na coxa da deusa, enquanto os cavalos galopavam a toda a brida e a levavam para mais longe das amigas. Perséfone debateu-se e gritou, a chamar pela mãe, Deméter.

Enquanto galopavam pelas planícies e colinas, enquanto via o sol e o céu, Perséfone tinha esperança de que Deméter a ouvisse. Mas, depois, quando galopavam junto do sopé de uma cordilheira sombria, a terra abriu-se e viram-se em frente de um abismo. Hades conduziu os cavalos diretamente para o abismo e incitou-os a descer, a descer e a continuarem a descer. À medida que a terra os engolia, Perséfone lançou um último grito desesperado. As rochas acima das suas cabeças começaram a roncar e a abanar, e o pedaço de céu quente e luminoso foi ficando mais estreito até não restar nada senão a escuridão húmida a envolvê-los.

Foi este último grito que Deméter ouviu a ecoar pelas montanhas. Horrorizada com o som de desespero da sua querida filha, deixou os salões do Olimpo e voou pelos céus como uma águia, a perscrutar as planícies e as montanhas, a procurar Perséfone sobre a terra e sobre o mar. Mas não encontrou vestígios da filha. Nenhum deus nem mortal foi capaz ou teve intenção de lhe dizer o que quer que fosse; e nenhuma ave de agouro ousou enviar-lhe um sinal. Deméter desceu à Terra e deambulou por todo o território durante nove dias à procura; não comeu nem bebeu nada, não parou para se lavar nem para dormir. Por fim, encontrou a deusa Hécate e questionou-a.

— Não sei o que vi naquele dia — disse Hécate —, mas foi *alguma coisa*: um buraco na luz, como um tornado escuro. Talvez Hélio te consiga dizer algo mais.

Sem dizer palavra, Deméter virou-se e, com Hécate, voou direta como uma seta em direção ao fulgente Hélio, o sol, que viajava de um lado para o outro do céu. Puseram-se à frente do caminho da quadriga do radioso deus, obrigando os ofuscantes cavalos que a puxavam a parar.

— Respeita-me como uma igual — disse Deméter — e conta-me a verdade. Onde está Perséfone? Onde está a minha filha? Ouvi a voz dela a gritar por mim. Tu vês tudo e todos, por isso diz-me: alguém a raptou?

— Eu respeito-te e tenho pena de ti e, sim, vou contar-te a verdade. Foi Hades quem levou Perséfone. Quer casar com ela — disse Hélio. — Perséfone está em segurança, no Mundo Inferior. Vi-a a fugir dele, a gritar pelo pai, por ti... Mas, ouve-me, não podes fazer nada para mudar o que está a acontecer. Hades combinou tudo com o próprio Zeus. E não será um mau marido. Olha para o poder que tem, a quantidade de almas que governa lá em baixo no seu grande reino do Érebo. Perséfone será uma grande rainha. Será melhor assim.

Com isto, Hélio gritou para os cavalos, que se precipitaram para diante e seguiram alegremente em direção ao céu, a pairar como aves a caminho do horizonte.

De início, Deméter não se mexeu. E, depois, uma fúria, uma fúria terrível dominou-a, juntamente com uma dor ainda mais brutal do que a anterior. Mergulhou para a Terra, veloz como um francelho que arranca em voo picado em busca da sua presa. Lá chegada, mudou de aspeto, enrugando a pele clara e luminosa, encolhendo-se e dobrando as costas até parecer uma mulher velha e frágil. Vagueou durante meses entre os humanos, a alimentar a angústia, a pedir pão a reis e guardadores de porcos, a princesas e camponeses; por vezes trocava-o com mercadores e pescadores para atravessar os mares. Viu muitas cidades e conheceu os modos das mentes de muitos humanos. Algumas casas saudavam-na com simpatia e davam-lhe pão, azeitonas e vinho para enganar a fome sem lhe fazer perguntas até depois de ela acabar de comer e de beber à vontade; depois, se tivesse sorte, os escravos faziam-lhe uma cama num canto da casa e cobriam-na com peles de carneiro e mantas para a manter quente. Noutros lugares escorraçavam--na com risos escarninhos, insultos ou, pior, arremessavam-lhe um banco à cabeça ou soltavam os cães de criação.

Um dia, nos arredores de um vilarejo, Deméter parou para descansar junto de um poço. Quando estava sentada, à sombra de uma oliveira, cansada e com fome no corpo de mortal, o coração apertado de dor pela filha perdida, quatro jovens mulheres subiam o carreiro a conversar umas com as outras, a rir e a gracejar; traziam cântaros de água com elas, que deveriam encher para levar de volta para a casa dos pais. Logo que viu a mulher desabrigada, Calídice, a mais velha, disse:

— Não quero incomodar, mas parece estar muito sozinha. Podemos ajudá-la de alguma maneira? Estou certa de que haverá pessoas na vila que lhe podem oferecer uma cama.

A deusa sorriu e contou uma história às irmãs.

— Obrigada pela vossa gentileza, filhas. Chamo-me Doso e venho de Creta. Contra a minha vontade, diga-se. Eu e outras mulheres fomos cercadas e raptadas por um grupo de piratas. Levaram-nos para o continente do outro lado do mar. Tive medo de que nos fossem vender a esclavagistas, por isso, quando estavam a assar carne e a beber até ficarem ébrios, consegui esgueirar-me e fugir. Acabei por conseguir chegar a esta nascente, mas tens razão, preciso de um telhado sobre a cabeça. Por isso, diz-me, onde estou e a que casa me deverei dirigir? Trabalharei de bom grado. Posso cuidar de crianças, ou vigiar mulheres jovens no tear, tudo o que for necessário.

— Lamento ouvir o quanto sofreu — disse Calídice. — Os deuses imorredouros obrigam-nos a suportar tantas coisas difíceis, a nós que somos mortais. Mas deixe-me explicar onde está: o lugar mais próximo chama-se Elêusis e há duas ou três famílias que lhe ofereceriam um lugar para dormir, com certeza. Mas, e se nós pedíssemos à nossa própria mãe que a acolhesse? Se esperar aqui, podemos voltar para trás e perguntar-lhe. Temos um irmão pequeno que precisa de uma ama, e talvez, se os nossos pais concordarem, a senhora possa viver connosco e ajudar-nos a tomar conta dele.

A deusa assentiu com a cabeça; as raparigas encheram os cântaros de água e foram a correr para casa. Deméter não alimentava muitas expectativas de que fossem regressar, mas, ao fim de algum tempo, as raparigas estavam de volta: a deusa ouviu-as ainda antes de as ver, a rirem-se e a conversarem, e quando elas apareceram depois de uma curva do carreiro de bois e ficaram à vista, Deméter reparou nos seus cabelos a brilhar à luz do sol. As raparigas ajudaram a deusa a levantar-se e caminharam devagar ao lado dela de volta para a casa dos pais, Celeu e Metanira, e quando chegaram junto da porta, correram em direção à mãe, que estava sentada num assento primorosamente esculpido, a sorrir com o bebé aconchegado junto do peito.

A velha mulher estava atrás das raparigas, pelo que elas não a ouviram a entrar na casa, ao contrário da mãe. Quando a sandália de Deméter bateu na soleira, Metanira teve a certeza de ter visto, por um fugaz instante, não a silhueta de uma velha mulher, pequena e mirrada, iluminada pelo sol, mas a de uma deusa, alta, magra e forte. No entanto, a impressão dissipou-se rapidamente e Metanira não viu ninguém a não ser uma pedinte andrajosa. Não obstante, receosa, cheia de espanto, levantou-se num pulo e ofereceu o seu próprio assento à visitante. Mas Deméter, modesta, não tirou os olhos do chão e recusou-se a sentar-se até que Iambe, a escrava, se lembrou de lhe levar um banco baixo, que cobriu com pele de ovelha. E quando a deusa imorredoura viu a mãe mortal a cuidar do bebé, rodeada de raparigas animadas, apertou o xaile em volta do rosto para esconder as lágrimas. Pensou que o coração iria explodir com o sofrimento, quando se lembrou da sua querida filha.

Deméter ficou sentada muito tempo, envolta nos seus próprios pensamentos, sem dizer nada. Com toda a sensibilidade, Metanira não a pressionou a falar e, quando Iambe lhe ofereceu uma bebida fresca de cevada, água e ervas, a deusa recusou-a. Iambe respondeu com uma piada picante para fazer a visitante rir. E a deusa riu-se, ainda que contrariada. A sua disposição sombria tinha-se quebrado.

— Bem-vinda, senhora — disse Metanira. — Vejo que é honrada; existe bondade e graça nos seus olhos. Sofreu muito. Perder a casa, ser exilada, ser separada da família... É difícil. Mas gostaríamos que fizesse da nossa casa a sua, se, em troca, me ajudar a tomar conta do meu filho, Demofonte.

— Deixe-me pegar nele ao colo — disse a deusa, estendendo os braços para acolher a criança. — Sim, vou tomar conta dele e prometo-lhe que, enquanto ele estiver à minha guarda, nada de mau lhe acontecerá. — Sacudiu-o levemente sobre o joelho e acariciou-o, sentiu-lhe o cheiro delicioso a bebé, e sussurrou-lhe ao ouvido: — Não cairás nas mães de Hades, de maneira nenhuma.

Deméter — ou Doso, nome por que era conhecida pela família mortal — tornou-se a ama de Demofonte. Cada dia tinha um ritmo próprio: brincava com ele, limpava-lhe as lágrimas e, quando ele estava a dormir, varria os corredores com Iambe e supervisionava as escravas mais jovens quando trabalhavam nas rocas e nos teares. Entretanto, toda a gente reparou na rapidez com que Demofonte crescia, muito mais depressa do que as outras crianças da idade dele. A pele do rapaz reluzia, os olhos brilhavam, o cabelo adensava-se, lustroso, e nunca padeceu das doenças de infância que afligiam os seus companheiros.

Metanira afastara quase completamente da memória a estranha visão que tivera no dia em que Doso chegara à sua casa. Mas, ao fim de algum tempo, ficou intrigada com a força e o vigor incríveis de Demofonte. De onde raio teriam vindo? Logo que Doso começara a tomar conta dele, ele deixara de mamar. Depois, Metanira lembrou-se de que nunca tinha visto a ama a alimentá-lo: nem pedaços de pão mergulhados em leite, nem pedaços macios de fruta que uma criança tão pequena pudesse comer. Talvez ela o estivesse a fazer discretamente, longe dos seus olhos... Mas dava que pensar. Porém, não haveria certamente nada que recear: o filho era feliz e saudável. Por outro lado, não haveria algo de estranho naquele acesso de crescimento, aquele viço quase luminoso?

Metanira decidiu vigiar de perto a ama e o bebé. Ficou junto deles durante todo o dia seguinte, inventando pequenas desculpas para abandonar o tear e os ir observar quando brincavam à sombra, no pátio, ou para ir ver como ele estava quando dormia no berço forrado com pele de ovelha. E embora não tivesse nenhuma razão para reprovar os cuidados pacientes e bem-humorados que Doso dedicava ao seu filho, o mistério mantinha-se: quando é que a criança comia? Talvez a ama o estivesse a alimentar apenas à noite, pensou, por mais estranho que tal parecesse. Por isso, manteve-se acordada quando a família foi para a cama e, assim que pensou que toda a gente estava a dormir, saiu do quarto em bicos de pés, dirigiu-se à alcova de Doso e abriu a porta devagar.

Metanira ficou paralisada por um segundo. Depois gritou. Acabava de ver algo terrível, impensável: o seu filho, o seu bebé, na fogueira — e Doso, em pé, a olhar. Precipitou-se porta adentro e, atirando os braços nus para as chamas, retirou a criança da fogueira. Mas Doso gritou de fúria e tentou tirar o bebé das mãos de Metanira e, enquanto se debatiam, Demofonte escorregou-lhes das mãos e caiu ao chão.

Doso virou-se para Metanira.

— Sua idiota! — exclamou ela. — Sua mortal estúpida e ignorante. Não fazes ideia do que acabaste de fazer. Tenho posto Demofonte nesta fogueira todas as noites, e todas as noites tenho vindo a queimar um pouco da sua humanidade fraca e patética. Juro pelo rio Estige, a água implacável que rodeia o Mundo Inferior, que teria feito desta criança um deus que se sentaria ao meu lado nos salões do Olimpo. Agora, graças à tua inépcia absurda, irá morrer, tal como todos vós, ainda que venha a ser lembrado com honra porque um dia esteve deitado no meu colo. Porque eu, Metanira, não sou a velha mulher frágil que julgas que sou. Sou uma deusa, a imortal Deméter, que leva bênção a imortais e humanos.

De seguida, as costas de Deméter endireitaram-se, a pele iluminou-se. A idade afastou-se dela. A deusa elevou-se a uma altura tremenda. O cabelo, que antes era desgrenhado e branco, caía-lhe volumoso e lustroso sobre os ombros. Um perfume aprazível — como a brisa numa manhã fria de outono — encheu o quarto. Deméter emanava uma radiância ofuscante. Metanira recuou em choque e caiu para trás.

— Constrói-me um grande templo — ordenou Deméter, numa voz que parecia um trovão estival. — Irei ditar os rituais que terás de fazer em minha honra para me agradar.

Um clarão de luz branca e Deméter desapareceu. As filhas de Metanira, acordadas pelo ruído, acudiram ao quarto. Calídice pegou na criança do chão onde estava deitada e tentou serená-la e confortá-la. Mas Demofonte não parava de chorar: queria a sua ama deusa, e não as meras irmãs mortais.

Na manhã seguinte, começaram os trabalhos de construção de um templo para a deusa. Deméter deixou-se ficar na Terra, pois queria evitar os salões dos seus congéneres imortais. Após perder Demofonte, as saudades da filha redobraram-se. Na fúria e dor que sentia, retirou as bênçãos das colheitas e da abundância aos humanos e aos deuses. Toda a Terra ficou congelada na dor da deusa. A natureza ficou entorpecida. Nenhum rebento floresceu dos ramos nus; nenhum broto germinou no solo da primavera. Tudo era cinzento e sombrio. Dia após dia, semana após semana, mês após mês, não havia senão ventos frios e chuvas tempestuosas. As ovelhas e as cabras não demoraram a deixar de ter feno para comer; os celeiros e depósitos ficaram vazios. As pessoas ficaram com fome e cada vez mais magras. Até os deuses ficaram inquietos e descontentes, uma vez que os mortais não podiam fazer sacrifícios de carne a fumegar nem enviar ricos perfumes a flutuar para o céu para lhes agradar.

Por fim, Zeus mandou Íris — a mensageira dos deuses, que cavalgava na cauda do arco-íris — procurar Deméter. Encontrou-a sentada sozinha e furiosa no templo que Celeu e Metanira lhe tinham construído em Elêusis, envergando um vestido preto como a meia-noite.

— Vinde comigo de volta para o Olimpo, grande deusa — disse ela. — É a vontade de Zeus, não o contrarieis. A vossa fúria já durou tempo suficiente. Está na hora de amolecer o solo, dar vida às sementes dormentes. Já houve sofrimento que bastasse.

Deméter virou-se para ela e contrapôs:

— Podes voltar para junto de Zeus e dizer-lhe que nunca irei regressar ao Olimpo e que não haverá nenhuma semente a germinar na Terra até que eu ponha os olhos na minha filha.

Nada do que Íris dissesse a poderia demover, pelo que a mensageira se apressou a voltar para os salões do Olimpo. Zeus enviou outros deuses para Elêusis, um a um, cada qual com presentes e honrarias para oferecer a Deméter, para que ela libertasse a Terra do seu punho invernoso, para que ela deixasse as folhas abrirem-se e as flores florirem e as sementes amadurecerem dentro das cascas. Mas Deméter foi implacável. Enviou todos os deuses de volta para o céu com a mesma mensagem: queria ver Perséfone.

Por fim, o senhor dos relâmpagos aceitou que Perséfone fosse autorizada a regressar ao ar superior, mas com uma condição: só poderia ficar permanentemente se não tivesse comido nada quando estava nos corredores dos mortos. Deméter concordou com relutância, e o rei dos deuses chamou Hermes e enviou-o para o Érebo, o domínio sombrio de Hades. Lá, encontrou a bela Perséfone, sentada longe do captor num quarto do palácio frio e húmido do deus do Mundo Inferior; ficara pálida e magra, o brilho divino enfraquecido. Hermes curvou-se perante ambos e disse:

— Senhor Hades, venho a mando de Zeus. Eu sei, senhor, que não tendes necessidade das bênçãos de Deméter aqui em baixo, no vosso reino mortal, onde nada cresce nem nunca crescerá. Mas ela está furiosa, e a Terra está a morrer. Chegará o dia em que os humanos irão deixar de se multiplicar e deixará de haver almas para popular a terra. Deméter não cederá enquanto não vir a filha. Deixai-me levá-la comigo, por favor.

Perséfone levantou-se num pulo, o coração cheio de esperança, quase sem acreditar que iria voltar a ver a agradável luz do dia, o céu com as nuvens vagantes. Hades, o rosto sombrio e carregado, pensou por um momento. Depois chegou a uma decisão.

— Curvo-me perante as ordens de Zeus — disse ele. — Hermes, amarra os cavalos pretos à minha quadriga e leva Perséfone para junto da mãe.

Quando Hermes se virou para obedecer às ordens de Hades, o deus do Mundo Inferior dirigiu-se à deusa.

— Vinde, senhora, deixai-me ajudar-vos com o vosso manto. — Sem suspeitar de nada, e sentindo apenas algum choque pela sua súbita libertação, Perséfone dirigiu-se para ele. No entanto, quando ela se aproximou, ele levou a mão, fria e dura como mármore, à boca dela. Ela engoliu involuntariamente. Hades retirou a mão, e Perséfone libertou-se dele a cambalear. — É só uma semente de romã — disse ele. — Não é nada. Só uma pequena piada. Não vos importuneis. — Sorriu.

Perséfone recuou para longe dele, a tremer, sem saber bem o que tinha acabado de acontecer — alguma brincadeira, pensou, uma cruel partida final. Depois virou-se e saiu apressadamente do palácio, à porta do qual Hermes a esperava na quadriga de Hades. Subiu para o lado dele.

— Leva-me para longe daqui — disse ela. — Vamos embora.

Hermes espicaçou os cavalos, e eles galoparam pelos domínios sombrios e inanimados dos mortos. Pouco depois, começaram a subir até chegarem a um caminho que os levava cada vez mais para o topo. Pularam por cima do rio Estige, as águas fétidas que rodeiam o reino de Hades, e chegaram ao lugar onde as rochas se tinham fechado por cima da cabeça de Perséfone. As enormes pedras rangeram e sacudiram-se até se abrirem. A quadriga foi abatida por uma rajada de ar com cheiro a pinheiro e pela visão do horizonte amplo. Estavam finalmente fora do reino de Hades. Perséfone riu-se com alegria.

Galoparam sem parar, os cascos dos cavalos mal a tocarem no chão, até chegarem ao templo onde Deméter os aguardava. E, sentada no templo, Deméter sentiu a filha a chegar junto dela, levantou-se num instante e desceu as escadas a correr. Hermes puxou as rédeas dos cavalos com força para os parar, Perséfone saltou da quadriga e as duas deusas correram para os braços uma da outra.

A imortal Deméter, que pensava que iria viver durante toda a eternidade sem voltar a ver a querida filha, agarrou-se a Perséfone como se nunca mais a fosse largar, beijando-lhe o cabelo macio, os lábios, as bochechas. E quando Perséfone mergulhou naquele abraço protetor e forte, percebeu que o amor de Deméter era singular e inextinguível; que era amada pela mãe como nunca poderia ser por mais ninguém.

Ficaram assim demoradamente, as lágrimas a jorrar.

Porém, ao fim de algum tempo, Deméter sentiu a perceção de algo — algo que não estava bem. Desenlaçou-se devagar dos braços de Perséfone, segurou as mãos da filha nas suas e perguntou:

— Ele deu-te alguma coisa para comeres?

— Não — respondeu Perséfone. — Durante todo o tempo em que estive lá, recusei o néctar e a ambrósia. Não era capaz de comer nada que viesse dele.

— Tens a certeza? — insistiu Deméter. — Não comeste absolutamente nada em todo o tempo que lá estiveste?

— Absolutamente nada — respondeu-lhe a filha. — A não ser... A não ser quando Hermes me foi buscar. Mesmo antes de sairmos, ele faz uma coisa horrível: levou a mão dele à força à minha boca e fez-me engolir algo, mas não era nada, só uma semente de romã.

Deméter virou-se por um instante, depois voltou a olhar para a filha e afagou-lhe o cabelo com um sorriso forçado, e ambas, mãe e filha, falaram e confortaram-se uma à outra. E Hécate também foi ter com elas, para ver a sua querida amiga Perséfone e para lhe prometer que estaria sempre junto dela, independentemente do que viesse a acontecer. E, ao fim de algum tempo, Reia, a mãe de Deméter, a grande deusa titânica, chegou, trazendo-lhe uma proposta de Zeus.

Foi depois de Reia e Deméter negociarem juntas em privado que Deméter voltou a chamar Perséfone para junto de si.

— Perséfone, ouve-me: Hades enganou-te. Há uma lei. Se comeres alguma coisa no Érebo, mesmo que seja apenas uma semente de romã, tens de voltar lá para sempre. Mas Reia e eu chegámos a um acordo: irás para lá no primeiro terço de cada ano e serás a rainha dos mortos. Mas também irás poder voltar para o ar superior durante dois terços do ano para estares comigo e com os outros imortais.

Sorriu por entre as lágrimas e, ao fazê-lo, afrouxou o punho sobre as coisas vivas da Terra. Pouco tempo depois, as quatro deusas — Reia, Deméter, Perséfone e Hécate — ouviram os pássaros a cantar nas árvores. De seguida, o som do canto das aves foi abafado pelo canto das cigarras a acordarem ao sol. Pouco a pouco, a Terra estava a renascer. A primavera estava a voltar. Os prados voltaram a florescer com crocos, violetas, íris e narcisos.

Uma das Oceânides que estava a caminhar com Perséfone no dia em que ela foi raptada por Hades era Clímene; foi Clímene que Atena teceu a seguir, no terceiro grande painel central, a mostrar a ninfa a chorar sozinha no Norte desolador, a verter lágrimas que endureciam e se transformavam em âmbar. Clímene criara um filho, Faetonte, numa pequena ilha rochosa. O pai de Faetonte era Hélio, mas o deus nunca se detinha no seu caminho pelo céu para visitar a criança. Faetonte atazanava a mãe todos os dias para que esta lhe contasse histórias sobre o pai e cravava os olhos no esplendor escaldante dos céus agarrado a uma esperança vã de poder distinguir o contorno da sua quadriga. À medida que o rapaz crescia, ia-se gabando de Hélio aos amigos, o que só os aborrecia e irritava.

— Se ele é realmente o teu pai — disse um deles —, porque é que nunca esteve aqui? Talvez não seja teu pai, afinal. Talvez seja só uma história que a tua mãe te contou.

Em casa, Faetonte ficava furioso com Clímene e culpava-a pela perda que o consumia.

— Porque é que ele nos deixou? O que é que lhe fizeste? Tens a certeza de que é o meu pai? — perguntava-lhe vezes sem conta.

Por fim, Clímene respondeu.

— Se queres assim tanto vê-lo, vai lá. Já tens idade suficiente. O palácio dele não é longe daqui: encaminha-te para este e vais encontrá-lo logo abaixo do horizonte; é aí que ele passa todas as noites. Vai lá e vê se gostas dele quando o encontrares.

Faetonte partiu para o Oriente e, ao fim de vários dias, chegou logo abaixo do horizonte. Os salões do seu pai erguiam-se diante de si com frontões luminosos; o rapaz sentiu-se muito pequeno. As extraordinárias portas, esculpidas em prata pura pelo próprio Hefesto, tinham gravuras com imagens dos deuses do mar: o metamórfico Proteu a guardar os rebanhos de focas de Posídon; e Tritão, peixe da cintura para baixo e homem da cintura para cima. Timidamente, Faetonte colocou as mãos nos painéis de prata e empurrou as portas.

Achou-se num vasto salão. Tudo à volta dele reluzia: os chãos de porfírio e malaquite, as taças douradas cravejadas de joias em cima de mesas de mármore incrustado. As paredes estavam pintadas a fresco com cenas da Terra tal como Hélio a observava na passagem diária pelos céus: florestas, rios, montanhas e mares salpicados de ilhas, todos dispostos em harmonia, tal como Gaia os construíra.

Do fundo do salão vinha um calor e uma luz tão intensos que Faetonte estremeceu. Por entre o brilho ofuscante só conseguia discernir um trono incrustado com centenas de esmeraldas e, sentado a descansar, um deus com cabelo e barba flamejantes — Hélio. Em volta dele encontravam-se as Horas, as deusas da passagem do tempo, e as Estações: Primavera, a usar uma pequena coroa de narcisos; Verão, com uma grinalda de rosas; Outono, com os braços cheios de uvas; e o frio Inverno, com uma coroa de ramos nus.

— Faetonte, meu rapaz — disse Hélio. — Observei-te quando decidiste vir até mim e estou contente por te ver, a sério que estou. O que poderei oferecer-te, algo para comer ou beber? Ou uma prenda? Que tal aquelas taças salpicadas de joias que te vi a admirar? Poderia dar-te um punhado de esmeraldas do meu trono ou um vestido usado pelas próprias Horas para a tua mãe. Diz-me e dar-to-ei.

Faetonte sentiu-se mais sozinho do que nunca, porque percebeu que nunca poderia estender os braços e tocar no deus flamejante, que nunca poderia sentir o seu abraço.

— Pai — disse ele —, não quero uma prenda. Só quero saber que me amas.

— Ah! Claro que amo — respondeu Hélio. — Olho para ti todas as manhãs da minha quadriga para ver se ainda estás vivo e essas coisas. Gosto muito de ti e de todos os meus filhos. — Fez um gesto vago para o resto do mundo.

— Poderás prová-lo? Podes mesmo dar-me o que quer que eu deseje? — perguntou Faetonte.

— O quê? Bem, sim, foi isso que eu disse — respondeu Hélio, ajeitando-se na cadeira. — O que é que vais querer, então? Não tenho muito tempo, infelizmente. Tenho de me preparar para levar a luz ao mundo. As Horas não vão ficar contentes se eu me atrasar.

— Juras? — perguntou Faetonte. — Um juramento solene, selado pela imortal Témis, guardiã das promessas?

— Sim, sim, tudo o que quiseres — respondeu Hélio. — Juro. — Desta vez, havia uma inflexão bem marcada de impaciência na voz do deus.

— Então o que eu desejo é percorrer os céus na tua quadriga. Fazer o teu trabalho, só por um dia. Para provar a mim próprio que sou o teu verdadeiro filho.

Um feixe dolorosamente brilhante de luz saiu disparado do olhar de Hélio e Faetonte recuou, cambaleante, e quase caiu. O deus parecia incapaz de falar e virou a cabeça para o lado. Depois tornou a virá-la para a frente, para fitar o rapaz.

— Fui muito precipitado, Faetonte — disse ele. — Nunca deveria ter feito tal promessa. Faria tudo, qualquer coisa para retirar o que disse. Mas, infelizmente, é tarde de mais. Témis, a guardiã dos juramentos, é mais poderosa do que eu, e seguramente mais poderosa do que tu. A única coisa que posso fazer é pedir-te para retirares o pedido. Rapaz, és um mortal. Os teus dias nesta Terra são parcos. Não abrevies ainda mais a tua vida. Ouve, nunca serás capaz de controlar os meus cavalos. Só eu o posso fazer, e até eu tenho dificuldade. Houve dias em que quase saí da rota e em que Tétis teve receio de que eu caísse sobre os seus mares. E aquelas constelações que vós, os mortais, contemplais à noite? Atacarão, a menos que consigas seguir um caminho por entre elas. Escorpião irá tentar atingir-te com o seu aguilhão, a pinça de Caranguejo irá atirar-te para fora da quadriga se não tiveres cuidado. Olha, meu filho, minha criança, dou-te qualquer outra coisa no mundo. Mas, por favor, isso não.

Faetonte percebeu a tensão — talvez até o amor — na voz do pai e hesitou. Mas o desejo de conduzir a quadriga era tão intenso que se recusou a mudar de ideias. Estava determinado a galopar rente à sua ilha para mostrar aos amigos e à mãe do que era realmente feito.

Hélio cedeu, contrariado, vinculado que estava pelo juramento que fizera.

— Ouve com atenção — avisou ele. — Não uses o chicote nos cavalos. O que tens de fazer é refreá-los, e não espicaçá-los. Vais ver os meus carreiros celestes, as marcas que a quadriga deixa todos os dias no percurso pelos céus. Segue-os. Tens de te dirigir a um arco amplo e suave. Evita os polos. Não te aproximes demasiado da Terra nem voes demasiado alto.

Por esta altura, Selene, a Lua, estava a arrear os cavalos claros no seu próprio palácio na extremidade ocidental do mundo, pronta para se juntar ao seu amante mortal Endimião, que dorme para toda a eternidade no seu quarto. Eos assumiu o lugar dela nas portas do palácio de Hélio, o seu rubor rosado a começar a banhar o horizonte com ténues vestígios de luz da aurora. Os cavalos de crina dourada foram trazidos pelos moços de estrebaria de Hélio e, enquanto corcoveavam e bufavam, com espuma de suor no quarto dianteiro, as orelhas caídas sobre as cabeças, foram amarrados à quadriga dourada pelos moços de estrabaria. Hélio fez um último pedido ao filho.

— Meu rapaz, deixa-me levar os cavalos hoje. Podes ficar a ver daqui, a divertir-te no palácio. Podemos conversar e festejar juntos quando eu regressar à noite.

Mas Faetonte ignorou o pai, saltou para dentro da quadriga e agarrou nas rédeas. A socar o ar com os cascos de ouro a brilhar, os cavalos começaram a galopar a toda a brida e não demoraram a ultrapassar Zéfiro, o quente vento do Ocidente. Hélio tornou-se um mero brilho ofuscante na vertente da colina, os gritos de «Refreia os cavalos!» perdidos na fúria do vento em volta das orelhas de

Faetonte, no bater do próprio coração. A quadriga despeada do chão, a carregar um mero rapaz em vez da carga habitualmente pesada, agitou-se de um lado para o outro como um barco no meio da tempestade. Os corcéis com cascos flamejantes assustaram-se, as albugíneas dos olhos a cintilar. Afastaram-se precipitadamente do caminho habitual.

Faetonte mal conseguia manter-se de pé; a ideia de refrear os cavalos e de os guiar para o caminho correto não passava de uma fantasia. Não conseguia sequer lembrar-se dos nomes deles. Quando se lançavam para a frente, se inclinavam e cambaleavam, o céu parecia o mar. Depois, as nuvens cinzentas e húmidas envolveram-nos, eliminando todos os pontos de referência e deixando Faetonte completamente desorientado.

De repente, as nuvens afastaram-se de uma vez e a quadriga emergiu no ar limpo. Faetonte olhou para baixo. Via as ilhas, seixos no azul; depois, o contorno dos continentes; mais tarde, o corpo arqueado de Gaia revelou-se-lhe com um orbe de azul e verde. Subiram tão alto que estavam entre as estrelas. Faetonte largou as rédeas, assustado, e os cavalos açodaram-se ainda mais descontroladamente, lançando-se em direção às ferozes constelações. A Ursa Maior brandiu a enorme pata; o vasto aguilhão em curva do Escorpião estava pronto a desferir um ataque.

Por algum milagre, conseguiram evitar os predadores celestes numa investida rápida. Mas havia problemas na Terra. Sem o calor levado pela quadriga de Hélio, começou a cair uma neve extemporânea. Aquele grande manto branco e resplandecente que tudo cobre até poderia parecer bonito — mas não por muito tempo. Com a permanência do frio, as crianças começaram a ficar com fome; os homens e as mulheres mais velhas começaram a morrer de frio em casa. Os rebanhos pereceram nos campos, as colheitas ficaram congeladas e arruinadas, as aves deixaram de conseguir encontrar comida. As árvores mirraram e caíram, arriadas pelo peso dos flocos que não paravam de cair. Os peixes ficaram presos e imobilizados em rios de gelo como pedra; até os oceanos amainaram quando se encheram de massas de gelo. As cidades ficaram isoladas, e os habitantes começaram a lutar pelas provisões que restavam. As pessoas começaram a passar fome.

Nunca passara pela cabeça do rapaz mortal que a sua arrogância iria resultar em tanta destruição, tanta miséria e tanto dano para a própria Gaia. Mas o pior ainda estava para vir. Os cavalos viraram-se para baixo e empreenderam num voo picado em direção à Terra. Pouco depois, Faetonte já conseguia ver as montanhas a erguerem-se a uma velocidade assustadora para se encontrarem com eles. Dali já conseguia distinguir as cidades que encimavam as montanhas, os frontões de templos pintados, as casas de campo isoladas, os navios no mar. A certo ponto, relanceou para a sua ilha natal, para a vila onde vivia, para a casa da mãe, e lamentou aquele desejo infantil de se exibir aos amigos na quadriga do pai. Porque, de repente, estava muito perto. Perto de mais.

Na esteira da quadriga, os campos secaram, a erva amareleceu, o solo rachou-se. Os poços secaram e as fontes murmurantes ficaram bafientas e cheias de pó. As ninfas, as doces ninfas de córregos e regatos, partiram. Nos campos dos mortais, as colheitas perderam o viço e a cor. Os rios fizeram-se arroios, depois definharam, até restarem apenas os leitos mortos e rochosos; o delta labiríntico do grande Nilo ficou ressequido e árido. Os deuses dos rios gemeram e verteram lágrimas secas. As árvores, antigos refúgios de ramos verdes para as aves, os animais terrenos e os insetos, deixaram cair as folhas, e as florestas tornaram-se cemitérios. Nas montanhas, os glaciares recuaram e minguaram. Nas terras frias do Cáucaso, onde Prometeu jazia manietado pela sua rocha, o gelo que antes se agarrava ao solo derreteu. As planícies férteis transformaram-se em desertos. Os animais e os humanos passaram fome. As doenças grassaram descontroladamente. Nas extremidades do mundo, os polos para os quais Hélio tinha advertido Faetonte estavam a aproximar-se, o gelo do mar ficava mais fino; a água começava a jorrar das calotas de gelo. Os oceanos, intumescidos pelo gelo derretido, começaram a devorar as costas rasteiras, consumindo vilas e cidades. Os ventos, espicaçados pela confusão e a fúria, sopraram agitados e em torvelinho.

Por fim, Gaia perdeu a paciência e levantou a cabeça, uma cabeça maciça, no passado coberta por um prado verde, com musgo macio, mas, de repente, cinzenta, feia e esburacada. Mal conseguia respirar, de tão poluído que estava o ar. Tinha a garganta ressequida, os lábios rachados e os olhos, que, antes, eram lagos profundos e espelhados, não passavam de crateras vazias. Gritou em desespero invocando os deuses do Olimpo, que se banqueteavam nos seus salões, alheados de tudo.

— Zeus, rei dos deuses, se assim te podes chamar, acorda! Não vês o que está a acontecer? Pensas que estás em segurança no cimo da tua montanha, mas os fogos também chegarão até ti. Atlas já mal consegue aguentar a carga que leva aos ombros; também ele irá arder e, quando tal acontecer, Úrano abater-se-á sobre nós, e o Caos primordial voltará a reinar. É isso que tu queres?

Exausta, voltou a deixar-se cair. Zeus levantou-se do sofá num pulo, correu do interior do palácio até à vertente feita em pó e lançou um olhar sobre o mundo. Apontou um relâmpago candente, que viajou pelo ar como uma seta até atingir o alvo — Faetonte. O rapaz, o imprudente rapaz, resvalou pelos céus, em chamas, como uma estrela cadente. Mergulhou, já morto, no rio Erídano, lá longe nas regiões selvagens do Ocidente, perto do jardim das Hespérides.

Os cavalos, exaustos, acabaram por encontrar o caminho para o palácio de Hélio. O deus estava tão consumido pela culpa que quase se recusou a voltar para a quadriga. Selene teve de o ajudar; e ao apoiá-lo no seu caminho pelos céus bloqueou-lhe parcialmente a luz, pelo que, por um dia, o seu brilho surgiu enfraquecido. Clímene viria a encontrar o corpo do filho. E, na margem daquele rio, chorou por ele.

Clímene teve outro filho, com Prometeu. Chamava-se Deucalião e casou com Pirra, filha de Epimeteu e Pandora. Foi a história deles que Atena teceu para completar a sua tapeçaria.

Não obstante todo o engenho e toda a desenvoltura que possuía, a jovem raça de mortais também era venal, violenta e gananciosa. Os mais astutos e egoístas entre eles arrebanhavam mais grão do que precisavam, açambarcavam-no e sustentavam assim o poder que já detinham. Construíram palácios para eles próprios e autodenominaram-se reis. Fizeram escravos entre os seus iguais, os fortes a oprimir os fracos. Travaram-se guerras para garantir terras, riquezas e fama entre os demais. Escavaram profundas feridas nas montanhas em busca de ferro, ouro, prata e pedras preciosas. Poluíram o ar com fumos a derreter metal para forjar armas novas. Derrubaram florestas inteiras para construir navios, enviando dóceis dríades e hamadríades, os semideuses das florestas, para o exílio.

Por isso, Zeus — embora talvez se possa alegar que os vícios dos humanos não eram piores do que os dos Olímpicos — decidiu acabar com tudo. Convocou os Ventos — Bóreas, o vento norte; Zéfiro, o oeste; Euro, o este; e Noto, o sul — e mandou-os vaguear para longe, todos de uma vez, para que a anarquia dominasse os céus. Choveu incessantemente. Os rios elevaram-se e incharam, transformados em enxurradas, e galgaram as margens e envolveram cidades, vilas e quintas, derrubando palácios com a facilidade com que uma criança desfaz um castelo de areia. As colheitas ficaram espalmadas e desapareceram, os pomares e as vinhas desapareceram sem deixar rasto, os animais e as pessoas foram levados para longe na torrente furiosa, as aves mantiveram-se no ar, exaustas, sem encontrar lugar para aterrar. Mas as águas continuaram a subir, submergindo até os templos nos cimos das montanhas e as cidadelas mais altas. Tal como Zeus pretendera, os humanos estavam a morrer — ou eram submersos nas cidades natais ou levados pela água, mais rápida do que eles a procurar um chão mais elevado. As ondas batiam nas vertentes das montanhas; os peixes e as focas nadavam em florestas submersas; as Nereidas exploravam o que no passado foram cidades, maravilhadas pelas ruínas submersas de templos e palácios. Os deuses viram tudo isto a acontecer do alto do Olimpo, com indiferença.

Prometeu, porém, previra muito tempo antes o que estava para vir, e avisara Deucalião e Pirra. Estes, por sua vez, tentaram avisar os outros mortais da inundação que se avizinhava, apelando-lhes vezes sem conta para que mudassem de comportamento, ou, se tal fosse impossível, pelo menos, para que se preparassem para se porem em segurança. Mas ninguém os ouviu. Seguindo as instruções de Prometeu, Deucalião e Pirra construíram uma arca e encheram-na de provisões. Quando as águas subiram e destruíram a vila onde viviam, subiram para a arca e lançaram-na à água. A arca balanceou, rodopiou para um lado e para o outro nas águas em redemoinho, umas vezes colidiu perigosamente com destroços, outras vezes vogou a velocidades aterradoras. A arca manteve-se assim à tona durante nove dias, e Decalião e Pirra mantiveram-se lá dentro, assustados e molhados, mas vivos.

Quando Decalião acordou uma manhã, percebeu que, em vez de balançarem e a sacudirem-se, estavam em terra e parados. Cuidadosamente, abriu a tampa da arca e olhou para o exterior. Não o sabia, mas estavam no pico de um monte chamado Parnaso, que parecia uma ilha rochosa num mar incomensurável.

— Acho que estamos em segurança, pelo menos por enquanto — disse à mulher, quando desceram com dificuldade da arca para a terra sólida. — Mas, e o mundo? E se só restarmos nós? — Assombrados e receosos perscrutaram o horizonte; não viram senão água e céu. Os animais e as aves tinham acudido ao pico da montanha, mas eles eram os únicos humanos no topo. Sentiram-se completamente sozinhos. E estavam-no, de facto.

Zeus teve pena dos inocentes Deucalião e Pirra e mandou cessar as chuvas e os ventos. O sol apareceu. As águas recuaram. Parnaso começou por tornar-se parte de um arquipélago quando foram surgindo outros picos. Depois as cordilheiras tornaram-se visíveis e, por fim, os vales. Pirra e Deucalião exploraram o seu novo território até que se depararam com um pequeno templo, meio arruinado e coberto de sedimentos e lama. Aproximaram-se dele com cautela e, quando chegaram aos degraus, dobraram-se e beijaram-nos. Pirra disse:

— Vós, ó deus ou deusa que habitais este templo, dizei-nos, por favor: somos os últimos mortais vivos?

Nem um suspiro. De seguida, sentiram uma brisa repentina, uma voz; um som que se assemelhava a um sussurro do próprio vento.

— É Témis quem vos fala: para reabastecer a raça dos humanos, tendes de deixar ossos de Mãe atrás de vós.

Depois nada. O vento amainou, e a quietude era total.

Pirra estava desesperada.

— Ossos de Mãe? Não faz sentido — disse ela. — E mesmo que encontrássemos os ossos das nossas mães, o que é impossível, porque não fazemos ideia de onde estamos, seria decerto um sacrilégio fazer o que a voz disse.

Debateram durante horas o que a voz poderia querer dizer. Enquanto caminhavam e iam conversando, Deucalião tropeçou e caiu a deslizar sobre uma rocha. Ao endireitar-se pôs a mão na pedra descorada e sem brilho.

— Pedras, os ossos da Terra... Talvez seja essa a resposta — comentou Pirra.

— Podemos sempre tentar — disse Deucalião.

Cada um deles fez uma bolsa com os mantos e encheram-nas de pedras. À medida que caminhavam, atiraram-nas por cima dos ombros. Pirra não conseguiu deixar de olhar para trás e o que viu foi extraordinário: seixos a inchar, a crescer e a transformarem-se em grandes pedaços de matéria. Cada uma daquelas massas rudimentares parecia um pedaço de mármore que é paulatina e meticulosamente debastado por um escultor — a curva de um braço a aparecer aqui, os músculos de uma perna ali —, até que a figura se revela por completo. E à medida que as formas humanas emergiam das rochas informes, a carne amolecia, e elas começavam a respirar, a mexerem-se, a sorrirem e a soltarem gargalhadas. Eram pessoas novinhas em folha, prontas para deixarem a sua marca na Terra.

E assim Atena concluiu a sua tapeçaria. Quando cortou a intrincada e reluzente obra para a tirar do tear, pensou que os mortais não tinham aprendido muito com a tempestade. Continuavam a ser tudo o que os antecessores tinham sido: habilidosos e com vistas curtas; generosos e ciumentos; espertos e destrutivos. De todas as coisas que caminhavam à superfície da Terra, parecia-lhe que não havia nada mais maravilhoso, nem mais terrível, do que a humanidade.

ALCÍTOE

As filhas de Mínias
Dioniso
Europa e o touro
Cadmo e Tifão
Io
Harmonia
Tirésias
Édipo e Jocasta
Etéocles e Polinices
Antígona e Creonte
Níobe
Actéon
Sémele e o nascimento de Dioniso
Âmpelo
Dioniso e os piratas tirrenos
Penteu e Agave
Alcítoe e Dioniso

Foram os dias em que o jovem deus Dioniso voltou à Grécia pela primeira vez. Foi para a cidade da mãe, Tebas, no território de Beócia. As mulheres da cidade responderam à sua chamada para o reverenciarem: abandonaram os teares e as rocas, os maridos e os filhos, e correram para o campo, logo à saída da zona selvagem do monte Citéron, onde se juntaram ao grupo de seguidoras do deus, a armada de mulheres que ele trouxera consigo do Leste.

Eram dissolutas aquelas ménades, aquelas bacantes, aquelas seguidoras do deus: embrulhavam-se em peles de veado, cortavam caules de funcho para deles fazerem bastões, colocavam grinaldas de hera no cabelo e passavam as noites em frenesis de dança. No cúmulo do êxtase, mutilavam animais e chupavam o sangue das criaturas para lhes provar a energia selvagem e palpitante.

Tudo isto por Dioniso, o deus que era capaz de pôr os exércitos a sofrerem espasmos de medo por todo o corpo; que levava a consolação da embriaguez aos humanos; que lhes permitia serem duas pessoas de uma vez, ao mesmo atores e personagens. Persuadia os frutos a amadurecer. Era a força que fazia os rebentos florir. Tinha uma natureza dúplice: furiosa e dócil; feminina e masculina. Era um deus perigoso, um deus que era melhor não ignorar.

No entanto, Alcítoe, que vivia na cidade de Orcómeno, na Beócia, ignorou-o, tão concentrada estava na sua arte. O que lhe interessava as noites desregradas das montanhas quando havia trabalho para fazer? Com as irmãs a ajudá-la, estava a tecer uma grande tapeçaria cheia de motivos relacionados com as muitas histórias de Tebas, desde o tempo em que a cidade fora fundada por Cadmo.

No entanto, Alcítoe começou, não com Cadmo, mas com Europa.

Europa era uma princesa de Tiro, na Fenícia, uma terra de mercadores e navegadores arrojados, com montanhas ricas em florestas de cedros, que forneciam uma madeira boa para negociar com reis egípcios. Um dia, ela estava a brincar na costa com as amigas quando um touro branco apareceu a andar desajeitadamente na sua direção. De onde teria vindo? Ninguém sabia: num momento não estava lá, no outro já estava. Era bonito, branco-reluzente, dócil. Deixou que as raparigas lhe acariciassem as ilhargas suaves, lhe enfeitassem os cornos com flores. Ao fim de algum tempo, dobrou os joelhos da frente com um cambaleio deselegante e pousou o corpo na areia. Europa sentou-se ao seu lado, afagou-lhe as orelhas e a papada sedosa; depois, com mais afoiteza, ousou alçar-se para cima do lombo do animal. O touro não pareceu importar-se; de facto, ao fim de um instante, voltou a erguer-se e começou a andar tranquilamente junto da água. Europa ria-se de alegria.

No entanto, de repente, o animal virou-se para o mar e fez-se à água. Pôs-se caminhar em águas cada vez fundas e, depois, com um movimento brusco, começou a nadar em direção ao horizonte a uma velocidade impossível. Europa gritou, mas aconteceu tudo demasiado depressa: as companheiras eram figuras em miniatura numa costa já distante. As criaturas marinhas — tritões e ninfas — emergiram nas profundezas, mas não fizeram mais do que rir-se enquanto ela gritava por ajuda. Alcítoe teceu a rapariga a agarrar-se à vida que tanto prezava, o touro a avançar por entre a espuma, o seu xaile cor-de-rosa a abanar atrás dela.

Ao fim de muito tempo, chegaram a uma ilha. Mais tarde, Europa soube que se chamava Creta. O touro subiu para a praia com esforço. A rapariga, exausta, deixou-se cair do lombo da criatura enlameada, semiconsciente, a boca cheia de areia. Ela sabia o que ia acontecer a seguir. Ouvira as velhas histórias sobre os deuses, os seus apetites monstruosos. O touro montou-a. O touro violou-a. O touro era Zeus.

Em Tiro, a família de Europa estava cheia de preocupação. Agenor, o pai, enviou os irmãos dela à sua procura. Cadmo foi um deles. Viajou de terra em terra durante anos em busca da irmã perdida.

Era a altura da guerra entre os Olímpicos e os Gigantes, o grande conflito que Atena representara no centro da sua tapeçaria. Gaia, a Terra, tinha acabado de mandar ao seu filho Tifão — uma vasta criatura com pés de serpente, cabeça de serpente e corpo de humano — para lutar contra os deuses do Olimpo. Ele estava em vantagem: roubara os relâmpagos de Zeus.

Não havia forma de os recuperar à força. Restava-lhe a astúcia. Zeus recrutou o ser menos provável que se poderia imaginar para o ajudar: Cadmo, o jovem cuja irmã violara.

— Leva esta flauta de Pã — disse a Cadmo, evitando fazer qualquer menção a Europa. — Toca-a para Tifão, junto da caverna dele. Preciso que ele esteja distraído. Se te saíres bem, tornar-te-ei o guardião da harmonia cósmica e deixar-te-ei casar com a bela Harmonia.

Dito isto, disfarçou Cadmo de pastor e deu-lhe as instruções necessárias. Quando chegou ao covil de Tifão, nas profundezas dos montes Tauro, o jovem encostou-se com cuidado desinteresse a uma árvore e começou a tocar. Pouco depois, a criatura gigante, enfeitiçada pela música, emergiu da caverna, um membro tentacular depois do outro, seguido das muitas cabeças com os rostos sorridentes e as línguas lúbricas. Foi assim que Alcítoe apresentou a cena: o homem mortal a entreter o gigante com pés de serpente.

— Ei, pastor — gritou Tifão ao fim de algum tempo. — Em vez de me importunares com essa flauta de Pã, porque não a dás a Zeus: provavelmente está meio perdido sem os relâmpagos. Ou, melhor ainda, porque não fazemos um jogo? Só de brincadeira. Tu tocas essa flauta de Pã, e eu faço música com o relâmpago de Zeus. E, em troca, quando eu for rei do céu, o que não deve demorar muito, deixo-te dormir com a deusa que tu escolheres, até com Atena, se quiseres. Exceto Hera, claro. Hera é minha.

O engenhoso Cadmo abusou da sorte. Sabia que Tifão tinha levado não apenas os relâmpagos de Deus, mas também algum dos tendões do corpo do deus; e esses tendões também estavam escondidos na caverna de Tifão.

— Senhor — disse ele —, podia fazer música ainda melhor se pudesse tocar a minha lira. Mas neste momento não posso. Zeus destruiu-lhe as cordas em fúria só porque eu tocava melhor do que o seu filho Apolo.

Tifão voltou a entrar na caverna, ansioso, e regressou com os tendões de Zeus, que ofereceu a Cadmo, para que este os usasse como cordas da lira.

— Obrigado — disse o humano, enquanto manuseava os órgãos do corpo do deus com extremo cuidado. — Dê-me licença, que vou buscar a minha lira. — Desapareceu num pulo e fez de conta que estava a colocar as cordas no instrumento e, depois, começou a tocar uma música nova, mais harmoniosa, na flauta de Pã, a imitar o som melodioso da lira. Tifão suspirou de satisfação e sentou-se descontraidamente a ouvir. Imaginou que Cadmo lhe estava a tocar uma canção de vitória e a sua cabeça começou a divagar. De facto, estava tão distraído que não viu Zeus a aparecer sorrateiramente para ir buscar os tendões ao local onde Cadmo os tinha deixado com todo o cuidado e, de seguida, a entrar sorrateiramente na caverna para recuperar os relâmpagos.

Num movimento rápido, Zeus ocultou o falso pastor numa nuvem para o tornar invisível. Cadmo deixou de tocar. Tifão acordou sobressaltado dos seus agradáveis devaneios e, alarmado, recolheu-se rapidamente na caverna. Percebeu de imediato o que tinha acontecido e foi acometido por uma fúria renovada.

— De que servem os relâmpagos contra mim? — gritou. — As montanhas serão o meu escudo, as colinas e os oceanos as minhas espadas, os rios as minhas lanças! Irei libertar os Titãs das prisões em que foram encerrados! Vamos conquistar uma grande vitória! Depois de eu o derrotar, Zeus assumirá o trabalho de Atlas e terá de carregar o mundo nos ombros. Apolo será o meu escravo e tocará a lira enquanto em me banqueteio ao lado de Crono! E usarei Hera para conceber uma nova raça de deuses com muitas cabeças.

Zeus riu-se à gargalhada: com os relâmpagos em seu poder de novo, era imbatível. Contudo, Tifão continuava a ser perigoso: agarrou em florestas inteiras e arremessou-as contra a fortaleza do Olimpo. Zeus retaliou com relâmpagos, tornados, tempestades devastadoras. Mas foi a última batalha entre os dois: Zeus prevaleceu, enterrando Tifão debaixo do Monte Etna, tal como Atena tinha desenhado na sua tapeçaria.

Zeus não se esqueceu do jovem humano.

— Fizeste um bom trabalho, Cadmo. Serás recompensado: irás fundar uma grande cidade e governar um grande povo. Está na hora de deixares de procurar o touro branco. Esquece a tua irmã. Ela está em Creta, em segurança, e teve um filho. Tens de ir para Delfos em breve, para falares com o oráculo sobre a localização da tua nova cidade. Mas, primeiro, tens de conquistar Harmonia, a mulher que se tornará tua esposa.

Uma brisa forte, rajadas instáveis, golfinhos a irromper, exuberantes, da espuma, velas a sacudirem-se, amarras a ranger. Cadmo e companhia vogavam em direção à ilha de Samotrácia, tal como Zeus lhes tinha ordenado. Era oficialmente governada por um rei chamado Ematíon, mas o verdadeiro poder da terra cabia à rainha-mãe Electra, uma das mais brilhantes Plêiades. Era também a mãe adotiva de Harmonia, que a deusa Afrodite tinha concebido durante uma aventura extraconjugal com Ares, deus da guerra.

Depois de ancorarem, Peito, a deusa da persuasão, disfarçou-se de mulher local e conduziu Cadmo pelas ruas sinuosas da cidade da ilha, tornando-o invisível a olhares curiosos. Logo que avistaram o palácio real, Peito retomou a forma divina e voltou para os céus como uma seta. O jovem olhou para o edifício elaborado — para os degraus de bronze que davam para as portas enquadradas por pilares, para as intrincadas gravuras no portão, para a grande cúpula no centro, para os mosaicos de cores garridas que forravam as paredes — e tomou nota de todo o trabalho de Hefesto, emulado com a mesma habilidade por Alcítoe na sua tapeçaria. Atrás do palácio havia um arboreto de pereiras, oliveiras, ciprestes, figueiras, romãzeiras e loureiros, com violetas e jacintos a florir aos pés. Também havia fontenários: um para beber água, outro para assegurar a engenhosa irrigação dos jardins. Diante do palácio, havia filas de cães de prata e de ouro: autómatos que abanavam as caudas para dar as boas-vindas ou que latiam de forma intimidante. Para Cadmo, as caudas de metal bateram com força no chão.

Ematíon e Electra deram as boas-vindas ao jovem viajante e fez-se um grande banquete. Por fim, depois de toda a gente ter enchido as barrigas, o salão ficou em silêncio. Electra acenou para Cadmo e ele puxou o banco para junto do dela.

— Jovem — disse ela —, agora que já descansaste e comeste, vais dizer-nos alguma coisa sobre ti e sobre a tua família?

O jovem Cadmo deteve-se, bebeu um longo trago de vinho e respondeu à dama real.

— O meu nome é Cadmo, sou filho de Agenor da Fenícia — disse ele. — Viajo há muitos anos em busca da minha irmã, Europa, que nos foi levada por um touro branco. Mas se quereis saber mais sobre a minha família, deixai-me contar-vos a história da minha tetravó, Io, filha de Ínaco.

— Io era, há muito tempo, uma sacerdotisa de Hera. Mas Zeus violou-a. Hera ficou furiosa, não com o marido, o perpetrador do crime, mas com Io, que não tinha feito nada de mal. No seu ciúme vingativo, a deusa transformou a minha antepassada numa vaca, amarrou-a a uma oliveira e instruiu Argos de cem olhos a vigiá-la.

»No entanto, Zeus mandou Hermes libertar Io. O deus-mensageiro atirou uma pedra a Argos e matou-o, extinguido o brilho daqueles olhos reluzentes, embora Hera não tenha demorado a transmutá-los para a cauda de um pavão, na qual continuam a fitar o mundo, até hoje, com aquele tom azul-turquesa e sem pestanejar.

»Io deixou de estar vigiada, estava livre. Mas como poderia existir? Continuava a ter um cérebro e um coração humanos, mas estava presa num corpo estranho. Ninguém da família nem do círculo de amigos a conhecia. Ela não se reconhecia a si própria. Não era capaz de falar, não conseguia fazer-se compreender de maneira nenhuma.

»De qualquer forma, logo que foi libertada de Argos, Io foi incansável, não parou um segundo, como uma folha levada pelo vento. As pessoas começaram a dizer que Hera a tinha enlouquecido com mordidas de tavão, e Io percorreu o mundo a tentar livrar-se da agonia que a afligia. Mas eu acho que ela estava a fugir de um tipo diferente de dor.

»Foi para Oeste e deu nome ao mar Jónico. Foi para Este, para os arredores de Cítia, a região do povo nómada das estepes. No Cáucaso, encontrou Prometeu, o Titã cujo fígado era arrancado todos os dias pela águia de Zeus.

»Nessa altura, Io queria apenas a morte: pretendia acabar com a vida nos rochedos caucasianos. Mas Prometeu instou-a a continuar a sua caminhada, a encontrar as Amazonas na Ciméria. Aquelas guerreiras destemidas haveriam de a guiar para um canal marítimo, disse-lhe ele. Ela iria atravessá-lo e entrar na Ásia. Disse-lhe para depois viajar pelas terras das Greias, as três irmãs que lembravam cisnes e partilhavam um único olho; disse-lhe para procurar a terra dos grifos que acumulavam ouro na Cítia, e os seus predadores, os Arimaspos de um só olho. Disse-lhe para ir, por fim, para África. Ali encontraria descanso, finalmente, junto do Nilo.

»Aconteceu tudo o que Prometeu tinha dito. As Amazonas conduziram-na ao estreito canal no oceano, que ela atravessou a nado: chama-se «estreito da vaca», ou Bósforo, em honra dela desde então. E, quando, ao fim de muitos anos, chegou ao Egito, encontrou, de facto, uma certa paz. Voltou à forma humana e tornou-se mãe de muitos filhos. Foi a primeira da nossa família a viajar para lugares tão longínquos no mundo. Poucos humanos foram tão longe, poucos viram os extraordinários lugares que ela encontrou. Pensei muitas vezes nela enquanto procurava pela minha irmã.

Depois de contada a história, o banquete terminou. Electra estava prestes a retirar-se para ir dormir quando um jovem a chamou à parte. Era o deus Hermes disfarçado de humano. Sussurrou-lhe ao ouvido que Harmonia, filha adotiva de Electra, deveria casar com o visitante. Era ordem de Zeus.

Electra dirigiu-se imediatamente para o quarto de Harmonia e deu-lhe a notícia quando ela se preparava para ir para a cama. A jovem ficou chocada, lacrimosa.

— Por favor, não me obrigues a casar com aquele homem horrível, maltrapilho e maltratado por tantas viagens — suplicou ela. — Não conseguiria suportar deixar-te, sobretudo para uma vida na estrada. A minha casa é aqui. Haverá certamente muitos homens na ilha com quem eu poderei casar. Por favor, Electra, não me obrigues a casar com ele.

Foi a mãe biológica de Harmonia que a convenceu, afinal. Disfarçando-se de uma das amigas de infância de Harmonia, Afrodite deixou-se cair na cama da filha na manhã seguinte e começou a falar do quanto suspirava pelo bem-parecido estranho. Alcítoe teceu-as assim: as duas jovens mulheres a conversar intimamente, sendo uma delas uma deusa, na verdade.

— Iria para qualquer lugar com Cadmo — disse Afrodite. — Daria tudo para estar no teu lugar. Trocaria a minha mãe e o meu pai, o nosso palácio, todos os trajes reais de Tiro por ele. Imagina, Harmonia. Viagens pelo mar, liberdade, aventura... Não anseias por ver lugares novos? Não estás mortinha por sair da ilha? E não o achas belo? Estou sempre a pensar em como seria tocar-lhe no corpo, ele a tocar-me... Penso mesmo que morreria feliz se pudesse passar uma noite com ele.

À noite, Harmonia sentiu os sentimentos que tinha por Cadmo a mudarem ligeiramente. E quanto a ele? Bem, Harmonia era filha de Afrodite. Herdara suficiente encanto da mãe para ser irresistível a qualquer humano.

Cadmo não demorou a voltar a sentir o apelo do mar. A festa de casamento teria de esperar; primeiro, iria levar a nova noiva para Delfos, para lá consultar o oráculo, como Zeus ordenara. Instalou Harmonia confortavelmente na popa do navio e, depois, como fenício viajado que era, pegou no leme com destreza e rumou para a Grécia, país onde haveria de introduzir a tecnologia da escrita, uma habilidade que aprendera com os egípcios.

O bando de fenícios viajou por mar e por terra até que, por fim, chegou ao santuário de Apolo, em Delfos, anichado no cimo do monte Parnaso. Depois de feitos os sacrifícios pertinentes, depois de a Pítia, a grande sacerdotisa, entrar na divisão mais íntima do templo de Apolo e sentar-se no tripé, depois de ter conseguido entrar numa espécie de estado de transe em que era capaz de ouvir os sussurros do deus, profeciou ela:

— Deixa de procurar pelo touro que a tua irmã montou e no qual partiu. Nunca o irás encontrar. Esse animal não faz o trabalho de Deméter: nunca puxou um arado. Nunca obedecerá às ordens de um vaqueiro, nem responderá à chibata. O único amo que conhece é Eros. E esquece as saudades de casa também. Em vez disso, segue a próxima vaca que vires. Ela irá guiar-te para a tua nova casa. Onde ela decidir deitar-se e descansar é onde deverás parar. Aí encontrarás uma cidade, que será a tua casa e a dos teus descendentes.

Por acaso, logo à saída do santuário estava uma vaca malhada. Os fenícios olharam para ela com expectativa. Ela levantou a cabeça da erva, olhou para eles com olhos vazios e mastigou. Depois pôs-se a andar. Cadmo e a sua comitiva seguiram-na.

A vaca parava muitas vezes para pastar. Parecia não ter um plano. Era uma guia absolutamente frustrante, tão hesitante e meândrica se apresentava. Mas nunca se deitou. E não obstante aquela evidente lentidão, continuava a avançar paulatinamente para este, pelas montanhas abaixo, a atravessar planícies férteis.

Por fim, ao terceiro dia, chegaram a uma nascente chamada Dirce, um lugar encantador rodeado de árvores verdejantes, as rochas a formarem uma espécie de arquitetura natural em volta dela. A vaca deixou-se cair finalmente na terra com um suspiro.

Cadmo olhou em redor, satisfeito: a vaca tinha escolhido um ótimo lugar para construir uma cidade, no cimo de um largo e imponente planalto. E foi então que ele reparou na serpente: uma criatura gigante, verde, com ziguezagues escuros marcados no dorso, a surgir, deslizante, por detrás de uma rocha. Ainda antes de Cadmo poder gritar em advertência, o animal empinou-se e atacou, cravando as enormes mandíbulas na coxa de um dos membros do grupo de fenícios de Cadmo, que caiu imediatamente. A serpente sacudiu o corpo em direção a outro dos companheiros de Cadmo e fincou os dentes noutro braço. Depois caiu outro homem, e outro, e tudo estava a acontecer a uma rapidez impossível — até que, de repente, foi o próprio Cadmo que sentiu os braços presos ao costado por laçadas que pareciam as de uma corda, e ele viu o movimento vacilante da língua e o brilho furioso nos olhos da serpente.

Durante um segundo ficou paralisado pelo medo, até que Atena, deusa da vitória, lhe soprou confiança para o coração: *o que é uma serpente*, sussurrou ela, *para um homem que tinha enfrentado Tifão?* Cadmo retesou cada músculo que tinha no corpo e soltou-se da prisão a que a criatura o submetera. Depois, pegou numa pedra e atirou-a com toda a sua força contra a cabeça da serpente, transformando-lhe o cérebro em pó. Por fim, com um brado de triunfo, desembainhou a espada e decapitou o animal, antes de erguer a cabeça esmagada e ensanguentada para que todos a vissem.

No distante Olimpo, Ares, para quem tanto a serpente como a nascente eram sagradas, deixou escapar um berro ensurdecedor de fúria: pelo crime de matar o animal sagrado, Cadmo e a própria filha do deus, Harmonia, estariam destinados a viver como serpentes quando fossem mais velhos.

Mas isso ainda estava por vir. Cadmo sentiu que sabia o que tinha de fazer: Atena enchera-lhe a cabeça de inspiração. Cuidadosamente, retirou os dentes da boca da serpente e encheu o elmo com eles. A seguir, andou para cima e para baixo, espalhando-os como sementes até não restar nenhum (embora Atena tenha pegado habilmente num punhado quando ele estava distraído, que mais tarde deu a Eetes, rei da Cólquida).

Quase de imediato, o solo começou a agitar-se. Primeiro, lâminas de metal aguçadas começaram a elevar-se do chão: espigas de milho de bronze? Não: pontas de lanças. Atrás delas, não muito longe, estavam o que se revelou serem elmos, e, no seu interior, rostos com aspeto severo. De seguida, emergiram peitos cobertos de bronze, depois pernas musculadas em grevas de bronze. Os homens dos dentes de serpente elevaram-se do solo, viraram-se uns frente a outros e os rostos contorceram-se de ódio. Começaram a lutar, a golpearem-se uns aos outros, até morrerem todos... Ou quase todos: só sobreviveram cinco dos homens semeados. Juntaram-se aos fenícios e tornaram-se os primeiros cidadãos da nova cidade de Cadmo: Tebas.

Um dos descendentes dos guerreiros semeados por Cadmo foi Tirésias, um vidente que viveu até provecta idade. Tirésias tornara-se profeta da seguinte forma. Quando era novo, deparara-se com duas serpentes a lutar uma contra a outra. Batera-lhes com o seu bastão. No momento em que o fizera, transformara-se em mulher. Sete anos depois, quando ela voltara a ver as serpentes, não hesitara: batera-lhes com o bastão pela segunda vez. A transformação fora devidamente revertida e Tirésias voltara a ser capaz de desfrutar das liberdades concedidas aos homens.

Não muito tempo mais tarde, Hera e Zeus chamaram-no à sua presença. Queriam que ele dirimisse uma disputa entre os dois.

— Diz-nos, Tirésias — disse o rei dos deuses —, são os homens ou as mulheres que têm mais prazer com o sexo? Não conseguimos chegar a acordo, e tu és a única pessoa qualificada para avaliar.

Tirésias hesitou. O deus e a deusa olharam para ele, expectantes.

— Para mim, o sexo era mais intenso quando eu era uma mulher — disse ele, sem saber qual dos dois iria ofender mais.

Tirésias, numa única frase, tinha desvendado um grande segredo: que os apetites sexuais das mulheres são pelo menos tão vorazes com os dos homens. Hera ficou imensamente descontente, e, para o punir, deixou-o cego. Zeus, porém, deu-lhe outro tipo de perceção: a capacidade de ver o futuro. Haveria de ser consultado muitas vezes pelos soberanos de Tebas. Às vezes acreditavam nele, outras vezes não — mas estava sempre certo. Tirésias tinha uma filha chamada Manto; os poderes de profecia de Manto, que ela aperfeiçoou bastante tempo depois em Delfos, eram ainda mais fortes do que os do pai, as afirmações tão sublimes que os poetas as apontavam e as faziam passar como suas. No lugar da futura Tebas, Cadmo e Harmonia celebraram finalmente o casamento. Zeus aceitou sentar-se à mesma mesa de Cadmo. Hefesto deu à noiva uma coroa primorosamente forjada; Hera ofereceu-lhe um magnífico trono de ouro. Alcítoe teceu a festa, os imortais sentados ao lado dos humanos quase pela última vez. Porém, a mais maravilhosa prenda de casamento foi a que Harmonia recebeu de Afrodite, a sua mãe biológica: um colar de ouro que Hefesto lhe fizera muito tempo antes, depois de ela ter dado à luz ao seu filho Eros. Era primoroso, complexo: apresentava a forma de uma serpente de duas cabeças que se enrolava em volta do pescoço de quem o usava. Ao centro, no lugar onde as cabeças se encontravam, estava uma águia; tinha as asas incrustadas de jaspe, selenite, pérola e ágata, os olhos definidos em rubis. Da sinuosa corrente serpentina pendiam efígies de andorinhas-do-mar, golfinhos, peixes a saltar; quase que se conseguia ouvir o bater das ondas e o gorjeio das aves marinhas.

Mas o colar, como tantas outras prendas dos deuses, só trouxe mágoas para os mortais. Passou de geração em geração da casa real de Tebas, até que o tetraneto de Harmonia, Polinices, o usou para subornar uma mulher, Erifile. Em troca do colar, Erifile convenceu o marido, Anfiarau, rei de Argos, a lutar ao lado de Polinices pela realeza de Tebas contra o seu próprio irmão Etéocles.

Como é que dois irmãos acabaram a odiar-se ao ponto de moverem exércitos para lutarem um contra o outro? Para responder a esta pergunta, tenho de deixar Cadmo e Harmonia por um momento, e avançar algumas gerações para contar a história dos pais dos irmãos — Édipo e Jocasta.

Édipo cresceu em Corinto, filho do rei Pólibo e da rainha Mérope. Teve uma infância feliz e sem grandes incidentes, até que, quando estava quase a fazer-se homem, alguém se embriagou num banquete e começou a insistir que ele, Édipo, não era verdadeiramente filho do pai. No dia seguinte, Édipo questionou os pais, que rejeitaram as palavras do ébrio, dizendo que eram um disparate. Mas Édipo não ficou satisfeito: havia algo no ar, algo que o incomodava em todo aquele episódio tão inusitado. Por isso, viajou para Delfos para consultar o oráculo. Aí, recebeu uma profecia inquietante: estava condenado, disse a Pítia, a matar o pai e a casar com a mãe.

Para escapar a este terrível destino, Édipo decidiu não regressar a Corinto enquanto Pólibo e Mérope estivessem vivos.

Fez-se à estrada, sem saber bem para aonde ia. Estava a pé e sozinho; a única companhia que tinha eram os seus pensamentos desassossegados e um bastão forte e robusto. Não viu ninguém. Até que, quando se estava a aproximar de uma trifurcação — um caminho para Delfos, outro para Dáulis e outro para Tebas —, reparou numa carruagem puxada por cavalos a aproximar-se a toda a velocidade, uma nuvem de pó na sua esteira. Quem a estava a conduzir era um arauto, que tentou atirá-lo para fora da estrada para manter o caminho aberto. Édipo, furioso com a arrogância do ato, manteve-se firme, mesmo quando o homem que conduzia a carruagem, que era, evidentemente, o dono, o atacou com a chibata, gritando-lhe e batendo-lhe como se fosse um boi ou um burro teimoso. Édipo, já muito zangado, ripostou com o seu bastão, sentindo um assomo de excitação a percorrer-lhe o corpo quando a arma embateu no crânio do homem mais velho. Os guardas do homem afastaram Édipo do seu amo; Édipo lutou contra todos eles. Pouco depois, jaziam cinco corpos no local, mortos ou quase mortos, e ele era o único que se mantinha de pé.

Não passou muito tempo até que a viagem de Édipo o conduzisse até Tebas, uma cidade que sempre tivera curiosidade de conhecer. Mas o lugar estava um caos. O soberano, Laio, fora assassinado pouco tempo antes. E uma criatura poderosa chamada Esfinge, que tinha a cabeça de uma mulher, o corpo de um leão e as asas de uma águia, estava a perseguir e a matar os cidadãos. Disse que só poderia parar quando alguém fosse capaz de responder corretamente ao seu enigma.

A pergunta era: «O que é que anda sobre quatro pernas, três pernas e duas pernas?»[4] Quando Édipo a ouviu, limitou-se a rir-se às gargalhadas: era fácil. Respondeu-lhe, e Esfinge deixou de incomodar os habitantes de Tebas. As pessoas proclamaram-no seu salvador e seu rei. Com o tempo, Édipo e a viúva de Laio, Jocasta, apaixonaram-se e casaram-se. Tinham sido feitos um para o outro: como ervilhas numa vagem, dizia toda a gente.

Passaram anos de paz e prosperidade. O casal teve quatro filhos: dois rapazes, Polinices e Etéocles, que andavam sempre à luta um com o outro; e duas meninas, a arrebatada e íntegra Antígona e a ponderada Isménia, que estava sempre a tentar manter a paz entre os irmãos.

Mas, gradualmente, a cidade voltou a debater-se com problemas. As colheitas começaram a falhar. Os rebanhos deixaram de produzir. Os cidadãos começaram a adoecer. Mais tarde, começaram a morrer em números cada vez maiores. Tebas tornou-se um lugar de pesar e de perda, de confusão e de sofrimento. Os cidadãos enviaram uma delegação ao rei a implorar-lhe que encontrasse alguma forma de aliviar a crise, de deter a epidemia. Édipo tomou medidas imediatamente, confiante de que tinha a capacidade de resolver os problemas. Em primeiro lugar, enviou Creonte, irmão de Jocasta, para Delfos à procura de respostas.

— Encontra o assassino de Laio e envia-o para o exílio — pronunciou o oráculo. — Só então acabarão os problemas da cidade.

---

[4] A resposta é «um humano»: gatinha quando é criança; usa uma bengala quando é mais velho.

Édipo dispôs-se a investigar o crime energicamente e repreendeu os conselheiros por não o terem feito na altura em que o antigo rei morrera. Por sugestão de Creonte, também mandou chamar o vidente Tirésias. Mas o encontro não correu bem. Édipo e Tirésias discutiram após o vidente, no seu jeito equívoco, parecer sugerir que a origem do mal-estar da cidade era o próprio Édipo. O rei mandou-o embora numa fúria paranoica e acusou Creonte de ter conspirado contra ele: era uma conspiração para me derrubar, denunciou ele.

Jocasta tentou tranquilizar o marido e aliviá-lo daqueles receios. Contou a Édipo a profecia que recebera alguns anos antes.

— Ouve — disse ela —, há uma coisa que eu nunca te disse. Não sei porquê; tudo aconteceu há muito tempo e foi muito triste. Laio e eu tivemos um filho juntos. Mas um vidente disse-nos que Laio seria morto pelo próprio filho. Por isso, ele atou os tornozelos do nosso bebé um ao outro e ordenou que o levassem para as montanhas e o deixassem lá a morrer. Portanto, como é óbvio, não foi esse filho que matou Laio. Laio foi morto por bandidos numa encruzilhada. Não percebes? Isso mostra a confiança que tens em videntes como Tirésias, e que é nenhuma.

Édipo olho para ela bruscamente.

— Onde é que disseste que Laio foi morto?

— Numa encruzilhada. Um lugar onde se encontram três caminhos: um para aqui, outro para Delfos, outro para Dáulis.

— Porque é que nunca ninguém me disse isso? Quando é que ele foi assassinado, Jocasta? Diz-me o momento exato. É importante...

— Bem, foi poucos dias antes de chegares à cidade, penso eu. O caos era tal... A Esfinge... E depois foi um alívio tão grande... E, no final, pareceu-me melhor olhar para o futuro e não ficar a pensar na forma como Laio tinha morrido.

— Como era Laio? Era velho?

— Sim, já tinha uma idade, cabelo grisalho. Talvez tivesse a idade que tens agora.

— E estava sozinho? Ou levava uma escolta?

— Ia com um oráculo, alguns guardas, cinco, penso eu. O que é que isso importa?

— Oh, deuses... Interessa muito. Houve algum sobrevivente?

— Sim, só um.

— O que lhe aconteceu?

— Voltou para Tebas. Foi logo depois de responderes ao enigma de Esfinge. Mas no instante em que chegou, perguntou se podia renunciar às funções que lhe tinham sido confiadas e ir para uma quinta que tinha nas colinas, e, claro, eu dei-lhe permissão...

— Sabes onde é que ele está agora? Podes mandá-lo vir aqui?

— Sim, claro, mas o que se passa?

— Penso que posso ter sido eu... Penso que posso ter sido eu a pessoa que matou Laio.

Jocasta e Édipo refletiram sobre aquela horrível possibilidade: poderia Édipo realmente ter matado inconscientemente o primeiro marido de Jocasta e seu antecessor no trono de Tebas?

— Temos de enfrentar a verdade — afirmou Édipo — e assumir as consequências.

Mandou os escravos irem buscar o velho pastor para o levarem para o palácio.

No entanto, naquele momento, chegou um mensageiro de Corinto, a cidade natal de Édipo, com notícias inesperadas: Políbo, seu pai e rei, morrera. O choque e o pesar de Édipo tinham laivos de alívio: provava, de uma vez por todas, que a profecia de que mataria o pai era falsa. Não estivera perto de Corinto nem via Políbo havia muitos anos. Não o poderia ter matado de forma nenhuma, nem inadvertidamente. Jocasta tinha razão, pelos vistos: as profecias eram enganadoras.

— Mesmo assim, não vou voltar para Corinto imediatamente — disse ele. — E se por alguma reviravolta horrenda e estranha eu tivesse de casar com a minha mãe?

O mensageiro coríntio interveio.

— Senhor, não precisais de vos preocupar com isso — disse ele. — Talvez não devesse contar-vos isto, não me cabe a mim, na verdade, mas parece-me que vos deixaria mais tranquilo. Políbo e

Mérope não eram os vossos pais verdadeiros. Foram eles que vos criou, claro, mas Mérope não era a vossa mãe biológica e Pólibo não era o vosso pai biológico. Eles adotaram-vos quando éreis bebé.

»Fui eu quem vos levou para Corinto quando éreis um recém-nascido. O casal real não tinha tido a possibilidade de fazer filhos. Ficaram encantados convosco, pensaram que éreis uma dádiva dos deuses e decidiram imediatamente criar-vos como filho deles. Na verdade, podeis voltar para Corinto quando quiserdes. Não correreis perigo.

— Eu não era filho dele? O que estás a dizer? — perguntou Édipo. — Se eles não eram os meus pais, quem seria?

O mensageiro respondeu:

— Senhor, eu só sei que veio do monte Citéron, bastante perto deste lugar. Os vossos tornozelos tinham sido atados. Eu próprio os desatei. Foi outro homem que me entregou o bebé. Um homem de Tebas, na verdade. Desconfio que deve ser destes lados, por acaso. Ele haveria de saber mais.

— Bem, e quem era esse homem? Como é que ele se chamava? — perguntou Édipo.

O mensageiro ficou sem saber o que dizer. Depois, um dos cidadãos mais velhos — um dos que fazia parte da delegação que fora rogar a Édipo que encontrasse a cura para a praga — interveio para dizer que achava que era exatamente a mesma pessoa que já tinham mandado buscar, o sobrevivente da cena da morte de Laio. Mas disse também que Édipo deveria questionar Jocasta. Édipo virou-se impacientemente para a mulher.

— O que é que tu sabes sobre isto, Jocasta? — perguntou. — Sabes alguma coisa sobre o bebé que foi deixado no monte Citéron para morrer? Sobre mim?

— Édipo — disso Jocasta —, para com isto. Não me faças mais perguntas. Acredita em mim: tens de esquecer isto. — Tinha ficado pálida, subitamente.

— Claro que não vou esquecer nada disto — respondeu ele, incrédulo. — Não compreendes? Estou prestes a descobrir quem sou. Quem foram os meus verdadeiros pais. Não estarás certamente à espera de que eu seja filho de gente humilde ou de escravos? Esperaria mais de ti.

Édipo virou-se impacientemente e começou a pressionar os escravos, perguntando-lhes porque ainda não tinha chegado o homem que parecia ser a chave para tudo: o pastor que tanto fora testemunha do assassinato de Laio como a pessoa que o tinha dado, o bebé Édipo, ao coríntio havia tantos anos. Jocasta retirou-se sem dizer palavra e recolheu-se no seu quarto.

O pastor chegou. Um homem velho, nervoso, evasivo. A tremer da idade e do medo. Édipo questionou-o, interrogou-o. Afinal, o pastor admitiu: sim, tinha dado o bebé ao homem de Corinto. O bebé era dali, de Tebas. Nascera... naquela casa. Os pais tiveram de se livrar da criança por causa de uma profecia. Uma profecia segundo a qual o bebé iria matar o pai. Foi Jocasta quem lhe dera o bebé. Sim, era o bebé dela. Dela e de Laio.

— Porque não cumpriste as ordens que recebeste? Porque deste o bebé ao homem de Corinto? — perguntou Édipo.

— Não fui capaz de deixar o pequenino ali à espera da morte — disse o pastor, que já estava em lágrimas. — Pensei que se o bebé crescesse longe daqui, não haveria problema, a profecia nunca poderia concretizar-se. Mas se sois quem dizeis ser, lamento... Lamento.

Todos os fragmentos de provas se encaixaram na cabeça de Édipo e, juntos, revelaram uma imagem perturbante.

Ele, Édipo, era o bebé mandado para longe por Jocasta e Laio. Era o bebé que tinha sido entregue aos coríntios. Jocasta era sua mãe e sua mulher. Ele era o assassino de Laio, e Laio era seu pai. Os filhos eram seus irmãos e irmãs. Ele era a resposta para todos os enigmas e todas as profecias.

Foi para dentro de casa. No quarto da sua querida mulher, encontrou Jocasta a pender do teto. Beijou-a, sem saber se o carinho era para uma mãe ou uma amante. Depois tirou-lhe os broches do vestido, um em cada mão, e espetou os alfinetes nos próprios olhos vezes em conta.

Creonte e os seus próprios filhos, Etéocles e Polinices, expulsaram Édipo de Tebas. Os dois jovens planeavam assumir o reinado da cidade e governar em anos alternados. Mas, ao fim do primeiro ano, Etéocles recusou abandonar o trono. Polinices usou o colar de Harmonia como suborno e formou um exército, nomeando sete líderes para atacar os setes portões de Tebas.

Édipo, cego, vagueou pela Grécia; as filhas-irmãs Antígona e Isménia eram companheiras e guias. Depois de muito andar, chegou ao pomar sagrado de Colono, perto de Atenas, onde crescem os loureiros e cantam os rouxinóis. Percebeu que era ali que tinha de morrer: dissera-o uma profecia. Amaldiçoou os filhos-irmãos impiedosos, apelando aos deuses para que fizessem com que se matassem um ao outro.

A guerra civil entre Polinices e Etéocles terminou como Édipo pedira aos deuses: os irmãos aniquilaram-se um ao outro. Creonte, irmão de Jocasta, assumiu o reinado de Tebas. Proibiu toda a gente de enterrar o corpo de Polinices, o irmão que atacara a cidade, mas Antígona recusou-se a obedecer. Não estava certo, disse ela. Os deuses exigiam que fosse oferecido um ritual para a família, independentemente do que o falecido tivesse feito. Esgueirava-se da cidade todas as noites e polvilhava terra sobre o corpo de Polinices, ignorando a lei injusta do tio. Fazia-o sozinha, ninguém a ajudava, nem sequer a irmã Isménia.

Quando Creonte descobriu, fechou-a num túmulo como castigo, deixando-a sem nada para comer nem beber. Mostrou-se completamente recalcitrante, absolutamente inflexível. Nem o seu próprio filho, Hémon, que estava prometido a Antígona, o conseguiu convencer a compadecer-se. «Escravo de uma mulher» foi o que Creonte lhe chamou.

Foi Tirésias quem acabou por convencer Creonte a mudar de ideias. Revelou a Creonte a profundeza da sua loucura, previu que a intransigência dele levaria a mais mortes, à morte dos entes queridos de Creonte. Mas quando Creonte chegou ao túmulo onde Antígona tinha sido aprisionada, com o objetivo de a libertar com as suas próprias mãos, deparou-se com uma imagem terrível: a jovem mulher tinha-se enforcado, tal como a mãe dela fizera no passado. E o filho de Creonte, Hémon, também se tinha suicidado, espetando uma espada no próprio estômago.

Aquele era o destino que os descendentes de Cadmo e Harmonia haveriam de enfrentar muitas gerações posteriores.

No entanto, naquele momento, a jovem cidade de Tebas era um lugar suficientemente feliz, que foi crescendo gradualmente por toda a planície. Anfíon e Zeto, filhos de Zeus e de uma mulher mortal, Antíope, construíram os enormes muros de sete portões da cidade. Cadmo e Harmonia tiveram um filho chamado Polidoro, cujo filho foi Lábdaco, cujo filho foi Laio, cujo filho foi Édipo — o rei que matou o pai e casou com a mãe.

Além destes, tiveram quatro filhas: Autónoe, Ino, Agave e Sémele. Autónoe foi a primeira a casar. O marido que escolheu foi Aristeu, filho do deus Apolo e de Cirene, uma guerreira entre as mulheres, uma lutadora entre leões. Aristeu era apicultor, dotado na arte de produzir mel, a deliciosa dádiva dos céus. Juntos tiveram um filho, Actéon, que foi punido e sofreu sem culpa nenhuma.

Tudo aconteceu desta forma. Uma manhã, o jovem partiu numa expedição de caça. Era a altura do ano em que o verão estava prestes a desaparecer e a fazer-se outono. Levantara-se com o nascer do sol e chamara os adorados cães com um assobio: Pé Preto de Esparta. Batedor de Creta. Tempestade e Bando. Floresta, ainda a sangrar de um encontro com um javali. Furioso, Glutão e Harpia com as suas crias. Chama e Crina Preta; Remendo e Cíprio. Apanhador, Corredor, Ladrador e Perseguidor. Estavam alerta, obedientes, a farejar o ar: uma comitiva fiel para o príncipe. Juntos, partiram para o monte Citéron, onde perseguiram o javali e as subtis lebres com as orelhas de pontas pretas. Actéon preparou redes para aves canoras e apontou flechas a corças de olhos dóceis. E, após passar a manhã a matar, quando o sol estava no ponto mais alto tinha chegado a hora de comer e de procurar abrigo.

Por perto, havia um pomar sagrado para Ártemis. Era uma clareira rodeada de pinheiros e ciprestes, em cuja extremidade

— isolada, escondida, oculta por fetos — se situava uma caverna fria e sombria. À entrada, havia uma nascente, entorpecente de tão fria que era no calor do meio-dia, que se erguia, pulsante, da erva e fazia um charco ondulante e prateado. Era ali que a deusa gostava de descansar. Também ela estivera a caçar naquela manhã. E, naquele momento, as ninfas que a acompanhavam estavam a despi-la, a tirar-lhe o arco e as flechas, a puxar a túnica encharcada em suor (se se pode dizer que as deusas suam), a descalçar-lhe as sandálias cheias de pó, a escovar-lhe o cabelo emaranhado e a voltar a enrolá-lo num nó bem acabado. E algumas levaram cântaros da água fria e deliciosa que verteram sobre as pernas musculosas e os braços fortes da deusa: mil vezes mais fortes do que os de qualquer homem. Naquele charco frio, banhava-se aquela deusa, aquela deusa feroz e despiedada que desprezava o sexo. Aquela deusa que abateria mortais com as suas setas com a mesma facilidade e alegria com que derrubava velozes veados.

As nossas vidas estão cheias de escolhas. Algumas delas parecem decisivas. A maior parte é trivial: se vamos caçar ou se vamos ficar em casa. Se vamos ficar na planície ou se vamos subir a custo a vertente arborizada da montanha. Se vamos manter o caminho traçado ou embrenhar-nos na floresta ínvia. Às vezes, o mais corriqueiro dos momentos, a mais banal das decisões, dita o nosso destino. E foi só naquele momento que Actéon, com a boca seca e os membros a arder, sentiu uma necessidade desesperada do toque de água fria no corpo. Quando se aproximou do limiar da floresta, sentiu o arrefecimento súbito do ar que indica que existe uma nascente por perto.

Saiu do percurso, adentrou no bosque. Abriu caminho por entre pinheiros e arbustos espinhosos. Tropeçou em raízes escondidas e perdeu o equilíbrio em sulcos e fendas do solo seco. Era a própria terra a tentar adverti-lo para que se afastasse: ele não reparou, estava determinado. Por fim, chegou ao limiar da clareira. Os cães seguiam hesitantes atrás dele, a gemer, a farejar o ar. Actéon prosseguiu a passo largo, tropeçou de repente num talude íngreme e endireitou-se. Depois ficou meio paralisado de choque ao ver-se entre um grupo de mulheres com os seus membros nus a brilhar no marulho de água fria.

Durante um segundo, nada: horror mútuo. E foi este momento de paralisia que Alcítoe decidiu representar na sua obra de arte. Depois, as mulheres começaram a gritar-lhe e reuniram-se em redor de Ártemis para a proteger da violação. A deusa virou-se instintivamente para o arco e as flechas. Estavam fora do alcance, pousadas numa rocha coberta de musgo. A única coisa próxima era a água da nascente. Dobrou-se para pegar numa mão-cheia e atirou-a à cara de Actéon.

— Agora vai para casa e gaba-te de que andaste a espiar uma deusa nua — disse ela. — Se conseguires.

Actéon sentiu imediatamente alguma coisa a mudar. Tinha comichão na cabeça; levou as mãos à testa e sentiu chifres a crescer. Ao mesmo tempo, as mãos deixaram de ser mãos: os dedos começaram a juntar-se uns aos outros, a endurecer e, de seguida, embateram no chão quando as costas se dobraram para a frente. Virou-se e fugiu. Ficou espantado com a nova velocidade que tinha; atravessou a clareira aos pulos, o chão consumido entre os — o quê — cascos? Quando passou pelo riacho viu o seu reflexo: viu que fora transformado em veado e tentou gritar, mas não conseguiu emitir nenhuma palavra. Hesitante, a pensar se deveria esconder-se na floresta ou correr para o palácio do avô, ouviu os latidos dos seus cães. Desejou poder chamá-los e dizer-lhes:

— Sou o Actéon, o vosso amigo e dono!

Em vez disso, correu pela floresta e por cima de rochas escarpadas; atravessou leitos secos de rios e ravinas; perseguido, fez-se aos caminhos que tinha percorrido quando era caçador. Por fim, os cães alcançaram-no e rodearam-no junto de uma ravina. Crina Preta foi o primeiro a atacá-lo ferozmente, saltando-lhe para a garganta. Cíprio agarrou-se-lhe à ilharga esquerda, Remendo à direita. Atiraram o dono em dificuldades para o chão enquanto o resto da matilha — a rosnar, os maxilares em sangue — foi atacando à vez. Às vezes, enquanto se banqueteavam, olhavam em volta à procura de Actéon: não percebiam por que não estava lá a desfrutar da presa.

Autónoe procurou pelo filho, palmilhou todas as vertentes do monte Citéron a chamá-lo, a gritar por ele. Viu a carcaça de um jovem veado, a carne arrancada dos ossos; chegou até a parar e a tocar na pele ainda quente. Longe estava de imaginar que a criatura era o seu próprio filho.

Um dos primos de Actéon era o deus Dioniso. Sémele, filha de Cadmo e Harmonia, era a mãe dele, mas não foi ela quem o deu à luz, morreu antes de ele nascer.

O sucedido foi o seguinte. Uma manhã, quando Eos ainda estava a manchar o céu de cor-de-rosa, Sémele estava a conduzir a sua quadriga, de chicote de prata na mão, pelas ruas de Tebas. Ainda mal acordada, caiu numa espécie de transe. Estava meio a dormir, meio a imaginar que era uma espécie de planta trepadora e entrelaçada que nunca tinha visto. Estava carregada de bagas, que não estavam maduras. Veio uma tempestade e um relâmpago atingiu a planta, chamuscando-a e matando-a. Mas as bagas não sofreram danos, e Zeus, rei dos deuses, colheu-as.

Sémele tentou libertar-se daquela curiosa visão, mas era altamente perturbante. O pai dela, Cadmo, aconselhou-a a sacrificar um touro; quando ela o fez, o sangue do animal jorrou sobre ela. Sémele foi lavar-se ao rio Asopo, onde, ao ver os mosquitos a elevarem-se e a dançarem sobre a superfície da água enquanto ela nadava, se sentiu livre e sozinha. Mas não estava nem uma coisa nem outra: Zeus estava a observá-la atrás de todas as rochas e árvores. O seu olhar luxurioso estava nos próprios feixes de luz que caíam na superfície da água. Um deus pode espiar uma mulher a seu bel-prazer, pelos vistos, embora um homem não possa, nem por engano, deparar-se com uma deusa nua.

À noite despertou ao sentir uma presença, uma invasão. O medo acometeu-a primeiro, depois foi o próprio Zeus, o deus sem piedade. Atacou-a como um touro, depois como uma pantera, depois como leão, depois como serpente e, por fim, imobilizou-a e prendeu-a nos seus horríveis anéis. Quando terminou, Zeus disse-lhe para ela pedir um favor. Prometeu-lhe que faria o que ela quisesse, o que quer que fosse. Sémele, furiosa e desafiante, disse-lhe:

— Mostra-me o que és realmente, não o que finges ser. Mostra-me a tua verdadeira forma. Mostra-me os teus relâmpagos.

Mais tarde, as pessoas disseram que foi o orgulho e a estupidez que levaram Sémele a pedir para ver a verdadeira forma do deus, ou algo que Hera lhe tinha metido na cabeça por despeito e ciúme. Mas não — foi a fúria, a fúria pura e dura.

Zeus não queria manter a palavra dada, mas foi obrigado a fazê-lo, vinculado ao juramento que tinha feito. Meses depois, regressou e apresentou-se na sua verdadeira forma, selvagem e letal. Os seus relâmpagos, a estalarem com a promessa de destruição, incendiaram a casa de Sémele; o fogo consumiu-a. Zeus enfiou a mão na barriga da mulher a arder e agarrou o que crescia dentro dela. Depois abriu um golpe na própria coxa, colocou o feto no interior e coseu-a. Foi assim que Dioniso foi carregado dentro da coxa do pai antes de nascer.

Depois de se debater para sair da perna de Zeus, o jovem Dioniso foi oferecido por Hermes à tia, Ino, e ao marido dela, Átamas; o plano era criá-lo como se fosse uma rapariga para proteger o pequeno deus da raiva de Hera. O plano não resultou; Hera deixou os pais adotivos loucos. Ino atirou-se de uma ravina com o filho Melicertes. Em vez de morrerem, foram transformados em divindades marinhas chamadas Leucótea e Palémon, que ajudavam os marinheiros quando estes se encontravam em dificuldades. Dioniso teve de ser levado como que por encanto para Nisa, uma montanha com um pico densamente florestado no Oriente longínquo, onde foi criado em segredo pelas ninfas que lá viviam.

Não demorou muito a crescer; era um deus, afinal de contas. O seu primeiro amor foi um homem jovem chamado Ampelos. Estavam sempre juntos, fosse a caçar no meio das montanhas ou a competir em corridas. Dioniso não conseguia viver sem o seu amado; ficava ansioso quando não o via, preocupado que qualquer outro deus aparecesse e o levasse para longe de si. Preparava sempre tudo para que Ampelos vencesse as competições entre amigos: corridas a pé, a nadar. Adorava lutar com o amigo, de se retorcer de encontro a ele até acabarem ambos no chão, engalfinhados, a rirem-se. No entanto, um dia, Ampelos meteu na cabeça que haveria de apanhar e montar um touro como se fosse um cavalo. Quando o conseguiu, o animal parecia calmo, de início, mas, depois, irrompeu num galope como se algum deus ciumento o tivesse espicaçado até à loucura. Ampelos foi atirado para o chão e o touro rolou sobre ele, o que lhe quebrou as costas e o matou.

Um sátiro — uma criatura da floresta, semelhante a um homem, mas com pernas de cabra e orelhas e cauda de cavalo — encontrou o corpo e correu em busca de Dioniso. O deus, lacrimejante, salpicou o cadáver, ainda belo, de rosas, jacintos e anémonas e verteu-lhe néctar nos lábios macios. Tão profunda era a sua dor que as Moiras desfizeram o destino de Ampelos e o reescreveram. É por isso que Dioniso, para sua estupefação, viu o corpo do jovem a mudar: os dedos transformaram-se em caules, o cabelo encaracolado em cachos de frutos, o corpo numa massa verdejante de folhas em forma de coração. Alcítoe teceu esta metamorfose milagrosa de um homem em planta. A nova planta cresceu com incrível viço, com rebentos em todas as direções, a enrolar-se nas árvores e a produzir cada vez mais daqueles frutos púrpuras suculentos que Dioniso arrancava e espremia na palma da mão, para que o sumo delicioso e pegajoso lhe jorrasse por entre os dedos. Ampelos tornara-se uma ampla videira, e Dioniso haveria de ensinar os humanos a transformar o seu fruto em vinho — o inebriante e glorioso líquido que é a coisa mais próxima que temos do néctar dos próprios deuses.

Depois da morte do amante, Dioniso viajou por toda a Ásia — pela Arábia, pela Bactriana, pela Índia, pela Pérsia — a reunir seguidoras, as suas bacantes e ménades, aonde quer que fosse. Um dia, estava em pé, na costa do mar Jónico, a fitar o imenso mar a oeste. Estava disfarçado de jovem bem-parecido, o cabelo preto a cair-lhe, esvoaçante, sobre os ombros. Um bando de piratas

— tirrenos dos mares ocidentais — estavam a abastecer o navio, a prepararem-se para se fazer ao mar. O capitão reparou nele, nas roupas sumptuosas que trazia. Pensando que deveria ser o filho rico de um rei, gritou uma ordem para os seus homens.

— Ide buscá-lo! Trazei-o para bordo e atai-o. Imagino que sobrará alguma coisa para todos nós.

Os piratas aproximaram-se do deus a falar grosso, as espadas em punho. O deus limitou-se a sorrir. Não ofereceu resistência quando os marinheiros o amarraram a bordo do navio. O homem do leme tinha a tarefa de o amarrar, de lhe atar as mãos e os pés rapidamente enquanto os outros o seguravam. Mas as cordas recusaram-se a prendê-lo e caíram, impotentes.

O homem do leme percebeu que algo não batia certo.

— Ei, vistes isto? — disse aos companheiros de bordo. — Este homem... não creio que seja sequer um homem. Deve ser um deus. Temos de o deixar ir. Se não o fizermos, ele poderá trazer tempestades e matar-nos a todos.

O capitão ignorou-o.

— Cala-te e faz o teu trabalho — gritou. — Se não fores capaz de lidar com ele, nós tratamos disso. Não tarda a dizer-nos onde é que os amigos ricos dele estão.

A tripulação levantou o mastro e içou a vela. Mas, de repente, começaram a acontecer coisas extraordinárias. O convés do navio começou a borbulhar com vinho, o delicioso aroma mineral a misturar-se com a maresia. Uma videira enrolou-se no mastro e cresceu a uma velocidade prodigiosa. As folhas espalharam-se ao longo do cimo da vela e cresceram pesados cachos de fruta: entrelaçada na videira havia uma hera trepadeira, da qual brotaram cachos de flores com aroma a mel.

Os homens ficaram aterrados.

— Dá meia-volta! Vamos regressar à costa! — gritaram. Mas Dioniso transformou-se numa leoa e, com uma graça quase desinteressada, investiu contra o capitão. Derrubou-o com um simples encosto da enorme pata e cravou as mandíbulas no pescoço do homem. Os outros marinheiros saltaram borda fora... Embora

Dioniso os tenha transformado em golfinhos ainda antes de chegarem à água.

O homem do leme, porém, foi poupado.

— Não te assustes — disse o imorredouro depois de voltar à sua forma humana. — Eu gosto de ti. Sou o Dioniso, o deus que ruge como um leão. A minha mãe era Sémele, filha de Cadmo; o meu pai é Zeus. Leva-me para a Grécia, meu amigo. Quero visitar Tebas.

Boquiaberto, o homem de leme seguiu o rumo indicado. A grande vela branca aprumou-se com o vento. O deus deitou-se na popa, satisfeito, o manto a envolver-lhe os membros musculados. Foi assim que Alcítoe o mostrou, enquanto o navio avançava água fora acompanhado por um grupo de golfinhos, o mastro entrelaçado com videiras.

O rei de Tebas na altura era o filho de Agave, Penteu: depois de envelhecer, Cadmo, já cansado, entregou o poder ao seu amado neto. Penteu ouvira rumores vindos do Oriente de que havia um jovem efeminado que corrompia mulheres, incitando-as a deixar as suas casas para irem viver para as montanhas como animais. Disseram-lhe que as mulheres passavam as noites em orgias ébrias, a fazer sexo ao ar livre com qualquer homem que aparecesse e, muito possivelmente, até umas com as outras... Era como uma praga, pensou ele, aquela loucura que se espalhava pela Ásia: horrível, repugnante, perversa.

E parecia que a doença estava a infetar o seu próprio povo. As mulheres tinham partido para as montanhas venerar a Dioniso. As casas ficaram por varrer, a lã por fiar, os bebés e as crianças foram deixadas aos pais, que se desenrascavam como podiam. O jovem que estava a orquestrar tudo dizia que era o deus Dioniso, que Sémele era a mãe dele e que tinha nascido de uma coxa de Zeus. Apesar da fraudulência óbvia de tudo, a própria tia de Penteu, Autónoe, e até a mãe, Agave, se juntaram à loucura.

Penteu conseguiu deter algumas das seguidoras do homem, mulheres que tinham chegado da Ásia, e ordenou que fossem encarceradas. Mas, para sua imensa frustração, as coisas estavam claramente fora do controlo. Até o seu avô Cadmo e Tirésias, aquela velha fraude, se tinham vestido em trajes ridículos de enhos e coroas de heras. Estavam a fazer figuras patéticas, a coxear com as suas bengalas, a afirmar que iam para o monte Citéron para dançar e juntar-se aos rituais de Dioniso. Com a idade que tinham!

Tirésias tentou convencer Penteu de que estava engando.

— Dioniso será venerado em toda a Grécia em breve; não deveríeis desconsiderá-lo só por ser um deus novo, e um deus jovem. Dioniso deu-nos vinho para que nós, humanos, nos esquecêssemos dos nossos problemas. Ele ajuda-nos a compreendermo-nos a nós mesmos; a encontrarmos o tipo de verdades que não se podem encontrar com pensamentos rígidos, mas apenas por meio da embriaguez.

Cadmo acrescentou:

— Mesmo que ele não seja o deus verdadeiro, o que é que tens a perder? Deixa-te ir. Olha para a forma como o teu primo Actéon morreu, tudo porque desonrou uma deusa. Nenhum de nós quer que isso volte a acontecer.

Tudo isto só deixou Penteu ainda mais furioso, mais determinado a acabar com o culto. Chamou os guardas e mandou-os procurar e prender o jovem. Iria pôr um fim a tudo aquilo em pouco tempo. O rapaz haveria de morrer por apedrejamento.

Não demorou muito até que os guardas voltassem com o estrangeiro, que, disseram ao rei, não resistira e se dispusera a acompanhá-los. Calmo e sereno, o deus disfarçado recusou-se a dar a Penteu pormenores sobre o que as mulheres andavam a fazer; disse que se tratava de rituais religiosos, que os leigos não tinham de os conhecer. Ignorou habilmente todas as provocações que lhe foram lançadas. Quando Penteu disse que os estrangeiros eram estúpidos ao envolverem-se em rituais bizarros, Dioniso limitou-se a sorrir e disse:

— Os estrangeiros não são estúpidos. São só diferentes.

A ira de Penteu aumentava.

— As mulheres que trouxeste contigo da Ásia... Vou torná-las escravas e pô-las a trabalhar nos teares — disse ele. — Quanto a ti, eu próprio te encarcerarei num dos meus estábulos.

Mas Dioniso confundiu-lhe os sentidos. Quando o rei pensou que estava a conduzir o pretenso jovem para a prisão, estava, na verdade, a agrilhoar um touro; o deus limitou-se a observar, com um sorriso, o rei a debater-se e a suar. Depois, Dioniso levantou a cabeça e rugiu, um rugido terrível, como o de um touro ou de um leão, mas cem vezes mais alto, que deixou toda a cidade a abanar como se de um terramoto se tratasse. O som destruiu o edifício onde a ménades estavam encarceradas. As mulheres saíram em liberdade das ruínas sem um único arranhão. Por fim, Dioniso incendiou o túmulo de Sémele: um lembrete do fogo que matara a sua mãe.

Penteu, confuso, partiu do princípio de que o jovem tinha fugido, mas depois ficou perplexo ao vê-lo calmamente parado à frente do palácio. O rei, mais zangado do que nunca, deu ordens para que todo o exército marchasse para o monte Citéron e recolhesse todas as mulheres que lá se encontrassem. Dioniso riu-se.

— Experimentai. O vosso exército vai ser posto a correr pelas minhas mulheres. Ireis perceber que o bronze nada pode contra os caules de funcho. Porque não me deixais chamar as mulheres e dizer-lhes que venham para aqui? Virão pelo seu próprio pé. Não há necessidade de recorrer ao exército.

— O quê? E tornar-me escravo das minhas próprias mulheres escravas? Não me parece. — Penteu virou-se para os seus lacaios. — Tragam armas para aqui! Depressa! Vamos partir em direção à montanha.

Mas algo mudou na atmosfera. Era difícil dizer o quê. Tudo ficou estranhamente parado. Os pássaros deixaram de cantar, os cães de ladrar. Era como se o ar se tivesse adensado. O deus disse, em voz baixa:

— Então, quereis mesmo ver o que andam as mulheres a fazer?

— Sim, quero — disse Penteu. — Daria tudo para o ver. Quero dizer, seria indecente. Mas se as pudesse espiar, talvez por trás de um abeto...

— Mas elas não teriam dificuldade em encontrar-vos — interrompeu o deus. — Não são permitidos homens. Matar-vos-iam se vos vissem. Mas poderíeis pôr um vestido.

— Teria muita vergonha... Mas, um vestido, dizes? De que tipo? Do que mais precisaria? Acessórios?

— Sim, uma peruca comprida, uma faixa para o cabelo. Um xaile de pele de veado, um bastão de funcho — disse Dioniso.

— Eu nunca seria capaz de vestir roupa de mulher. Seria algo repugnante... Vou pensar nisso — disse o rei. — Talvez mande o meu exército para a montanha. Talvez não. — Eram estranhos os seus modos, como se não estivesse a ver bem, como se estivesse embriagado. Em vez de andar, cambaleou em direção ao palácio.

— Se lá fordes — disse Dioniso em voz alta para o rei que se retirava — voltareis nos braços da vossa querida mãe. Será um verdadeiro deleite para vós. Abundantemente merecido.

Nos picos do monte Citéron, longe da cidade, longe dos homens, a mãe e a tia de Penteu sentiam-se livres pela primeira vez nas suas vidas. Não havia nenhuma orgia embriagada; apenas mulheres de todos os tipos, ricas e pobres, a viverem juntas, a cantarem juntas, a louvarem o deus que lhes tinha dado a liberdade. Não precisavam de xailes primorosamente tecidos à mão nem de roupas finas; pele de animais servia. E não sentiam necessidade de trabalhos forçados; o deus banhava-as de milagres. Quando uma mulher batia com o seu cajado de funcho numa rocha, emergia uma nascente borbulhante, reluzente e fresca. Outra fazia o mesmo, e leite começava a jorrar. Os animais em volta delas eram domados e dóceis; as serpentes lambiam-lhes as bochechas. As mulheres que tivessem dado à luz recentemente e cujos seios estavam cheios amamentavam crias de lobos. Sentiam-se como jovens veados que tinham escapado às redes dos caçadores, que eram capazes de correr tão rapidamente como as tempestades.

Estavam cheias da alegria das regiões selvagens e não povoadas, das florestas sombreadas. Mas também podiam ser violentas. Quando os aldeões do vale as foram tentar escorraçar, um exército de mulheres insurgiu-se contra eles e pô-los a correr de volta para casa. Depois, as bacantes soltaram a fúria numa manada de gado dos aldeões, dilacerando os animais com as próprias mãos, arrancando-lhes as entranhas...

Quando as sombras se alongavam e traziam a escuridão, Autónoe, Agave, Ino e todas as outras ménades juntaram-se tranquilamente numa clareira no bosque. Algumas estavam a entrelaçar os cajados de funcho com louro, outras cantavam canções de louvor a Dioniso. De repente, ouviram uma voz, um grito fundo e ameaçador que sabiam ser do deus.

— Mulheres, trouxe-vos o homem que escarneceu de mim. Castigai-o!

Uma coluna de fumo ergueu-se como um clarão e voltou a extinguir-se e a reduzir-se a nada. Depois, as mulheres, velozes como pombas, levantaram-se para procurar o homem que desonrara o deus: subiram às rochas, dispersaram-se entre as árvores, precipitaram-se pelas ravinas abaixo...

Encontraram-no, por fim. Estava empoleirado no cimo de um enorme pinheiro, vestido com roupas de mulher. Tinha sucumbido ao fascínio, à emoção do disfarce e da espionagem. Tinha sido o próprio deus a ajudar o rei a pôr os acessórios na cabeça e o vestido, a rir-se quando o soberano ajustava a indumentária. Depois, o deus e o homem — os primos — caminharam juntos para a montanha. Dioniso dobrara a árvore como de um arco se tratasse e dissera-lhe que poderia ver melhor os rituais lá de cima.

Primeiro, as mulheres escalaram uma rocha escarpada, de onde atiraram pedras e azagaias de ramos de pinheiro. Mas não adiantou: o poleiro de Penteu era demasiado alto. A seguir, usaram ramos como pés de cabras para tentar arrancar a árvore pela raiz. Não conseguiram. Por fim, Agave gritou para as outras:

— Vamos, fazei um círculo, agarrai no tronco e vamos apanhar este animal selvagem.

Fizeram o que ela disse e, com uma força inumana, desenraizaram a árvore, que caiu de supetão e levou o rei de Tebas com ela. Penteu tirou a peruca e o toucado e gritou:

— Mãe, sou eu, o teu filho Penteu! Por favor, por favor, não me mates, não interessam os erros que cometi.

Era tarde de mais. Agave estava a espumar pela boca, os olhos a revirarem nas órbitas. Tinha sido enlouquecida pelo deus. Pousou o pé nas costelas do filho, agarrou-lhe o braço e arrancou-o de chofre da articulação do ombro. Autónoe e as outras ménades juntaram-se à volta do rei e agarraram-no a gritar. Uma desmembrou-lhe um pé ainda dentro do sapato. Outras puxaram-lhe a carne dos ossos. As mulheres jogaram à bola com os órgãos do corpo do homem.

O corpo de Penteu estava espalhado em pedaços por todo o chão da floresta, em harmonia com a natureza na morte, se não na vida. Mas Agave agarrou-lhe a cabeça — aquela pobre cabeça — e cravou-a em cima do seu cajado, como se fosse a cabeça de um leão, um troféu de caça. Estava tão entusiasmada com aquele prémio que desceu a montanha a correr e deixou as irmãs e companheiras a cantar e a dançar. Chegou a Tebas, ainda fora de si, ainda como uma mulher ensandecida, coberta de sangue, a erguer a cabeça do rei — a cabeça do filho — com as mãos. Cadmo ajudou a sua pobre filha a regressar à sanidade, falando-lhe devagar até ela compreender o ato terrível que o deus a tinha levado a cometer. Foi isto que Alcítoe teceu: Agave, manchada de sangue, a chorar, com a cabeça do seu querido filho, o inflexível rei de Tebas, que tinha matado inconscientemente, nos braços.

Alcítoe estava a trabalhar no tecido com as irmãs quando os sacerdotes ordenaram um dia de festa: Dioniso deveria ser oficialmente honrado. Deveriam pôr o trabalho de lado. Mas Alcítoe estava determinada a concluir a sua obra-prima.

— Estou certa de que Dioniso nos perdoará. Afinal de contas, estamos a contar a história do seu poder, da sua grandeza— disse ela. — Atena não deixará de nos proteger.

As irmãs continuaram a tecer. Do exterior, ouviam os tinidos dos címbalos, o bater dos tambores, os gritos de êxtase. Os sons da veneração misturaram-se com a polifonia das suas canções de trabalho, o baque das réguas dos teares, a toada dos pesos de barro.

À porta assomou uma mulher a correr, a sombra a estender-se, longa, pela sala adentro. Era uma ménade, o cabelo desgrenhado coroado com um aro de louro. Tinha o rosto afogueado, a roupa completamente desordenada. Agarrou-se à ombreira da porta e recobrou o fôlego, era evidente que tinha acabado de estar a dançar.

— Meninas, o que estão a fazer? — perguntou às trabalhadoras. — Porque não estão lá fora connosco?

— Estamos ocupadas — respondeu Alcítoe sem se alongar. — Venerarei o deus quando estiver pronta. Por isso, se nos pudesses deixar estar sozinhas...

A mulher ignorou-a. Na verdade, dirigiu-se para o tear e observou o trabalho com curiosidade.

— Porque é que estás a tecer se até a tua tapeçaria te está a dizer para parares? O deus não te quer a trabalhar. O deus quer-te lá fora, na floresta, na montanha, longe de todo este trabalho doméstico. Parece que, afinal, não compreendes Dioniso de todo. Pareces não compreender a tua própria arte.

— É melhor meteres-te na tua própria vida — disse Alcítoe. — Não aceito lições sobre religião da tua parte.

A mulher sorriu.

— Diz o que quiseres. Mas estás a ver todos estes pontos que estás a fazer, todos estes laços, todo este esmero e toda esta rigidez? É o oposto do que o deus quer. Dioniso quer as coisas inacabadas, desalinhadas, dissolvidas. Quer que sejas selvagem, não civilizada; quer-te no campo, não na cidade. Quer-te livre, não agrilhoada à produção infindável de coisas. O que estás a fazer aqui é para Atena, não para ele. E, hoje, Dioniso está a mandar-te parar.

— Pela última vez — disse Alcítoe —, importas-te de sair da minha casa?

Foi então que a visitante indesejada, a ménade, mudou. Uma peliça escura e macia começou a crescer-lhe na pele reluzente. Da testa brotaram chifres. Caiu de quatro e, em vez de mãos e pés, tinha cascos rijos de marfim. As tecedeiras depararam-se com um enorme touro branco diante de si, enfurecido e a bufar. Alcítoe e as outras gritaram, deixaram cair as lançadeiras e as rocas e fugiram para todas as direções. Depois, num abrir e fechar de olhos, o touro fez-se um estrepitoso leão, os ombros tensos de músculo. A seguir, em vez de um leão, havia um elegante leopardo, a cauda a brandir de fúria.

A mulher era, afinal, o deus, o protetor imortal da videira trepadeira e da sufocante hera, que começou a transformar Alcítoe e as outras mulheres em morcegos. Bateram as asas, a guinchar, e voaram para as vigas.

Mas, e a grande tapeçaria, que já estava quase terminada? De repente, a superfície do tecido espumou com jovens folhas de hera, obnubilando os desenhos de Alcítoe e ocultando as histórias de Tebas por entre a folhagem verde. Os fios balançantes da urdidura e da trama tornaram-se frondes de videiras. Os tons púrpuras do belo tecido deram cor a cachos de uvas suculentas e maduras. Das vigas do tear pingavam néctar e leite.

O deus voltou a mudar de forma e transformou-se de novo na ménade. A mulher parou junto ao tear para admirar o seu trabalho manual, observando com prazer como tinha transformado as histórias de uma cidade majestosa e trágica num glorioso matagal selvagem de verde vivo. Depois, abandonou a casa de Alcítoe e começou, novamente, a dançar.

FILOMELA

Filomela, Procne, Pandíon, Tereu
Ífis e Iante
Narciso, Eco
Pigmalião
Dejanira e Héracles
Atalanta, Meléagro e a caça ao javali de Cálidon
Melânion e o Pomo de Ouro
Píramo e Tisbe
Eros e Psique

É verdade que Filomela e Procne discutiam e brigavam como quaisquer outras irmãs. Mas trabalhavam juntas no tear sem dificuldade, intuindo os movimentos uma da outra, e passando as lançadeiras de um lado para o outro enquanto cantavam para se lembrarem dos padrões complexos que tinham desenhado. Nas noites de verão, preparavam o trabalho ao ar livre, no pátio do palácio. Viam os andorinhões a viajar disparados pelo ar e ficavam a desejar que Zeus as transformasse em pássaros para poderem encontrar os lugares secretos dos penhascos, para poderem pairar sobre as costas banhadas pelo mar e sobre os rios.

O pai delas, o rei Pandíon de Atenas, estava em guerra com o rei Lábdaco de Tebas. As duas cidades olhavam entre si com desconfiança desde tempos ancestrais. Estavam suficientemente perto uma da outra — separava-as um longo dia de caminhada — para que a hostilidade borbulhasse incessantemente nas fronteiras entrecruzadas entre os dois territórios. Viviam um período de violência que se prolongava havia vários anos. Só houve progressos quando Pandíon negociou uma aliança com o rei Tereu da Trácia, um país selvagem e duro no Norte longínquo, famoso pelos não menos selvagens e duros homens que o habitavam. Com a ajuda dos trácios, Pandíon não demorou a derrotar os tebanos. Afinal, Tereu era um filho de Ares, deus da guerra.

Os trácios — pálidos, tatuados, vestidos com calças — cavalgaram cidade adentro e foram homenageados como salvadores de Atenas. Para selar a amizade entre o povo de Atenas e o da Trácia, Pandíon ofereceu a Tereu a filha Procne em matrimónio. O tipo de sacrifícios que tão pouco antes tinham sido oferecidos aos deuses da guerra para os apaziguar passaram a ser oferecidos a Himeneu, deus do cortejo nupcial, e a Hera, protetora do casamento. Filomela ajudou a irmã a vestir-se num magnífico vestido cor de açafrão; acenderam-se as tochas de casamento; cantaram-se canções de alegria. Pouco tempo depois, Tereu e a noiva partiram para a Trácia.

Sem a irmã, os dias estendiam-se, solitários e compridos, à frente de Filomela. Para os preencher, ela virou-se para o tear. Fez um desenho espetacular para a tapeçaria e disse a si própria que, quando terminasse o trabalho, a pungente dor da perda que sentia no coração teria entorpecido.

Para começar, fez uma ourela intrincada, cheia de histórias de amor e desejo entre os humanos.

Começou com a história de uma mulher grávida chamada Teletusa, que vivia na bela Festo, na ilha de Creta. O marido dissera-lhe que, se viesse a ter uma menina, ele seria obrigado, ainda que com relutância, a pegar na bebé e a expô-la nas montanhas. Apesar das lágrimas da mulher, ele manteve-se firme, absolutamente convencido de que era preciso fazê-lo.

Não muito tempo antes de o dia chegar, a deusa egípcia Ísis apareceu-lhe num sonho. Era magnífica: o toucado dourado com cornos de vaca assentava-lhe na testa como uma lua crescente e, entre os cornos, tinha um reluzente disco solar.

— Não te preocupes — disse a imortal. — Independentemente do que deres à luz, cria o bebé como rapaz. Estarei do teu lado se alguma vez precisares da minha ajuda.

E, assim, Teletusa deu à luz uma menina, a quem chamou Ífis e cujo sexo manteve escondido de toda a gente, sobretudo do marido.

Enquanto crescia, Ífis gostava de brincar com rapazes, de lutar com rapazes, de cavalgar com rapazes, de caçar com rapazes. E também adorava e idolatrava uma rapariga chamada Iante. Cresceram juntas e apaixonaram-se. Eventualmente, as jovens foram falar com o pai de Ífis e pediram autorização para se casarem, que foi dada de boa vontade.

Porém, quando o dia do casamento se aproximava, a inquietação de Ífis crescia, pelo que foi ter com Teletusa para lhe pedir um conselho de mãe.

— O que posso fazer? Iante pensa que sou um homem. O que irá acontecer na noite de núpcias? Irá odiar-me? Irá humilhar-me? Ando a enganá-la há anos, não quanto à intensidade do meu amor, mas quanto ao meu corpo.

Teletusa estava tão ansiosa como a filha. Encontrava desculpas dia após dia — maus agouros, falta de saúde, sonhos desconcertantes — para adiar o casamento. Por sua vez, Iante estava ansiosa por casar e rezava constantemente ao deus do matrimónio, Himeneu, para apressar a cerimónia.

Quando o casamento já não podia continuar a ser adiado — quando estava marcado para o dia seguinte —, Teletusa foi ao templo de Ísis e rezou à deusa egípcia em desespero.

— Lembrais-vos, grande deusa, de que vos venerei a vida inteira — disse ela. — Fazei deste casamento um dia de felicidade, e não de pesar. Ajudai-nos, por favor. Encontrai uma forma de a minha filha casar com Iante.

Para estupefação de Teletusa, o altar pareceu tremer. A escultura da severa deusa, sentada rígida e aprumadamente no seu trono, quase pareceu sorrir, e o disco solar dourado no toucado reluziu.

Teletusa agradeceu à deusa, a chorar de alívio, e voltou ao encontro da filha.

— Confia em Ísis — foi o conselho que lhe deu.

O casamento foi devidamente celebrado, e Iante olhava afetuosamente para o seu Ífis quando os rituais eram celebrados. Foi assim que Filomela as mostrou, encantadas uma com a outra, enquanto Himeneu, que acende as tochas de casamento, lhes sorria.

Depois, o casal foi de mão dada para o quarto, onde cada uma tirou prazer do corpo da outra. O que quer que a deusa tenha talhado, seja qual for a metamorfose de amor que tenha acontecido, só lhes cabe a elas saber. É possível que Ísis tenha transformado Ífis num homem, como se diz frequentemente. É possível que tenham vivido juntas como duas mulheres que se adoravam. Só sabemos que foram felizes. E Ífis, esteja o leitor a imaginar um homem ou uma mulher, era bela.

A seguir, Filomela teceu a história de Narciso, um belo jovem que foi consumido pelo amor próprio. Era filho da ninfa Liríope, que tinha sido violada pelo luxurioso rio Cefiso, quando estava a vadear-lhe as águas. Liríope adorava o menino e foi ter com Tirésias para lhe perguntar sobre o futuro dele.

— Narciso vai ter uma vida longa e feliz? — perguntou-lhe ela.

— Só se não se conhecer a si próprio — foi a resposta opaca.

Narciso cresceu e tornou-se um belo jovem, desejado por raparigas e rapazes. Mas era imune a todos os encantos de ambos. Uma admiradora que rejeitou com crueldade foi a ninfa Eco, que fora condenada por Hera a nunca pronunciar as suas próprias palavras e a repetir apenas as dos outros. Costumava seguir Narciso para todo o lado, ainda que ele escarnecesse dela. Se ele dissesse:

— Porque haverias de pensar que quero beijar-te?

Ela respondia, anelante:

— Quero beijar-te.

Se ele dissesse:

— Morreria antes de sonhar em tocar-te.

Ela repetia:

— Sonhar em tocar-te.

Mas Narciso foi longe de mais: rejeitou os avanços de outro rapaz de forma tão grosseira e arrogante, que o jovem rezou para que Narciso fosse rejeitado com a mesma dureza. E os deuses acenaram em aquiescência.

Havia um lago límpido na floresta junto do local onde Narciso vivia. Tinha águas reluzentes, prateadas; era rodeado de erva macia e ficava à sombra de um círculo de árvores. Nunca ninguém nem nada lá ia, nem pastores com os rebanhos, nem sequer aves selvagens. No entanto, levado por um estranho impulso, Narciso tropeçou naquele lugar secreto. Cheio de sede, dobrou-se sobre a água com a intenção de a beber. Quando o fez, viu um belo jovem aparentemente preso naquela superfície vidrada. E sentiu outro tipo de sede.

Narciso estendeu o braço para tocar no rapaz, mas, assim que a mão penetrou a superfície, o rosto na água pareceu fragmentar-se e desaparecer. Tentou falar, mas, embora a figura parecesse estar a responder-lhe, Narciso não conseguia ouvir o que dizia. Deixou-se ficar ali agachado durante muito tempo, e o rapaz mudo limitou-se a retribuir-lhe o olhar. Filomela teceu Narciso debruçado sobre o lago e também delineou o reflexo do rapaz em fios a condizer.

— Não consegues sair daí e falar comigo, por favor? Não te quero fazer mal — dizia Narciso para o rapaz no lago. Eco tentava adverti-lo para o seu erro, sussurrando-lhe com aflição:

— Mal!

Passou muito tempo. O corpo de Eco acabou por se esvair e tudo o que restou dela foi a voz; às vezes, ainda a ouvimos quando ela tenta comunicar em vão com os mortais, repetindo as nossas palavras. Narciso continuou na mesma posição, petrificado como se fosse uma escultura de mármore, até morrer. No mesmo lugar nasceu uma flor em tom de ouro-creme e com um aroma suave — um narciso.

Filomela teceu então o desejo de um artista pela sua própria obra. Pigmalião era um escultor que vivia sozinho numa ilha do Chipre. Sentia que nenhuma mulher era suficientemente boa para ele. Por isso, decidiu fazer uma imagem da mulher perfeita.

Esculpiu uma estátua em tamanho real de mármore branco: uma bela jovem recostada num sofá logo depois de acordar de um sono profundo. Um dos seios estava exposto, como se o vestido lhe tivesse deslizado dos ombros enquanto dormia. O resto do corpo estava coberto pelos folhos ondulantes e complexos do vestido esculpido por Pigmalião com uma mestria insuperável. Os pés calçavam elegantes sandálias de pedra. Uma pulseira de pedra na forma de uma serpente envolvia um dos braços em curvas sinuosas.

À medida que o trabalho avançava, Pigmalião foi ficando cada vez mais atraído pela sua criação. Beijou-lhe os lábios frios. Acariciou aquele seio gélido e duro. Passou as mãos pelas bem delineadas barrigas das pernas.

À noite começou a deitar-se com a estátua no seu sofá de mármore. No escuro da madrugada obtinha prazer aconchegado às superfícies frias e inflexíveis da figura. Ocasionalmente, imaginava que a escultura estava a responder às carícias que lhe fazia. Nesses momentos, sentia a estátua a aquecer, como se fosse de carne viva. Depois, demasiado depressa, lembrava-se de que todo o calor vinha do seu próprio corpo. Por vezes, ficava furioso.

— Porque és tão teimosa, tão indiferente, tão... frígida? — dizia.

Naqueles momentos, batia na cara da estátua. Mas era a sua própria pele que sofria depois daqueles encontros unilaterais. Mais tarde penitenciava-se e não saía da beira dela, sempre a levar-lhe presentes: brincos de pérolas, um pingente.

A festa de Afrodite acabou por chegar. Era o dia mais importante do ano em Chipre desde que a ilha era consagrada à deusa do amor. Pigmalião fez as suas oferendas e rezou com afinco.

— Por favor, grandiosa deusa, trazei-me uma mulher que seja exatamente como a minha escultura — suplicou ele.

Afrodite compreendeu, assim como compreende todos os nossos desejos mais secretos e indecorosos. As tochas do templo irromperam numa chama mais intensa. Pigmalião ficou extasiado com o sinal e apressou-se a ir para casa.

Ao chegar ao estúdio aproximou-se da escultura. Estava nervoso, mas também terrivelmente empolgado. Beijou a estátua, de leve, nos lábios. Seria imaginação sua ou, desta vez, parecia realmente haver uma sugestão de calor? Havia! A pedra branca estava a mudar, a assumir os tons subtis da pele humana. Onde antes havia sulcos rígidos de maçonaria, passou a haver carne suave e tecido sedoso. Foi isto que Filomela decidiu mostrar na sua tapeçaria: o momento em que a pedra se fez humana, em que a obra do escultor se mexeu.

Então e a mulher? Ao seu cérebro, que acabava de acordar, assomava um sem-fim de imagens confusas. Primeiro, a sensação de violência e medo: objetos pontiagudos a desbastarem-lhe a matéria com golpes repetidos e ritmados; algo a raspar-lhe a superfície incansavelmente. A sensação de estar presa e bloqueada dentro de uma forma insuportavelmente pesada, como aquele pesadelo que temos às vezes em que não conseguimos mexer os membros por muito que nos esforcemos.

Sentou-se. Pestanejou perante a luz nova e brilhante. Nada fazia sentido. Não sabia ao certo o que fazer com a capacidade de se mexer, mas havia um instinto que lhe dizia para estender os pés para o chão. Tentou levantar-se, mas era como um animal acabado de nascer. Por isso, escorregou e caiu. Depois tentou erguer-se novamente.

— Assim não! — gritou Pigmalião, subitamente furioso. — Volta para o sofá. Deita-te. Por favor. Eu deixei-te numa posição tão bonita.

Ela não fazia ideia do que ele estava a dizer, mas todos os instintos que acabavam de se lhe despertar no corpo lhe diziam para se afastar dele. Ele fez tenção de a agarrar, mas, na verdade, estava aterrado. Não era aquilo que ele pensava que tinha feito, aquela mulher desgrenhada com o suor a brilhar na clavícula, aquela mulher que gritava como algo que tivesse fugido de Hades, aquela mulher que começava a cambalear em direção à porta e à liberdade.

A olhar do alto do Olimpo, Afrodite sorriu para si mesma, encolheu os ombros e começou a pentear o cabelo longo e lustroso.

Junto desta cena, Filomela teceu a história de Dejanira — uma cocheira de quadriga exímia, dotada nas artes da guerra —, que matou o marido Héracles, o guerreiro mais selvático que já pôs os pés na Terra.

Na verdade, não foi a primeira vez que Héracles foi subjugado por uma mulher. Certa altura, como penitência por um homicídio, fora obrigado a passar um ano como escravo da rainha Ônfale da Lídia. Primeiro, recebeu ordens para livrar o território real de ladrões e salteadores. Depois, a rainha mandou-o voltar para o palácio e obrigou-o a vestir roupa de mulher. Enquanto ele labutava nos barracões das tecedeiras com as escravas, a rainha usava a pele de leão e ostentava a moca de Héracles.

Dejanira, diga-se, não fez uso da força para matar Héracles. Nenhum mortal o poderia ter feito; Héracles era um humano acima de todos os outros humanos. Uma vez chegou até a lutar contra Tanatos, deus da morte, para levar uma mulher falecida, Alceste, de volta para o marido, Admeto. Combateu ao lado de Atena para matar gigantes; certa vez, até usou o arco, o arco mortal que fora um presente de Apolo, para alvejar o lutador metamórfico Periclímeno, depois de ele se ter transformado em abelha.

Não, Dejanira não queria matar Héracles. Foi um erro terrível.

Aconteceu da seguinte maneira. Muito tempo após ter concluído os doze Trabalhos por que se tornou famoso, Héracles entrou em guerra com o povo de Ecália. Depois de vencer — como era inevitável —, fez da filha do rei prisioneira e levou-a para a sua casa em Tráquis. A verdade é que estava perdido de amores pela jovem, cujo nome era Iole. Dejanira não sabia o que fazer. Não queria magoar nem punir Iole. Na verdade, sentia pena da mulher, que perdera a família e fora transformada em escrava. Mas queria Héracles de volta.

E foi então que se lembrou das palavras de Nesso, o Centauro, às portas da morte.

Muito tempo antes, logo depois do casamento de Héracles e Dejanira, Nesso oferecera-se para transportar o casal para o outro lado de um rio profundo. Primeiro transportou Héracles às costas, depois voltou a nado para ir buscar Dejanira. Mas, a meio do rio, ela sentiu as mãos dele a percorrerem o seu corpo... Héracles, a observar da margem mais distante, viu o assédio de longe e matou o Centauro, que cambaleou até à margem agarrado a um último fio de vida. A esvair-se em sangue, murmurou para Dejanira:

— Apanha o sangue da minha ferida. Irá levar Héracles para junto de ti, se alguma vez ele se desviar.

Tal como Nesso lhe dissera, Dejanira manteve aquele sangue todos aqueles anos, escondido num frasco devidamente fechado. Verteu-o com cuidado — ainda parecia fresco e líquido — sobre a túnica que tinha tecido para Héracles. Depois, partiu à procura do marido. Encontrou-o no seu grande salão, sentado num banco, a enorme clava pousada ao lado dele. Sentou-se junto a ele e ofereceu-lhe a túnica com palavras de amor. Foi assim que Filomela os mostrou, sentados lado a lado pela última vez.

Héracles pegou na peça de roupa e pô-la por cima da cabeça para lhe fazer a vontade. Mas logo que a vestiu, sentiu-a agarrar-se a ele, como a pedra esculpida para se assemelhar a um tecido parece agarrar-se à superfície de uma estátua. Héracles começou a suar. Gritou em sofrimento. A pele do rosto e dos braços ficou manchada e descolorida. A força que tinha no corpo — aquele corpo que matara milhares — desertou-o. Héracles sucumbiu.

Era a vingança de Nesso. O sangue estava infetado com o veneno que Héracles espalhara nas suas flechas: o veneno de Hidra, a serpente com muitas cabeças, que ele matara num dos seus Trabalhos. Talvez se possa dizer que não foi Dejanira que matou Héracles, afinal, nem Nesso, mas a própria Hidra, ela que em tempos habitara os pântanos de Lerna e aterrorizara todos os mortais que se aproximaram dela.

Aqueles Trabalhos foram o resultado da fúria de Hera, que abominava Héracles por ele ser o filho do seu errante marido Zeus e de uma mulher mortal, Alcmena. Para castigar Héracles — embora ele não tivesse feito nada de mal —, a deusa amaldiçoou-o com o acesso de loucura, durante o qual ele assassinou a primeira mulher, a princesa tebana Mégara, e os filhos de ambos.

Quando o momento de insanidade passou, quando percebeu, em sofrimento, o que tinha feito, perguntou ao oráculo de Delfos como poderia obter remissão. A Pítia, sacerdotisa de Apolo, disse-lhe para se oferecer para se tornar servo do seu parente, o rei Euristeu de Tirinto. Foi Euristeu que lhe atribuiu aquelas tarefas aparentemente impossíveis, os famosos Trabalhos.

Eram as cenas desses Trabalhos que decoravam a sala onde o herói impotente se contorcia com dores. Os frescos mostravam-no a matar o leão de Nemeia e a tirar-lhe a pele como prémio. Mostravam como, com a ajuda do seu amante Iolau, matara Hidra, cortando-lhe as cabeças de serpente enquanto o homem mais jovem queimava os cotos para impedir que crescessem novas cabeças de cada ferida.

Mostravam-no a capturar a bela corça de Cerineia e, depois, o javali de Erimanto. Não matou nenhuma daquelas criaturas; levou-as vivas para Euristeu. Mostravam-no a usar o arco para abater as aves que se amontoavam em volta do lago Estinfália. A limpar os estábulos imundos do rei Augias. A capturar um touro bravo por ordem do rei Minos de Creta, e a domar os cavalos de Diomedes que comiam carne humana, na Trácia. A apoderar-se do cinturão da amazona Hipólita: ela oferecera-lho livremente, embora tivesse sido um presente precioso de Ares, mas ele matou-a na mesma. A capturar o gado de Gerião, cujos três corpos e três pares de pernas se juntavam numa única cintura. A matar o dragão que guardava o jardim das Hespérides.

Mostravam-no, por fim, a descer ao Mundo Inferior para capturar Cérbero. Hades dissera que Héracles poderia levar o cão de três cabeças se não usasse armas, pelo que Héracles esmagou a besta unicamente com a força dos braços até que o animal se subjugou, lamuriante, à sua vontade. Eram aqueles mesmos braços que estavam agora bambos e fracos ao lado das ilhargas do homem moribundo.

Foi assim que a vida mortal de Héracles terminou. Mas quando estava deitado na sua pira deu-se uma mudança. Os deuses libertaram-no daquela morte abjeta: levaram-no para o Olimpo e deram-lhe a imortalidade. Hera já não o abomina, ama-o mais do que a ninguém com a exceção de Zeus. Héracles vive em paz eterna entre as mansões dos deuses, numa realidade diferente e com uma mulher diferente, a para sempre jovem deusa Hebe.

De seguida, Filomela teceu a história de Atalanta, que, embora desprezasse o amor durante muito tempo, acabou por encontrar um amante à sua altura.

Assim que Atalanta nasceu, o pai, Iásio, que queria um filho, ordenou que fosse levada para as montanhas arcadianas onde deveria morrer. Quando a bebé se contorcia em cima de uma rocha, com o rosto vermelho, a gritar e completamente indefesa, uma ursa foi a correr até ela, em movimentos pesados, mas não despojados de graça, pelo terreno rochoso. Cutucou Atalanta, curiosa, com o longo focinho, deu-lhe uma lambida exploratória, abriu a boca assustadora e... levantou-a, com bastante cuidado. Levou a pequena Atalanta para o seu covil, onde estava a criar duas crias recém-nascidas. Tratou a bebé exatamente como as suas crias, amamentando-a primeiro e depois ensinando-a a comer bagas, peixe, frutos secos e raízes.

Quando Atalanta já andava e as crias se preparavam para deixar a mãe para se desenrascarem sozinhas, um grupo de caçadores das montanhas encontrou a rapariga — uma pequena e imunda selvagem, mas perfeitamente saudável — e levou-a para longe da mãe adotiva ursa para a criar na aldeia. Atalanta era hábil com a flecha e o arco desde tenra idade, tão forte como qualquer rapaz e tão rápida como uma corça. A família adotiva era composta por homens duros mas gentis, que lhe ensinaram tudo o que sabiam. Atalanta jurou aliança a Ártemis, a protetora da caça, a guardiã do celibato; e a deusa admirava-a e deleitava-se com ela.

Atalanta queria aventura, adorava competir e estava determinada a dar provas do seu valor. Quando Jasão estava a juntar companheiros para se juntarem a ele numa aventura pelos mares em busca do Tosão de Ouro, Atalanta ofereceu-se como voluntária, mas ele rejeitou-a, convencido de que uma mulher perturbaria a disciplina da tripulação do *Argo.* No entanto, mais tarde, depois de os argonautas terem regressado à Grécia, Atalanta desafiou um deles, Peleu, para uma contenda. Peleu achava que era uma graça e quase recusou o desafio, porque pensou que lutar com uma mulher não lhe traria grande glória. Mudou de ideias quando reparou nos ombros largos, nos braços musculados. Além disso, era bonita, com o tipo de traços que parecem masculinos numa rapariga e femininos num rapaz. Atalanta ganhou a contenda, agarrando Peleu numa prisão de cabeça que o deixou sufocado a pedir misericórdia.

Mais tarde, Meléagro, o lutador etólio, reuniu outra equipa para caçar o javali de Cálidon, uma criatura que estava a devastar o reino do seu pai, Eneu. Entre os membros da equipa contavam-se antigos argonautas e outros campeões famosos: Castor e Pólux, Teseu e o seu amigo lápita Pirítoo, o jovem Nestor de Pilos, Peleu e... Atalanta. A expedição foi caótica. Antes de partirem, alguns dos homens disseram que não iriam caçar ao lado de uma mulher. Meléagro, porém, ameaçou cancelar toda a empreitada a menos que retirassem todas as queixas. Depois, quando a caça começou finalmente, dois centauros, Hileu e Reco, decidiram tentar atacar Atalanta. Idiotas; ela ouviu-os a andar aos tropeções junto das árvores atrás dela, enquanto se gabavam de como iriam violá-la à vez. Levou a mão ao carcás, virou-se e atirou um par de flechas num voo arqueado e extraordinariamente preciso: uma para cada garganta. Deixou-os a sangrar na vertente da montanha.

Por fim, o javali foi capturado num vale florestado atrás de um penhasco rochoso que não era capaz de trepar. Era um animal enorme com dentes que pareciam cimitarras; e, ali, encurralado, era mortífero. Atacou um dos lutadores mais jovens, Enésimo, e empalou-o; também teria apanhado Nestor, se este não tivesse trepado para cima de uma árvore. Peleu arremessou-lhe uma lança, mas, no meio da confusão, acertou em Euritíon, rei de Ftia, e matou-o. Atalanta atirou uma flecha que acertou atrás da orelha do javali: o sangue verteu da ferida e manchou-lhe as cerdas. Anceu ficou tão enraivecido por o primeiro sangue ter sido provocado por uma simples mulher que se lançou para o caminho do javali com um machado em punho, a gritar:

— A minha arma é melhor do que a de qualquer mulher, olhai só!

Levantou a arma bem acima da cabeça pronto para a fazer cair no crânio do animal, mas, antes de o conseguir fazer, o javali deu-lhe uma estocada com os dentes de marfim a reluzir, deixando-lhe as entranhas a derramar sobre o solo da floresta.

Afinal, foi o próprio Meléagro quem deu o golpe final ao animal com a sua espada, e o javali ficou ali deitado, a ofegar, a bufar, as cerdas magníficas manchadas de sangue, o brilho dos olhos a escurecer. Meléagro presenteou os dentes a Atalanta, como prémio pelo primeiro sangue.

A fama de Atalanta passou a ser tão grande, que o pai dela, Iásio, fez saber que a iria voltar a receber de braços abertos na sua corte. Atalanta não queria abandonar os seus velhos companheiros, os astuciosos caçadores das terras altas arcadianas, mas eles persuadiram-na a regressar, dizendo-lhe que ela não demoraria a desinteressar-se pelas vidas duras que levavam. Por isso, ela deveria ir e aproveitar a abundância e o luxo da corte.

Iásio encheu a filha há muito perdida de encómios, comentando, a brincar, que, se não a tivesse abandonado à sua sorte nas montanhas tantos anos antes, ela não seria a extraordinária atleta em que se tinha tornado. A verdade era que ele queria que Atalanta se casasse. Estava ansioso por lhe arranjar um casamento para os seus próprios fins políticos e diplomáticos.

Atalanta ficou furiosa.

— Isso é impossível! Eu jurei aliança a Ártemis e fiz votos de celibato — disse ela. — A deusa castiga todas as pessoas que lhe sejam desleais.

Iásio não se demoveu.

— Sabes tão bem como eu que as raparigas crescem e acabam por esquecer os votos a Ártemis — disse ele. — Já tiveste oportunidades mais do que suficientes para correr livremente pelos montes.

A discussão prolongou-se indefinidamente, até que Atalanta se lembrou de uma solução.

— Prometo casar-me com o homem que for capaz de me vencer numa corrida — propôs ela. — Qualquer homem me poderá desafiar. Estas são as regras: se eu vencer, ele morre. Se ele vencer, eu caso-me com ele.

Iásio concordou. Atalanta delineou uma pista de corrida num vale verde e plano. A meio do caminho espetou uma estaca no chão. Anunciou que daria aos candidatos um avanço generoso. Só começaria a correr quando o adversário chegasse à estaca.

Um número surpreendente de homens jovens aceitou o desafio. A última sensação de quase todos eles foi o passo retumbante dos pés de Atalanta a surgir em crescendo atrás deles e, de seguida, a desvanecer-se depois de ela passar por eles disparada. Todos eles foram executados ao chegarem à meta.

Por fim, um jovem chamado Melânion apareceu na corte de Iásio. Achava Atalanta excitante, a velocidade que ela tinha gloriosa. Estava maravilhado com a beleza da moça, não quando estava vestida de princesa, mas quando tinha os membros a brilhar de suor e o rosto afogueado do exercício. Também ele era atleta, duro e forte. Adorava a vida nas montanhas, os busardos a pairar no alto e o cheiro de pinho nas narinas. Quanto mais Atalanta o via, mais se sentia atraída por ele. Deu por si a sonhar com ele, a desejá-lo. Ansiava tocá-lo.

Melânion sabia que nunca seria capaz de vencer Atalanta honestamente, pelo que decidiu recorrer à rainha do logro, a deusa do amor. Sempre pronta a passar a perna a Ártemis, Afrodite ajudou-o de bom grado: deu-lhe três pomos de ouro, arrancados do jardim das Hespérides. Melânion percebeu imediatamente como poderia usá-los. Por isso, desafiou Atalanta para a corrida a pé.

Tal como ditavam as regras, Atalanta deu-lhe um longo avanço e só arrancou quando ele já tinha percorrido metade do caminho. Mas, à medida que corria, Melânion deixou cair um dos pomos de ouro, que ficou ali pousado na erva, a reluzir irresistivelmente ao sol. Quando Atalanta corria disparada pela pista, viu-o. Hesitou, parou e pegou no tesouro resplandecente. Melânion continuava à frente. Atalanta perdera tempo.

Aproveitando a vantagem que tinha ganhado, Melânion continuou a correr, com mais um impulso de velocidade, e deixou cair um segundo pomo. Mais uma vez, Atalanta parou e agachou-se para pegar no precioso fruto. Mesmo assim, Atalanta estava a ganhar-lhe tempo, pelo que ele atirou o terceiro pomo com toda a força que tinha bem para longe da pista. Atalanta disparou na direção do fruto, apanhou-o com a velocidade de uma Harpia e acelerou de volta para a pista para continuar a corrida.

Foi assim que Melânion fez batota na corrida a pé para vencer Atalanta por um fio de cabelo, o corpo a lançar-se para a frente ao cruzar a meta. Mas logo que ela passou também pela meta, deixou cair os pomos de ouro com total indiferença, e encaminhou-se para ele com um sorriso.

Melânion e Atalanta acabaram mesmo por casar e ela nunca lhe disse se o tinha deixado ganhar. Porém — e, nos momentos de alegria humana, há frequentemente um «porém» —, Melânion esqueceu-se de agradecer a Afrodite a ajuda que ela lhe tinha dado. A deusa resolveu que o casal tinha de ser castigado. Um dia, quando estavam a caçar juntos, decidiram descansar do calor do meio-dia numa caverna. O que não perceberam, contudo, era que o lugar era sagrado para Zeus. Ao fazerem amor naquele lugar, estavam a profanar um santuário. Ali deitados, os corpos entrelaçados, sôfregos, selvagens e ávidos um do outro, os seus dedos começaram a enrolar-se e a desenvolver garras. Nos pescoços começaram a nascer peliças, nas bocas irromperam dentes longos e afiados. Quando finalmente se separaram um do outro, ofegantes e exaustos, compreenderam: tinham mudado de forma. Eram leões.

Riram-se, se é que se pode dizer que os leões se riem. A transformação até podia ser resultado de um castigo, mas parecia-lhes um prémio. Caçar lado a lado, viver livremente e em igualdade, subir aos picos mais isolados e assediar os mais remotos vales era a verdadeira felicidade para Atalanta e Melânion. Foi como leão e leoa que Filomela os teceu.

Na parte final da ourela da tapeçaria, Filomela mostrou os babilónios Píramo e Tisbe, que, não obstante a amarga inimizade entre as famílias, se amavam em segredo. A única forma de comunicar era por meio de conversas fragmentadas por uma pequena brecha no muro que dividia os jardins da casa de cada um. Por isso, engendraram um plano arriscado: iriam ambos sair sorrateiramente de casa durante a noite e encontrar-se longe da cidade. O ponto de encontro era junto do túmulo do rei Nino, o mausoléu que a rainha Semíramis, a mais engenhosa das monarcas, a conquistadora da Etiópia, mandara construir para o marido.

Tisbe chegou antes de Píramo e esperou debaixo de uma amoreira, os ramos carregados do fruto branco e suculento. Mas enquanto estava lá sentada, na calada da noite, viu uma leoa a aproximar-se com as mandíbulas a sangrar, uma vez que tinha acabado de caçar uma presa. Tisbe correu para uma caverna próxima e, com a pressa, deixou cair o xaile, que a leoa farejou com curiosidade e manchou com o sangue que lhe escorria das mandíbulas. Quando Píramo chegou, foi aquela cena que viu: o xaile manchado de sangue da sua amada, as pegadas de uma leoa na terra. A sua mente não demorou a chegar à pior das conclusões. A dor tomou conta dele. Píramo desembraiou a espada e espetou-a no estômago.

Por fim, Tisbe ousou pensar que a leoa se tinha ido embora e saiu do seu esconderijo.

— Píramo? Píramo, onde estás? — chamou em voz baixa. E foi então que o viu. Precipitou-se para junto dele e pegou-lhe no corpo a sangrar enquanto gritava na esperança de que vivesse, mas já estava morto. Tisbe pegou na espada e embalou-a como se fosse sua amiga. Fechou os olhos e espetou-a em si própria.

O sangue manchou as bagas brancas na árvore debaixo da qual os amantes morreram. A partir daquele dia, as amoras passaram a ser púrpuras. O sumo pinta-nos as mãos de um carmesim pegajoso — como sangue.

No centro da tapeçaria, Filomela teceu as cenas que contavam a história de Psique e Eros, cujo amor resistiu as muitas provações.

Psique era a mais jovem de três filhas do rei e da rainha de uma terra distante. E era linda, mais bonita do que as irmãs. Mais bonita do que qualquer humano. Mais bonita, diziam alguns, do que a própria Afrodite — que é a razão por que os problemas dela começaram. As pessoas começaram a negligenciar os deveres que tinham para com a deusa. Começaram a venerar Psique em vez dela. Afrodite ficou zangada e chamou o filho, Eros, deus do desejo, à sua presença.

— Aquela rapariga tem de ser castigada por tamanha presunção — disse ela. — Quero que te certifiques de que ela se apaixona por uma criatura que toda a gente despreza e teme e que case com ela.

Mas Psique não queria que ninguém a venerasse. Detestava a sua beleza, ou, melhor, o efeito que tinha. As pessoas não a tratavam como se fosse uma pessoa de carne e osso com sentimentos verdadeiros, mas antes como se fosse algum tipo de escultura perfeita e empedernida.

Não saía de casa, não via ninguém, foi ficando cada vez mais infeliz. Os pais também ficaram preocupados, com medo de que ela nunca fosse encontrar alguém para amar como era devido. Por isso, o pai consultou o oráculo de Delfos.

A resposta, como acontece tantas vezes, não foi a desejada. A mensagem dizia que o rei teria de deixar a filha, ataviada como que para um casamento, no cimo de uma montanha deserta longe da cidade, onde haveria de se casar com um marido monstruoso, alado e armado com flechas pungentes, uma criatura que até Zeus considerava aterradora.

O rei e a rainha começaram, com renitência, os preparativos para o triste matrimónio. No dia indicado, quando Psique estava pronta para liderar a procissão montanha acima, os pais, abatidos pela dor e assoberbados pela culpa, tentaram pôr um fim a toda a cerimónia: não eram capazes de deixar a filha à mercê de tão terrível destino. Mas Psique disse-lhes para terem calma e para a deixarem ir.

— Não há alternativa; ninguém consegue escapar impune a uma comparação com um deus — disse.

E, assim, o soturno grupo partiu do palácio, subiu a montanha e, por entre lágrimas, executou os rituais nupciais, não obstante não haver nenhum noivo à vista. Por fim, deixaram Psique lá no cimo. Sozinha, chorou e tremeu e desejou estar morta.

Algum tempo depois, sentiu uma aragem quente a sacudir-lhe o vestido, a abanar-lhe o cabelo. Depois a brisa — Zéfiro, o vento oeste — pareceu envolvê-la. Psique deu por si a ser levantada e soprada docilmente para um vale escondido do outro lado da montanha, um lugar a que nunca nenhum humano poderia chegar a pé.

Zéfiro pousou-a na erva e, embalada pelo movimento suave do voo, Psique adormeceu. Quando, por fim, abriu os olhos, viu, acima dela, o céu azul rendilhado por ramos de árvores cheios de flores. Estava num pomar e era a paisagem mais agradável que se poderia imaginar.

Levantou-se e começou a explorar o lugar. Descobriu que atrás do pomar havia uma casa imponente e bem construída. Bateu à porta. Depois, como não obteve nenhuma resposta, empurrou-a para a abrir. Vagueou pelas salas vazias até que, por fim, ouviu uma voz que parecia vir do próprio edifício.

— Psique, não tenhas medo — disse. — Todas as divisões desta casa são tuas. Descansa, desfruta.

Admirada, Psique seguiu o conselho da voz incorpórea, tomou banho e descansou. Quando sentiu fome, uma deliciosa refeição apareceu à sua frente vinda do nada, levada por mãos invisíveis em pratos de ouro. Mãos invisíveis dedilhavam harpas, e coros invisíveis cantavam para ela. Porém, quando a noite caiu, Psique ficou com medo: e se aquela bela casa e aquele exército de escravos invisíveis fossem apenas um truque para a acalmar antes de o assustador dragão, que haveria de ser o seu novo marido, chegasse? Deitou-se, hirta, na cama, assustada com as próprias sombras.

Ao fim de algum tempo, a porta abriu-se devagar e Psique ouviu os passos baixos de *algo* a entrar. Sentiu o coração a palpitar, mas a coisa, fosse o que fosse, tinha dois pés, e não parecia nada um dragão. Na escuridão, Psique ouviu uma voz, uma voz suave, sensual.

— Não tenhas medo — disse. — Sou o teu marido e amo-te. Não posso deixar que me vejas, mas esta é a minha mão.

Ela sentiu o roçar suave de dedos (não escamas) no pulso. Sentiu mãos e lábios a acariciá-la. Deu por si a oferecer-se ao toque. O corpo quente e encantador que encontrou, com as bochechas macias e o cabelo encaracolado e suave, parecia-lhe o de um homem jovem. Mas não o conseguia ver. E, de manhã, tinha desaparecido.

Na noite seguinte, o marido invisível voltou, na outra também. E na outra. As noites de Psique eram cheias de prazer, e os dias passavam sem grande dificuldade. Contudo, uma noite, quando o marido dela voltou, tinha uma inflexão de seriedade na voz.

— As tuas irmãs virão à tua procura — disse ele. — Estou a avisar-te: por muito transtornadas que te pareçam, não ouças o que te vão dizer.

Psique levou a mal o conselho: como poderia ela ignorar as irmãs, deixá-las a pensar que estava morta, deixá-las em sofrimento por nenhuma razão? E sentia tanta falta da família. Sentia-se sozinha.

Ainda estava aborrecida quando ele voltou na noite seguinte.

— Faz o que quiseres — acabou por dizer o marido. — Zéfiro pode trazê-las cá baixo em segurança. Mas não vai acabar bem. Vão querer saber como é que eu sou. E asseguro-te que acontecerão coisas terríveis se tentares descobrir.

No dia seguinte, Psique estava a caminhar no meio do arvoredo quando ouviu mais acima os sons ténues de vozes a chamá-la pelo nome. Eram as irmãs dela! Pediu imediatamente a Zéfiro que as soprasse do cimo da montanha ao seu encontro. As irmãs pareciam felicíssimas por a ver, mas interrogaram-na sem freio: quem era o marido dela? Onde estava? Como é que ele era? Desorientada, Psique inventou uma história segundo a qual era um jovem que passava os dias a caçar. E, algo ansiosa por se ver livre delas, deu a cada uma joia de prenda e pediu a Zéfiro que as levasse de volta para o cimo da montanha.

As irmãs encaminharam-se para a cidade. Mas não estavam a caminhar há muito quando a inveja começou a picá-las e a moê-las.

— Ela ficou com a sorte toda: dinheiro, um marido jovem, um sem-fim de escravos — disse uma.

— Porque é que os nossos pais *me* casaram com um velho feio que é terrível na cama? — disse a outra.

A primeira irmã disse:

— Ela é o centro de tudo desde que nasceu. Para mim, chega.

A segunda acrescentou:

— Chegou a hora de a pôr no lugar dela, não achas? Vamos fazer o seguinte: não vamos dizer a ninguém que a vimos.

Começaram a engendrar um plano.

À noite, quando o marido de Psique regressou, disse-lhe:

— Não percebes que estás a correr perigo? As tuas irmãs não são boas pessoas. Querem fazer-te mal. Ouve: faças o que fizeres, não deixes que te convençam a descobrir qual é o meu aspeto. Isto é importante, Psique. Vais ter um bebé e se fizeres o que eu digo, a criança será um deus. Se não, será um mero mortal.

Grávida! Psique estava exultante.

— Mas, se não te posso ver, deixa-me, pelo menos, ver as minhas irmãs.

O marido de Psique aceitou, embora com relutância. No dia seguinte, as irmãs voltaram e Psique contou-lhes, alegremente, que estava grávida, o que só as deixou ainda mais ciumentas. Começaram a interrogá-la outra vez sobre o marido. Sob aquele interrogatório conjunto, Psique ficou atrapalhada.

— É um homem muito mais velho — disse por fim. — É um mercador, está sempre a viajar.

Depois de Zéfiro as ter soprado de novo para o cimo da montanha, a primeira irmã disse:

— Qual é que achas que é afinal o marido dela? O jovem Adónis com os cães de caça ou o velho rico?

— Sabes — disse a outra —, acho que ela nunca chegou a vê-lo.

O par começou a refinar o plano.

No dia seguinte, voltaram ao cimo da montanha e atiraram-se do alto em direção ao arvoredo. Zéfiro, que estava cansado de as carregar, deu-lhes uma aterragem algo atribulada.

— Estamos tão preocupadas contigo — disseram a Psique. — Descobrimos uma coisa horrível sobre o teu marido. É mesmo um dragão, exatamente como o oráculo disse. As pessoas viram-no a voar por aí à caça de ovelhas e cabras: os lavradores destas bandas têm-lhe um medo terrível. Ele está à espera de que tenhas o bebé. Depois disso, vai comer-te. Provavelmente também vai comer o bebé.

— Mas, ouve, encontrámos uma forma de te livrar disto. Antes de ires dormir, acende um candeeiro no teu quarto e esconde-o debaixo de um jarro. Depois, quando o monstro estiver a dormir, pega neste punhal, destapa o candeeiro e corta a garganta da criatura.

Nunca passou pela cabeça de Psique que as irmãs a estivessem a enganar. Pegou no punhal e, à noite, seguiu as instruções que as irmãs lhe tinham dado; acendeu o candeeiro, escondeu a faca e foi para a cama com o marido como de costume. Depois de ele adormecer, ela destapou o candeeiro e segurou-o com a mão trémula. Com a outra pegou no punhal.

A luz do candeeiro não iluminou nenhum monstro nem nenhum dragão diabólico capaz de comer carne humana, mas um belo jovem com os membros nus caídos sobre a cama tão elegantemente como se tivesse sido esculpido por um escultor — o deus Eros. Psique resfolegou e não conseguiu deixar de o tocar, como tinha feito tantas vezes antes, e o prazer que sentiu foi ainda maior. Passou as mãos pela pele macia do marido, pelo cabelo exuberante, pelas penas brancas como a neve das asas que estavam recolhidas atrás dele e, por fim, pelas flechas que estavam dentro de um carcás ao lado dele. E, talvez por as mãos estarem a tremer tanto, picou o dedo na ponta de uma seta e deixou que uma esfera de sangue crescesse no lugar. Ninguém escapa ao contágio produzido pelas flechas de Eros, e o desejo que ela sentia por ele tornou-se avassalador: começou a beijá-lo com avidez e, ao fazê-lo, uma gota de óleo quente caiu na pele do marido. Quando a sentiu, Eros despertou do sono. Percebeu imediatamente o que tinha acontecido. E, sem mais nem menos, desenrolou as asas e, sem dizer palavra, voou do quarto para fora, subiu ao céu e desapareceu.

Mas não sem Psique, que se tinha agarrado ao tornozelo dele quando ela saíra disparado pela janela. Enquanto ele voava, ela manteve-se agarrada, até que, quando as forças começaram a faltar-lhe, ele voou em círculos junto ao chão, para que ela pudesse cair em segurança. Depois subiu para um cipreste próximo.

— Eu avisei-te de que não deverias dar ouvidos às tuas irmãs — disse ele. — Não devias ter tentado olhar para mim. Elas vão ter o que merecem, podes ter a certeza. Mas receio que também vás sofrer. — E, com isto, foi-se embora num ápice, mudando de direção a caminho do céu, até não ser mais do que um ponto distante.

Psique nunca se tinha sentido tão sozinha. Em desespero, tentou atirar-se a um rio, mas as águas, compassivas, devolveram-na de volta para a margem. Foi então que Pã, o deus com pernas de cabra, a encontrou e tentou confortá-la.

— O que se passa? — perguntou. — É por causa de um homem? Vá lá. Se fosse a ti, rezaria ao grande deus Eros.

Psique riu-se por entre as lágrimas, mesmo sem querer. Cumprimentou o deus imortal, limpou os olhos, levantou-se e começou a caminhar com uma nova determinação e um plano a formar-se na cabeça. Caminhou o dia inteiro até chegar à casa da irmã mais velha e bateu à porta. Depois de se abraçarem com afeição fingida, Psique disse:

— Venho aqui para te dizer que fiz o que tu me sugeriste. Mas estavas enganada. O que eu vi não foi nenhum dragão, mas o homem mais belo que já vi: o próprio Eros. Ficou tão zangado comigo, que me expulsou de casa, dizendo que eu tinha quebrado as promessas que lhe tinha feito e que tinha intenção de casar contigo.

Ainda mal tinha acabado de falar já a irmã tinha posto o manto, passado por Psique com um empurrão e saído disparada para a montanha. Atirou-se do despenhadeiro à espera de ser levada docilmente pelo vento para o arvoredo encantado. Mas Zéfiro estava noutro lugar, a soprar brisas suaves em Tessália. Assim, a irmã que mergulhou da montanha embateu nas rochas e morreu. Psique encaminhou-se para a casa da irmã seguinte, onde lhe contou a mesma história. Também ela se precipitou para a montanha e morreu da mesma forma.

Psique continuou a busca pelo marido, vagueando de cidade em cidade e perguntando por ele a toda a gente. Mas Eros estava no Olimpo, desfalecido na cama, a reclamar da ferida que sofrera com o óleo quente que Psique derramara. Afrodite não estava lá; estava a banhar-se e a nadar no mar, o elemento que adorava e em que tinha nascido. O resultado deste abandono conjunto dos assuntos humanos era grave, e, com o tempo, uma ave marinha decidiu ir à procura da deusa e avisá-la.

— Precisam de vós, minha senhora — disse-lhe. — O mundo está fora do eixo. Ninguém vos vê nem a Eros há muito tempo. A afeição e a amizade estão a desaparecer. A aspereza e a ira estão a grassar em toda a parte. Não há bebés a serem concebidos a não ser em uniões violentas e sem amor.

— Onde está o meu filho? Por que não está a cumprir os seus deveres? — perguntou Afrodite.

— Não tenho a certeza. Há um rumor de que tem andado ocupado com uma rapariga chamada Psique...

— O quê? Psique, que afirma ser melhor do que eu? Vejo muito bem o que está a acontecer aqui. Ele deve pensar que eu sou algum tipo de alcoviteira, a ficar com ela depois de eu lhe ter dado ordens para a castigar. Espera até eu lhe pôr as mãos em cima.

Magnífica, irrompeu do mar, a água salgada a cair-lhe em cascata do corpo: as gotículas receberam luz e, no ar, começaram a reluzir arcos-íris. Ao fim de um instante, Afrodite já tinha voado até ao Monte Olimpo, onde encontrou Eros a gemer de dor na cama de enfermo.

— Primeiro, desobedeceste às minhas ordens — disse ela. — Segundo, chegaste mesmo a fazer sexo com aquela rapariga, a mesma pessoa que ousou ser minha rival. Terceiro, suponho que queiras que eu a trate como uma espécie de nora. Deves estar louco. Estou cada vez mais inclinada a adotar um dos meus escravos e a dar-lhe as tuas asas e flechas. Qualquer um daquele bando de inúteis seria melhor filho do que tu.

Saiu da casa em fúria e deu imediatamente de cara com Hera e Deméter, congéneres Olímpicos, que a compreenderam mas instaram-na a ser gentil com Eros. Porquê? Porque elas, bem como todos os outros deuses, temiam as suas setas mais do que qualquer outra coisa no mundo.

Entretanto, Psique esquadrinhou desertos e outras zonas inóspitas. Palmilhou as profundezas ínvias das florestas. Caminhou até que os pés ficassem cheios de feridas e bolhas, até as pernas deixarem de ser capazes de a carregar, e deixou-se cair no local em que as suas forças cederam: nos degraus de um velho santuário na montanha.

Depois de ter descansado por um bocado, começou a olhar em volta e viu que havia oferendas para Deméter por perto, mas todas ao monte: havia uma pilha de foucinhas velhas e cheias de pó, espigas de trigo espalhadas, um monte desordenado de cevada. Arrumou tudo, deixando um chão varrido e pilhas organizadas de oferendas, enquanto rezava a Deméter para que a ajudasse. Por fim, ouviu uma voz a pairar pelo templo como uma brisa quente de outono.

— Pobre rapariga — disse a deusa. — Aqui estás tu a limpar o meu templo, enquanto Afrodite te marcou para seres castigada.

— Querida e amável Deméter — suplicou Psique —, deixai-me ficar aqui por uns tempos, pelo menos até Afrodite ficar menos zangada.

A deusa teve pena dela, mas não o suficiente para a ajudar.

— O melhor que posso fazer é deixar-te ir incólume — respondeu ela. — Afrodite é minha amiga.

Psique, a conter os soluços, abandonou o santuário e continuou a caminhada. Por fim, numa agradável clareira ladeada por árvores, viu outro santuário, desta vez pertencente a Hera. Entrou, cambaleante, caiu de joelhos, agarrou-se ao altar e rezou.

— Grande rainha Hera, protetora das famílias, rogo-vos por que me ajudeis.

Uma luz ofuscante surgiu da entrada do santuário. Era tão brilhante que Psique não se atreveu a olhar para trás. Ouviu uma voz como um trovão.

— Embora a minha amiga Afrodite esteja desejosa de te castigar, vou deixar que saias do meu templo em segurança. Mas não posso fazer mais do que isso. Terás de encontrar o teu próprio caminho.

A luz desvaneceu-se. Psique saiu do templo a coxear e chorou até não lhe restarem mais lágrimas.

Por fim, quando estava deitada no chão de pedra a olhar para as estrelas, tomou uma decisão. Se não tinha como escapar a Afrodite, que assim fosse: iria ter com a deusa pelo seu próprio pé. Levar a batalha à sua perseguidora. Afinal, o Olimpo era o único lugar onde ela não tinha procurado por Eros.

Psique caminhou sem parar até se achar no sopé do Monte Olimpo, a cujo cimo nenhum humano tinha trepado, cujas rochas escarpadas estavam polvilhadas de neve e obnubiladas pela névoa. Com furiosa determinação, a mulher grávida começou a subir o monte a custo, a escorregar no cascalho, a ir buscar força de vontade para atravessar cumes escarpados, a forçar os músculos à procura de apoios para as mãos e para os pés, e a arrastar o corpo em direção aos palácios reluzentes dos imortais.

Finalmente, chegou às imponentes portas de bronze do palácio de Afrodite e, por pouco, não sucumbiu nos degraus. Dois dos escravos da deusa encontraram-na nos degraus e, a gritarem de excitação, arrastaram-na para o interior. Afrodite saudou-a com despeito.

— Então, vieste finalmente fazer uma visita à tua sogra, foi? Deves estar doida se pensas que vais casar com o meu filho. Esse bebé que trazes no ventre... É um bastardo.

Agarrou Psique pela garganta e atirou-a contra a parede.

— És uma rapariguinha torpe, não és? Suponho que atrais os homens para dormir contigo a fazer de extremosa criada. Bem, vamos lá ver como te safas a fazer trabalho de escrava. — Afrodite atirou um enorme monte de sementes para o chão: cânhamo, girassol, painço, lentilhas e até minúsculas sementes pretas de papoila. — Organiza as sementes em montes separados. Venho verificar o trabalho ao cair da noite. — Rodou sobre os calcanhares e saiu do palácio para ir participar numa festa de casamento.

Psique olhou em desespero para o enorme monte de sementes. Não havia forma de as organizar até ao crepúsculo. Mas as formigas que viviam no palácio de Afrodite tiveram pena dela e levaram os milhares de irmãos, irmãs, primos e primas e começaram a trabalhar para a ajudar. Psique olhou para elas e, maravilhada e agradecida, viu as inteligentes e organizadas criaturas a movimentarem-se com a coordenação e a habilidade de soldados minúsculos e a trabalharem até restarem apenas cinco montes bem organizados.

Quando o sol caiu, Afrodite regressou e teve de engolir em seco, desanimada ao ver que Psique tinha completado a tarefa.

— Não acredito nem um pouco que tenhas feito isto sozinha — disse ela. Atirou uma côdea de pão para Psique e saiu. Entretanto, colocou um guarda a vigiar Eros discretamente, que estava noutra ala do palácio e não fazia ideia de que Psique estava lá.

Na manhã seguinte, Afrodite voltou a ir ter com a jovem mulher.

— Estás a ver aquele pasto? — disse a imorredoura, apontando para o outro lado da janela. — Há ovelhas a pastar por lá, ovelhas com tosões de ouro puro. Quero que me tragas alguma daquela lã de ouro. Até ao anoitecer.

Psique encaminhou-se para os prados, com dúvidas de que fosse capaz de fazer o que a deusa tinha ordenado. Mas as canas que cresciam junto do rio aconselharam-na, com as vozes finas levadas pelo vento, cheias de pena:

— Não tentes aproximar-te das ovelhas agora, no calor do dia: elas vão ficar assanhadas e ferir-te com os chifres ou morder-te com os dentes venenosos. Espera até ao fim da tarde, que é quando ficam dóceis e sonolentas, e procura entre os arbustos do próximo campo: vais encontrar fragmentos da lã presa nos espinhos e nos galhos e que podes apanhar e levar para a deusa.

Psique agradeceu às canas e fez exatamente o que elas disseram. Mas, quando regressou ao palácio com a lã reluzente, Afrodite limitou-se a fazer cara feia, a atirar-lhe uma côdea e a sair da sala.

Na manhã seguinte, a deusa voltou e disse:

— Tenho outra tarefa para ti, humana. Estás a ver bem lá em cima aquele cume da montanha à distância? Há lá uma nascente que alimenta o Estige e o Cocito, os rios que correm em volta do Érebo. Quero um copo de água fresca dessa nascente. Leva este cântaro de cristal e traz-mo até ao anoitecer.

Psique partiu para a montanha, abatida. Quando se aproximou da nascente, percebeu a real impossibilidade da tarefa: as águas caíam numa reentrância vertical de uma vertente íngreme, rodeada de serpentes enroscadas. As criaturas provocaram-na, dizendo-lhe que era uma inútil, que a tarefa era escusada, que a vida dela não servia para nada.

Foi então que uma águia dourada, as asas fulvas como velas entrecortadas, aterrou numa rocha escarpada próxima.

— Nunca chegarás àquela água sozinha — disse a Psique. — Mas eu posso fazer isso por ti.

A águia agarrou no cântaro com as garras e, evitando as línguas viperinas das serpentes, voou até à nascente e encheu-o com o líquido mortífero. Psique agradeceu-lhe e voltou para a casa de Afrodite com o cântaro.

A deusa escondeu a raiva; limitou-se a pegar no cântaro das mãos de Psique, a atirar-lhe uma côdea e a sair.

Voltou na manhã seguinte.

— Vou dar-te uma última tarefa — disse ela. — Leva esta caixa para a Perséfone, rainha do Mundo Inferior, e pede-lhe que guarde no interior alguma da sua primorosa beleza, o suficiente para um só dia. Depois traz-me a caixa de volta. Agora põe-te a andar. Despacha-te.

Psique percebeu que era o fim. Até os mais famosos guerreiros tinham tido dificuldades em regressar vivos do Mundo Inferior. Héracles conseguira. Teseu conseguira, mas por pouco, depois de ir lá com o seu amigo Pirítoo, com a intenção de violar Perséfone. Foram ambos enganados por Hades, que os convencera a sentarem-se nas cadeiras do esquecimento. Héracles acabou por resgatar Teseu, mas Pirítoo ainda lá estava, com a boca escancarada como um recém-nascido fascinado por um presente interminável.

Como haveria ela, Psique, uma mulher grávida, de conseguir ir ao Mundo Inferior e voltar? Como é que haveria ela de o encontrar sequer?

Psique fez-se ao caminho, sem saber bem para aonde ia. Nas planícies mais abaixo havia uma torre alta que se erguia numa paisagem completamente isolada. Psique subiu à torre com a intenção de se atirar de lá abaixo: o único caminho certo para Hades era a própria morte, pensou. Mas antes de se lançar para o esquecimento, ouviu uma voz misteriosa: a voz da própria torre.

— Psique, não faças isso. Essa não é a forma correta — disse a torre. — Com a minha ajuda, poderás concluir a tarefa. Mas tens de fazer exatamente o que eu digo.

»Tens de caminhar até Ténaro, a ponta mais meridional desta terra, e lá encontrarás uma caverna que te levará para o Mundo Inferior: o caminho, embora escuro e sombrio, é desobstruído. Mas antes de encetares o caminho para as profundezas lúgubres e deixares o ar superior para trás das costas, leva um bolo de cevada em cada mão e põe duas moedas na boca.

»Depois de percorreres o caminho durante muito tempo e estiveres quase a chegar aos portões do Hades, vais passar por um burro coxo conduzido por um homem coxo. O homem vai pedir-te para o ajudares a apanhar paus que lhe caíram da carga, mas deverás passar por ele sem dizer nada. É uma armadilha montada por Afrodite, para te fazer deixar cair um dos bolos de cevada. Não te deixes enganar.

»Quando chegares ao rio Estige, o barqueiro Caronte vai exigir uma tarifa para te levar para o outro lado: deixa-o levar uma das moedas que tiveres na boca. Quando estiveres a meio do rio, o cadáver de um velho vai pedir-te ajuda para entrar no barco: enrijece o coração e ignora-o. Quando desembarcares, vais passar por três mulheres a fiar e a tecer lã, que te vão pedir para as ajudares; continua a andar. Vais ser confrontada por Cérbero, um cão feroz com três cabeças; atira-lhe um bolo de cevada. Isso vai distraí-lo e poderás passar. Por fim, Perséfone vai receber-te na casa dela e oferecer-te um delicioso banquete, mas tu só deverás aceitar uma côdea de pão. Quando ela te der o que vais buscar, sai imediatamente. Usa o outro bolo de cevada para voltares a distrair Cérbero e a outra moeda para dar a Caronte e ele te levar para a outra margem de novo.

»Mas o mais importante de tudo é o seguinte: nunca, em nenhuma circunstância, abras a caixa e olhes para o interior.

De início, tudo correu bem: Psique ignorou o velho aleijado, o cadáver e as tecedeiras. Pagou a Caronte, deu de comer a Cérbero e, quando Perséfone a recebeu, aceitou apenas a côdea de pão seco.

Contou a tarefa que tinha de cumprir a Perséfone. A deusa imortal assentiu solenemente com a cabeça, encheu a caixa e devolveu-lha em silêncio. Psique agradeceu-lhe, guardou-a em segurança na algibeira e partiu para o mundo superior. Deu o bolo a Cérbero, pagou a Caronte e, quando estava quase a chegar à luz do céu, pensou para consigo: «Não vejo por que, ao fim de tanto esforço, não posso ver o que está dentro da caixa.» Por isso, abriu-a. Mas, no interior, Perséfone tinha colocado não beleza, mas sono, o profundo sono desprovido de sonhos do Estige, do Hades. No exato local em que se encontrava, Psique dobrou-se e caiu num sono profundo.

Eros já estava melhor. E menos zangado. E mais sensato. E com terríveis saudades de Psique. Voou até onde ela estava deitada, limpou-lhe o sono do rosto com cuidado e acordou-a com uma picadinha de uma das suas setas. Eros e Psique beijaram-se durante muito tempo, fizeram planos juntos e, entrelaçados nos braços um do outro, voaram para o Olimpo nas suas enormes asas adejantes. Tal como tinham decidido, ele pousou-a na casa de Afrodite e foi alegar as suas razões a Zeus.

Zeus ouviu-o e convocou um conselho de todos os deuses. Filomela teceu a cena: os deuses do Olimpo reunidos entre as nuvens para ouvir a decisão do seu rei.

— Decreto — disse ele — que o casamento de Eros e Psique se manterá. E, Afrodite, esta jovem mulher, que percorreu o mundo para encontrar o seu amado, que cumpriu cada uma das tarefas impossíveis que tu lhe atribuíste, é digna do teu filho, mais do que digna, para dizer a verdade. Vou torná-la imortal.

Depois destas palavras, Psique foi conduzida até ele. O próprio Zeus deu-lhe ambrósia a comer e néctar a beber e ela tornou-se uma deusa imortal.

Zeus ordenou uma segunda festa de casamento: desta vez, uma festa dos deuses, uma festa cheia de alegria, e não de pesar. Filomela também teceu a festa: o casamento mais esplêndido de sempre. Dioniso e o copeiro dos deuses, Ganimedes, serviram vinho; as Horas espalharam rosas; as Graças puseram aromas doces a dilatar-se no ar; Apolo e as Musas, Pã e os sátiros cantaram canções nupciais. Depois de terminados os comes e bebes, Eros e Psique foram para a cama e fizeram amor sob a luz olímpica brilhante, a deleitarem-se um com o outro. Quando, muitos meses depois, a filha de ambos nasceu, chamaram-na Prazer.

E, assim, Filomela terminou a sua grande tapeçaria, sozinha no seu quarto em Atenas. Se tinha esperança de que o tempo e o trabalho fossem amenizar a dor que sentia pela sua irmã Procne — tão abruptamente casada com o rei Tereu, enviada para a tão longínqua Trácia — estava enganada.

No entanto, não muito tempo depois, Tereu chegou à corte de Atenas com uma mensagem: poderia a Filomela ir para Trácia? Iria visitar Procne e Ítis, o pequeno filho da irmã?

O rei da Trácia estava a explicar o pedido ao velho rei Pandíon quando Filomela entrou no salão. Assim que Tereu a viu, por razões que não era capaz de explicar, ficou assoberbado pelo azedume e pelo ciúme, por um desejo de a conquistar e possuir, embora tivesse mantido os sentimentos escondidos sob um semblante encantador e presunçoso.

Quando Filomela compreendeu o que Tereu estava a sugerir, precipitou-se para junto do pai e envolveu-o nos braços, implorando-lhe para que a deixasse ir. Tereu olhou, licencioso, para aquele abraço imaginando-se no lugar do pai dela. Pandíon acedeu ao desejo da filha. Foi organizado um grande banquete: um festim de despedida. Tereu mal comeu, mas bebeu muito. Estava empolgado, a cabeça cheia de cenários, planos.

Na manhã seguinte, partiram, Atenas inteira a aclamá-los quando zarparam do porto. Filomela ainda estava a olhar para a costa a desaparecer no horizonte quando a atmosfera mudou abruptamente. Tereu aproximou-se por detrás dela, chegou-se demasiado perto, e de repente estava em cima dela, a agarrá-la... Arrastou-a para baixo. Filomela estava tão chocada que se esqueceu de como se defender. Tereu acorrentou-a, depois violou-a, dia após dia. Não tardou até que ela sentisse que aquela era a única vida que tivera, acorrentada, à espera de que o marido da irmã saciasse o odioso apetite no seu corpo.

Chegaram, por fim, a terra, em Trácia. Tereu fechou a cunhada numa casa na floresta não muito longe do palácio. Era um lugar agradável, bem mobilado. Nada faltava a Filomela a não ser, claro, a liberdade. E outra coisa. No dia em que chegaram, Tereu mandou os seus homens segurarem Filomela. Ele pegou num punhal. Ela começou por oferecer resistência e a contorcer-se; depois ofereceu-lhe a garganta em jeito de provocação.

— Vá lá, mata-me — disse ela. — É como se já estivesse morta de qualquer forma. Mas, pelos deuses, o meu fantasma irá assombrar-te todos os dias da tua vida!

Mas ele não queria matá-la. Em vez disso, abriu-lhe a boca à força e cortou-lhe a língua.

— Estou farto do som da tua boca — disse ele enquanto ela sufocava.

Quando Tereu regressou a casa, disse à mulher, Procne, que Filomela tinha adoecido e morrido durante a viagem. Procne ficou fora de si, tamanha era a mágoa. Tereu, sem vergonha, visitava a casa na floresta com regularidade.

Durante algum tempo, Filomela viveu em completo desespero. O que estava a sofrer era, de longe, pior do que a mais horrenda de todas as histórias que já tinha imaginado para si própria. A situação parecia irremediável; o lugar era remoto e bem guardado, os muros do jardim altos. Não tinha voz. Não podia dizer a verdade a ninguém.

Mas, depois, apercebeu-se de duas coisas; primeira, conseguia ouvir. Começou a ouvir todo o tipo de coisas dos escravos e dos guardas. Ficou a saber, por exemplo, que o palácio não era longe. E que Procne estava lá, viva e de luto pela irmã. E percebeu que havia uma espécie de frágil solidariedade entre ela e os escravos que tomavam conta da casa sob as ordens de Tereu. Os escravos tinham pena dela, e Filomela tinha pena deles.

Na casa, havia um tear velho e tosco. Um dos escravos descobriu-o por acaso numa despensa e montou-o. Filomela ignorou-o durante vários dias. Depois, muito subitamente, compreendeu. Encaminhou-se para junto dele e avaliou-o com olho conhecedor. Encontrou algumas meadas de fio branco e outras de fio púrpura. Preparou a urdidura, enrolou lã nas lançadeiras. Começou o trabalho, as mãos a readaptarem-se a uma rotina bem conhecida. Planeou um desenho. Cena um: duas raparigas a ver andorinhões da janela de um palácio. Cena dois: uma das raparigas casa-se com um rei. Cena três: a outra rapariga num navio, acorrentada. Cena quatro: uma língua cortada. Cena cinco: a casa onde estava naquele momento. Teceu a última cena com a maior precisão possível, observando os pontos de referência que via pelas janelas.

Demorou muito tempo a fazer. Tereu mostrava-se completamente indiferente; nunca chegou a olhar para o tecido. Quando ela terminou, um dos escravos cortou o tecido do tear e compreendeu pelos gestos de Filomela o que era para fazer.

Procne, a rainha, estava sentada a tratar da sua própria lida no palácio quando um escravo lhe levou um presente: um tecido precioso lavrado com requinte. Assim que o desdobrou, Procne reconheceu o trabalho, tal como o leitor seria capaz de reconhecer a letra da sua irmã. Saiu sozinha do palácio a cavalo e, usando a tapeçaria como guia, encontrou a prisão da irmã. Mandou os guardas, confusos, afastarem-se e bateu à porta até ela se abrir. As irmãs deram um abraço apertado.

— Ele destruiu a coisa que me é mais preciosa — disse Procne. — Por isso, vou destruir a coisa que lhe é mais preciosa também: a virilidade, o poder de decidir o futuro.

Ambas as mulheres montaram o cavalo de Procne e seguiram a galope para o palácio. Procne encaminhou-se diretamente para o quarto do filho, Ítis. Pegou no bebé e beijou-o entre as lágrimas. Com toda a ternura, deitou-o no berço e pôs-lhe um cobertor no rosto até o bebé morrer. Foram para a cozinha do palácio. Procne dispensou todos os escravos, dizendo-lhes que ela própria iria cozinhar para o marido à noite: um festim privado só para os dois.

Mais tarde, o rei jantou prodigamente, comendo e bebendo com abundância.

— Traz-me o meu filho — disse ele por fim a Procne. — Adoraria vê-lo.

Procne riu-se.

— Vê-lo? Acabaste de o comer — disse ela.

Abriu a porta: lá estava Filomela com a cabeça cortada do bebé na mão, que era tudo o que restava dele. Tereu, lívido, começou a engasgar-se. Depois, desembainhou a espada e precipitou-se contra as mulheres, agarrando a esposa pelo cabelo e cortou-lhe a garganta; depois, apanhou a irmã dela e matou-a. Mas algo milagroso aconteceu. Tereu começou a encolher e a minguar. O manto às riscas começou a ganhar penas. Foi transformado, mas manteve a crista orgulhosa e guerreira; passou a ser uma poupa.

E as mulheres? Não caíram. Voaram. Saíram disparadas do salão e do palácio em asas novas e finas em direção à liberdade. Filomela tornou-se um rouxinol, o canto lúgubre e palpitante tão engenhoso como as tapeçarias que ela desenhava no passado; Procne tornou-se uma andorinha. Da próxima vez que vir uma, olhe atentamente: a ferida sangrenta da garganta continua lá.

ARACNE

Aracne
Atena, Posídon e Cécrope
Ixíon
Tântalo
Níobe
Mársias
Dafne
Orítia
Creusa e Íon
Calisto
Leda
Ganimedes
Dánae e Acrísio
Díctis, Perseu e Polidectes
as Greias
as Górgonas
Andrómeda e Ceto
a origem da aranha

Aracne não descendia dos deuses; nem sequer pertencia à realeza. O pai, Ídmon de Cólofon, era um tintureiro. O seu trabalho consistia em apanhar milhares e milhares de caracóis marinhos das costas da Foceia. Esmagava as conchas espinhosas, infundia-as em água salgada durante dias e fervia o licor. Mais tarde, mergulhava os tosões nas dornas. Era como o trabalho de um feiticeiro: o que começava por ser uma monótona lã branca saía daqueles recipientes a brilhar com cambiantes de púrpura e escarlate.

Apesar da vulgaridade de Aracne noutros sentidos, era famosa pela habilidade como fiandeira e tecedeira. As pessoas vinham de muitos quilómetros de distância até ao seu ateliê em Hipaipa, sob o monte Tmolo. Era um prazer ver a forma destra como ela cardava a lã e a deixava em nuvens macias; a forma como prendia punhados da lã à roca e depois obtinha o fio uniforme e forte entre o polegar e o indicador, pondo o contrapeso a rodar enquanto o fazia. Mas era no desenho e na inventividade das tapeçarias que se destacava. As cenas que tecia eram tão vívidas e animadas, que seria de pensar que as personagens estivessem realmente a mexer-se; quase que se podiam ouvir.

Era evidente para toda a gente que tinha sido a própria Atena a ensinar Aracne. E não passava um dia sem que Aracne ouvisse alguém a dizê-lo. Mas ela, segura do brilhantismo da sua arte, negava-o. E chegou um dia em que ficou tão irritada com os comentários, que deu por si a dizer:

— Já estou cansada de ouvir falar de Atena. Ela poderá desafiar-me para um concurso se assim desejar. Se ela vencer, pode indicar a penalização que quiser.

Aracne falou sem pensar. Por isso, não estava devidamente preparada quando uma mulher de costas curvadas e cabelo branco lhe disse:

— Tem cuidado, Aracne. Podes gabar-te de que a tua tecelagem é melhor do que a de qualquer outra mortal. Mas nunca te compares a uma deusa. Se fosse a ti, pedia desculpa imediatamente.

Aracne ficou tão zangada que quase bateu na provecta mulher.

— Isto é revoltante! Não me interessam os seus conselhos. A senhora está praticamente senil! Quanto a Atena, se estiver assim tão incomodada comigo, estou certa de que virá ela própria falar comigo.

— Ela já está aqui — disse a velha mulher.

Com as mãos trémulas de veias azuis, afastou o xaile para o lado. De súbito, em vez de uma figura minúscula curvada sobre uma bengala, estava uma deusa jovem, ereta, refulgente e magnífica. Na cabeça reluzia um elmo de bronze, feito por Hefesto, a crista de pelo de cavalo a roçar as vigas do ateliê de Aracne. Na mão, tinha uma lança e, pendurada no peito, tinha uma égide de pele de cabra, sinal do poder que partilhava com o pai, Zeus. Mil serpentes enroscavam-se nela como borlas vivas.

As assistentes e escravas de Aracne, todas as ninfas de Tmolo que estavam reunidas no ateliê, todas as visitantes que tinham ido apreciar o trabalho de Aracne, recuaram em terror e baixaram as cabeças em reverência. Só a própria Aracne, ligeiramente afogueada, se manteve firme.

— Continuas a achar que consegues competir comigo? — disse Atena, a voz a ressoar forte e clara.

Aracne olhou de modo fixo e beligerante para a deusa, a arrogância intacta. Assentiu brevemente com a cabeça. A competição começava.

A deusa tirou o elmo, pousou a lança e tirou a égide. Ambas, mortal e imortal, levantaram as saias. Lado a lado, a trabalhar a uma velocidade extraordinária e com extrema habilidade, montaram um par de teares altos e robustos. Mediram os fios da urdidura, fixaram-nos uniformemente à barra, ataram-nos aos pesos de terracota do tear em molhos bem arranjados, e prenderam os fios ao liçarol com nós de lã. Os preliminares tinham terminado, o trabalho a sério começou: as mulheres começaram a lançar as lançadeiras pela cala, em simultâneo aprimoravam o trabalho com pancadas secas nas réguas. Usaram um precioso fio púrpura, bem como fios de ouro verdadeiro, mas também usaram muitas outras cores — tudo o que a garança e o açafrão, o pastel-dos-tintureiros e a casca de carvalho eram capazes de produzir — para criar efeitos subtis maravilhosos. Era como quando o sol aparece no horizonte logo depois de um aguaceiro e vemos um arco-íris ao longe no céu. Vemos as cores, claras e reluzentes, mas, nas extremidades, os tons parecem fundir-se uns com os outros e temos dificuldade em perceber onde é que um começa e o outro acaba.

Ambas as tecedeiras, deusa e humana, contaram histórias ancestrais nas suas teias. Atena começou por usar as mãos imortais para tecer uma ourela de ramos de oliveiras. Quase que dava para sentir as folhas estreitas e finas entre os dedos. No centro havia uma cena que mostrava a própria deusa como vencedora de uma grande competição. O concurso que decidiu descrever não era contra uma simples e frágil mortal como Aracne, mas contra uma das maiores imortais do Olimpo.

Era o tempo do primeiro rei de Atenas, Cécrope: era homem da cintura para cima e serpente da cintura para baixo. Posídon e Atena lutavam por ser padroeiros da cidade e ambos ofereceram presentes ao rei.

— Dar-te-ei a coisa mais preciosa de todas: água — disse o deus dos oceanos. Bateu com o tridente na rocha de Acrópole e dali irrompeu uma nascente.

Mas Atena virou-se para o rei e disse:

— Aquela nascente, Cécrope, é de água salgada, de nada servirá para o teu povo. Isto é o que eu te darei.

Fincou a lança no solo fino e pedregoso e levantou-se uma oliveira mirrada com folhas de prata.

Posídon escarneceu da deusa.

— Que ideia absurda, uma árvore. E nem sequer é uma árvore imponente, como um carvalho ou um pinheiro. — Pegou num dos pequenos frutos negros, provou-o e cuspiu-o imediatamente. — Repugnante — disse, franzindo os lábios imortais.

— Aconselho-te a pensar com cuidado, Cécrope — disse Atena. — As aparências iludem; a oliveira trará uma grande riqueza para Ática. O fruto pode ser prensado para fazer óleo, que tem mil utilidades. Nunca passarão fome com esta árvore. Embora pareça frágil, é robusta e duradoura.

Cécrope escolheu Atena e batizou a nova cidade em homenagem a ela. Até hoje, o templo de Atena, o Partenão, coroa a Acrópole.

Em cada canto da tapeçaria, Atena acrescentou histórias da arrogância e da impiedade dos humanos. Contou a história do lápita Ixíon, que, em tempos, tivera uma relação de amizade com os Olímpicos. Mas foi acometido de uma violenta loucura. Queria casar com Dia, filha do seu parente, Eioneu, e prometeu-lhe prendas extraordinárias: copos de ouro e prata. Mas nunca cumpriu a promessa e, frustrado, Eioneu apreendeu-lhe os cavalos como garantia. Foi então que Ixíon convidou Eioneu a visitá-lo em sua casa para lhe pedir desculpa e assegurar que não demoraria a entregar-lhe tudo o que lhe prometera.

Porém, fez precisamente o inverso: atirou Eioneu para um poço com brasas incandescentes e matou-o. Foi tão grave o delito que nenhum moral aceitou purificá-lo. No final, foi Zeus que, num raro momento de leniência, decidiu que seria ele próprio a absolver Ixíon dos seus crimes. Mas o rei dos deuses foi recompensado com mais um ato de violência — o mortal tentou violar a deusa Hera. Contudo, Zeus descobriu e substituiu Hera por uma imagem, uma mera nuvem, que era tão exata que Ixíon imaginou que estava a engravidar a própria deusa. A nuvem deu à luz o primeiro dos Centauros, que, desde então, nunca deixaram de fazer guerra com os filhos de Dia, os lápitas.

Como castigo pela violência de Ixíon, Zeus prendeu-o a uma roda e pô-la a rodar eternamente. Foi assim que Atena o teceu, a girar em tortura.

Atena representou Tântalo, outro homem que, quando o mundo era jovem, era convidado frequente nos baquetes do Olimpo; deuses e deusas costumavam retribuir as visitas e ir ao seu palácio nos contrafortes do monte Sípilo, na Lídia. Mas Tântalo tentou roubar o néctar e a ambrósia dos imortais para os levar para os amigos, para que também eles se pudessem transformar em deuses. Além disso, tentou testar os poderes de perceção dos Olímpicos. Matou o próprio filho, Pélope, e serviu-lhes a sua carne num banquete. Todos os convidados perceberam imediatamente o que ele tinha feito, exceto Deméter, que comeu um pouco da terrível refeição antes de se aperceber do que se tratava. Os imortais, horrorizados, ressuscitaram Pélope. Mas faltava-lhe um ombro — a parte que Deméter tinha comido inadvertidamente —, pelo que ela lhe construiu uma prótese de marfim.

Tântalo foi castigado no Mundo Inferior pelo crime que tinha cometido. Foi condenado a ficar para sempre num charco de água límpida rodeado por um pomar de belas árvores, todas elas repletas de frutos maduros: figos, romãs, maçãs. Mas sempre que ele se dobrava para beber água, o charco secava. E sempre que estendia o braço para colher um fruto, as árvores alçavam os ramos para longe do seu alcance. Atena mostrou-o assim, atormentado para toda a eternidade. Era tal a habilidade da deusa, que quase conseguíamos provar a polpa rosada e macia dos figos, sentir as sementes escarlates da romã a rebentar-nos na língua.

No terceiro canto da tapeçaria, Atena representou a filha de Tântalo, Níobe, mulher de Anfíon, um dos construtores dos muros de Tebas. Juntos tiveram doze filhos, seis meninas e seis meninos. Irrefletidamente, gabou-se de que tinha tido mais filhos do que a deusa Leto, que só tinha tido dois — Apolo e Ártemis. Os gémeos imortais ficaram indignados e desceram à Terra. Atena teceu os filhos de Níobe a correrem para se protegerem e a tentarem esconder-se enquanto os gémeos imortais os atingiam com as suas flechas, como se estivessem a caçar veados. A pesarosa Níobe regressou ao Monte Sípilo, onde rezou a Zeus para que a transformasse em rocha. O deus assentiu; a pedra espalhou-se pelo corpo dela como uma hera trepadeira. A água pinga do rochedo desde então, como lágrimas.

No quarto canto da obra, a deusa teceu a morte de Mársias. Mársias era um sátiro da Frígia, uma daquelas criaturas selvagens que se assemelham aos homens, mas têm pernas de cabra e cauda e orelhas de cavalo, e que assombram as montanhas. Um dia, Mársias avistou um objeto estranho — parecia ser feito de ossos de veado — pousado no solo da floresta. Ele ainda não sabia, mas era um par de flautas, o instrumento musical chamado aulo. Fora a própria Atena que o inventara, mas, quando vira o seu reflexo num charco, detestara a forma como as bochechas inchavam e o rosto corava quando ela tocava. Por isso deitara a flauta fora.

Curioso, Mársias pegou no instrumento e examinou-o. Deu-lhe um sopro exploratório. O som fez um grasnido hediondo. Mas ele insistiu e, com o tempo, tornou-se um maravilhoso tocador de aulo, tão confiante que desafiou o próprio Apolo para um concurso. O deus da música aceitou e as nove Musas assentiram ser juradas.

— Digamos que o vencedor pode fazer tudo o que quiser ao derrotado — disse Apolo. Mársias, a imprudente criatura, aceitou o repto.

O deus foi o primeiro a tocar. A música ecoou da lira, as notas a tremer delicadamente no ar. A música de Apolo falava da natureza: o sol a refletir na água, o vento a soprar por entre as árvores. Parecia, a todos quantos a ouviam, que nada poderia superá-la. Mas, de seguida, Mársias pegou no aulo. A música, plangente e melancólica, lembrou a quem a ouvia do ciclo mortal interminável de fúria e malfeitorias, de perda e amor.

As Musas estavam prestes a sagrar Mársias vencedor, mas Apolo interveio.

— E se fizéssemos outra ronda? — disse ele. — Uma vez que estás a tocar duas flautas, é justo que me seja permitido usar o meu outro instrumento: a minha voz.

Sem esperar que dissessem que não, o deus começou a cantar, acompanhando o canto com a lira. A voz do imortal era tão melosa e rica, tecia harmonias tão complexas, que as Musas não tiveram escolha senão coroá-lo vencedor.

Era chegada a hora de Mársias pagar o preço: deixar que o vencedor fizesse o que quisesse ao derrotado. Apolo, com um calculismo frio, despiu o sátiro e atou-lhe os tornozelos e os pulsos. E foi então que o trabalho de crueldade começou verdadeiramente: o deus usou as mãos nuas para abrir o sátiro, retirando-lhe a pele e esfolando-o vivo. Não tardou até que Mársias fosse uma enorme ferida. As criaturas da floresta choraram de pena e horror, até o céu ficou carregado. Foi assim que Atena mostrou Apolo e Mársias: o deus radiante e tranquilo, o manto tecido com fios púrpuras a reluzir. O rosto do sátiro a contorcer-se com o terror e a dor.

Aracne, por sua vez, desenhou um padrão que representava os crimes dos deuses.

Começou a ourela com a ninfa Dafne, filha do deus-rio Peneu, cujo mais profundo desejo era liberdade para vaguear pelas florestas e montanhas.

Mas o olhar impiedoso de um deus pode penetrar tudo, e assim que o radiante Apolo a avistou, ficou a arder de cobiça. Imagine-se um incêndio na floresta: animais e humanos fogem em pânico, impotentes em face da chacina. O fumo sufoca a cidade; não há chuva para amenizar a catástrofe. Um vermelho doentio brilha no horizonte. Foi com esta violência que Apolo a desejou.

Era primavera. Dafne estava a passear pelas suas amadas colinas da Tessália. Sob os pés, a erva jovem era verde e viçosa, o solo coberto de íris, eufórbias e asfódelos em flor. No cume das montanhas, a neve resistia, mas Zéfiro, o suave vento de oeste, já estava a trazer ao mundo a sua beleza mais fresca.

Mas, de repente, Dafne sentiu algo a mudar. Os pássaros deixaram de cantar. As abelhas fizeram silêncio. Deveria haver algum deus por perto, pensou. Virou-se e lá estava ele, a sorrir para ela com um brilho ofuscante.

— Não tenhas medo — disse ele. — Não sou um habitante das florestas nem um pastor. Sou um deus. Sou Apolo, senhor de Delfos, protetor de Patara, na Lícia, amo de Claros, na Jónia, defensor da ilha de Ténedo. Sou filho de Zeus, o vidente, o arqueiro, o curandeiro, o músico.

Dafne compreendeu. E cada tendão, cada fibra do seu corpo gritou «não». Virou-se e começou a correr.

Dafne era veloz, rápida como uma lebre. Ao fim de pouco tempo já sentia o coração a palpitar, o fôlego a começar a falhar, mas continuou a correr. Atrás dela ouvia o ritmo da passada incansável do deus, cada vez mais alto. Depois viu a sombra de Apolo a ganhar-lhe cada vez mais terreno. Iria ele estender a mão para a sua túnica? Agarrá-la como um cão a arrebanhar a presa? O terror deu-lhe um novo impulso. Sentiu os pés perseguidores mais longe. Mas um deus imorredouro tem força de sobra, e não demorou até que ela tivesse a sensação de que ele estava de novo a aproximar-se, o sentisse a antecipar a vitória como um cão de caça que sabe que está quase a provar a carne da vítima.

A ninfa começou a rezar a Gaia, cujos nós dos dedos são colinas e cujos olhos são lagos. A deusa ouviu-a. Dafne achou-se presa a meio de um passo. Gritou, tentou prosseguir, mas não conseguiu. Era como se estivesse amarrada à Mãe Terra. Sentiu as pernas a fundirem-se, os pés a enraizarem-se, os dedos a germinarem, a voz a falhar, os sentidos a desvanecerem-se. Apolo tinha as mãos em Dafne, mas, em vez de ventre e seios, estava a tocar ramos duros e nodosos; em vez de cabelo e mãos, folhas; o tronco de Dafne transformara-se em... tronco. Foi assim que Aracne mostrou Dafne, representando-a em fios verdes brilhantes quando a ninfa se transformava em loureiro, o deus a esticar-se em vão para o corpo dela e a tocar em casca de árvore.

Dafne já não conseguia falar; a única coisa que conseguia fazer era suspirar quando o vento lhe passava entre as folhas. Uma consciência mais obscura e lenta apoderou-se dela. Quando Apolo arrancou um molho de folhas dela para fazer uma coroa de louros, ela achou-se indiferente.

A seguir, Aracne teceu a história de Orítia, princesa de Atenas, que foi raptada e levada para longe da família por Bóreas, o vento norte. Foi levada num momento em que deveria estar em segurança, a caminhar em procissão para o templo de Atena com um cesto de cevada no braço para levar para a deusa.

O que Orítia sentiu foi uma rajada de vento frio como ferro, o tipo de aragem que nos tira o fôlego dos pulmões e que nos baralha os sentidos. O cesto foi-lhe arrancado das mãos; ela foi levantada bruscamente no ar, e braços frios envolveram-lhe a cintura como um torno. Ela relanceou para os amigos, para o pai, Erecteu, a mãe, Praxítea, a diminuírem à distância. Tentou gritar-lhes, mas as palavras foram levadas pela brisa. Pouco depois estavam a voar cada vez mais alto, as asas de Bóreas a fustigar os mares e a açoitar as ondas, que responderam em fúria e flagelaram as costas. Foi assim que Aracne mostrou a rapariga, raptada por uma tempestade.

Bóreas levou-a para a sua fortaleza na Trácia, deixou-a cair na margem do rio Erígono e, envolvendo-se numa nuvem negra, violou-a onde ela ficou deitada.

Aracne teceu a irmã de Orítia, a jovem Creusa, a deambular pelas encostas da Acrópole. Estava na vertente norte do monte, onde a rocha escarpada é mais íngreme. É lá que Pã tem o seu santuário: uma caverna simples anichada entre as rochas, com reentrâncias para oferendas esculpidas nas paredes húmidas.

Creusa estava a apanhar crocos amarelos e a guardá-los numa dobra do vestido. As delicadas flores irradiavam a sua própria luz dourada. De repente, Apolo estava junto dela, o cabelo loiro cheio de uma ofuscante luz do sol. Arrastou-a, enquanto ela gritava pela mãe, para o santuário de Pã. Violou-a no interior, dizendo-lhe que era um ato sagrado em honra de Afrodite e pedindo-lhe para não dizer nada a ninguém. Ela suportou o ato enquanto olhava para as flores de croco a cair e a serem pisadas no chão. Depois, Apolo deixou-a ir-se embora a cambalear para a casa dos pais.

Envergonhada, Creusa escondeu a gravidez. Mas, nos meses que se seguiram, os dedos ineptos de menina fizeram um cobertor para o bebé, no centro do qual ela teceu o desenho que a família usava tradicionalmente: a imagem de uma górgona, rodeada de serpentes. Quando deu à luz a um rapaz em segredo, sozinha e assustada, ainda não tinha terminado o trabalho, mas cortou-o do tear na mesma e usou-o para cobrir o bebé minúsculo. Também lhe pôs um pequeno colar ao pescoço, uma corrente de serpentes entrelaçadas que todos os atenienses da realeza recebem como presente à nascença. Por fim, coroou-lhe a cabeça com uma pequena grinalda de folhas jovens de oliveira apanhadas da árvore sagrada que a deusa fizera emergir do solo da Acrópole. Depois, à noite, saiu sorrateiramente de casa e voltou para a íngreme encosta norte da rocha escarpada e, a chorar, pousou o bebé no exato local onde fora violada na caverna de Pã. A consciência do deus seria certamente atiçada e ele encontraria uma forma de cuidar do seu próprio filho. Mas, mais tarde, quando voltou ao local ficou desorientada ao ver que o bebé tinha desaparecido. Temeu que tivesse sido levado por cães selvagens ou pelos lobos famintos que assombravam as encostas do monte.

Mais tarde, Creusa casou com um nobre chamado Xuto, que não era ateniense, mas um homem que era aliado do seu pai na guerra contra Eubeia. Não tiveram nenhum bebé, e a secreta raiva de Creusa em relação a Apolo cresceu. Até que, um dia, Xuto decidiu que deveriam viajar para Delfos para perguntar ao oráculo como poderiam ter um filho. Em Delfos, no santuário do deus, a Pítia disse-lhe:

— A primeira pessoa que vires quando saíres deste templo será o teu filho.

Xuto deixou o edifício, perplexo. À porta estava um jovem, um servo, parecia, que estava a varrer as escadas. Xuto foi ter com ele e abraçou-o.

— Meu filho! — clamou.

O rapaz pensou que o homem deveria estar louco e ouviu, maravilhado, o ricamente vestido estranho a dizer-lhe que deveria preparar-se para ir para Atenas para se tornar herdeiro do rei. Íon — pois era este o nome dele — não sabia nada sobre os seus verdadeiros pais. A única coisa que conhecera em toda a sua vida fora aquele templo, aquela vertente íngreme; fora criado como filho do santuário, e a Pítia era a coisa mais parecida com uma mãe que ele tinha. Encontrava finalmente um pai, mas o rapaz queria desesperadamente saber quem era a sua verdadeira mãe e Xuto não era capaz de lho dizer.

— Deve ter sido antes de eu casar — disse ele. — Talvez fosse alguma mulher que eu conheci a venerar Dioniso, nas colinas uma noite. Mas, infelizmente, não me lembro.

Creusa subira ao templo de Apolo — ao santuário do deus que detestava, que a tinha raptado — e viu que o marido tinha recebido um filho, que era óbvio que não era dela. O sentimento de injustiça rasgou-lhe o corpo. Pela primeira vez, revelou o que lhe acontecera quando era ainda uma rapariga. Contou tudo a um escravo leal que a conhecera a vida inteira. Numa fúria incontida contra o deus, decidiu que o rapaz, aquele intruso, tinha de morrer: a ideia de um estranho se tornar rei de Atenas era impensável. O escravo concordou em envenenar o vinho do rapaz, e teriam sido bem-sucedidos no assassinato se não tivesse sido o próprio Íon: quando estava prestes a bebê-lo, ouviu um dos serventes a dizer uma palavra de mau agouro e pediu que o vinho fosse levado de volta. Depois, apareceu uma pomba que bebericou do copo descartado e, com um arrepio de dor, morreu. O servente foi questionado e admitiu o que tinha feito. Íon precipitou-se ao encontro de Creusa, determinado a castigá-la por tentar matá-lo.

Quando Creusa e Íon se confrontaram, a Pítia interveio. Disse que tinha algumas coisas que pertenciam a Íon e que tinha mantido escondidas durante toda a vida do rapaz. Eram as coisas que tinham chegado com ele quando Hermes o tinha posto, ainda um bebé minúsculo, nos seus braços. As coisas eram um cobertor toscamente tecido, decorado com a cabeça de uma górgona, um colar com a forma de duas serpentes entrelaçadas e uma coroa minúscula de folhas de oliveira. E assim, graças àqueles símbolos, filho e mãe voltaram a encontrar-se. Atena apareceu-lhes em pessoa para lhes explicar que Apolo tinha mandado Hermes tirar o recém-nascido da caverna de Pã e levá-lo para Delfos. Mas Apolo? Nem se chegou perto.

A seguir, Aracne teceu Calisto, filha de Licáon, rei da Arcádia. Era uma fervorosa seguidora de Ártemis e, como a deusa e todos os seus discípulos, jurou manter o celibato. Era caçadora e a preferida da deusa.

Certo dia, depois de uma manhã solitária, quando o sol ia alto e quente, encontrou um arvoredo cheio de sombras para descansar. Desapertou o arco, tirou o carcás das costas e pousou a cabeça nas mãos, fazendo da relva maleável uma cama. Não demorou a adormecer.

Acordou com uma sombra escura a cair-lhe no rosto. Era Ártemis, a sorrir.

— Por onde tens andado? — disse a deusa. — Encontraste bons terrenos de caça? Senti a tua falta.

Calisto levantou o tronco, apoiou-se num cotovelo e sorriu.

— Senhora Ártemis, sois mais importante para mim do que o próprio Zeus, se ele me puder perdoar por dizer isto...

Estava prestes a prosseguir e a descrever a manhã que passara nas montanhas quando, para sua estupefação, Ártemis se deitou no chão ao seu lado. Uma mão reluzente estendeu-se para a sua coxa, a boca perfeita de uma deusa inclinou-se para os seus lábios. Calisto ficou paralisada com o choque. O que estava a acontecer? O que estava a deusa a fazer?

Depois, o disfarce esvaiu-se. Em vez de uma deusa, era um enorme deus hirsuto que estava perigosamente perto de si: era Zeus que estava a segurá-la ao chão, a apalpar-lhe os seios. Calisto lutou e esperneou, tentou afastar-se com uma cambalhota, libertar-se das mãos terríveis do rei dos deuses.

Teria sido capaz de dominar qualquer mulher ou homem, mas com o rei dos deuses a contenda era desequilibrada. Logo que ele terminou, desapareceu, um clarão de luz a ascender ao Olimpo. Ela ficou lá, sozinha. Ao fim de algum tempo viu Ártemis a caminhar na sua direção. Calisto levantou-se a custo, pronta para fugir, a pensar que Zeus estava de volta para mais. Depois viu as companheiras da deusa com ela, a correrem para conseguirem acompanhar a sua passada larga: era realmente Ártemis. Virou-se imediatamente e juntou-se a elas, mas nada voltou a ser como era antes. Encolheu-se dentro de si própria, mal falou, deixou-se ficar atrás.

Se Ártemis notou alguma mudança na sua antiga dileta, mostrou-se indiferente. Passaram meses. Calisto recusou-se a reconhecer os sinais do corpo que se intumescia. As companheiras estavam a percorrer as colinas num dia quente quando Ártemis as mandou parar. O sol tinha acabado de passar o auge. Estava na hora de descansarem e tomarem banho no rio límpido e frio.

— Estamos sozinhas, longe de olhares indiscretos — disse a deusa. — Vamos nadar.

As outras despiram-se, mergulharam, estremeceram com o frio e começaram a rir-se. Só Calisto hesitou, deixando-se ficar para trás na beira da água.

— Vem para a água, querida — gritaram as outras.

Calisto não tinha alternativa. Tirou a túnica e expôs o corpo. As companheiras viram-lhe o ventre grávido. Deu-se um segundo de silêncio e, de seguida, estavam todas em volta dela, a gritarem, a agarrá-la, a chamarem a deusa para que a fosse ver.

Ártemis pronunciou, sem emoção, sem misericórdia:

— Não poluas a água com a tua vergonha. Vai-te embora. Já. Nunca mais voltes.

Foi isto que Aracne teceu: a deusa implacável a mandar a inocente Calisto embora.

Calisto não conseguiu encontrar coragem para voltar para a casa do pai. Deixou-se ficar na floresta e nas montanhas. Evitou os humanos. Não demorou a tornar-se... ferina. Descobriu que era mais fácil caminhar de quatro. As mãos endureceram e fizeram-se patas, as unhas cresceram e transformaram-se em garras, os ombros tornaram-se montanhas de músculos. Os braços, o peito e as costas encheram-se de pelo. Deixou de ter palavras para proferir, a voz humana sumiu-se. Tornou-se uma ursa. Talvez tenha sido Ártemis a arquiteta da mudança, talvez Zeus, talvez Hera.

Pouco depois, pariu o bebé, o filho de Zeus, e amamentou-o no seu covil forrado com folhas na floresta. Mas, um dia, alguns cabreiros que guardavam os rebanhos na montanha viram a criança e levaram-na para longe da mãe.

A dor ursídea de Calisto, a fúria animalesca, de nada serviram. O filho estava irremediavelmente perdido. Os cabreiros entregaram-no ao rei Licáon. Arcas, assim se chamava, cresceu na casa do avô sem saber nada sobre os pais, a origem ursina.

Entretanto, Calisto entregou-se à sua nova existência selvagem. Às vezes ia para o rio, as mandíbulas letais capturavam peixes a contorcerem-se; às vezes despia os arbustos das bagas ou enfrentava as furiosas abelhas para lhes roubar o mel.

Passaram muito anos. Um dia, Arcas, já um jovem adulto, estava a caçar. Passou, por acaso, por uma velha e encarquilhada ursa. Ela ergueu-se nas patas posteriores, rugiu e mostrou os dentes. Arcas, aterrado, levou a mão à lança.

E foi então que algo mudou. Ela caiu de quatro, farejou o ar e aproximou-se, hesitante, do rapaz. Havia uma memória a avivar-se. Estava a tentar — embora o seu rosto continuasse a ser de ursa e inescrutável — mostrar ao jovem que não lhe queria fazer mal.

Mas Arcas não reconheceu a mãe. Como poderia fazê-lo? Estava com medo daquelas mandíbulas vorazes, das garras destruidoras. Ela não conseguiu fazê-lo perceber. A voz dela só conseguia rosnar, Calisto não era capaz de proferir as palavras que queria. O filho levantou a lança, apontou...

Mas Zeus paralisou a mão do rapaz, a mão do filho, e transformou-os a ambos, mãe e filho, em constelações: ela é a Ursa Maior, ele a Ursa Menor. Continuam a brilhar acima das nossas cabeças.

Além de Calisto, Aracne teceu Leda, mulher do rei Tíndaro de Esparta. Zeus também a violou, desta vez disfarçado de cisne. Leda só se lembrava da neve que tudo cobria de branco, de uma tempestade sufocante, de garras palmadas a rasgarem-lhe as coxas, do bico devorador e penetrante, do pescoço serpenteante e violento. Não tinha como fugir àquelas asas pesadas como velas de um navio. E foi assim que Aracne a mostrou, a tentar não sufocar, incapaz de fugir a uma ave falsa e cruel. Mais tarde, Leda não teve bebés, mas ovos: de um deles nasceram os Dioscuri, os futuros argonautas Castor e Pólux; do outro nasceram Helena e Clitemnestra.

A última cena na ourela de Aracne era a do belo Ganimedes. O dia ia a meio e o pastor troiano estava a descansar num planalto. Tinha a cabeça pousada nas mãos, estava meio a sonhar e meio a observar a sombra de uma águia distante que caía levemente sobre rochas, rios e ravinas.

A ave aproximou-se a pairar. O rapaz ouviu-lhe o pio lânguido, mas não fazia ideia do que estava a acontecer, nem quando viu a sombra escura a aproximar-se dele a toda a velocidade, nem sequer quando viu claramente os olhos distantes da ave, o bico com rebordos amarelos, as presas suspensas como molhos de facas. Depois, um movimento entrecortado de asas fulvas escureceu o sol e Ganimedes gritou de dor quando as garras se lhe fincaram nas carnes. Estava agarrado no ar como um peixe num anzol.

Zeus — que se tinha disfarçado a si mesmo à semelhança da sua própria ave sagrada — carregou Ganimedes até ao cume do Olimpo. O rapaz tornou-se o copeiro dos imortais, que servia nos banquetes que faziam. O pai de Ganimedes, Tros, ficou destroçado. O rei dos deuses deu-lhe um par de cavalos velozes, uma pretensa compensação por um filho perdido.

No centro da tapeçaria, Aracne mostrou mais uma mulher mortal violada pelo rei dos deuses: Dánae. Era filha de Acrísio, rei de Argos. Mas Acrísio desejava desesperadamente um herdeiro homem e consultou o oráculo. A resposta chegou:

— A tua filha irá dar à luz a um filho que te irá matar.

A resposta de Acrísio à profecia do oráculo foi construir uma prisão para a filha debaixo do palácio. Tinha paredes de bronze e era inexpugnável. Nenhum homem, exceto ele, tinha autorização para se aproximar dela. Certificou-se de que Dánae era alimentada e tinha a companhia de uma escrava, a sua velha ama. Mas aquela vida de confinamento no escuro era uma vida de tortura.

Zeus pode ver tudo, até as fortalezas subterrâneas construídas por reis insanos. Na sua cobiça interminável, decidiu que tinha de ter a rapariga mortal. Engenhou a metamorfose mais estranha de sempre: transformou-se numa névoa dourada, como grãos de poeiras iluminados por um feixe de luz do sol. Naquela forma, o pai dos deuses embrenhou-se nas paredes da prisão de Dánae por uma pequena brecha e engravidou-a enquanto ela dormia. E assim teceu Aracne a cena, o seu coração cheio de negra fúria.

Com o passar do tempo, Dánae leu os sinais do seu corpo: estava grávida. Mas como? Estava completamente desorientada. Passaram-lhe pela cabeça mil e um cenários medonhos. A escrava estava tão desconcertada como ela. Depois, hesitante, a velha ama falou-lhe do estranho fenómeno que tinha visto algumas semanas antes: um feixe, que parecia de luz do sol, um brilho dourado que andou de um lado para o outro da cela e depois pairou sobre o corpo de Dánae e parou sobre o seu... regaço. Foi esta a palavra que ela usou. Pensara que os olhos a tinham enganado. Mas talvez não.

Afinal, Dánae não conseguia encontrar mais nenhuma explicação. O ouro que a escrava vira era um deus disfarçado. Tinha sido violada.

Era um desastre, claro. Como poderia manter um bebé em segredo? Não podia. Pouco depois de o bebé nascer, Acrísio ouviu-o a berrar. Precipitou-se pelas escadas abaixo até à cela de bronze, dominado pela fúria e pelo medo.

— Como é que fizeste isso? Vendeste o corpo a um dos soldados? Ou algum escravo trouxe alguém de fora?

— Pai, por favor, não esteve cá ninguém, juro — disse ela. — Não pus os olhos em nenhum homem a não ser em ti. Mas, ouve, a minha ama disse que viu algo que deve ter vindo de um deus quando eu estava a dormir. Uma espécie de aparição de ouro.

Acrísio interrompeu-a.

— Claro que o fizeste por ouro! Já devia ter calculado. Vocês, mulheres, são todas iguais. Todas têm um preço.

Dánae rogou ao pai.

— Manda-me embora, pai, e eu prometo que nunca mais voltarei, e o bebé também não — disse ela.

Nem Acrísio era capaz de se convencer a matar uma filha e um neto. Mas planeou fazer a coisa mais próxima possível, uma espécie de homicídio indireto. Mandou os escravos construírem uma grande arca de madeira. Os servos lançaram-se ao trabalho sem saber para que serviria e construíram uma bela obra de carpintaria: os pés tinham a forma de patas de leão e os acessórios eram de bronze. Quando a arca ficou concluída, Acrísio voltou para a prisão de Dánae.

— Estive a refletir sobre esta situação — disse ele. — Uma vez que é o que tu queres, vou mandar-te embora. Anda comigo.

Acrísio conduziu Dánae e o bebé da prisão de bronze para o mundo: Dánae ficou ofuscada com a claridade do dia, assoberbada pelo espaço que parecia não ter fim. Quando, por fim, chegaram ao mar, Dánae esperava ver um navio a ser preparado para a viagem. Mas não; a única coisa que viu foi uma enorme arca de madeira com pés como patas de leão.

— Onde está o navio, pai? — perguntou ela.

— O teu navio é a arca — respondeu Acrísio e, quando ele lhes fez sinal, os guardas avançaram imediatamente, pegaram na jovem mulher e forçaram-na a entrar na arca. O bebé foi mais ou menos atirado para cima dela e, de seguida, a tampa de carvalho fechou-se com estrondo. Depois, Dánae ouviu os pregos a trancá-la, cada martelada um golpe, e uma série de guinadas quando os homens a içaram para a levar para o mar. Dánae sentiu que estavam a ser rebocados para águas profundas, gritou a pedir ajuda, mas esta não chegou. As vozes dos homens acabaram por se desvanecer. Tinham sido deixados à deriva. Dánae percebeu que o pai pretendia que morressem ambos, o que era óbvio que não deveria demorar a acontecer. Não tinham água nem comida. A arca não era um navio, mas um caixão. Dánae, meio submersa, com a água salgada a bater-lhe em volta das coxas, tentou manter o bebé, que se contorcia e chorava, acima da linha de água. Conseguiu amamentá-lo algum tempo e, de seguida, como se não estivesse a acontecer nada de terrível, ele adormeceu. Dánae chorou e lembrou-se de que houve um tempo em que fora feliz e amada; de que houve um tempo em que não tinha razões para chorar.

— Tenho tanto medo — cantarolou para o bebé —, mas tu não te importas, pequeno Perseu, estás a dormir, cheio de leite, nesta terrível prisão de madeira. Tu não ligas às ondas que batem acima da tua cabeça, não ligas ao vento uivante, aconchegado no teu cobertor púrpura. Agradece aos deuses por não compreenderes o que eu estou a dizer, o desespero da nossa situação. Dorme, bebezinho. Dorme, terrível oceano. Dorme, terrível sofrimento. Pai Zeus, ajudai-nos, por favor. Mudai de ideias sobre nós, por favor.

Por fim, exausta e gelada, deixou a consciência esmorecer. Mas não deixou de manter o bebé bem junto a ela, dando-lhe todo o calor que podia.

Na manhã seguinte, pouco tempo antes de o sol nascer, um pescador da ilha de Sérifo estava a preparar-se para rumar a casa quando percebeu que tinha capturado mais do que peixe. Havia um objeto de grandes dimensões a boiar emaranhado nas redes. Estava coberto de algas e não era nada fácil perceber do que se tratava. Quando o sol nasceu e ele já remava para a costa, avistou um amigo a dar uma caminhada matinal na praia.

— Ei, Díctis — gritou o pescador —, podes ajudar-me com isto? — Apontou o dedo na direção da estranha safra.

— O que é isso? — gritou Díctis. — Um tubarão? Algum tipo de monstro marinho.

— Não faço ideia — disse o pescador. — Mas pode ser valioso. Um presente de Posídon, talvez.

O pescador saltou para fora do barco, Díctis entrou na água a pé e, entre os dois, conseguiram puxar o misterioso objeto até à praia. Afinal, era uma arca primorosamente construída.

— O que quer que tenha lá dentro é um peso morto — disse o pescador. — O que achas? Algum tipo de tesouro perdido por um navio?

Homens e mulheres da aldeia acorreram ao local para ver o que se passava. Alguém voltou para trás para ir buscar um pé de cabra. Por fim, conseguiram abrir a tampa.

Não era tesouro nenhum. Não havia taças douradas, nem espadas preciosas, nem armaduras. Só uma rapariga morta, lívida e encharcada. Alguns dos aldeões reparam nos requintados brincos de ouro, nas contas bonitas em redor do pescoço, nos tecidos finos, embora ensopados, em que estava vestida. E foi então que Díctis disse:

— Santos deuses, acho que está ali um bebé.

Estendeu os braços para o fundo da arca e retirou algo de uma dobra do xaile da rapariga. No fundo do tecido púrpura brilhante estava aconchegado um minúsculo e frágil humano.

— Por amor dos deuses, tragam-me algo seco — disse Díctis. — Pode estar vivo. — Alguém lhe estendeu um manto áspero de lã. Díctis tentou aquecer a pequena criatura. — Vá lá, vá lá, vá lá — murmurou, a fazer força para que a criança vivesse. E, de súbito, sentiu algo, uma frágil contorção, um choro débil, uma mão em miniatura em fechar-se num punho minúsculo.

— É uma pena que a mãe se tenha finado — murmurou o pescador.

— Tens a certeza? — perguntou Díctis. — Anda, vamos tirá-la dali.

Uma dúzia de mãos estenderam-se para o interior da arca e levantaram a mulher, que, sem demasiados cuidados, pousaram na praia. E ela abriu imediatamente os olhos, gemeu e vomitou.

O simpático e afável Díctis conduziu a jovem mãe e a criança e levou-os para casa. De início Dánae ficou com medo e em silêncio. Mas, gradualmente, Dánae e Perseu inseriram-se na vida da ilha e as pessoas quase se esqueceram da estranha forma como chegaram à costa. Perseu brincava com os rapazes da aldeia, aprendeu a nadar no mar. Era forte. Díctis costumava dizer em jeito de brincadeira que a aventura precoce na arca o tinha enrijecido. Mas claro que era forte; era filho de Zeus.

Dánae nunca deixou de se preocupar que o pai viesse a ouvir a história do pescador que capturou uma mulher e o seu bebé nas redes. Mas passaram muitos anos sem nenhum desastre. A única coisa com que tinha de se preocupar, e cada vez mais, era Perseu — e, embora Dánae tenha demorado um pouco a percebê-lo, o irmão de Díctis, Polidectes, rei de Sérifo.

O problema de Perseu era o de que estava a ficar demasiado grande para a ilha. Era mais alto, mais rijo, mais rápido do que os outros rapazes. Polidectes levara-o para a sua própria casa para que ele se pudesse treinar e exercitar com os melhores jovens da ilha. Mas, à medida que os anos passavam, o rei foi ficando com cada vez mais ciúmes do rapaz. Perseu estava a tornar-se uma ameaça.

Por muito que tentasse não dar nas vistas, Dánae também tinha atraído a atenção de Polidectes, que a queria na sua cama. Mas não como esposa, não. Ele tinha planos muito mais grandiosos para o seu casamento.

Lá longe no continente, na cidade de Pisa, em Elis, vivia uma princesa chamada Hipodâmia. O pai, Enómao, ficara obcecado por ela e queria fazer sexo com ela. Por isso, disse aos pretendentes que tinham de o vencer numa corrida de quadriga para a conquistar, e, se falhassem, matá-los-ia. Muitos homens aceitaram o desafio, mas os cavalos de Enómao, que tinham sido um presente do deus Ares, ganhavam sempre. Por consequência, havia um número cada vez maior de cabeças de homens jovens exibidas em estacas no exterior do palácio.

Não obstante, Polidectes estava determinado a competir pela mão de Dánae, pelo que reuniu todos os seus jovens guerreiros, exigindo que cada um contribuísse com o seu melhor cavalo. Também sabia que Perseu não tinha um cavalo a que pudesse chamar seu. Quando chegou a vez dele, o rapaz disse:

— Tanto posso trazer-vos a cabeça de uma górgona, senhor, como um cavalo. Sabei-lo muito bem.

Foi uma resposta ainda melhor do que a que Polidectes esperava. Sem hesitar, disse:

— Vai lá, rapaz. Traz-me a cabeça de uma górgona. Seria um substituto justo. — Perseu olhou para ele e riu-se. Polidectes não o acompanhou. — É uma ordem — disse ele. — Vá, vai-te embora.

Perseu, atónito, levantou-se e saiu. No íntimo, Polidectes regozijou-se. Ali estava um jovem que ele não voltaria a ver. Com Perseu fora do caminho, era só uma questão de tempo até pôr as mãos na mãe dele.

Perseu voltou para a casa de Díctis completamente desesperançado. Como é que ele haveria de matar uma górgona e trazer a cabeça dela de volta? A única coisa que sabia sobre górgonas era que havia três, que eram irmãs e que viviam num local distante, que ninguém sabia bem qual era, e que eram capazes de transformar alguém em pedra só com um olhar.

A sua mãe e Díctis tentaram acalmá-lo. O que é que interessava? Não poderia simplesmente seguir com a vida como ela era? Era, seguramente, uma vida muito melhor tratar do jardim, colher azeitonas e podar as vinhas do que seguir o perigoso caminho de um guerreiro.

À noite, enquanto Perseu se manteve acordado, o deus que se ocupa mais de perto dos jovens rapazes a chegar à idade adulta apareceu-lhe.

— Ouve-me — disse ele. — Sou Hermes. O teu pai é o rei dos deuses, Zeus. Por isso, és meu meio-irmão. Vamos certificar-nos de que conseguirás concluir a tarefa que Polidectes te atribuiu, Atena e eu. Antes de encontrares as Górgonas, terás de encontrar as irmãs delas: as Greias. E, depois de encontrares as Greias, tens de encontrar as ninfas.

Perseu mostrou-se desorientado.

— Obrigado, senhor Hermes — disse ele. — Mas quem são as Greias? Porque preciso de encontrar as ninfas? A que ninfas vos referis?

— Não te preocupes — disse Hermes. — Eu vou ajudar-te. Primeiro, as Greias. Anda comigo.

Hermes pegou na mão de Perseu e, de repente, estavam no ar: as botas aladas do deus tinham força suficiente para os dois.

Como um par de aves migratórias, rumaram para leste pelo céu, até chegarem às fronteiras de Cítia, onde, quando a aurora chegou, aterraram numa vertente rochosa.

— As Greias vivem dentro deste monte — explicou Hermes. — Só elas te poderão dizer como encontrar as ninfas. E precisas das ninfas, porque elas dar-te-ão o que precisas para matar uma Górgona. Mas as Greias não vão querer ajudar-te, por isso ouve-me com atenção.

»Elas têm apenas um olho entre as três. Usam-no à vez. Quando estão a passá-lo umas para as outras, que é o momento em que nenhuma poderá ver, é quando estão mais vulneráveis. É nesse momento que tens de agarrar no olho. Depois, poderás obrigá-las a fazer o que quiseres. Ah, e, já agora, quando chegares junto das Górgonas, provavelmente vais querer isto. — Colocou uma espada curta e curvada na mão de Perseu.

— A entrada da caverna é ali — disse Hermes, apontando para uma fenda estreita na rocha.

— Não vindes comigo? — perguntou Perseu. Mas as botas do deus já tinham levantado voo e, pouco tempo depois, Hermes era apenas um ponto no horizonte. Perseu estava sozinho.

Não havia mais nada a fazer. Baixou-se e entrou na fenda. Quando os seus olhos se adaptaram, percebeu que estava num túnel estreito que não demorou a abrir-se e a fazer-se uma ampla caverna, tenuemente iluminada por uma brecha de sol do exterior. No interior, estavam três mulheres sentadas, viradas umas para as outras num círculo. Tinham as bochechas brilhantes e o rosto sem rugas, mas o cabelo era branco. Perseu teve a sensação de que estava na presença de uma idade quase insondável. Reparou que uma delas trazia um vestido da cor do açafrão. Mas o mais impressionante naquelas mulheres era que não tinham olhos, só órbitas vazias.

Estavam a murmurar umas para as outras em vozes baixas e, de início, nem sequer repararam em Perseu. Depois ficaram paralisadas.

— Ouviste alguma coisa, Péfredo? — perguntou a mulher no vestido cor de açafrão com uma voz viva e límpida.

— Acho que ouvi, Énio — respondeu a outra. — Podes olhar por nós, Dino?

A terceira mulher, que estava de costas para Perseu, virou-se. Um único olho reluzente iluminou-lhe o rosto. Perseu sentiu-o a penetrá-lo.

— Vejo um rapaz — disse Dino. — Um rapaz que é filho de Zeus. Um rapaz que gostaria de ser um homem, e guerreiro, e matador de monstros.

— É isso que ele pensa de criaturas como nós? Que somos monstros? — disse Péfredo.

— Deixa-me ver — disse Énio. Estendeu a mão. Para horror de Perseu, Dino levou a mão ao rosto, retirou o olho e pousou-o na mão aberta da irmã, que o colocou numa das suas órbitas.

— Sim, estou a ver. Forte, ambicioso — pronunciou-se Énio. — Quer matar uma das nossas irmãs. Uma Górgona.

Tirou o olho da órbita e estendeu-o para Péfredo. E foi então que Perseu avançou, disparado, e agarrou no olho antes de Péfredo o poder alcançar. Tentou não pensar na sensação do olho, delicado e húmido, na mão.

— Onde está o nosso olho, Énio? — perguntou Péfredo.

— Acabei de to dar, mana — disse Énio. — Não o tens? Ou será que o cobiçoso filho do deus o roubou?

— Que falta de cuidado — disse Dino. — Agora, ele vai querer fazer-nos uma pergunta.

— Quero saber onde estão as ninfas — disse Perseu numa voz que soava muito mais aguda e tremida do que ele teria gostado. — Dizei-me como encontrar as ninfas ou atirarei o vosso olho da montanha a baixo.

Dino suspirou.

— Segue para norte, rapaz — disse ela. — E se já tiveres terminado com o nosso olho, aceitamo-lo de volta, obrigada.

Ela estendeu a mão, mas Perseu deixou cair o olho no chão e as mulheres tiveram de andar às apalpadelas no chão da caverna. Enquanto elas o amaldiçoavam, ele correu pelo túnel abaixo até sair da caverna e chegar ao ar livre.

O que deveria fazer então? Estava sozinho, não havia sinal de vida humana naquele lugar infecundo. Não tinha alternativa senão rumar a norte como as Greias tinham alvitrado. Começou a caminhar. Caminhou o dia inteiro. O sol já ia baixo: nenhum sinal de ninfas. Começou a desesperar. Teriam as Greias tentado enganá-lo? O que significava «norte»? Quanto tempo demoraria a viagem? Dias? Meses? Por fim, quando o sol se pôs, Perseu sentiu que não podia continuar. Cansado e com fome, deitou-se na clareira de uma floresta e adormeceu.

Quando acordou, com o som de risos, ainda estava escuro. Seria um sonho? Não. Abriu os olhos e viu uma linda rapariga em pé, à frente dele.

— Somos as ninfas, Perseu — disse uma delas. — Não fiques tão assustado. Não querias encontrar-nos?

Ainda a tentar livrar-se da perplexidade que sentia, Perseu sentou-se.

— Por favor, preciso da vossa ajuda para matar uma Górgona — disse ele.

— Oh, sim, nós sabemos — revelou a segunda ninfa com indiferença.

— Temos as tuas coisas — disse a terceira. Perseu reparou que tinha os braços carregados. — Um par de botas aladas, para poderes voar como Hermes. Um capacete de invisibilidade: põe-no e ninguém te conseguirá ver. Um saco para transportares a cabeça da pobre Medusa. — Atirou tudo para o solo da floresta.

— Quem é Medusa? — perguntou Perseu.

— Não sabes? — disse a segunda ninfa. — Uma das Górgonas. Há três. Só uma é mortal: é a Medusa. Como é óbvio, é Medusa que terás de matar. Se decidires que queres mesmo fazê-lo, claro.

As mulheres viraram costas de braço dado.

— Adeus, Perseu — disseram em coro.

— Esperem — gritou ele para as costas das ninfas que se afastavam — Como é que eu as encontro, as Górgonas?

— Pergunta às botas — gritou uma delas por cima do ombro. — Elas dir-te-ão.

Desapareceram por entre as árvores. Perseu levantou-se num pulo e correu atrás delas, mas não viu sinal de nenhuma.

Voltou para trás e investigou os artigos que as ninfas lhe tinham deixado. Hesitante, colocou o capacete e viu o próprio corpo a desaparecer numa transparência. Desconcertado, tirou-a e arrumou-a dentro do saco, que pendurou aos ombros. Depois, tirou as botas coçadas que trazia calçadas e experimentou as botas aladas. Assim que apertou os atacadores, sentiu-as a puxá-lo, da mesma forma que um cavalo rebelão poderia puxar com a boca.

— Levem-me até às Górgonas! — disse ele, a tentar parecer mais autoritário do que se sentia. De repente, estava a subir ao céu frio da noite e, de seguida, a sobrevoar a floresta rumo a oeste, em direção à terra das Hespérides.

Era de manhã quando Perseu sentiu que estava a perder altitude. Voou cada vez mais baixo, até que as pontas dos pés roçaram a erva e voltou a andar normalmente num prado verdejante.

A certa altura, teve a sensação de que havia alguém, ou alguma coisa, ao lado dele. Virou-se e, para sua estupefação, viu a figura imensa do que seria — seguramente — uma deusa ao pé de si, o elmo de bronze a brilhar ao sol, uma lança na mão, um escudo de bronze atado às costas.

— Perseu — disse Atena a sorrir. — Vou ajudar-te a matar uma Górgona. Anda comigo.

— Senhora Atena — disse ele antes de lhe fazer uma vénia. — Obrigado. Mas como poderei matar uma Górgona se ela é capaz de transformar tudo o que vê em pedra?

— Confia em mim, Perseu — disse ela. — Vou mostrar-te como poderás fazê-lo. Não podes olhar diretamente para ela: vais ver o reflexo da Górgona no meu escudo.

Continuaram a caminhar, Perseu quase a andar a trote para acompanhar a enorme passada da deusa. Pouco tempo depois, começou a notar algo extraordinário: a paisagem estava salpicada de incríveis esculturas primorosamente realistas. Havia uma raposa de pedra a esconder-se atrás de uma cerca; uma lebre de pedra apanhada a meio de uma corrida; um homem de pedra em pé no meio de um campo. A deusa riu-se.

— Não são bem estátuas, Perseu. Todas elas eram criaturas vivas antes de as Górgonas as terem visto.

Por fim, Atena levou o dedo aos lábios e apontou. Na sombra de uma árvore estavam três figuras, a dormir, com a respiração calma. Duas delas tinham um aspeto excecional, formidável: tinham enormes asas douradas, braços de bronze, dentes como os de um javali e serpentes no lugar do cabelo. A terceira era como uma humana normal, com a exceção de que, também ela, tinha asas douradas.

— Aquela — disse Atena, apontando para a terceira — é Medusa. É mortal. É ela que tens de matar. Toma o meu escudo. Prepara o capacete de invisibilidade. As asas das Górgonas são mais velozes do que as tuas botas.

Perseu respirou fundo e desembainhou a espada. Depois, o mais silenciosamente que conseguiu, como se estivesse a perseguir uma corça, foi-se aproximando aos poucos. Foi isto que Aracne mostrou na tapeçaria: Medusa a dormir, as asas recolhidas, o rosto sereno, momentos antes de Atena e Perseu a matarem.

Medusa suspirou e agitou-se. Sem demora, Perseu desviou o olhar e usou a superfície espelhada do escudo para olhar para ela. Apertou o punho na espada e chegou-se mais perto. Os olhos da rapariga abriram-se lentamente.

— Não faças isso — disse ela em voz baixa sem se mexer. — Eu não tive culpa. Ela odeia-me, mas eu não tive culpa.

— O que queres dizer com isso? Do que é que estás a falar?

— Fui violada. Posídon violou-me no santuário de Atena. Ela disse que eu tinha profanado o templo, mas não tive culpa. Ele apanhou-me quando eu estava a caminhar num prado. Não pude fazer nada...

Naquele momento, aconteceram várias coisas ao mesmo tempo. Perseu ouviu narizes a fungar, vozes a gemer: as outras irmãs estavam a começar a acordar. Ao mesmo tempo, sentiu algo a chegar-lhe como um torvelinho. Era Atena, a berrar de raiva, a voz um grito de guerra. Estava a agarrar-lhe no braço que segurava a espada e ele sentiu-a a bater com estrondo, impelida pela força inumana de uma deusa. Pelo reflexo do escudo, Perseu viu a espada a perpassar facilmente o pescoço de Medusa. A cabeça caiu na erva a rolar.

— Apanha-a — gritou Atena. — Põe o capacete. Voa! — Mudo, Perseu inseriu a cabeça no saco que tinha aos ombros, pôs o capacete e instou as botas a levantarem voo, enquanto as outras Górgonas, que se chamavam Euríale e Esteno, choravam de dor e fúria. Embalaram o corpo acéfalo da irmã nos braços, olhando em volta em busca do assassino. Em vão.

Atena estava longe da vista. Perseu instou as botas a prosseguir. Não interessava para onde. O que ele não viu foi o que aconteceu a seguir. Enquanto Euríale e Esteno olhavam em volta, perplexas, apareceu milagrosamente um cavalo alado esplêndido do sangue da irmã: Pégaso, filho de Medusa e Posídon.

As botas mágicas impeliram Perseu e levaram-no até à costa da Etiópia, onde, enquanto pairava acima da costa, avistou a estátua de uma mulher no final de um promontório rochoso. Mais atrás havia um pequeno grupo de pessoas que pareciam estar de luto. Curioso, recuou, desceu em voo picado e percebeu que a estátua não era estátua nenhuma, mas uma jovem mulher, acorrentada a uma rocha. Perseu desceu para o lado dela.

— Quem és tu? Porque é que estás acorrentada a esta pedra? — perguntou, meio hipnotizado com a beleza dela.

— Chamo-me Andrómeda — disse ela. — A minha mãe gabou-se de que era mais bela do que as Nereidas. Por isso, Posídon enviou Ceto para nos castigar. E agora um padre disse aos meus pais que a única forma de nos livrarmos dele é deixar que ele me leve.

— Quem é Ceto? — perguntou Perseu.

Andrómeda estremeceu.

— Ele vem aí — disse ela.

O jovem seguiu o olhar de Andrómeda. Havia um enorme vulto escuro a deslizar sob a superfície do mar, maior do que um navio, a maior criatura viva que ele já tinha visto. O corpo da criatura irrompeu do mar, a reluzir ao sol, depois mergulhou, enrolando-se sobre si próprio até que a enorme faixa da cauda subiu pelo ar, a água a cair como arroios. Depois afundou-se nas profundezas como uma torre a desaparecer, deixando um rasto de espuma atrás dele.

Foi quando Ceto voltou a emergir que Perseu atacou. Investiu de cabeça pelo ar, a lâmina de Hermes na mão, e esfaqueou as ilhargas pretas e brilhantes de Ceto vezes sem conta até o mar correr púrpura com o sangue da criatura. Por fim, Ceto estava morto, o corpo à deriva como um destroço gigante. Da costa, Perseu ouviu as pessoas a gritarem de entusiasmo.

Perseu casou com a princesa. Os pais de Andrómeda, Cefeu e Cassiopeia, abençoaram a união. Na festa de casamento, os bardos cantaram as aventuras de Perseu: a forma como tinha iludido as Greias, encontrado as ninfas, derrotado as Górgonas selvagens e matado Ceto, o monstro assassino.

Foi algum tempo antes de Perseu e Andrómeda fazerem a viagem de volta para Sérifo. Encontraram a velha casa junto da costa vazia, a mobília revirada, as reservas saqueadas, os escravos desaparecidos. Os aldeões estavam agitados, mas mantinham o silêncio. Por fim, foi o velho pescador que contou o que acontecera a Perseu: a sua mãe e Díctis tinham fugido, desaparecido. Ninguém sabia se estavam vivos ou mortos. Polidectes fora à procura deles. Circulavam rumores de que queria matar o próprio irmão e levar Dánae como escrava.

Perseu partiu imediatamente para a casa de Polidectes. No grande salão, o rei estava rodeado pelos seus homens, a banquetear-se e a beber. Quando Perseu entrou em passo decidido, a espada em punho, fez-se silêncio. Perseu seguiu diretamente ao encontro do rei.

— Trouxe-vos a cabeça da Górgona — disse ele. — Tal como pedistes. — Levou a mão ao saco que tinha pendurado aos ombros. Pegou na cabeça de Medusa pelo cabelo. Tirou-a do saco, levantou-a, triunfante, e os olhos cegos da Górgona transformou-os a todos em pedra.

Díctis e Dánae foram encontrados: estavam escondidos num santuário distante, confiantes de que os deuses os protegeriam. Casaram, por fim, e Díctis tornou-se rei de Sérifo. Perseu devolveu os artigos mágicos — o capacete de invisibilidade, as botas aladas — aos deuses e, depois, Atena usou a cabeça de Medusa na sua égide. Perseu acabou realmente por matar Acrísio, tal como o oráculo previra: um acidente, ao atingir o velho homem com o seu disco numa competição de atletismo. Nenhum dos dois sabia quem o outro era antes do sucedido. Perseu não conseguiu suportar a ideia de ser rei de Argos, a cidade do avô, pelo que trocou com o primo, Megapentes, e tornou-se rei de Tirinto.

Aracne tinha terminado a tapeçaria. As duas artistas recuaram e avaliaram o trabalho uma da outra. Atena observou o padrão da rival, examinou a ourela que mostrava os atos violentos dos deuses, as cenas centrais de Dánae raptada e de Medusa prestes a ser morta... por ela. Compreendeu as acusações da mulher: eram eloquentes, ainda que tecidas em lã.

— Como podem os deuses considerar-se deuses se têm este comportamento? — perguntou Aracne, a apontar para as figuras representadas no seu tecido. — Explicai-me isto: os deuses criam leis para os humanos e depois recusam-se a seguir as mesmas leis. E devemos chamar a isso justiça? Olhai para a vossa tapeçaria. Sim, mostrastes os pecados dos humanos. Mas quando os humanos são cruéis ou violentos, estão só a seguir o exemplo dos deuses. Admiti-o, não conseguis encontrar defeito na minha tapeçaria. Não há nada nela que não seja verdadeiro. Sabeis que mereço ganhar.

— Sua rapariga estúpida — disse Atena —, não vês o que está à frente dos teus olhos? A minha tapeçaria não é sobre a malvadez dos humanos. É sobre o facto de ninguém, nem o próprio Posídon, me consegue vencer num concurso. Está a dizer-te que não conseguirás vencer. Nunca.

Agarrou na tapeçaria de Aracne, arrancou-a do tear e desfê-la em pedaços. Depois bateu na cabeça da rapariga com a sua lançadeira de madeira de buxo três, quatro vezes, até ela cair. Aracne encolheu, reduziu-se a quase nada. O pai e os amigos pensaram que tinha desaparecido. Mas não: Atena acabava de a transformar numa aranha, num aracnídeo. Um castigo, pensar-se-ia, mas também se poderia considerar uma recompensa. Ainda hoje Aracne fia os seus fios reluzentes, não a partir de uma roca, mas do próprio corpo. E ainda hoje continua a tecer a sua teia forte e primorosa.

ANDRÓMACA

Andrómaca em Troia
Alcíone e Céix
Báucis e Filémon
Ícaro
Apolo e Jacinto
Afrodite e Adónis
Afrodite, Anquises e Eneias
Orfeu
Ciparisso
a origem da rã
Pico e Circe
a origem da pega
Eurídice no Mundo Inferior
o Ramo de Ouro, Hidra,
Quimera, Belerofonte, Pégaso,
Harpias
Caronte e Cérbero
Ceneia, as Fúrias, Sísifo
Orfeu no Mundo Inferior
a morte de Heitor

O palácio ficava no ponto mais alto da cidade de Troia, à sombra de um renque de árvores. O rei e a rainha, Príamo e Hécuba, tinham os aposentos no centro da casa; e em cada uma das alas ficavam os aposentos dos filhos mais velhos, Heitor e Páris. Era lá, na parte da casa de Heitor, que a mulher dele, Andrómaca, passava os dias, num quarto virado a norte, arrefecido pelos ventos intermináveis que sopravam da cidade.

Abaixo dela espalhavam-se a planície, o mar e o fecundo rio Escamandro. Mas Andrómaca estava, havia muito tempo, confinada àquele quarto, àquela casa, àquele pátio, àqueles templos, àquelas ruas, cercada pelos muros da cidade, cujos grandes blocos tinham sido içados e colocados no lugar pelos deuses Apolo e Posídon no tempo do rei Laomedonte. No interior daquelas enormes defesas, Andrómaca sentia-se encarcerada, mas também protegida: Troia estava sob cerco dos gregos, os mesmos gregos que lhe chacinaram os pais e os irmãos quando saquearam a cidade natal, Tebas Ciliciana.

Os invasores pretendiam recuperar Helena, a arrogante e bela filha de Zeus que tinha deixado o marido, Menelau de Esparta, porque preferia estar em Troia com o amante, Páris. Quando os troianos se recusaram a entregá-la, os gregos não arredaram pé e construíram acampamentos na praia. A guerra prolongou-se, mortífera e extenuante, durante nove anos. Entretanto, Helena passeava pela cidade, ligeira e despreocupada, numa nuvem de véus e perfume, venerada por Páris, amada como filha por Príamo e respeitada até por Heitor.

Andrómaca pedia frequentemente a Heitor para não ir para o campo de batalha e para ficar e defender a cidade do interior das muralhas. Mas Heitor nunca a ouvia. O apelo da glória e da honra era demasiado poderoso. No seu âmago, Andrómaca sabia o que iria acontecer: Heitor iria morrer. Aquiles, o guerreiro grego, iria matá-lo; era o melhor combatente, filho de uma deusa. Troia iria cair. O bebé de ambos, Astíanax, não seria poupado: o inimigo nunca iria deixar que o herdeiro de Heitor chegasse à idade adulta. Depois das mortes, dos fogos e das pilhagens, Andrómaca seria levada para longe para trabalhar como escrava na casa de uma mulher grega qualquer.

O amor que Andrómaca sentira pelos pais e irmãos no passado era dedicado a Heitor, por quem viera para ali para casar, noutro tempo, o tempo antes da guerra, num navio carregado de taças de prata e marfim, com pulseiras e colares e tecidos púrpuras. Naquele dia, todo o povo de Troia afluíra ao portão ocidental para a saudar, entupindo as ruas com as suas quadrigas e carroças. O ar estava pesado, tanta era a mirra, a cássia e o incenso, e os cantores declamavam as suas preces.

Tudo isto poderia muito bem ter acontecido noutro mundo. Agora, só o tear lhe tranquilizava o espírito inquieto, fazia os dias passarem. Andrómaca vagueava pelo mundo no seu trabalho, uma vez que não o podia fazer na vida, tecendo bosques cheios de pomares, encostas e criaturas selvagens; e orlava o trabalho com uma ourela elaborada de flores entrelaçadas.

Teceu a origem do encantador alcião, a plumagem em tom turquesa, que as gerações futuras viriam a chamar guarda-rios, embora sejam aves com hábitos distintos. O alcião foi buscar o nome a Alcíone, que era casada com Céix, filho de Fósforo, a estrela de alva. Eram sublimemente felizes juntos — tão felizes como Báucis e Filémon, que, ainda que velhos, frágeis e pobres, certo dia ofereceram abrigo a Zeus, quando ele caminhava pelo mundo em forma humana. Báucis e Filémon puseram na humilde mesa tudo o que tinham para o estranho: queijo e azeitonas, ameixas selvagens e maçãs. E, quando Zeus partiu, transformou-lhes a casa de campo em templo, do qual o velho casal se fez sacerdote e sacerdotisa e que manteve até ao fim dos seus dias. Quando o último dia da longa vida do casal chegou, ambos geraram folhas, a pele engelhada enrijeceu e fez-se casca, e tornaram-se duas árvores a crescer de um único tronco. Mas, enquanto Báucis e Filémon eram modestos e humildes, Céix e Alcíone ousaram comparar-se aos deuses.

Uma noite, Alcíone sussurrou para o marido:

— Achas que há algum casal no mundo tão sortudo como nós? Não acredito que Zeus e Hera estejam tão apaixonados como nós.

Como castigo por tamanha presunção, Zeus reservou-lhes problemas para o futuro, deixando Céix atormentado por uma inquietude intolerável. Afinal, Céix decidiu que a única coisa que iria aliviar a sensação de desassossego que sentia seria uma visita ao oráculo de Delfos, do outro lado do mar. Alcíone implorou-lhe para que não fosse.

— Céix, por favor, ouve-me. As pessoas estavam enganadas quando deixaram que Atena as ensinasse a construir barcos e a tecer velas... O mar é perigoso. Há monstros lá longe, ravinas e rochas perigosas. Há navios de sair de rumo, a encalhar e a ser atingidos por tempestades todos os dias. O fundo do mar deve estar cheio de destroços. De certeza que os deuses não pretendiam que os mortais construíssem estas embarcações de madeira tão pouco fiáveis e que partissem em tão perigosas viagens. Não sabes o que aconteceu a Ícaro quando o pai dele tentou dominar os céus? Dédalo construiu asas para ambos com penas de cera para poderem fugir de Creta e da corte do rei Minos, mas Ícaro voou demasiado perto do sol, embora o pai lhe tenha dito para não o fazer, e a cera derreteu. Caiu ao mar e afogou-se. Por favor, Céix, fica em casa. Ou, se tiveres de ir, leva-me contigo.

Mas Céix acabou por levar a melhor. Para amenizar os receios de Alcíone, prometeu-lhe que voltaria para ela no prazo de dois meses.

Quando o navio estava abastecido e pronto para partir, Alcíone foi ao porto para os ver a iniciar a viagem, embora a visão dos marinheiros afadigados no convés tivesse sido quase insuportável para ela. Foi naquele momento que Céix sentiu que qualquer pretexto que encontrasse seria suficiente para atrasar a viagem. Mas o capitão estava desejoso de partir e deu a ordem: as cordas foram desamarradas e a tripulação dobrou-se para pegar nos remos. Alcíone permaneceu no porto durante muito tempo a acenar para o marido; quando o vulto de Céix se desvaneceu, já demasiado pequeno para ela o poder discernir, seguiu as velas brancas ondulantes até também elas desaparecerem da vista. Só então regressou para o quarto e se atirou para a cama; mas o quarto ecoante e o espaço vazio ao lado dela não faziam mais do que lembrá-la mais profundamente da parte de si que estava longe.

Uma brisa firme empurrou o navio rapidamente para o seu destino; o sol brilhava num dia limpo. Mas quando a noite chegou, o ar pareceu ficar subitamente muito mais frio. Nuvens altas e negras acumularam-se no céu. Começou a soprar um vento mais forte, agressivo e ameaçador. Perante uma ordem do capitão, a tripulação apressou-se a recolher a vela, a fechar as escotilhas, a fazer depressa o que podia ser feito depressa. Mas as ordens do capitão não demoraram a ser engolidas pelo vento uivante, pela chuva torrencial. O mar e o céu pareciam ter entrado em guerra; as águas revoltas rugiam. Andrómaca teceu a cena.

O navio oscilava perigosamente, num momento a voar, no outro a mergulhar. Reinava o caos: havia homens a gritar, a agarrar nos remos, a fugir; as ondas caíam com violência no convés, açoitando-o com a intensidade com que um aríete bate nos portões de uma cidade cercada. De súbito, uma onda irrompeu por uma das escotilhas e infiltrou-a como um soldado que, depois de escalar as muralhas de uma cidade, chega finalmente às ameias, embora a maioria dos camaradas tenha sido obrigada a recuar, repelida pelas flechas disparadas pelos defensores da cidadela. O soldado hesita, triunfante, antes de prosseguir para o interior da fortaleza para abrir caminho para que centenas de camaradas se precipitem portões adentro, com vista a matar homens e rapazes e levar mulheres e raparigas. Era o que estava a acontecer com as ondas que inundavam o navio.

Como os cidadãos aterrados de uma cidade derrotada, os marinheiros rezavam aos deuses para que tivessem pena deles. Mas quando viram que não iam ter ajuda nenhuma, que os deuses os tinham abandonado, pensaram nas esposas, nos filhos, e o que assomava à cabeça de cada homem suspenso entre a vida e a morte era a memória das coisas simples e corriqueiras: a sensação do cabelo suave de uma criança nas mãos calejadas; o sorriso rápido da esposa quando se virava do tear para o saudar.

Foi também o que aconteceu com Céix. Quando a vela grande se rasgou e o navio começou a ceder à força da água, Céix não pensava senão em Alcíone, e por muito que desejasse ver o rosto dela uma última vez, agradeceu aos deuses por ela estar em segurança em terra, por ser ele, e não ela, quem estava prestes a morrer. Pouco depois, a última grande onda abateu-se sobre o convés do navio, sugando-o para baixo, agarrando-o como se fosse um despojo de guerra. Todos os homens a bordo ficaram feitos em pedaços; as pobres almas faleceram. Quando a noite terminou, e os mares se acalmaram gradualmente, Fósforo levantou-se e encobriu-se nas nuvens, em sofrimento, quando viu que o filho tinha morrido.

Em casa, Alcíone, que não fazia ideia do que tinha acontecido ao marido, ocupava-se com o seu trabalho, a contar os dias, a imaginar como iriam caminhar pelos jardins de casa juntos quando ele regressasse, como se iriam sentar à beira do banco junto à porta de casa, a partilharem uma taça de vinho e a verem a luz que iluminava a encosta a mudar de tons. Ia todos os dias para o santuário de Hera rezar à deusa para que mantivesse o marido a salvo. De início, Hera desviava o olhar e limitava-se a ignorá-la. Por fim, já irritada, a deusa chamou Íris, a mensageira dos imortais.

— Quero que envies um sonho a Alcíone — disse ela. — Está a profanar o meu altar todos os dias ao oferecer orações por um homem que não recebeu os rituais fúnebres.

Íris desceu disparada à Terra na sua cauda de arco-íris opalina e dirigiu-se à terra longínqua onde vivem os cimérios, na ponta do Oceano nas fronteiras últimas do mundo. É uma terra que Hélio nunca ilumina, uma terra onde os habitantes mortais têm de andar às apalpadelas no escuro. Lá perto, num arvoredo longínquo e silencioso, há uma caverna. Silenciosa, sim, se não contarmos o gemido das pombas, o murmúrio das abelhas e a correnteza imemorial do rio Letes, cujas águas todos embalam até adormecerem. Andrómaca teceu as papoilas, a valeriana brava e a camomila flexível que crescem, profusas, naquela terra; no ar orvalhado da noite constante, o seu perfume eleva-se como um encantamento. Lá, naquela caverna, encontrava-se Hipnos, a cabecear e a dormitar no sofá; mas quando Íris entrou, o seu manto a reluzir com gotículas de água radiantes, ele acordou em sobressalto, incomodado pela luz.

— Senhor Hipnos, vós que trazeis paz e tranquilidade aos mortais, saúdo-vos e reverencio-vos. Hera pede-vos que mandeis um sonho a Alcíone para lhe dizer que o marido morreu.

Íris não conseguia dizer mais nada; estava esgotada e não conseguia deixar de bocejar, pelo que se apressou a sair e a montar no seu arco-íris para voar para muito longe daqueles vapores narcóticos do arvoredo de Hipnos e beber o ar fresco superior com sofreguidão.

Hipnos deu ordens ao filho, Morfeu, que é capaz de se disfarçar de qualquer homem ou mulher num sonho. Morfeu voou com asas silenciosas e escuras até chegar a casa de Alcíone. Encontrou-a a dormir serenamente, um braço esticado como que para o marido, o mesmo marido que estava naquele momento a ser empurrado de um lado para o outro pelo ritmo infindo das correntes de Tétis.

Morfeu deturpou os seus traços e apresentou-se nas feições de Céix. Não Céix tal como a esposa dele o conhecia — bem-parecido, sorridente e forte —, mas Céix com os estertores da morte, encharcado, a túnica em pedaços, a pele ferida e a sangrar.

— Minha querida — disse a imagem do sonho —, tinhas razão: nunca deveria ter-me feito ao mar. Houve uma tempestade. O nosso navio foi destruído. Toda a gente morreu. Eu morri.

Continuo a amar-te, mais do que nunca. Mas agora tens de deixar de rezar a Hera e passar a dedicar orações aos mortos.

No sonho, Alcíone chorou de desespero. Tentou abraçar Céix três vezes; três vezes os braços não encontraram a pele quente do seu amado, mas ar vazio.

Quando acordou, sentiu o terror a dominá-la. Saiu disparada, primeiro do quarto, depois de casa, em direção à costa. Estava a chorar, fora de si. Caminhou para dentro da água que estava plácida. Mais acima, Fósforo brilhava palidamente; o dia estava quase a chegar. Alcíone continuou a caminhar para águas cada vez mais profundas, a rezar para que o mar a levasse também, sem querer nada a não ser subsumir no elemento em que o seu amado jazia.

Escorregou para dentro de água e ter-se-ia afogado se os deuses não a tivessem levantado do mar. Alcíone encolheu; e, ao mesmo tempo, a pele começou a gerar penas em tom turquesa iridescente e cor de laranja ofuscante, com laivos de branco no pescoço. No rosto nasceu um bico longo e aguçado; nas omoplatas cresceram asas. Ao mesmo tempo, duas nereidas encontraram o cadáver de Céix. A sacudir a água com as barbatanas de peixe, arrastaram-no até à superfície. Zeus atingiu-lhe o corpo frio com o sopro da vida; as Moiras permitiram-no. Um instante depois, também ele tinha encolhido, ganhado penas e levantado voo da água transparente sem perder tempo. Voou, veloz como uma seta, direitinho a Alcíone. Reuniram-se como alciões; e foi assim que Andrómaca os teceu. Todos os invernos faziam os ninhos nas águas do mar. Todos os invernos, os mares amainavam uma semana de dias alciónеos, enquanto eles guardavam os ovos.

A seguir, Andrómaca teceu uma touceira de jacintos que tinham germinado milagrosamente do sangue de um mortal: Jacinto. Jacinto era um jovem de Amicleia, perto de Esparta, que Apolo adorava; e ele também adorava o deus. Apolo levava-o para todas as suas terras preferidas, conduzindo-o na sua quadriga em forma de cisne. Um dia, decidiram descansar num prado isolado. Despiram-se para se exercitar e Apolo regalou-se a olhar para o belo jovem, que, embora fosse mortal, era forte e rápido, com a cabeça cheia de caracóis cerrados; o deus ansiava torná-lo imortal, para que pudessem ficar juntos por toda a eternidade.

Naquele dia, correram juntos, lançaram o dardo, combateram corpo a corpo a trocar golpes com um sorriso nos lábios. Apolo deixou Jacinto ganhar, tornando os membros imortais mais frágeis, refreando a absurda força olímpica. A seguir, decidiram competir no lançamento do disco. Apolo foi quem começou. O disco de bronze quase que lhe flutuava debaixo da mão. O corpo era como o contrapeso de uma roca quando os dedos hábeis da fiandeira a põe a rolar. O disco voou-lhe das mãos.

Jacinto correu avidamente em direção ao lugar onde achava que o voo iria terminar, pronto para o apanhar e o lançar na sua vez. Mas o ciumento Zéfiro andava a espiá-los havia algum tempo. Queria o mortal só para si; e uma vez que o mortal só tinha olhos para Apolo, decidiu puni-los a ambos. Soprou uma rajada repentina de brisa do Oeste e alterou a trajetória do disco.

Impelido por uma força imortal, o disco embateu na cabeça de Jacinto, que caiu com um grito. Apolo percorreu o espaço entre eles numa mancha divina de velocidade; tinham-se acabado as falsas aparências de lentidão humana. Convocando todas as capacidades médicas que tinha, fez tudo o que podia para curar o mortal, banhando-o num néctar e tentando ajudá-lo a engolir ambrósia. Mas a vida de Jacinto estava a esvair-se. Apolo chorou e chamou-o pelo nome vezes sem conta, suplicando-lhe, ordenando-lhe, que se mantivesse vivo. Nos braços do deus, Jacinto mirrou-se como uma violeta esmagada por um pé, como uma papoila arrancada que deixa cair as pétalas escarlates. Do sangue nasceu um jacinto, cada pétala com um «AI» inscrito, uma memória do choro de dor de Apolo quando o seu amado morreu. Os rebentos cerrados e perfumados são um lembrete eterno dos seus belos caracóis.

Noutra parte da tapeçaria, Andrómaca teceu outra história de uma divindade imortal e de um mortal — Afrodite e Adónis. Adónis era um belo jovem que Perséfone também amava. No final, as deusas resolveram entre elas que Adónis deveria passar um terço do ano com Perséfone, acompanhá-la na solidão fria do Érebo, e dois terços do ano com Afrodite, que ele, como todos os homens, achava irresistível.

Claro que Afrodite acabaria por se fartar de Adónis, tal como se fartou de Anquises, outro dos seus amantes mortais. Anquises era um jovem dardânio, tão belo como um deus, em que ela reparou quando ele estava a guardar o gado no monte Ida, não muito longe de Troia, com os camaradas. Olhava para ele dia após dia, enquanto ele caminhava com os rebanhos para os montes e se sentava debaixo de uma árvore para dormitar ao longo da tarde ou tocar a lira de forma encantadora.

Quando chegou a vez de Anquises ficar longe dos pastos e guardar o gado, Afrodite aproveitou a oportunidade. Transformou-se numa bela jovem com um vestido brilhante como o fogo e com reluzentes e elaborados bordados. Aproximou-se dele timidamente. Anquises parou de tocar abruptamente, a música parou a meio do compasso.

— Senhora — disse ele — dizei-me, por favor, qual das imortais sois: Ártemis? Ou Leto? Ou Afrodite, ou Témis, ou Atena de olhos cinzentos? Vou construir-vos um altar e fazer-vos sacrifícios todos os dias da minha vida e rezo para que me tragais filhos fortes e me deixeis viver feliz até provecta idade.

Afrodite riu-se e respondeu:

— Porque achas que sou uma deusa? Sou uma mera mortal, filha do rei dos frígios. Venho de muito longe daqui, mas sei falar a tua língua, porque fui criada por uma escrava troiana. Estava no prado com as minhas amigas quando Hermes pegou em mim e me levou para o céu. Fiquei aterrorizada, mas ele agarrou-me com força e nós pairámos pelos céus durante dias, voando sobre cidades, planícies, campos, montanhas e regiões que pareciam completamente intocadas por humanos. Voámos para tão longe, que pensei que nunca voltaria a pôr os pés em terra. Finalmente, ele aterrou aqui perto — acenou vagamente para trás dela — e disse-me que era plano dos deuses que encontrasse um certo Anquises e casasse com ele. Estava quase a desesperar por não ver nenhuma vida humana por perto até ouvir a tua bela música. Não creio que tenhas ouvido falar de alguém chamado Anquises, ou ouviste?

Anquises engoliu em seco.

— Senhora, eu sou Anquises, príncipe dos dardânios — disse com dificuldade.

Ela sorriu.

— Bem, Anquises, se quiseres, acho que devemos ir imediatamente à procura dos teus pais e preparar-nos para o nosso casamento, dado que se trata da vontade dos deuses. E, se enviares um mensageiro para Frígia, do outro lado das montanhas, estou certa de que o meu pai te enviará um magnífico dote de ouro e belas tapeçarias.

Olhou para ele e o seu olhar enviou um dardo de doce desejo para o corpo do rapaz.

— Anda cá — disse Afrodite, estendendo-lhe a mão. Ele deu-lhe a mão e ela tocou-lhe levemente nas costas fortes, no pescoço, no cabelo, e inspirou o excitante e efémero perfume da humanidade. Beijaram-se. — Juro-te — sussurrou ela — que nenhum deus nem nenhum humano me deterá enquanto não dormir contigo. Não me importo sequer que Apolo venha atrás de mim com as suas flechas; morrerei feliz se me levares para a tua cama já.

Sem dizer nada, Anquises levou-a para a sua casa de campo, depois para a cama, e, devagar, com cuidado, tirou-lhe as encantadoras joias e o precioso vestido, enquanto ela, a rir-se, lhe tirou a túnica áspera, menos devagar e com menos cuidado, e juntos fizeram amor, após o que Anquises caiu num sono profundo.

Afrodite também dormiu algum tempo. Depois, acordou e deixou-se ficar deitada a pensar como abandonar o humano gentilmente.

Por fim, Anquises agitou-se; tinha a sensação de que o sol estava a brilhar-lhe diretamente nos olhos, o que não batia certo naquela pequena casa escura de campo. Depois, apercebeu-se de que todo o quarto era banhado por uma radiância que não vinha do sol, mas da figura imensa em pé, na extremidade da cama, a sua cabeça a roçar o teto.

— Não me estás a reconhecer? — disse ela. — Não sou bem uma princesa frígia... Sou Afrodite. Não tenhas medo, por favor. Vou deixar-te agora. Mas, ouve-me, vou ter um filho, um filho teu. Vou chamar-lhe Eneias e vou trazer-to quando ele tiver cinco anos para que tu o cries. Vai ser um lutador, um defensor de Troia, um homem com um destino extraordinário. Só uma coisa: não te vanglories de teres dormido com uma deusa. Quando te trouxer o nosso filho, podes inventar uma história sobre a mãe dele. Podes fazer de conta que era uma das ninfas da montanha.

Anquises parecia confuso. Apoiou-se no seu ombro e pôs a mão na testa para proteger os olhos do brilho.

— Ides-vos embora? — disse ele.

— Vou — respondeu ela. — Tens de compreender como as coisas são, Anquises. A tua vida é muito curta para uma deusa como eu. Não podemos estar juntos. Ficarias velho num abrir e fechar de olhos. Os mortais e os imortais podem estar juntos por alguns momentos, mas não existimos da mesma forma no tempo. Imagina um mioto, Anquises, pensa em como passa pela vida com a mesma rapidez com que varre os céus. É o que és para mim. O melhor é ir-me embora.

— Logo quando vos vi, pensei que éreis mais do que uma mortal — disse Anquises. — Porque me mentistes?

Afrodite sorriu, mas já estava a ficar impaciente e a desejar ir para casa, para os altares fumegantes de Chipre.

— Adeus, Anquises — disse ela. Depois desapareceu num jato de névoa dourada.

Muito mais tarde, quando estava a banquetear-se com os amigos, Anquises não resistiu a vangloriar-se do que começou gradualmente a considerar como a sua sedução de uma deusa. Na sua versão da história, que viria a ser contada pela pena de um poeta, Anquises era muito mais ousado do que fora na realidade. Zeus ficou tão enfurecido com a jactância do mortal que enviou um relâmpago para o eliminar; Afrodite desviou-o, retirando-lhe força, salvando Anquises da aniquilação instantânea, mas não de ficar coxo para o resto da vida. Anquises era um homem velho em Troia e o filho Eneias era camarada de Heitor quando Andrómaca os teceu no seu tear. Naquela provecta idade, Anquises ainda sonhava com a noite que passara com a deusa Afrodite.

Por sua vez, Afrodite só muito esporadicamente se lembrava de Anquises. No entanto, votava extraordinária devoção a Adónis durante os meses do ano em que ele deixava Perséfone para viver com ela. O belo jovem era fanático da caça; aquilo de que mais gostava era vaguear pelas florestas e montanhas em busca de animais selvagens, que perseguia e matava. A deusa acompanhava-o muitas vezes, mas a mortalidade de Adónis deixava-a ansiosa. Tinha medo de que ele errasse para lugares da floresta que eram proibidos, sagrados para outros deuses. Não queria que ele fosse morto pelos seus próprios cães de caça, como Actéon. Nem por monstros selvagens das florestas.

— Eu preocupo-me contigo. És tão delicado, tão frágil, tão... humano — dizia-lhe ela.

Adónis ficou irritado com tamanho desvelo. Era um homem jovem: sentia-se forte, vivo e invencível.

— Não és minha mãe — disse ele. — Não precisas de me amimar tanto.

Afrodite não disse nada. Uma tristeza dócil cresceu-lhe no peito: tinha pena do humano, que pensava que era o centro do mundo, que não via que era um fio delgado e sem importância entre os milhares de milhões no grande tecido do universo.

Certa amanhã, ao acordar no dealbar do dia, Adónis decidiu ir sem a amada, deixando-a a dormir junto a um arvoredo. Vestiu a túnica e calçou as botas de caça; pendurou a corneta de caça ao ombro, pegou na lança e chamou os três cães preferidos em voz baixa. Afrodite acordou nesta altura e envolveu os seus belos e imortais braços no corpo dele, implorando-lhe para não ir. Foi assim que Andrómaca os apresentou: a deusa a tentar em vão proteger o amante.

Adónis ignorou-a. Horas mais tarde, deparou-se com uma família de javalis que grunhia e roncava enquanto revolvia o chão à procura de comida. Adónis aproximou-se deles sub-repticiamente, acercando-se cada vez mais, a lança em punho. Atirou-a contra a javalina maior, com cerdas no dorso, a mãe da ninhada, mas falhou. Confuso, não sabia se deveria manter-se firme ou fugir. A hesitação custou-lhe tudo: a javalina viu o alvo, e os dentes arrancaram-lhe a carne da coxa; o animal furou-lhe a artéria da vida e deixou-o ali, a sangrar.

Afrodite estava na sua quadriga em forma de cisne a caminho de Chipre, quando ouviu os gritos de dor de Adónis. Mas, quando o encontrou, era demasiado tarde. Segurou-o nos braços e beijou-lhe os olhos e os lábios enquanto a vida dele se sumia. Enquanto ela chorava, o sangue dele transformou-se em flores: um lago, parecia, de anémonas escarlates, delicadas e efémeras. Estas plantas espalham-se até hoje nos prados no início da primavera; sacodem-se incansavelmente ao sabor da brisa como se quisessem desenraizar-se dos encantadores leitos de erva e vaguear pelas colinas.

A seguir, Andrómaca representou Orfeu a tocar a lira, uma raposa enrolada junto aos pés. O músico era filho de Apolo e da Musa Calíope. Era capaz de encantar qualquer pessoa e qualquer coisa com a sua arte. Na tapeçaria de Andrómaca, estava rodeado pelos animais e pelos pássaros que se reuniam para ouvir a sua música gloriosa. Até as árvores — azevinhos e medronheiros, pinheiros e faias — tinham levantado as raízes e caminhado laboriosamente até junto dele. Entre elas estava um cipreste, em tempos um jovem chamado Ciparisso, que fora amado pelo deus Apolo. Ciparisso adorara um veado calmo e dócil. Todos idolatravam a criatura, que ousava chegar perto do domínio dos mortais para ser alimentado. Mas, uma manhã, quando estava a caçar, Ciparisso lançara o seu dardo ao inocente e crédulo animal, sem se aperceber de que era o *seu* veado. Quando percebeu o erro, ficou tão desalentado que quis morrer; ninguém o conseguiu consolar, nem sequer Apolo. O deus acabou por o transformar num cipreste para que ele pudesse lamentar-se para todo o sempre. Continua a ser uma solene sentinela dos cemitérios até hoje.

Uma rã também se foi aproximando sub-repticiamente: fora um humano no passado, antes de ser castigado pela deusa Leto. Na altura, Leto estava a fugir de Hera, que estava zangada por Zeus a ter engravidado (os filhos haveriam de ser as divindades gémeas Apolo e Ártemis). Disfarçada de humana, com sede e cansada, Leto tentara beber água fria de um charco refrescante, mas as pessoas da terra, os habitantes de Lícia, disseram-lhe maliciosamente que não o poderia fazer, agitando a água para a tornar lamacenta. Por esta indignidade contra a hospitalidade, a deusa grávida transformou-os em rãs.

As aves afluíam em bando para ouvir a música que superava os seus cantos: entre elas, um pica-pau com penas de verde vivo, que, no passado, fora Pico, rei de Lácio. A imortal feiticeira Circe vira-o quando estava a apanhar ervas de uma encosta solitária. Era uma bela e esplêndida visão: o rei a cavalgar numa túnica verde resplandecente, coberta por um manto escarlate, e com a lança em punho. Circe ficou tão encantada com a beleza de Pico que deixou cair as ervas onde estava e ficou a olhar para ele, paralisada. Por encanto, fez aparecer um javali mágico para ele caçar e usou o animal ilusório para o levar até ela. Mas quando se viram frente a frente, e Circe falou, Pico repeliu-a com crueldade, provocando-a, escarnecendo dela e envergonhando-a, até que ela, furiosa, o transformou em pica-pau: a túnica tornou-se a plumagem, o manto o penacho que tem na cabeça. O seu canto penetrante continua a ser estridente e desdenhoso.

Pegas exuberantes e tagarelas também se aproximaram num bando turbulento: no passado tinham sido irmãs, nove irmãs, filhas de Piero, soberano de Pela, na Macedónia. Ousaram competir no canto com as nove Musas e ofenderam as deusas com as suas histórias arrojadas e irreligiosas: afirmavam, por exemplo, que os deuses tinham fugido ignominiosamente do serpenteante Tifão, o aterrador filho de Gaia. As Musas, furiosas, transformaram-nas em pegas por exprimirem opiniões tão heterodoxas.

Entre a multidão de ouvintes encontrava-se também Eurídice, uma dríade, uma ninfa da floresta. Amava Orfeu. Ele era um homem tímido e ligeiramente desajeitado. Mas, quando tocava, ficava diferente. Tornava-se uma espécie de deus. As canções enchiam os ouvintes de desespero, alegria, paixão, júbilo. Fazia a lira vibrar com novos sons. Orfeu retribuía o amor de Eurídice e não demoraram a casar-se.

Num dia de primavera, pouco depois do casamento, Eurídice estava a caminhar junto a um rio. As libelinhas ziguezagueavam pelo ar. Pico, o pica-pau, guinchava um riso de escárnio. Submersa num sonho feliz, não reparou no homem encostado a um salgueiro e a mastigar uma folha de erva.

— Bonito dia — comentou ele.

Eurídice assentiu com a cabeça e virou-se para o outro lado.

— Vá lá, dá-me um sorriso — disse ele.

Ela acelerou o passo. Ele acompanhou-lhe o ritmo. O medo espalhou-se no fundo da barriga de Eurídice.

— Importa-se de me deixar em paz, por favor? — disse ela. — Sou casada. O meu marido é Orfeu.

— *Orfeu?* Então vais precisar de um homem a sério.

— Não sabe nada sobre ele.

— Sei tudo sobre ele. Sou o Aristeu. Somos irmãos. Meios-irmãos. O meu pai é Apolo e o pai dele é Apolo. — Aristeu esboçou um sorriso e estendeu a mão como que para lhe agarrar o braço.

Ela começou a correr.

Era veloz, Eurídice, como todas as dríades. Cobria o terreno com leveza, os pés a levantarem-se atrás dela. Aristeu foi no seu encalço, mas não conseguia competir com a velocidade dela. Eurídice sentiu os passos dele cada vez mais longe.

Porém, jubilante e aliviada, não viu a víbora, estendida no caminho à sua frente, um padrão de diamantes a reluzir nas costas, a língua em elegantes movimentos vacilantes. E a serpente também só sentiu Eurídice quando o pé da dríade lhe pisou os chocalhos. Em pânico, a serpente alçou o pescoço, as mandíbulas abertas — e mordeu-a.

Uma picada, um choque, uma estocada contendente no tornozelo, dor a irradiar pelo corpo. Levantou-se a gritar. Perdeu as forças, caiu. Aristeu viu tudo. Envergonhado, foi a correr procurar ajuda. Eurídice sentia-se enjoada. A garganta parecia estar a fechar-se, faltava-lhe o ar... não conseguia respirar. O coração ribombava. Ao fim de algum tempo, sentiu vagamente a voz de Orfeu a dizer-lhe que a amava, a pedir-lhe para não o deixar. A escuridão disseminou-se, ensombrando o mundo e amortecendo os sons até não restar nenhum.

Ou talvez houvesse... *algo*. Passado algum tempo, depois de um período confuso e incipiente de impressões estranhas e oníricas — uma fogueira, choro, a música de lira mais plangente que alguma vez ouviu —, Eurídice sentiu que se estava a reconstituir de alguma maneira. Sentia dor no tornozelo, uma picada persistente. No entanto, faltava-lhe a pele, o corpo. Levantou o braço e examinou a mão: estava lá, mas não estava lá, como se só existisse nos contornos, como uma figura pintada numa ânfora. Abanou a cabeça ao pensar nas contradições. À volta dela não viu nada a não ser sombras, tudo era difuso. Árvores, talvez? Um rio? Decidiu segui-lo. Ao fim de algum tempo, percebeu que havia alguém a caminhar ao seu lado, a acompanhá-la passo a passo.

— Por favor — disse ela —, importa-se de me deixar em paz?

A figura inclinou a cabeça. Trazia um manto vestido, um chapéu de viajante, um bastão.

— Não é o que estás a pensar, Eurídice. Sou Hermes. Não te vou fazer mal. Ninguém te pode fazer mal agora. Estou aqui para te guiar.

— Quer dizer que estou morta — disse ela, em compreensão.

— Estás morta.

Caminharam juntos em silêncio ao longo da margem do rio; parecia-lhe algo familiar.

— Uma partida dos sentidos — disse Hermes, embora ela não tivesse dito nada. — Na medida em que ainda os tenhas. Não é o rio de que te lembras. É Cocito. Um dos rios que circunda o Hades. Um dos muitos. Há o Aqueronte; o Flegetonte, que corre pelo Tártaro e tem um leito de chamas, e não de água. Depois há o maior de todos, o Estige. A região é enorme, pantanosa. Podes perder-te para sempre aqui. A minha função é levar-te até ao rei Hades. Dispensa especial. Na maioria das vezes, limito-me a levar as almas para as margens do Estige e deixo-as lá para que se desenrasquem sozinhas.

Seguiam por um caminho alto que parecia fazer parte de uma rede complexa e labiríntica de rotas. Hermes conduzia-a com total certeza — embora todos os cruzamentos parecessem exatamente iguais —, umas vezes virando à esquerda, outras à direita, outras ainda seguindo em frente. Debaixo dos caminhos, corria uma intrincada rede de rios, baços e pouco convidativos. Nas margens pantanosas e mal definidas cresciam canas. Eurídice tinha a impressão de que era um enorme espaço aberto, embora as ondas de nevoeiro não lhe permitissem ter a certeza. A luz nunca mudava. Parecia-lhe que estavam presos num eterno e sombrio crepúsculo.

Por fim, a paisagem mudou um pouco. Começaram a aparecer pequenas árvores atrofiadas. Depois o arvoredo adensou-se; estavam numa floresta. Não numa floresta verdejante como as que ela conhecia em vida, cheia de insetos, pássaros e plantas, mas uma floresta suja, parca e incolor, de árvores devastadas e tão inclinadas que pareciam ter resistido a anos de vendavais. Ao fim de algum tempo, Eurídice pensou ter visto algo a reluzir à distância, um brilho quente na escuridão fria.

— O Ramo de Ouro — disse Hermes. — Antes de qualquer pessoa viva entrar nos salões dos mortos, tem de o apanhar. Um presente para Perséfone. Tu não vais precisar disso.

À medida que se aproximavam, Eurídice viu uma árvore; não uma árvore esquálida e cinzenta como as outras árvores da floresta, mas um olmo com cerdas verdes e um único ramo dourado. De início, ela pensou que deveria ter sido construído por um humano ou algum imortal. Mas não; o Ramo Dourado fazia parte da substância viva do olmo. Eurídice examinou-o, maravilhada como os rebentos dourados e suaves cresciam nos galhos dourados e flexíveis.

Eurídice reparou que a árvore estava a crescer em frente de uma guarita, que se escondia parcialmente.

— Não tenhas medo do que vais ver a seguir — disse Hermes. — Nenhuma das criaturas poderá magoar-te. São só espectros. Como tu.

Hermes pôs as palmas das mãos nas portas da guarita, um lugar instável e em ruínas, com as portas aparentemente a precisarem de conserto. Mas abriram-se com facilidade ao toque do deus. Eurídice reparou que o edifício estava repleto de seres; tal como ela, não estavam totalmente presentes, não eram completamente substanciais. Reconhecia alguns: havia centauros; uma enorme serpente com escamas reluzentes e dezenas de cabeças que se agitavam, sacudiam e silvavam. Eurídice estremeceu e teve de se lembrar que nenhuma delas tinha carne, que a criatura não podia mordê-la nem magoá-la.

— Hidra — disse Hermes. — Vivia junto ao lago em Lerna. Héracles e o seu amante Iolau mataram-na.

Ao lado de Hidra estava uma leoa, maior do que qualquer outra que pudéssemos ver normalmente, mas não era bem uma leoa, dado que do dorso se elevava uma cabeça de cabra, e a cauda, que se sacudia como a de um gato, era, na verdade, o corpo escamado de uma serpente. Expelia fogo, ou um espectro de fogo, de ambas as bocas.

— Quimera — referiu Hermes. — Vivia em Lícia, a terra do rei Ióbates. Andava a aterrorizar a população local, pelo que o rei deu ordens a Belerofonte para que se livrasse dela. Na verdade, tinha esperança de que Belerofonte morresse ao tentar fazê-lo.

»Belerofonte sabia que não seria capaz de o fazer sozinho: teve de domar o cavalo alado Pégaso, a criatura que nascera das gotas de sangue derramadas quando Perseu matou Medusa. Mas o cavalo era forte e indomável, e não do tipo que um homem mortal consegue dominar.

»Um vidente disse a Belerofonte para dormir uma noite no templo de Atena. Sonhou que a deusa lhe tinha dado rédeas e dito para oferecer um touro a Posídon em sacrifício. Quando acordou, ficou perplexo: ao lado dele estavam exatamente as mesmas rédeas, um objeto precioso com correias douradas. Sacrificou imediatamente o touro, tal como o sonho lhe tinha dito para fazer, e dedicou um altar a Atena para jogar pelo seguro.

»Depois disto, Pégaso deixou que o humano lhe pusesse as rédeas e o cavalgasse. E foi assim que Belerofonte conseguiu desviar-se do fogo expelido pela Quimera e lhe disparou flechas até ela morrer.

Além daquelas criaturas, havia um grupo de jovens mulheres altas com semblantes austeros, cada uma com ombros musculados de onde saíam asas vastas e magníficas. Eurídice parou, intrigada.

— Harpias. São demónios. Sequestradoras — disse Hermes. — Certo dia, os deuses mandaram-nas castigar Fineu, rei da Trácia. Era cego, mas tinha o dom da profecia. Era demasiado preciso para o gosto de Zeus: dizia aos humanos mais do que ele pensava que eles precisavam de saber. Por isso, mandou as Harpias tirar-lhe a comida, para o atormentar e o deixar com fome. A situação manteve-se até aparecerem os Argonautas, o grupo de Jasão, os famosos aventureiros que estavam a caminho da Cólquida para tentar capturar o Tosão de Ouro. Fineu sabia antecipadamente que os Argonautas seriam a sua salvação; estava à espera deles. Entre os Argonautas, estavam os filhos do vento norte: Cálais e Zetes, os únicos seres suficientemente velozes para perseguir as Harpias e mandá-las para a sua casa no monte Ida, em Creta. Porém, não foram capazes de as apanhar, mas apenas de aproximar-se o suficiente para, ocasionalmente, lhes roçarem nas saias com as pontas dos dedos.

Da guarita, Eurídice via um caminho íngreme que descia para a margem de outro rio: um rio mais largo, túrbido, com uma corrente forte. Na beira, estava ancorado um barco com ar frágil. Aos remos, estava um vulto com um semblante carrancudo. Tinha um ar velho, mas, ao mesmo tempo, transpirava um vigor jovem e imaturo. Um deus, portanto. Na margem, Eurídice distinguia uma multidão de sombras como ela a acotovelarem-se, na medida em que se possa dizer que os fantasmas se podem acotovelar, para entrarem no barco, enquanto o deus gritava instruções e afastava a maioria deles com o remo. Para sua surpresa, Eurídice viu então que a multidão se estendia até onde o olhar conseguia alcançar: havia centenas, milhares, talvez milhões de fantasmas, como folhas de erva num prado.

— Caronte. O barqueiro do rio Estige. Só os que tiveram tido as devidas cerimónias fúnebres podem entrar a bordo — disse Hermes. — Os outros têm de ficar aqui. Para sempre. Anda.

Hermes seguiu pelo caminho abaixo a passo largo, Eurídice a segui-lo, e a multidão de almas afastou-se. O barqueiro resmoneou contrariado quando Hermes subiu ao barco: balançou perigosamente com o tremendo peso do deus e estava assustadoramente rente à água. Hermes estendeu a mão para Eurídice e ajudou-a a subir para a embarcação. Caronte empurrou o barco imediatamente. Eurídice virou-se para trás e olhou para os mortos que se acumulavam à beira da água.

— Ei, tu, espera a tua vez! — gritou um. — Porque é que achas que és tão especial? — Pouco depois, as almas pareciam uma turba zangada a tentarem agarrar o barco na água lamacenta e a gritarem com as vozes finas, débeis e espectrais.

Caronte ignorou-as. Eurídice não conseguia deixar de olhar para trás, horrorizada e com pena, enquanto o barco rangia e balançava no percurso para o outro lado. Na margem estava uma enorme criatura: como um cão, mas maior, com três cabeças. Três mandíbulas espumavam de saliva, três focinhos testavam o ar, farejando. Como que satisfeito, recuou, a ganir baixinho.

— Cérbero — disse Hermes. — Nem sempre tão submisso.

Assim que chegaram à outra margem, os companheiros de viagem de Hermes e Eurídice entraram, resignados, numa longa fila de outros fantasmas que pareciam estar à espera pela vez para entrar num edifício que se erguia como uma fortaleza.

— O tribunal — indicou Hermes. — O rei Minos, que, no passado, governou Creta, julga os mortos lá dentro e atribui-lhes os castigos ou as recompensas, ou, na maior parte dos casos, nada de nada. Vais passar ao lado. Instruções especiais. Bem-vinda a Érebo.

Seguiram em frente, além daquilo a que Hermes chamou os Campos de Luto: uma encosta larga, densamente coberta por murta, onde Eurídice via figuras a caminhar por entre a vegetação.

— A maioria das almas dos mortos acabam aqui. Os que viveram e amaram, tiveram o que consideramos vidas humanas vulgares. Aquele é o Ceneu — disse Hermes, a apontar para um deles. — Começou a vida como Ceneia, uma mulher. Foi raptada por Posídon. Depois, convenceu o deus a transformá-lo em homem. Tornou-se um grande guerreiro, mas morreu a combater os Centauros. Lá em cima — continuou ele, indicando a outra encosta —, estão mais almas de guerreiros. É lá que acabam os melhores combatentes.

Mas o olhar de Eurídice estava fixado num bastião com três muralhas, uma torre alta por detrás a erguer-se escura e ominosa. Em frente, um rio impetuoso galgava as margens. Sobre os enormes portões estava uma mulher, o cabelo e os braços com serpentes entrelaçadas, a túnica salpicada de sangue levantada, amplas asas a sair-lhe dos ombros, um açoite na mão.

— Tisífone — disse Hermes. — Uma das Fúrias. Vigia os portões do Tártaro. Ela e as irmãs também punem pessoas que tenham cometido homicídios no seio da família. Perseguem os culpados como cães de caça até aos confins da Terra. É nos níveis mais altos do Tártaro que os humanos são punidos. Mas as câmaras descem muito abaixo da montanha por quilómetros incontáveis. No fundo, os Titãs estão acorrentados, vigiados por Ciclopes e Hecatonquiros. — Arrepiou-se. — Anda, temos de passar por aqui para chegar ao palácio de Hades.

Atravessaram uma ponte de pedra estreita por cima de uma corrente chamejante. Tisífone, carrancuda, fez um voo picado numa grande rajada de vento e penas a adejar e abriu silenciosamente os portões rangentes para eles passarem. A espalhar-se diante deles estava uma paisagem sombria e descomposta. Mesmo para os sentidos exauridos de Eurídice, o ar parecia fétido.

À distância, viu uma figura a debater-se para empurrar uma rocha por uma vertente íngreme e árida. Ficou a olhar, petrificada, mas quando a figura estava quase a conseguir chegar ao topo, a rocha voltou a rolar pelo monte abaixo. Uma Fúria, que pairava mais acima, fustigou a alma desafortunada com um chicote até ela cambalear atrás da rocha e começar o torturante e inútil processo de a empurrar de novo.

— Sísifo — disse Hermes. — Quando a ninfa Egina foi raptada por Zeus, o pai dela, o deus-rio Asopo, tentou encontrá-la. Na condição de que Sísifo lhe dissesse onde ela estava, Asopo deu-lhe uma nascente chamada Pirene. Mas Zeus castigou-o por ter a língua solta com este trabalho interminável.

Hermes parecia estar com pressa; talvez a ideia de Titãs encarcerados muitos quilómetros abaixo dos seus pés fosse inquietante para um deus Olímpico. É verdade que, de tempo em tempos, o chão parecia tremer e vibrar, como que por ação do movimento de uma qualquer criatura imensa irrequieta. Fosse como fosse, seguiram a um ritmo vivo pela paisagem maldita até chegarem ao que parecia uma vertente a pique. Quando se aproximaram, Eurídice ficou admirada ao ver uma pequena porta de madeira no que parecia uma rocha maciça. Como se do nada, surgiu outra Fúria, com aspeto sinistro, um molho de chaves a chocalhar na cintura. Em silêncio, escolheu uma, destrancou a porta, abriu-a e o deus dobrou-se para passar. Ao segui-lo, o olhar de Eurídice cruzou-se com o da Fúria e algo perpassou no rosto da mulher alada: exaustão? Inveja? Depois não havia nada a não ser o som da porta a trancar-se atrás deles.

Os olhos de Eurídice contemplaram algo completamente diferente: uma ampla planície coberta de asfódelos floridos claros. O ar era uma névoa em tons de cinza e ouro, mas não dava a entender nenhum vasto céu acima.

— A tua casa para toda a eternidade. Uma recompensa pela virtude. Mas, primeiro, tenho de te levar a casa de Hades.

Eurídice conseguia discernir o contorno difuso de um edifício no meio da bruma. Quando se aproximaram, verificou que era, de facto, um palácio largo e baixo, com pórticos dispostos em redor. Seguiu Hermes para o interior e achou-se num salão sombrio e lúgubre no fim do qual havia um par de tronos. Num deles estava sentado um deus que parecia sugar a luz da divisão, os olhos protegidos pelas dobras de um manto púrpura escuro: Hades. No outro, estava uma deusa de rosto pálido, magra e delicada, de semblante abatido: Perséfone.

— Bem-vinda, Eurídice — disse ela. — Foste escolhida, como são poucos, para viver aqui, entre os abençoados.

Quando a deusa falou, Eurídice sentiu uma grande onda de melancolia a envolvê-la e um assomo de saudades do ar superior, do som dos gorjeios das aves e da brisa a bater-lhe no rosto. Percebeu que aquelas saudades pertenciam à própria Perséfone.

Era uma existência estranha a do palácio do rei e da rainha dos mortos. Na maioria dos dias, Eurídice sentava-se com Perséfone enquanto a deusa fiava e tecia no seu majestoso tear. A deusa estava desejosa de ouvir histórias do imenso mundo mais acima. Eurídice contou-lhe toda a sua vida, falou-lhe de Orfeu, da música que ele fazia. Quando a rainha não precisava dela, Eurídice vagueava pelos prados intermináveis de asfódelos. Os outros fantasmas que encontrava eram benignos, mas vagos. Não tinham histórias, alguns deles mal sabiam o próprio nome. Quase não via Hades, felizmente; se passasse por ele num corredor do palácio, dava por si a encolher-se tal era a escuridão que nele quase brilhava. Ah, se pudesse viver novamente! Um único dia na Terra — como escrava, o que fosse! — valeria uma eternidade daquilo. O tempo arrastava-se, vazio, monótono.

Um dia, quando estava sentada com Perséfone nos aposentos da deusa, ouviu algo que a silenciou a meio da frase, algo que lhe pôs todos os sentidos em alerta. Também Perséfone ficou paralisada, a lançadeira de ouro a meio da trama; depois precipitou-se para a porta.

— É Orfeu — disse ela. — E está vivo. Vem ver.

Eurídice foi. Era de facto, ele, Orfeu, a lira enfiada debaixo do braço, uma onda de fantasmas a caminhar atrás dele enquanto ele tocava: estava a cantar uma canção sobre a sua própria passagem pelo Mundo Inferior. Dizia que encontrara e apanhara o Ramo de Ouro; que encantara Caronte, pusera Cérbero a dormir e convencera as Fúrias a deixá-lo passar, enquanto Sísifo descansara por um momento em cima da sua rocha, e Tântalo se detivera nos esforços para tentar alcançar o fruto impossível. Ao subir os degraus do palácio, alterou a canção: cantou sobre a forma como Hades combatera com os irmãos Zeus e Posídon contra os titãs e os gigantes, como dividiram o céu, o mar e o ar à sorte; descreveu Hades como o maior dos deuses, porque a morte não pode ser suportada, porque as almas que ele governa são incontáveis e sempre crescentes.

Ao ouvir isto, o próprio deus de capuz negro entrou no seu salão e sentou-se no seu majestoso assento; Perséfone ocupou o lugar ao seu lado. Era como se os imorredouros também não conseguissem resistir às frases vibrantes e cristalinas de Orfeu. Eurídice colocou-se ao lado de Perséfone e chorou enquanto o marido cantava, embora um fantasma não possa carpir verdadeiramente, não possa verter as lágrimas quentes e húmidas dos vivos. Chorou pelo seu próprio corpo, pelas doces sensações que tinha perdido. Chorou pela memória do toque de Orfeu. Ele cantou a morte dela, a dor desditosa que sentia, a desolação dos amigos dela. Cantou sobre Aristeu: disse que, depois da morte de Eurídice, as suas amadas abelhas o tinham abandonado, as colmeias caído em ruínas; que o jovem fora pedir ajuda à mãe, a ninfa Cirene, aquela que lutou contra um leão, e ela o instruíra a ir em busca de Proteu, o deus metamórfico do mar, e para o agarrar bem enquanto ele se metamorfoseava em rápida sequência em fogo, rio e monstro; que Aristeu seguira as instruções da mãe e não deixara o deus libertar-se até que ele concordasse em falar, e que Proteu lhe dissera que as suas abelhas tinham desaparecido para o castigar, porque fora ele o causador da morte de Eurídice.

A canção de Orfeu mudou de tom, a melancolia fez-se urgência e persuasão. Cantou sobre o amor, que nem a morte consegue destruir. Cantou sobre o antigo isolamento do próprio Hades no Érebo, da solidão tão profunda que sentia que forçou Perséfone a ir com ele e reinar ao seu lado como rainha: até Hades, cantou ele, é governado pelo doce desejo. Cantou sobre como o seu próprio amor por Eurídice tinha sido interrompido quando começava a desabrochar, como nunca teve a oportunidade de florescer. Implorou aos soberanos dos mortos:

— Por favor, desfazei o destino de Eurídice, voltai a tecer a sua história. Deixai-a voltar à superfície da Terra comigo, e deixai-nos viver juntos por algum tempo, um tempo que seja curto para vós, deuses, mas uma vida inteira para nós. Depois, num abrir e fechar de olhos, ela voltará para vós, como tem de acontecer com toda a gente.

Perséfone inclinou-se para o marido. Sussurraram um para o outro. Eurídice viu-o a assentir com a cabeça. Perséfone levantou a mão. Orfeu tirou os dedos da lira e os olhos fixaram-se nos de Eurídice; ela retribuiu o olhar, assimilando a visão da sua carne invejável e sólida. A rainha falou:

— Estamos de acordo. Podes voltar para o ar superior, Orfeu, e podes levar Eurídice contigo. Eurídice será revestida no corpo dela, irá viver a vida novamente. Mas tens de ir à frente dela, sem olhar para trás, e não podeis falar um com o outro, até que estejais ambos na Terra. Se te virares para trás, ela será forçada a regressar para o Érebo e nunca mais a voltarás a ver enquanto viveres. Agora, vai. Segue o caminho que se abre à tua frente.

Orfeu fez uma vénia em agradecimento, depois, sem falar, sem relancear para Eurídice, virou-se e saiu do palácio. Abrira-se um caminho por entre os asfódelos que conduzia até à névoa. Orfeu seguiu-o. Eurídice seguiu-o de perto, ciente de que a sua presença atrás dele era absolutamente silenciosa: não tinha fôlego para respirar e nem uma erva ou flor se dobrou debaixo dos seus passos.

Caminharam durante horas pela bruma. O olhar de Orfeu não se desviou do caminho. Por fim, o prado fez-se colina, e o trilho começou a subir, cada vez mais a pique. Orfeu atou a lira às costas para se poder equilibrar com as mãos, mas nunca se virou. Ao fim de muito tempo, Eurídice teve a certeza de que conseguia ver uma luz que tinha uma qualidade diferente da iluminação amarelada do Mundo Inferior; e o que era aquilo a serpear nos braços espectrais, uma brisa? Teve de tapar a boca com a mão para não gritar de alegria quando viu que estavam a entrar numa ampla caverna que parecia um túnel íngreme e perigosamente a pique no fim do qual havia, sim, um fragmento de luz do sol. Eurídice conseguia até ouvir o som dos gorjeios, o canto das cigarras, sentir calor na pele. Seria pele? Estaria ela a tornar-se humana novamente? Orfeu, com o fôlego humano entrecortado, subiu até à boca da caverna. Estava, finalmente, na superfície da vasta e generosa Terra.

E foi então que se virou. Pretendia, o imprudente homem, ajudar Eurídice, que subia a custo por entre cascalho traiçoeiro. Deveria tê-la deixado subir à superfície sozinha. Eurídice viu o rosto de Orfeu uma última vez; viu alegria, triunfo e amor transformar-se em desespero. Sentiu que estava a ser sugada do alcance dele por uma força inexorável, sentiu-se a cair desamparada cada vez mais fundo e mais longe da luz, longe do ar, longe da carne do corpo, de volta para os campos de asfódelos e os sombrios domínios do Hades.

Foi esta a tapeçaria que Andrómaca teceu, num trabalho incessante que durou até ao momento em que Aquiles chacinou Heitor, o marido dela. Aquiles estava a vingar a morte do seu adorado companheiro Pátroclo, que Heitor tinha matado.

Naquele dia, Aquiles perseguiu Heitor três vezes à volta das muralhas da cidade. Passou três vezes pela velha figueira, três vezes pelas nascentes onde as mulheres troianas se costumavam reunir para lavar a roupa e trocar mexericos antes de a guerra mudar tudo. Talvez Heitor tivesse sobrevivido se a deusa Atena não o tivesse enganado. Disfarçou-se de irmão dele, Deífobo; deixou Heitor a pensar que deveriam voltar-se e combater o grego juntos, dois contra um. Mas assim que ele se pôs em posição, a deusa desapareceu, deixando-o a enfrentar Aquiles sozinho. Combateram corpo a corpo, até que Aquiles espetou a lança no pescoço de Heitor: o pescoço macio, frágil e vulnerável, não protegido por elmo nem couraça.

A sufocar no próprio sangue, Heitor implorou ao seu verdugo que devolvesse o seu cadáver à família. Aquiles riu-se apenas.

— Tu não tens direito a funeral. Vou dar-te de comer aos cães — disse ele. — Se estivesse com fome, cortar-te-ia e comer-te-ia cru eu próprio.

Outros combatentes gregos acorreram ao local e rodearam o homem moribundo. Cada um enterrou a espada no corpo de Heitor, a troçarem e a escarnecerem, até muito depois da sombra do troiano se esvair, aos gritos, em direção ao Hades.

A mãe dele assistiu a tudo das torres de Troia, e o pai também. Naquele momento perceberam que tinham perdido não o filho, mas todo o povo: sem Heitor, nunca poderiam vencer a guerra. Príamo acudiu ao Portão Dardânio: queria exigir a Aquiles que lhe desse o corpo do querido filho. Mas o povo conteve-o; sabia que Aquiles, na sua angústia e fúria, mataria o velho rei se pudesse. Quando as notícias da morte de Heitor se espalharam pela cidade, ouviu-se um grande lamento. O pânico e o terror tomaram a cidade, como se já estivesse a ser saqueada e queimada.

Andrómaca não sabia de nada, ainda. Naquela manhã, o forte Heitor abraçara-a, dobrara-se para dar um beijo ao bebé Astíanax, que irrompera em lágrimas, assustado pelo elmo plumado do pai. Agora, Andrómaca estava a trabalhar para passar o tempo, à espera de que o marido regressasse do campo de batalha. Andava de um lado para o outro, a lançar a lançadeira pela cala e a parar apenas para mandar as escravas preparar um banho para Heitor para que ele pudesse lavar-se e descansar. Não sonhava sequer que ele jazia morto, o rosto na terra, assassinado por Atena e Aquiles... até que ouviu a agitação na rua e a voz da sogra a levantar-se em desespero — e compreendeu. Deixou cair a lançadeira. Abandonou o tear.

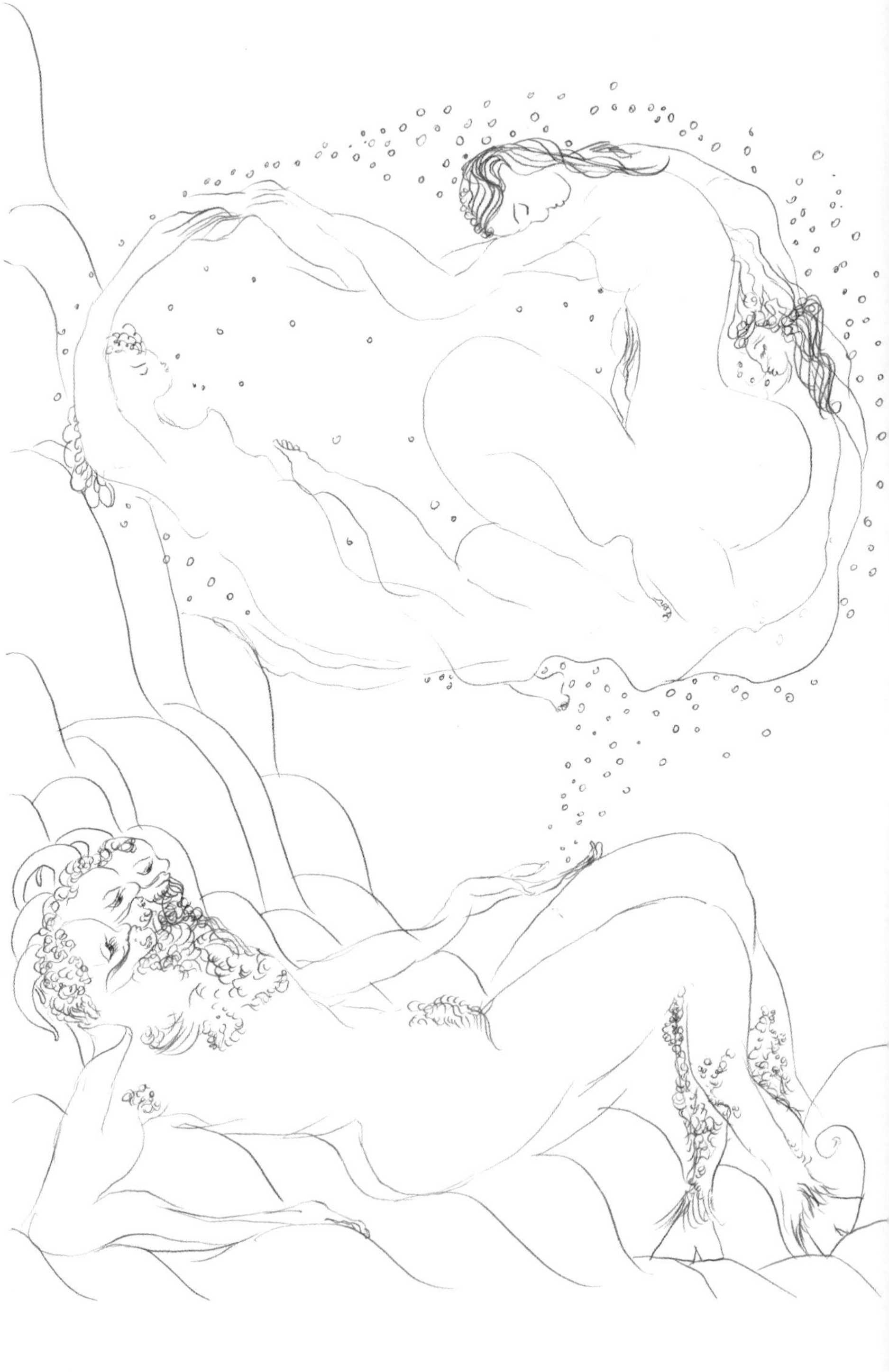

HELENA

Helena e Príamo A raiva de Aquiles Menelau e Páris travam um duelo A morte de Pátroclo Luto por Heitor Proteu Helena e Menelau regressam a Esparta

O casamento de Peleu e Tétis O julgamento de Páris Helena e Páris

A relutância de Ulisses e de Aquiles Ifigénia em Áulide Protesilau e Polidora Pentesileia Mémnon A morte de Aquiles As ilusões de Ájax A morte de Páris Helena e Ulisses

O cavalo de madeira Sínon e Laocoonte A queda de Troia As mulheres troianas

Em tempos idos, de vez em quando, Helena deixava o seu amante, Páris, a dormir, saía sub-repticiamente de casa e caminhava no escuro em direção às muralhas da cidade. Do cimo das muralhas de Troia, olhava para baixo e via as fogueiras dos soldados a cintilar com o brilho das estrelas na planície: mil fogueiras ou mais a salpicarem o espaço entre as muralhas e o rio Escamandro. No entanto, na maioria das vezes, ia durante o dia e colocava-se ao lado dos homens demasiado velhos para combater a ver os guerreiros a lutarem em combates sangrentos. Depois, olhava em frente e voltava para os aposentos no palácio, ignorando o rumor de insultos e o desprezo sussurrado que se elevava das portas de entrada das casas e das esquinas das ruas. Quando chegava a casa, trabalhava no tear, onde tecia tapeçarias que mostravam os gregos e os troianos a lutar, segundo dizia, pelo seu rosto.

Muitas vezes via os combates com o rei Príamo ao lado. Quanto tudo começara, apontava para os combatentes gregos que conhecera em Esparta: o grande Ájax, o sanguinário Aquiles, o matreiro Ulisses, o velho Nestor, e o líder de todos eles, Agamémnon, que era casado com a irmã dela, Clitemnestra. Depois, ela e Príamo esforçavam-se para ver um vislumbre do filho de Príamo e amante de Helena, Páris, o homem pelo qual ela tinha deixado o marido,

Menelau de Esparta, a razão, diziam as pessoas, da guerra. Também observava Menelau, o véu a esconder-lhe a expressão. E perscrutava as fileiras em silêncio em busca dos seus meios-irmãos, os gémeos Castor e Pólux. Nunca os via. Imaginava que não tinham ido por terem vergonha dela. Mas já estavam mortos; o solo de Esparta aconchegava-os.

Apesar de tudo o que perdera com a guerra, Príamo era sempre cortês para com ela, sempre a tentou proteger dos antipatizantes, das pessoas que pensavam que, se ela nunca tivesse ido para Troia, os gregos não teriam enviado um exército para a ir buscar e os homens por quem faziam luto ainda estariam vivos. Mas Príamo — e o seu filho mais velho, Heitor, irmão de Páris — sabiam que Helena era um pretexto. Havia sempre uma desculpa para a guerra, algum símbolo ou equivalente. Não raras vezes era uma mulher; desta vez, era Helena. O que os gregos queriam realmente desde o início eram as riquezas de Troia. Queriam esvaziar os tesouros dos templos da cidade, colocar as mulheres em fila e partilhá-las, corpos suaves em que poderiam libertar a raiva e a ganância. Para Helena, a guerra tinha laivos de irrealidade, apesar do cheiro nauseabundo diário a morte das piras, apesar dos homens que eram carregados para fora do campo de batalha a gritar para que lhes aliviassem as feridas. Às vezes sentia que não era mais do que um fantasma que os deuses tinham engendrado para que os homens tivessem algo por que lutar, enquanto a verdadeira Helena estava noutro lugar qualquer, a viver uma outra vida.

Em Troia, Helena teceu o grande guerreiro Aquiles sentado sozinho na sua tenda, consumido pela fúria e a recusar-se a combater. Tudo se devia a outro diferendo por causa de uma mulher, ou, para sermos mais precisos, a duas mulheres: Criseida e Briseida. O comandante supremo dos gregos, Agamémnon, raptara Criseida quando saqueara a cidade onde ela vivia, Tebas Ciliciana. O pai dela, Crises, sacerdote de Apolo, foi ao acampamento grego implorar para que a filha fosse devolvida, em frente de todo o exército.

— Que os deuses te ajudem a pilhar Troia e a chegar a casa em segurança — disse a Agamémnon. — Mas, por favor, liberta a minha filha. Aceita este resgate. Honra e respeita Apolo.

O exército bradou o seu apoio em uníssono, instando o rei a ceder ao sacerdote, a aceitar o ouro que ele tinha levado. Mas Agamémnon, arrogante, recusou fazê-lo.

— Não vou devolver a tua filha. Vai morrer de velha na minha casa, a trabalhar nos teares da minha mulher. Desaparece daqui antes que me zangue! Se quiseres continuar vivo, não deixes que te encontre a vaguear junto dos nossos navios de novo.

Com medo, Crises afastou-se em silêncio pela praia fora. Mas quando chegou a uma distância segura, virou-se, levantou os braços e alçou a voz ao deus:

— Senhor Apolo, ouvi-me agora se alguma vez recebestes os sacrifícios a que vos dediquei. Puni os gregos! Enviai-lhes as vossas flechas para os fazer pagar pelas minhas lágrimas!

Apolo ouviu-o e, do Olimpo, levantou-se de um pulo como a noite, as flechas a chocalhar no carcás. Invisível, lançou-se sobre o acampamento dos gregos, apontando primeiro para as mulas e os cães, depois para os humanos e infetando-os a todos com uma praga mortífera. Parecia não haver nada a fazer para deter a doença, que se disseminou como um fogo incontrolável de tenda em tenda, consumindo solados, animais, cativos e capitães. Os que viviam em quartéis sobrecarregados, os soldados rasos e os escravos eram os mais passíveis a adoecer e morrer. As piras ardiam sem descanso.

Ao fim de dez dias, Aquiles convocou uma assembleia de líderes e pediu a Calcas, um vidente grego, que desse a sua opinião sobre a causa da epidemia.

— Só se prometeres que me proteges, Aquiles — respondeu ele. — Nem toda a gente vai gostar do que eu tenho para dizer.

Aquiles fez a promessa, e Calcas disse aos líderes gregos que a única forma de parar a praga era devolver Criseida ao pai.

— Agora sem resgate! — disse ele. — O tempo para isso já passou. A única coisa que podeis fazer é levá-la para casa e sacrificar cem touros para Apolo.

Agamémnon ficou furioso com a sugestão. Discutiu com Aquiles, quase chegaram a vias de facto, teriam lutado um com o outro se não fosse Atena, que se precipitou para a Terra e agarrou Aquiles pelos cabelos para o refrear. Agamémnon, no final, aceitou devolver Criseida à família, mas, como compensação, exigiu a Aquiles uma das suas cativas: Briseida. Aquiles retirara-a da beira dos cadáveres do marido e dos três irmãos quando saqueara a sua cidade natal, Lirnesso. Briseida vira-os lá deitados, os corpos lacerados e ensanguentados.

Depois de Briseida, trémula e ansiosa, ter sido levada da tenda de Aquiles pelos homens de Agamémnon, Aquiles recusou-se a lutar e pediu à mãe, Tétis, deusa do mar, que persuadisse Zeus a dar preferência aos troianos — seus inimigos — no campo de batalha. Mas Briseida, tal como Helena, foi só mais um pretexto. Na verdade, era uma velha história, uma das mais antigas: homens a digladiarem-se por poder e estatuto.

Helena teceu também Menelau e Páris a lutarem num único combate: o marido e o amante numa contenda até à morte, ou assim parecia na altura. Menelau quase matou o homem mais jovem. Arrastava-o pela correia de queixo do elmo em direção às linhas gregas, quando, de repente, Afrodite colheu o troiano num torvelinho de névoa e o enviou de volta para a cama perfumada de Helena. Depois voltou para ir buscar Helena, que estava junto dos troianos nas muralhas, a espreitar por entre a bruma, a perguntar-se o que teria acontecido ao amante. A deusa disfarçou-se de escrava velha, uma das que trabalhara nos teares com Helena muitos anos antes em Esparta. Puxou-lhe a manga e disse:

— Ele está no quarto dele, à tua espera. Ninguém diria que esteve envolvido numa batalha. Parece pronto para um banquete, como se estivesse prestes a começar a dançar.

Helena ficou furiosa com a deusa, assim que sentiu os belos seios e o brilho faiscante dos olhos que o disfarce não escondia.

— O que quereis de mim agora? — perguntou ela entre dentes. — Quereis levar-me à força a ser amante de mais algum dos vossos diletos, algum senhor da Meónia ou da Frígia? Porque não vos tornais amante de Páris, ou sua escrava, se gostais tanto dele?

— Tem muito cuidado, Helena, para não perderes a minha boa vontade se não quiseres ser detestada por todos os gregos e todos os troianos — retorquiu Afrodite.

Helena aconchegou-se bem no manto reluzente e seguiu a deusa em silêncio, furtando-se aos olhares das mulheres troianas. Quando chegou aos seus aposentos, repreendeu o amante, dizendo-lhe, em tom escarninho, que era um lutador menos dotado do que Menelau.

Mas ele não fez mais do que sorrir.

— Não digas isso, Helena. Hoje, Atena ajudou Menelau. Da próxima vez, não terá tanta sorte. És tão bela, desejo-te, ainda mais do que no dia em que deixaste o teu marido por mim. Anda para a cama.

E ela foi.

Helena teceu Heitor a aproveitar a vantagem, enquanto Aquiles estava longe do combate, para ultrapassar as muralhas construídas pelos gregos, levando a batalha até aos navios e quase expulsando os invasores. Teceu Pátroclo, quando ele pediu ao seu adorado Aquiles para o deixar liderar o seu bando de mirmidões na batalha e salvar os gregos da derrota. Pátroclo chorou de frustração até que Aquiles se enterneceu e o confortou com a ternura que uma mãe confortaria um filho e o deixou usar a sua armadura e liderar as tropas; ambos se adoravam desde que eram jovens, altura em que Pátroclo fora viver com o pai de Aquiles, num exílio da sua própria terra por ter matado outro jovem numa luta devido a um jogo da bugalha. De seguida, Helena teceu os gregos e os troianos a lutarem pelo cadáver de Pátroclo, depois de Heitor o ter matado. Pátroclo — até Briseida chorou por ele. Embora fosse um guerreiro, podia ser o mais dócil dos homens.

Aquiles ficou louco de dor com a morte de Pátroclo: foi então que ele voltou, finalmente, para a batalha, tendo matado centenas com a impetuosidade da fúria incomensurável e cega que sentia.

Entupiu o rio Escamandro de cadáveres antes de lutar corpo a corpo com Heitor. Naquele dia, Aquiles estava a usar uma armadura nova que lhe fora forjada por Hefesto. A decoração do escudo era o mundo inteiro: o deus desenhara as Plêiades e as Híades a reluzirem no céu noturno; músicos a tocarem num banquete matrimonial; anciãos das cidades a julgarem um caso de homicídio; um exército de saqueadores acampado às portas da cidade; bois a puxarem um arado que revolvia a terra preta; ceifeiros a cultivar um campo de grão; uma vinha cheia de uvas maduras; leões a investirem sobre um touro para o matar; e uma multidão de pessoas a dançarem, a girarem à velocidade da roda de um oleiro, tão rápidas como um contrapeso de um fuso de fiar. Helena teceu o escudo — uma obra de arte dentro de uma obra de arte — a cintilar no braço de Aquiles quando deu o golpe da morte em Heitor.

Por fim, mostrou Príamo a tirar o cadáver de Heitor do acampamento grego e a levá-lo de volta para a cidade. Na sua paixão, na sua fúria, Aquiles manteve o corpo do troiano e recusou-se a libertá-lo para um enterro digno. Atava-o todos os dias à sua quadriga e arrastava-o em redor das muralhas da cidade, a humilhar Heitor mesmo depois de morto. Por fim, o velho rei ousou ir ao campo a coberto da escuridão, conduzindo a carroça puxada por uma mula até à tenda de Aquiles. Aquiles poderia tê-lo matado ali mesmo, mas não o fez. Lembrou-se, por um breve e frágil momento, do seu próprio pai amado, na encantadora Ftia, e choraram ambos, um pelo filho, outro pelo pai. Foi Cassandra, irmã de Heitor, quem, a olhar da cidade quando chegou a aurora, viu a carroça de Príamo a rodar de regresso em direção ao portão principal, carregando o corpo de Heitor, ainda fresco, ainda belo, apesar dos esforços de Aquiles para o destruir. Cassandra e Andrómaca acorreram à carroça para chorar por ele. Hécuba e Helena também cantaram por ele: Hécuba, enlutada pelo seu filho mais forte, Helena, pelo seu único amigo.

Tudo isto acontecera num tempo anterior. As coisas mudaram. Aquiles, Páris, Príamo, Hécuba, Agamémnon, Clitemnestra: todos eles estavam mortos.

Mas Menelau não. Estava vivo. Foram precisos dez anos e milhares de cadáveres, mas recuperou a esposa e ganhou também um generoso quinhão da riqueza de Troia. Depois da pilhagem de Troia, Menelau e Helena viajaram para o Chipre, para a Fenícia, para o Egito, para a Etiópia, para a Líbia, e Menelau nunca deixou de acumular riqueza. Mas os deuses refrearam-no, impediram-no de chegar a casa. Menelau não sabia o porquê até que uma deusa teve pena dele: foi Idoteia, uma das filhas de Proteu, deus do mar. Disse-lhe que o pai dela lhe poderia mostrar como voltar para Esparta.

— Porém, ele não vai querer dizer nada. Vais ter de o apanhar de surpresa — aconselhou ela. — No calor do dia, ele vai dormir um sono entre o seu bando de focas. Apanha-o nessa altura. Não o largues, transforme-se ele no que se transformar.

Menelau fez o que a deusa disse. Agarrou Proteu e manteve o deus firme com toda a determinação enquanto ele se metamorfoseava em leão, serpente, leopardo, javali, água, árvore, até que, por fim, o deus se cansou das metamorfoses que lhe eram próprias e disse a Menelau o que Menelau precisava de saber. Cem cabeças de gado teriam de ser oferecidas em sacrifício aos imortais, explicou o deus, para que Menelau e os seus navios pudessem obter uma passagem em segurança.

Estavam, finalmente, de volta a Esparta. Helena passou os dias a trabalhar nos seus aposentos perfumados com incenso. Ali, com as escravas Filo, Adraste e Alcipo a labutar do seu lado, rodava a sua roca de ouro para obter longos fios do mesmo tamanho; guardava o fio fiado num belo cesto de prata com rodas com adornos de ouro. A preciosa roca e caixa foram prendas de Alcandra, a esposa de Políbo da Tebas Egípcia, uma cidade de riquezas inimagináveis.

Helena continuou a tecer a guerra, obcecadamente, como se pudesse desvendar os seus mistérios brutais assim que a transformasse em imagens desenhadas com fios. Teceu a forma como tudo começou: com a luxúria e a ganância de dois deuses, e a discussão pelo corpo de uma deusa.

Posídon e Zeus, ambos, queriam Tétis, a orgulhosa deusa do mar, nas suas camas. Discutiram azedamente por causa dela até uma profecia determinar que o destino dela era ter um filho que iria ser maior do que o pai. A partir de então, ambos os deuses ficaram com medo. Decidiram que ela deveria casar com um mortal. O homem que escolheram para tamanha honra foi Peleu, rei de Ftia, na Tessália.

Tétis e as suas companheiras Nereidas estavam a brincar juntas no mar, a saltar nuas pelas ondas como golfinhos, quando viram uma estranha engenhoca a cortar as ondas altas na sua direção. Parecia-lhes ter sido montada com madeira e ter braços de madeira que fustigavam as ondas. Sobre ela erguia-se uma grande asa de ave, mas sem penas, não, era um pedaço grande de pano tecido. As imortais aproximaram-se a nado, porque a queriam ver mais de perto, curiosas: era o primeiro navio de sempre, *Argo*. Tétis viu um homem a olhar para elas, para ela, aparentemente paralisado. Era Peleu. Tétis não demorou a ficar a saber que haveria de sofrer a indignidade de casar com ele, simples humano que era.

Helena teceu o magnífico casamento no palácio de Peleu na Tessália: todos os mortais das redondezas, próximas e distantes, acudiram ao local, abandonando os arados e deixando as vinhas por podar. No interior do palácio, os tronos de marfim cintilavam e as taças de ouro reluziam. No coração, precisamente no centro da casa, ficava o quarto da deusa com a cama de marfim incrustado, revestida por uma coberta púrpura tecida com cenas de velhas histórias: mostrava que, na ilha de Creta, Dédalo construíra um edifício intrincado e confuso, o Labirinto, para albergar o filho de Pasífae, o meio-humano, meio-touro Minotauro; que as raparigas e os rapazes de Atenas, escolhidos à sorte, foram trancados no interior para alimentar a criatura; que, em certo ano, o ateniense Teseu se oferecera para acompanhar o grupo sacrificial; que a princesa Ariadne o presenteou com uma espada e um fio vermelho, os meios para matar o Minotauro e encontrar o caminho de saída do Labirinto; que Teseu prometera levá-la para Atenas e depois a abandonara, na costa da ilha de Naxos, e navegara mar afora enquanto ela dormia.

Os deuses do Olimpo também foram ao casamento depois de os mortais se terem ido embora em fila, a sede de procurar tesouros e admirar histórias contadas em tapeçarias finalmente saciada. Quíron, o Centauro, levou grinaldas de flores que cresceram no monte Pélion; Peneu, o deus-rio, pai de Dafne, estava carregado de galhos de árvores — faia, loureiro, plátano, choupo e cipreste —, que, juntos, faziam uma ramada com matizes de verde para a entrada do palácio. Prometeu também marcou presença, libertado finalmente da tortura diária que sofrera quando fora acorrentado à rocha cítica. Zeus e Hera também estiveram presentes. As três Moiras — as deusas ancestrais de cabelo branco a quem Zeus deve obediência — também foram; fiam o fio das nossas vidas nas suas rocas, enrolam-no nos seus fusos e, sem mais nem menos, cortam-no. As Moiras cantaram o hino nupcial, predizendo o nascimento do filho do casal, Aquiles, um homem que haveria de provocar sofrimento e luto em tantos pais; um homem que haveria de deixar as águas do Escamandro a correr em tons de vermelho com sangue troiano.

Houve uma presença indesejada: Éris. A deusa das desavenças e da dissensão, das discussões azedas e dos conflitos, não tinha lugar naquela festa, mas não deixou de ir. É possível, na verdade, que ela esteja sempre presente nos casamentos, a espreitar por detrás dos pilares engrinaldados, a agachar-se, despeitosa, debaixo das mesas carregadas de jarros de vinho. Enviou um pomo de ouro — fruto do jardim das Hespérides — a rolar para o salão reverberante e o fruto parou exatamente entre as três deusas, Hera, Atena e Afrodite, que estavam a falar umas com as outras. Nele estavam inscritas as palavras: «Para a mais bela». Estenderam-se para apanhá-lo três braços reluzentes, cada uma das deusas a partir do princípio, na sua vaidade imortal, de que o fruto se destinava si mesma. Deu-se uma tremenda algazarra quando as deusas tentaram agarrar o pomo, disputando o belo prémio como crianças malcomportadas. A alegria do casamento esvaiu-se. Éris, sinistramente satisfeita, foi-se embora sub-repticiamente; mas estava só a satisfazer a vontade de Zeus, que, por sua vez, estava amarrado à determinação férrea das Moiras.

Zeus interveio.

— Hermes — disse ao filho, o deus-mensageiro — conheces Páris, filho do rei Príamo, por enquanto pastor no monte Ida? Leva as deusas até ele, bem como o pomo. Diz-lhe para decidir qual é «a mais bela».

Hermes assentiu com uma vénia e pegou no pomo. As deusas despeitadas, ainda a discutir, atrelaram os cavalos alados às respetivas quadrigas e voaram para as encostas da montanha, onde, a dormir num outeiro suave de erva, estava Páris.

O belo mortal não fazia ideia de que, na verdade, era o príncipe de Troia. Depois de Hécuba ter dado à luz aquele que era o seu segundo filho, sonhara que o bebé que se contorcia nos seus braços não era um bebé inocente, mas um dos Hecatonquiros, aquelas divindades primitivas aterradoras que vigiam os Titãs nas profundezas do Tártaro. No sonho, a criatura subira das profundezas até Troia e derrubara as torres da cidade, deixando-a completamente devastada. O significado parecia claro: aquela adorável criança haveria de se tornar na ruína da cidade. Por isso, Príamo ordenou que fosse abandonada nas encostas do monte Ida até morrer.

Porém, o escravo que recebeu as ordens para abandonar o bebé voltou passados cinco dias para ver como estava o corpo da criança e descobriu que Páris ainda estava vivo, como que por milagre. Com pena do rapazinho, levou-o para sua própria casa e criou-o como se fosse seu filho. Agora, passados muitos anos, Páris acordava da sua languidez na erva e viu três figuras escaldantes a erguerem-se à frente dele; quatro, se contarmos com Hermes, que se deixou ficar para trás com o pomo na mão. O jovem ouviu a pergunta das deusas, bem como as aliciações de cada uma. Atena, a pele a brilhar com azeite, ofereceu-lhe sabedoria. A imponente Hera ofereceu-lhe enorme poder e vasto domínio. Por fim, a incomensuravelmente sedutora Afrodite, que exalava perfume de mirra, ofereceu-lhe a mais bela mulher viva como noiva — Helena.

Claro que Páris deu o pomo a Afrodite. O jovem mortal estremeceu quando pousou o pomo de ouro nos dedos esticados da deusa, a mão queimada pelo sol a estender-se para a palma da mão fria de Afrodite. Foi isto que Helena teceu: o momento em que o seu corpo se tornou subornável.

Depois, teceu a forma como Páris, depois de descobrir o seu verdadeiro parentesco, vogou com os seus nove navios para a encontrar em Esparta, onde vivia com o marido, Menelau. Naquela altura, Helena já sabia havia muito tempo que os homens sentiam um desejo imenso por ela, inebriados pelo perfume do divino que ela exalava. Quando ela ainda era criança, Teseu tentara violá-la, e teria conseguido não fossem os seus meios-irmãos, Castor e Pólux. Mais tarde, quando chegou a altura de se casar, uma multidão irrequieta de pretendentes fora ao palácio do seu padrasto, Tíndaro. Por pouco não chegou aos socos, aquele bando de homens rivais: Diomedes, Ájax, Filoctetes, Pátroclo, Ulisses e os outros guerreiros gregos que, mais tarde, ela veria a combater a partir das muralhas de Troia.

Ao final, Ulisses chamara Tíndaro à parte e dissera:

— Eu posso ajudar-te a encontrares um marido para Helena, de forma que todos os outros pretendentes respeitem a tua escolha. Tudo isto pode acabar em paz se seguires o meu conselho. Mas o meu preço é o seguinte: eu não quero casar com Helena. Quero a prima dela, Penélope. Convence Icário a dar-me a filha dele. Eu sei que ele não quer deixar sequer que a filha se case.

Tíndaro ficara perplexo.

— A minha sobrinha? Mas estás aqui para conquistar a Helena. Porque diabo haverias de querer Penélope no meio de tantas mulheres? Ela é tão... difícil de perceber. Não se pode dizer que seja bonita, pelo menos se a compararmos com a Helena.

Ulisses, o esboço de um sorriso nos lábios, limitara-se a encolher os ombros e a dizer:

— Tenho as minhas razões.

De seguida, depois de o homem mais velho ter concordado com as condições dele, Ulisses acrescentou:

— Obriga os homens a jurar que irão ajudar o marido de Helena se ele alguma vez tiver problemas ao longo do casamento. Irão todos fazer a promessa sem pensar, mas depois não poderão erguer os pulsos uns contra os outros quando lhes disseres quem escolheste.

O plano resultara. Tíndaro escolhera Menelau, o aborrecido, impassível e poderoso Menelau.

Menelau, que nada sabia sobre a negociação entre Afrodite e Páris, recebera o príncipe troiano em sua casa como convidado de honra depois de ele atravessar o mar, de Tróade ao Peloponeso. Helena gostara imediatamente dele: era muito diferente dos homens que conhecera anteriormente, suados, com hálito de carne e conversas sobre armas e cavalos. Em vez de sair para caçar ou exercitar-se com outros homens, Páris ia vaguear para a sala onde ela e as escravas trabalhavam nos teares. Sentava-se a polir a couraça e o arco, mas na verdade estava lá pela companhia: trocava mexericos com as mulheres, enchia Helena de lisonjas, emulava-a em cada piada que ela dizia. Era um galanteador; todo ele pingava charme. Quando Menelau fora chamado a viajar para o funeral do avô em Creta, insistira com Páris para que ficasse enquanto ele estava fora e dera instruções a Helena para que olhasse pelo convidado. Era óbvio que iriam tornar-se amantes e, claro, que, quando Páris lhe pedisse, Helena fugiria com ele. Helena, a inumanamente bela, fora sem pensar uma única vez no marido, no filho, nos pais extremosos, porque Páris, o inebriante Páris, tornara-se a única coisa que ela queria. A ideia de exércitos, quadrigas e navios — tudo o que ela saberia que se seguiria, mais cedo ou mais tarde — não significava nada para ela.

No tumulto que se seguiu à descoberta do seu desaparecimento, Agamémnon, irmão de Menelau, rei de Micenas, mandou os seus homens falar com os reis gregos, exigindo que cumprissem a promessa de ajudar o marido de Helena, se ele precisasse. Ulisses arrependeu-se do conselho que dera a Tíndaro e do juramento que fizera a Menelau. Não queria deixar Penélope nem o filho recém-nascido, Telémaco; não queria deixar a sua amada ilha de Ítaca.

Quando o representante de Agamémnon, o circunspecto Palamedes, foi à ilha, Penélope disse-lhe, com ansiedade dissimulada, que o marido estava doente — da cabeça. Entretanto, Ulisses atrelou um cavalo e um boi no mesmo jugo e tentou arar o campo com as criaturas incompatíveis, como se tivesse perdido o juízo. A resposta de Palamedes foi tirar Telémaco dos braços da mãe e atirar o bebé a chorar para a frente do arado. O embuste de Ulisses tinha terminado, claro. Lançou-se para a frente dos animais, pegou no bebé e deu-lhe mimos para parar de chorar. Foi isto que Helena teceu, o pai a embalar o filho junto do arado. Ulisses não teve alternativa senão juntar-se ao exército, mas deu voltas à cabeça para engendrar uma forma de se vingar. Mais tarde, em Troia, acusou Palamedes de ser espião, forjando uma carta que Príamo lhe teria escrito e escondendo ouro no seu acampamento. Agamémnon ordenou que matassem o pretenso espião por apedrejamento.

Aquiles também não queria ir para Troia. Peleu, seu pai, ouvira uma profecia segundo a qual o seu filho morreria na cidade, pelo que o tirara do monte Pélion, onde Quíron, o Centauro, o estava a educar, e o levara para a ilha de Esquiro, longe da atenção dos líderes gregos. Pelo menos era o que ele esperava. Desta vez, coube a Ulisses expor um soldado relutante. Embarcou para a ilha e questionou o rei, Licomedes. Foi tudo negado com um sorriso e um acenar de cabeça. Mas o de Ítaca ficou desconfiado. Havia algo que não batia certo, algo que não conseguia ainda discernir no enorme bando de filhas de Licomedes, que pareciam andar sempre de um lado para o outro em grupo, indistinguíveis umas das outras em longos vestidos com cauda. Decidiu testá-las. Espalhou alguns objetos à frente das portas do salão e, depois de se esconder atrás de um pilar, esperou para ver o que iria acontecer. Quando as conversadoras raparigas apareceram, Ulisses viu-as a apanhar os fusos e as réguas do tear que ele lá tinha deixado, a examiná-los e a falarem sobre elas com ar conhecedor. Só uma delas foi buscar a espada, uma arma cintilante que não tinha nada que ver com teares. Ulisses viu a figura requintadamente vestida a puxar a espada da bainha com um movimento experimentado, o tecido primorosamente plissado a descair para revelar um braço musculado e pejado de cicatrizes. Foi isto que Helena teceu: Aquiles a denunciar-se por não ser capaz de resistir ao brilho do metal afiado e mortífero.

Seguidamente, Helena teceu a história de Ifigénia, filha de Clitemnestra, sua própria sobrinha, no momento em que a frota grega se reuniu no porto de Áulide, pronta para rumar a Troia, mas imóvel por falta de vento para os conduzir. Os dias passaram e continuou sem haver um único sopro de brisa. O exército foi ficando cada vez mais inquieto e impaciente sob o sol escaldante e monótono. Só Palamedes e o seu amigo Protesilau passaram bem o tempo, sentados à sombra a jogar secas, um jogo inventado por Palamedes. Mas nem isso podia mantê-los distraídos para sempre.

Frustrados, Agamémnon, Menelau e Ulisses consultaram o vidente Calcas. O velho homem disse aos capitães que fora Ártemis quem fizera o mar quieto e plácido, o ar tão denso e sufocante. A deusa levaria vento a Troia com uma condição: que a filha mais velha de Agamémnon, Ifigénia, fosse sacrificada no seu altar.

O primeiro instinto de Agamémnon foi chamar o arauto Taltíbio e proclamar a dissolução do exército. Não iria matar a filha, claro. Era inqualificável, impensável. Mas o irmão dele, Menelau, conversou com ele e acabou por o persuadir a escrever uma carta à mulher para lhe dizer para enviar a filha para Áulide. O pretexto que usou foi o de que ela iria casar no acampamento grego.

Agamémnon estava atormentado. Nada daquilo estava certo, de maneira nenhuma. Quase de imediato, escreveu outra carta a Clitemnestra a dizer-lhe que o casamento tinha sido cancelado e que Ifigénia deveria ficar em casa. Menelau ficou furioso.

— Não te importas nada de ser amigo de toda a gente quando andas pela Grécia a recrutar soldados — disse. — Mas agora olha para ti. Onde está a lealdade que me deverias ter? Que espécie de líder és tu? Tens de ser mais forte do que isso. Mais consistente. Achas que podes permitir que questões pessoais se intrometam numa guerra? Isto já não tem que ver com a tua filha. Os gregos serão motivo de chacota no mundo inteiro se voltares atrás neste momento. Há mais vidas em jogo do que a de Ifigénia.

Com Agamémnon angustiado, chegou a notícia de que Ifigénia já tinha chegado; e não vinha sozinha, a mãe e o irmão mais novo, Orestes, vinham a acompanhá-la. Estavam a tomar banho numa nascente, depois da longa viagem, de acordo com um mensageiro. E que dia de alegria seria! Um casamento. Depois de o mensageiro lhes dar os parabéns e ir-se embora, Menelau viu o irmão a cair em desespero. E, naquele momento, a realidade de que iria matar Ifigénia, de que iria matar a sua própria sobrinha, assomou-lhe ao espírito.

— Não podemos fazer isto — disse Menelau. — Tens razão. Matar a tua filha só para eu ter a minha mulher de volta... É impossível. Vamos fazer o que tu disseste. Vamos chamar o Taltíbio. Chega de expedições. Chega de guerras. Isto é insuportável.

Mas Agamémnon virou-se para ele e disse:

— Não é assim tão simples. As coisas estão fora do nosso controlo. Não te esqueças de que Ulisses conhece a profecia de Calcas. E sei muito bem o que é que ele vai fazer. Vai reunir os soldados e contar-lhes a exigência de Ártemis. Vai deixá-los num frenesi. Estão sedentos de batalha neste momento, prontos para a guerra e para a morte. Vão querer o sangue da minha filha, não tenho dúvidas. E se não o conseguirem, vão sublevar-se e matar-nos, a todos os líderes.

Entretanto, Clitemnestra e Ifigénia estavam num alvoroço de felicidade e empolgação. Ifigénia correu ao encontro do pai e abraçou-o. Depois afastou-o à distância de um braço esticado e olhou para ele com ar avaliador.

— Estás ansioso, pai? — perguntou. — Pareces... perturbado.

— É porque vamos ficar separados durante muito, muito tempo — conseguiu dizer.

— Então por que não vens para casa? Sentimos tanto a tua falta.

— É o que mais quero no mundo. Mas não tenho escolha. As coisas não são assim tão simples. Querida, é difícil de explicar: há coisas que eu não quero fazer. Mas não posso deixar de as fazer.

O resto é terrível de dizer. Agamémnon informou a esposa de que Ifigénia iria casar com Aquiles, um noivo digno. Tentou enviá-la de volta para Micenas.

— Electra e Crisótemis vão precisar de ti em casa, e este acampamento não é lugar para um bebé — disse ele.

Mas Clitemnestra insistiu em ficar.

— As meninas e o Orestes estão em segurança em casa — disse ela. — Claro que preciso de estar aqui. É o dia de casamento da minha filha. Deixo a política e a guerra ao teu critério, Agamémnon. Mas a família é o meu domínio.

As escravas de Ifigénia vestiram-lhe um vestido de casamento cor de açafrão. Clitemnestra levava a tocha a arder na mão. Caminharam em procissão até ao santuário de Ártemis, onde Agamémnon lhes disse que seria feito um sacrifício. Foram rodeadas por homens fortemente armados: normal, afinal era um acampamento militar. Mas, ao fim de algum tempo, Clitemnestra sentiu um tremor que lhe dizia que havia algo que não batia certo, algo estranho e selvagem no ar que estava a ser deliberadamente encoberto. De repente, deixou de conseguir ver a filha por cima dos ombros agitados dos homens com os penachos a abanar.

— Deixai-me passar — ordenou. — Preciso de estar com a minha filha.

Mas mãos fortes contiveram-na, vários homens colocaram-se à frente dela, ao lado dela. Clitemnestra ouviu um grito — «Pai!» —, viu um vislumbre de açafrão e o corpo da filha a ser levantado bem alto por mãos calejadas de soldados, tal como se levanta uma cabra bem alto num altar antes de a sacrificar para um qualquer imortal. Clitemnestra começou a gritar, a espernear e a contorcer-se como um animal selvagem, a tentar encontrar uma brecha no muro de corpos para chegar à filha amada. De repente, já a ser pressionada contra o chão, as suas mãos a esgaravatar a terra, viu, enquadrada por pernas com caneleiras de bronze, como uma pintura, a filha:

Ifigénia estava ajoelhada, a gritar para o pai, a voz fina que outrora lhe cantara a tremer de pânico.

— Pai, o que estás a fazer? Não, não, por favor. Eu não quero morrer!

Mão ásperas amordaçaram-na, obrigando-a a ficar em silêncio. No entanto, ela tentou estender o braço, fez um esforço para chegar à barba do pai em súplica, mas puxaram-lhe o cabelo para trás, a garganta arqueada para o céu. Foi isto que Helena teceu. Depois veio o brilho do metal e o vestido cor de açafrão tingiu-se de escarlate. Uma rajada de vento levou os gritos da garganta de Clitemnestra.

Helena teceu Polidora, que era casada com o primeiro grego que morreu quando as proas dos navios tocaram a praia de Troia. O guerreiro, dilacerado por Heitor ao saltar para a costa, era Protesilau. Liderara quarenta navios carregados de soldados de Fílace; de Píraso, onde Deméter tem o seu santuário; de Íton, rica em rebanhos; de Antro, uma cidade que abraçava a costa; e de Pteleos, com os seus prados onde a erva crescia até à altura do joelho. Quando ouviu a notícia da morte do marido, Polidora estava em casa. Ainda não estava totalmente construída, não eram casados há muito tempo. No salão, cujas vigas claras ainda cheiravam a floresta, deixou-se cair ao chão e arranhou as bochechas com as mãos. Mais tarde, a sofrer, forjou uma estátua de bronze à imagem do marido falecido e costumava abraçá-la como se fosse ele, como se pudesse trazê-lo de volta à vida. Às vezes, sonhava que o via. Mas não: a terra negra tinha-o bem guardado.

Helena pensou em tecê-los a todos, uma janela de guerra de cada vez, milhares deles, até lhe sangrarem os dedos, mas não conseguiu encontrar ânimo para o fazer. Decidiu tecer os guerreiros que chegaram depois da morte de Heitor, determinados a lutar ao lado de Príamo, que, vaidosamente, acreditava que eram capazes de salvar a cidade da destruição e conquistar a glória.

Chegou uma Amazona, Pentesileia, filha de Ares. Matara a irmã, Hipólita. Fora um erro terrível, um acidente de caça, estava a apontar para um veado. Pentesileia veio em auxílio de Príamo para se purificar e para se esquecer da vergonha e da dor na batalha. Orgulhosa, prometeu a Príamo que iria matar Aquiles, embora não fizesse ideia da brutalidade quase divina do grego. Foi com o seu bando de mulheres: nunca estavam tão felizes como quando estavam a cavalgar pelas planícies de Cítia; quase que viviam no dorso dos cavalos. Eram mulheres duras e ferinas, e o luxuoso palácio de Príamo era-lhes estranho. Andrómaca, viúva de Heitor, sentiu-lhes desprezo quando chegaram e foram recebidas por Príamo com um grande banquete. Ao olhar para as Amazonas a beber taças de vinho, a desbastar as travessas de carne e pão que os escravos lhes tinham trazido, murmurou para Helena em voz baixa:

— Se Heitor não foi capaz de matar Aquiles, o que pensam estas mulheres que vão conseguir fazer?

Mas os troianos acudiram ao grito feroz de Pentesileia quando, na manhã seguinte, ela os liderou a caminho da batalha, montada no cavalo que Orítia, mulher de Bóreas, lhe tinha oferecido na Trácia. Os gregos foram apanhados de surpresa, não estavam à espera de que os troianos se levantassem tão depressa depois da morte de Heitor. Naquele dia, Pentesileia parecia uma Atena guerreira, ou Éris, ao avançar, aos gritos, por entre o exército, a incitar os guerreiros e a deixá-los num frenesi com o seu grito de guerra. Matou muitos gregos, entre eles Podarces, que tinha assumido o comando das tropas de Fílace depois da morte do irmão, dez anos antes, o mais competente Protesilau. Pentesileia atravessou a lança no braço de Podarces, que caiu no campo, a sangrar entre os amigos.

As mulheres de Troia afluíram às muralhas e olharam para as belicosas Amazonas, maravilhadas.

— Porque é que estamos sentadas em casa, a fiar e a tecer? — disse uma delas, Hipodâmia, meia-irmã de Eneias. — Porque não estamos a lutar? Somos tão fortes como os homens. Comemos a mesma comida, respiramos o mesmo ar. Olhem para aquelas mulheres a obrigar o inimigo a recuar. Preferia ser morta em batalha, ali em baixo na planície, a ser raptada e feita escrava. Já morreram tantos dos nossos homens. O meu marido morreu, não tenho nada a perder, vamos lá para baixo juntar-nos a elas. Vamos atar uma armadura e lutar.

— Talvez pudéssemos, se tivéssemos treinado a vida inteira, como aquelas Amazonas — contrapôs Teano, sacerdotisa de Atena. — Mas nós não faríamos a menor ideia do que fazer no campo de batalha. Se as guerras se ganhassem a tecer, já teríamos triunfado há muitos anos. Seja como for, da forma como elas estão a lutar, nós não vamos precisar de o fazer. Olhem para elas. Vão levar aqueles gregos até lá ao fundo para os navios deles.

Estava enganada. Os melhores guerreiros dos gregos, Aquiles e Ájax, não estavam a lutar naquela manhã. Estavam no túmulo de Pátroclo, a chorar o amado de Aquiles. Aquiles chorava ao lembrar-se de como o fantasma de Pátroclo lhe aparecera imediatamente antes de lhe queimarem o corpo na grande pira e lhe pedira para que os ossos de ambos fossem enterrados juntos. Aquiles tentara segurá-lo nos seus braços. Três vezes estendera os braços de saudade, e três vez o fantasma lhe escapara como fumo. Mas Aquiles sabia que não demoraria muito até morrer também, até que os ossos de ambos jazessem juntos, como o fantasma de Pátroclo lhe pedira.

Depois, Aquiles e Ájax juntaram-se à batalha — e foi o fim para Pentesileia. Perseguiram-na como caçadores atrás de um leopardo. Ela estava preparada para eles, ou pensava que estava, os olhos amarelos sem pestanejar, o passo elegante e firme: estava prestes a explodir num enorme salto, a soltar as garras, as mandíbulas. Era o que acontecia quando Pentesileia lançava a lança, mas embateu no escudo de Aquiles sem fazer mossa, incapaz de rivalizar com o trabalho de Hefesto.

Enquanto Ájax recuava num salto para se defender contra um grupo de troianos que o atacavam, Aquiles e Pentesileia enfrentavam-se num combate a dois. Pentesileia voltou a soltar o seu grito de guerra.

— Sou filha de Ares! Foge de mim, Aquiles, sou melhor guerreira do que tu!

Mas o pai dela virou a cara.

Aquiles alçou a lança de freixo: fora Quíron quem lha fizera, muito tempo antes da guerra, nos dias em que Centauro o criava quando ele era criança, o educava nas artes da cura e o ensinava a tocar a lira nos formosos vales de Tessália. A lança era a arma que Pátroclo não levara quando usara a armadura e as armas do amante: ninguém a não ser Aquiles a podia levantar. Usara aquela mesma lança para penetrar o pescoço encharcado em suor de Heitor e o assassinar; e voltava agora a arremessá-la com precisão letal em direção ao peito de Pentesileia. O sangue encharcou-lhe a couraça e ela deslizou do cavalo, o machado de guerra a cair-lhe da mão. Quando ela caiu em terra, Aquiles tirou-lhe o elmo. Ela resfolegou, sufocada, a tentar gritar para pedir ajuda ao pai negligente uma última vez. Depois, a vida esvaiu-se-lhe do corpo. Foi assim que Helena os mostrou, os dois guerreiros a olharem-se nos olhos no momento em que um enviou a sombra da outra a lamentar-se para o Hades.

Depois disto, o defensor da Etiópia, Mémnon, foi em auxílio de Troia: a mãe dele era Eos, deusa da aurora, e o pai um humano chamado Titono. Quando Eos engravidou, implorou a Zeus que desse vida eterna ao seu amante. O rei dos deuses assentiu, mas ela esquecera-se de lhe pedir que lhe desse juventude eterna. Enquanto ainda era belo, Titono vivera com a deusa no palácio dela nas margens do Oceano. Mas, assim que começou a envelhecer, ela expulsou-o da sua cama, embora não tivesse deixado de tomar conta dele, alimentando-o com ambrósia e néctar e vestindo-o com roupas requintadas. Porém, no final, quando ele já não conseguia levantar os membros atrofiados, quando se tornou um fiapo, nada a não ser uma voz fraca e balbuciante, ela deitou-o num quarto e deixou-o ficar, fechando as portas brilhantes ao sair.

Imagine-se um rio a galgar as margens: a chuva cai durante dias, engrossa as águas, que sobem cada vez mais depressa e criam espuma furiosamente; até que, de repente, explode pelas margens, a corrente impossível de conter, e inunda tudo o que aparece pelo caminho.

Assim era Mémnon quando abria caminho por entre as fileiras dos gregos. Começou a lutar naquelas planícies troianas contra o veterano guerreiro grego Nestor, rei da arenosa Pilos, que caçara o javali de Cálidon quando era jovem, que vira dias em que os guerreiros eram mais fortes e melhores do que os que combatiam naquela guerra. O filho de Nestor, Antíloco, precipitou-se para a frente do pai, a tentar proteger o homem mais velho, e arremessou a sua lança a Mémnon, que a evitou, baixando-se para a esquerda. A lança acabou por atingir o seu amigo Esopo e matou-o. Antíloco alçou uma enorme rocha e atirou-a, atingindo Mémnon com tanta força que lhe pôs o elmo de bronze a tilintar. Mas o etíope recuperou, investiu para a frente e apunhalou o filho de Nestor no meio da clavícula. Nenhum deus o protegeu, nenhum mortal desviou a lâmina da morte. O filho comprou a segurança do pai com a própria vida.

Antíloco: era um jovem quando foi para Troia, o mais rápido dos mais rápidos velocistas. No dia em que Pátroclo morrera, Antíloco combatera ferverosamente, esforçando-se no campo durante horas após o amigo dar o último sopro, sem ele saber. Assim que recebera a notícia, detivera-se enquanto a batalha devastava os corpos em redor e chorara descontroladamente de fúria e dor. Depois baixara as armas e correra para o acampamento, para ir ter com Aquiles. Encontrara-o, amuado, entre os navios, a perguntar-se por que Pátroclo não tinha chegado ainda: tinha-lhe dito para voltar assim que levasse os troianos para longe dos navios; por que não estava já junto a ele?

— Ele está morto, Aquiles — dissera Antíloco. — Morto e despido. Além disso, Heitor ficou com a tua armadura. Estão a lutar pelo cadáver dele.

Aquiles caíra de joelhos, agarrara em terra com os dedos e manchara a cara com terra e pó. Antíloco chorara do seu lado, agarrando os pulsos do amigo e segurando-os com força, com medo de que ele matasse o homem que lhe trouxeram notícias tão negras.

Agora, Nestor lançou-se para cima do assassino do seu filho, mas Mémnon recusou-se a lutar contra ele.

— Salvai-vos e deixai que os vossos filhos tenham um pai — disse ele. — Não vou lutar contra um velho.

Mas, de repente, Aquiles investia sobre Mémnon, enfurecido pela morte de Antíloco, e os dois homens lutaram corpo a corpo num embate equilibrado...

Do Olimpo, Zeus e os outros deuses observavam os heróis. Tétis e Eos, cada uma em agonia pelo respetivo filho, imploraram-lhe que os salvasse; os outros deuses também escolhiam lados diferentes, e as discussões não demoraram a surgir no palácio brilhante de Zeus.

— Por favor, Zeus, se alguma vez fiz alguma coisa por ti, deixa-o viver, só mais um dia — suplicou Tétis. — Eu sei que a morte dele está próxima. Eu sei que nunca mais vai voltar para a casa do pai. O meu frágil filho mortal! Cresceu tão depressa, como uma árvore jovem num pomar, e é tão mais forte e tão mais belo do que qualquer outro humano. No entanto, tem a vida curta.

Eos interveio:

— Há poucos dias estavas a banquetear-te na mesa de Mémnon, a desfrutar da companhia dele, a confiar nele como confias em tão poucos mortais. Ele deveria ter ficado em casa, em vez de vir para aqui à procura de glória. Esta guerra não tem nada que ver com ele. Pai Zeus, deixa-o viver, deixa-o voltar a viver os seus dias em paz nas margens do Oceano, para voltar a banquetear-se contigo.

Na planície, Mémnon estava a provocar Aquiles.

— Não adianta vangloriares-te da tua mãe, agora — disse ele. — Também sou filho de uma deusa, e a minha mãe é mais poderosa do que a tua, é ela que traz o dia ao mundo.

Aquiles riu-se.

— Até Heitor morreu, e era um homem melhor do que tu. Matei Heitor porque ele matou Pátroclo. Vou-te matar porque mataste Antíloco. É assim, Mémnon. Podes ser forte, o filho de uma deusa, mas hoje vais morrer. Eu também vou morrer em breve, o meu destino está a chegar. Alguma lança ou flecha não tardará a matar-me aqui mesmo neste campo de Troia.

No Olimpo, Zeus não disse nada às deusas. Em vez disso, pegou na balança de ouro e colocou os destinos de Mémnon e Aquiles nos pratos. Depois levantou-a para os céus, para todos os deuses verem: Mémnon pendeu para o Érebo, e Aquiles elevou-se para o céu brilhante. Naquele momento, Aquiles perpassou Mémnon com a espada que Hefesto lhe forjara.

Eos, na sua dor, enviou ventos frios a rugir para a planície troiana: a chuva fustigou as areias, agitou os mares, dobrou as árvores. Era como se as próprias florestas estivessem a contorcer-se de dor. A deusa voou para o campo de batalha nos seus ventos fortes e poderosos, pegou no corpo de Mémnon e levou-o para as margens do Asopo na Etiópia, onde se sentou a chorar, embalando o cadáver bambo e frio nos braços. Foi isto que Helena teceu.

Quanto ao divino, selvagem e afável Aquiles, ele só haveria de ver Eos a tornar o céu escarlate mais uma vez. Morreu no dia seguinte. Com Apolo a guiar a flecha, Páris atingiu-o no pé. O veloz Aquiles deixou de correr; agarrado à terra, deu o seu último sopro. Zeus enviou um vendaval tremendo para acabar com a batalha. Por entre o pó em redemoinho, os homens de Aquiles levaram o cadáver de volta para os navios e pousaram-no num féretro. Quando os enlutados mirmidões lavavam o cadáver com carinho, ouviram um grito medonho e cortante vindo do mar. Teriam fugido se Nestor não lhes tivesse dito para se manterem firmes no lugar. Era a deusa Tétis, a chorar pelo filho amado: o filho que, no passado, tentara, e não conseguira, tornar imortal para se proteger contra a dor da perda. Tétis e as irmãs, as Nereidas, apartaram os homens mortais; alisaram o cabelo de Aquiles, olearam-lhe a pele, vestiram-lhe o corpo com roupas dignas de um deus. As Musas cantaram o seu lamento; ninguém que tenha ouvido a música conseguiu estancar as lágrimas. Quando a pira de Alquiles ardeu por fim, quando os ossos foram retirados das cinzas, os amigos pousaram os restos mortais ao lado dos de Pátroclo numa bela caixa que Tétis tinha levado: fora construída por Hefesto, disse ela, fora Dioniso quem lha entregara. Colocaram a caixa ao lado dos restos mortais de Antíloco e levantaram um enorme túmulo sobre os três num promontório acima de Helesponto para que, durante muitos anos, os marinheiros que passassem ao largo se perguntassem que guerreiros ancestrais, que reis esquecidos, teriam morrido naquele lugar.

A seguir, Helena teceu Ájax, o grande guerreiro defensivo grego, que queria desesperadamente herdar a armadura milagrosa de Aquiles, forjada por Hefesto. Mas o astuto Ulisses também ansiava por ela e ambos apresentaram os seus argumentos aos líderes do exército. Ájax, embora fosse, de longe, o melhor guerreiro, não tinha hipótese contra a língua polida de Ulisses. Ájax falou da amizade que tinha com Aquiles, disse que festejavam juntos muitas vezes, que jogavam secas um com o outro. Fora ele quem carregara o corpo de Aquiles para fora do campo no dia em que ele morrera. Lembrou os homens dos seus feitos, mostrou que só era batido por Aquiles na capacidade militar. Quando Heitor desafiara qualquer grego a enfrentá-lo em batalha, fora ele que pusera a armadura e fora combater o famoso troiano: ferira Heitor no pescoço, atirara uma rocha contra o seu escudo e pusera o guerreiro de joelhos. E tê-lo-ia matado se Apolo não tivesse ajudado o troiano a levantar-se de novo... Além disso, enfrentara-o uma segunda vez: derrubara-o de novo com outro, ainda melhor, arremesso de rocha, um arremesso que deixara o homem a girar como o peão de uma criança. E quando os troianos chegaram aos navios gregos, fora ele que se elevara nos cascos e brandira a lança, incentivando os homens: empalara doze troianos naquele dia, um atrás do outro.

Ulisses, porém, bocejou longamente.

— Tantos quases, Ájax. Tantas oportunidades para matar o Heitor e todas elas desperdiçadas. A questão é que esta guerra não vai ser ganha pela força bruta. Vai ser ganha graças a táticas sólidas, planeamento e... astúcia fria. É aí que eu entro. Sem mim, Aquiles não teria sequer chegado a Troia: fui eu que o enganei e o obriguei a revelar-se quando ele estava disfarçado de rapariga em Esquiro. Pensemos, por exemplo, na altura em que Diomedes me escolheu como parceiro para uma noite de manobras: lá na planície avistei um espião troiano, Dólon. Graças a Atena, capturámos o homem e questionámo-lo. Recolhemos informações. Depois matámo-lo. Usámos as informações que obtivemos para matar um bando inteiro de trácios aliados dos troianos acabadinhos de chegar. Ainda tenho os cavalos deles para o provar. Mas, seja como for, não tenho a certeza de que aqui o Ájax seja capaz de apreciar a arte do escudo de Aquiles. Não tem inteligência suficiente. Sou eu que mereço as armas. Sou o único que lhes poderá fazer verdadeira justiça.

Depois de os outros capitães gregos, liderados por Agamémnon, terem concedido as armas a Ulisses, Ájax ficou louco de fúria. Sabia que era o mais forte dos dois, o melhor em batalha. Era ele quem deveria levar as armas para casa, a ilha de Salamina, um troféu que impressionaria o seu exigente pai, Télamon. Decidiu matá-los a todos, os pretensos camaradas. À noite, enquanto o exército dormia, saiu com a espada em punho e a morte no coração. Mas, em vez de chacinar os seus congéneres gregos, só matou ovelhas e cabras: assim determinou Atena. Depois, envergonhado e humilhado, Ájax suicidou-se, empalando-se com a própria espada. Foi assim que Helena o mostrou, o matador morto pela própria mão. Deixou para trás, para se defenderem sozinhos, Tecmessa, a cativa frígia que amava, e o pequeno filho de ambos que nascera no acampamento da planície troiana: Eurísaces.

Ulisses tinha razão. Haveria de ser a sua astúcia que destruiria Troia, afinal. Uma profecia disse aos gregos que a cidade poderia ser tomada com duas condições: o arco de Héracles teria de ser levado para lá e o Paládio — a antiga estátua de madeira de Atena — teria de ser roubado pelos gregos.

O arco de Héracles pertencia a Filoctetes, um arqueiro que os gregos tinham abandonado na ilha de Lemnos no início da guerra, por causa de uma ferida na perna que não estava curada e exalava um terrível fedor a decomposição que chocava e repugnava os camaradas. Vivia lá sozinho havia dez anos. Mas Ulisses embarcou para a ilha, onde adulou, lisonjeou e ameaçou o homem até o convencer a ir para Troia, onde Macáon, filho do deus curandeiro Asclépio, lhe tratou a perna e o libertou da terrível agonia de que padecia. Filoctetes enfrentou Páris em batalha e atingiu-o, matando-o. Mas Helena não foi capaz de tecer esta cena: não, a morte do seu homem, belo e lânguido, era algo que ela não suportava contar.

No entanto, Helena teceu a noite em que caminhara incógnita pelas ruas de Troia e em que vira dois pedintes a andar sorrateiramente de porta em porta. Ela escondera-se nas sombras e seguira-os, silenciosa e discretamente. Reconhecera-os, apesar dos disfarces: Ulisses e Diomedes, camuflados em território inimigo. Habilmente, ultrapassara-os, depois parara à frente deles, surpreendendo-os, e empurrando o véu para trás. Em segredo, na escuridão de breu do beco, falaram os três. Helena conhecia Ulisses de ginjeira, um homem em que não se podia confiar, um homem cujas palavras caíam como uma tempestade de neve no inverno: macias, mas mortais. Mas também ela era astuta, sabia como negociar, como esconder o conhecimento que tinha. Conversaram durante muito tempo, a testarem-se uns aos outros até chegarem a um acordo. Depois, Helena conduzira os homens silenciosamente ao templo de Atena e mostrara-lhes a porta, destrancada e não vigiada, para os recantos mais íntimos do santuário.

No interior, estava o Paládio, uma imagem tão velha como a cidade e o seu precioso símbolo: quando Ilo, tantas gerações antes, fundara Troia, rezara a Zeus por um sinal, e a estátua aparecera ao lado da tenda onde ela dormia, numa mão uma lança, na outra, uma roca e um fuso.

Na manhã seguinte, ninguém diria que o choque e a angústia de Helena com o desaparecimento da estátua, o luto pelo rasto de cadáveres nas ruas, não eram completamente genuínos.

Helena teceu também o cavalo de madeira que a mente astuta de Ulisses engendrou. Uma manhã, os troianos acordaram e deram com o acampamento dos gregos sem nada a não ser tendas abandonadas a abanar ao vento, fogueiras apagadas e piras onde os gregos tinham queimado os mortos ainda em brasa. Tudo tinha desaparecido. Havia apenas um enorme cavalo de madeira junto do portão principal. Os troianos saíram pelo portão para olhar para ele, e as discussões não demoraram a surgir: uns diziam que deveria ser puxado para a cidade, outros estavam convencidos de que era uma artimanha. Laocoonte, sacerdote de Posídon, defendeu que fosse queimado imediatamente. Cassandra, filha de Príamo e de Hécuba, concordou: o corpo oco estaria certamente a esconder soldados, disse ela.

— Não aprendemos nada nos últimos dez anos? Nunca devemos confiar nos gregos, nem nos presentes deles.

Mas Cassandra sabia que as palavras dela eram vãs. Apolo, que ela servira como sacerdotisa, quisera dormir com ela muitos anos antes. Ela recusara e ele punira-a: a partir de então ninguém iria acreditar nas suas profecias, embora acabassem sempre por se concretizar. A sua angústia diária, o seu fardo incomensurável, era saber o desastre que estava para vir e ser completamente impotente perante a sua força... Sabia que não faltava muito tempo até que Troia estivesse em chamas; sabia que iria ser violada no templo de Atena pelo Ájax inferior. O filho de Oileu iria forçá-la com uma faca, enquanto ela se agarrava ao altar da deusa.

Laocoonte chegou até a atirar uma lança para a ilharga do cavalo de pau, e, quando embateu na madeira, alguns dos observadores tiveram a certeza de que conseguiram ouvir a criatura a suspirar e gemer. Depois, a própria Helena deu uma volta ao cavalo, chamou os capitães gregos pelos nomes, imitando com precisão as vozes das esposas de cada um para os testar. E a artimanha teria resultado se Ulisses, escondido no ventre da estrutura, não tivesse fechado as bocas dos camaradas com as próprias mãos... Era quase como se estivesse à espera de que acontecesse.

Foi então que se deu um alvoroço, um distúrbio: um grupo de pastores troianos encontrara um homem a espreitar no meio das canas, um grego, e arrastaram-no para o levar a Príamo. O rei questionou-o.

— Sou Sínon — disse ele. — Sou grego, sim, admito-o, vim para cá com o exército grego, mas acreditem quando vos digo que não tenho para onde ir, não me resta nenhum amigo.... Talvez já tenhais ouvido falar de Palamedes. Fui camarada dele, sou parente dele. Ulisses acusou-o de traição, mas as provas tinham sido forjadas. Houve um julgamento, se é que lhe podemos chamar isso, depois foi apedrejado até à morte. Príamo, sabeis melhor do que ninguém que Palamedes nunca conspirou com os troianos contra os compatriotas gregos. Mas Ulisses persegue-me desde então. Quando os gregos decidiram desistir do cerco e zarpar para casa, Calcas, o vidente, disse-lhes que tinham de fazer um sacrifício, tal como fizeram em Áulide. E a vítima escolhida fui eu. Ideia de Ulisses, claro. Capturaram-me, amarraram-me. Eu fugi, escondi-me no meio das canas daquele lago a noite inteira até que os vossos homens me encontraram. Eu sei que o meu fim está perto. Nunca mais voltarei a casa. Os gregos odeiam-me, os troianos também.

Príamo teve pena do homem.

— Grego podes ser, mas não te faltam amigos. Considera-te um de nós a partir de agora — disse-lhe.

Fez sinal para que os seus guardas o libertassem.

— Agora, diz-nos, Sínon. Para que é este cavalo de madeira? O que é que os gregos tinham em mente quando o deixaram aqui?

Ao ouvir a pergunta, o grego levantou os olhos para o céu, as lágrimas a escorrer-lhe no rosto, e disse:

— Deuses, perdoai-me por quebrar o meu voto de silêncio! Não tenho escolha! — Depois virou-se para o rei e disse: — Fizeram-no para o oferecer a Atena. Querem expiar o pecado de roubar o Paládio. Têm esperança de que não o arrasteis para a vossa cidade. Se o fizerdes, uma profecia diz que vós ireis invadir a Grécia e obtereis grande vitórias. Ireis derrubar os portões da cidade do próprio Agamémnon.

Porém, naquele momento, uma onda de pânico percorreu a multidão. As pessoas estavam a apontar para o mar: duas enormes serpentes, os olhos cobertos de fogo e sangue, estavam a investir na sua direção, a nadar para terra e a deixar um rasto de espuma atrás delas. Começaram a arrastar-se, coleantes, pela praia adentro em direção a Laocoonte, que estava a preparar-se para oferecer um touro em sacrifício a Posídon. Toda a gente se dispersou, mas não com a rapidez necessária. As serpentes já tinham um dos jovens filhos de Laocoonte preso num dos seus sinuosos anéis e estavam a contorcer-se, a apertá-lo, as presas prontas para morder... Laocoonte, de espada na mão, acorreu para junto dos filhos para os ajudar, mas as serpentes apanharam-no nas suas espirais mortíferas, e o rosto de Laocoonte contorceu-se em agonia, um mugido como o de um touro, os seus braços a esforçarem-se por afastar o elo aprisionante. Em poucos segundos havia três cadáveres junto do altar, e as serpentes deslizavam pelas ruas da cidade, enquanto as pessoas gritavam e se dispersavam. Quando chegaram ao templo de Atena, arrastaram-se para o interior e desapareceram numa reentrância no chão.

Não havia como parar as pessoas a partir daquele momento: a mensagem dos deuses parecia clara: Laocoonte tinha seguramente sido castigado por defender que o cavalo deveria ser queimado. A elaborada história de Sínon devia ser verdadeira. O cavalo foi arrastado para a cidade. Apesar do terrível fim do sacerdote de Posídon e dos seus filhos, um desejo incontrolável de festejar tomou conta da cidade. A atmosfera era febril.

Helena teceu Sínon a destrancar a porta oculta no corpo oco do cavalo na calada da noite e os capitães gregos a saírem prontos para a luta: Ulisses, Menelau e o jovem Neoptólemo entre eles, este último filho de Aquiles, o rapaz de quem se fizera pai quando estivera escondido em Esquiro muitos anos antes. Encontraram uma cidade entorpecida pelos festejos e pelo vinho. Não custava nada chacinar os retardatários que ainda estavam a cambalear para casa, embriagados; era fácil matar guerreiros na cama; era fácil cortar as gargantas dos poucos guardas que dormitavam junto aos portões, que abriram à força para deixar entrar o exército de gregos em massa, que tinham voltado para trás ao sinal de Sínon.

Pouco depois, a cidade estava a arder. Os troianos começaram a vestir as armaduras, a formar grupos de guerreiros, mas o caos era total. Havia cada vez mais gregos a entrar em barda pelos portões, a avançar pelas ruas, a irromper pelas portas, a matar homens e rapazes nas camas, a arrastar as raparigas e as mulheres. Inebriados pela violência, eram indiscriminados na matança, sedentos de corpos, ávidos de riquezas.

Eneias e os seus homens subiram ao telhado do palácio de Príamo e Hécuba: o edifício era encimado por uma torre e o plano deles era deixar toda a estrutura solta com a ajuda de pés de cabra, de forma a cair sobre a multidão de gregos que estavam a atacar os enormes portões de carvalho do palácio. O plano resultou — as pedras começaram a cair como uma chuva mortífera nos soldados inimigos —, mas não por muito tempo. Outros não demoraram a ocupar o lugar deles.

No interior do palácio, Helena ouvia os machados a bater, ritmados, naqueles portões de carvalho. Depois, ouviu o som de madeira a quebrar, gritos de triunfo e um bando de gregos a invadir o pátio. As mulheres e as crianças fugiram a gritar pelas colunatas, mas Helena refugiou-se nas sombras e ficou a observar. Viu Neoptólemo — reconheceu nele os traços de Aquiles —, Agamémnon e Menelau. Os gregos afastaram os guardas do palácio ao empurrão como destroços num mar encapelado. Os fogos começaram a tomar conta do lugar, o fumo a sufocar os corredores, mas os gregos continuaram a entrar, como alcateias de lobos esfomeados.

No centro do pátio havia um altar dedicado a Zeus, protetor dos reis, à sombra de um loureiro. Foi para lá que Hécuba e as filhas acorreram, como pombas à procura de abrigo de uma tempestade, para se agarrarem às estátuas, como se os deuses as fossem ajudar. O rei, homem velho que era, estava a vestir a armadura com os braços trémulos, pronto para lutar, mas Hécuba gritou:

— Príamo! O que estás a fazer? Estás louco? Nem Heitor nos poderia valer agora, mesmo que ainda estivesse vivo. Vem para aqui, querido, junta-te a mim aqui e espera que os deuses nos protejam, ou então morreremos juntos.

Foi então que Polites foi a correr na direção delas. Era filho de Príamo e Hécuba, jovem e rápido, de olho vivo, que vigiava os gregos para o pai e que, no passado, tinha salvado o irmão Deífobo, quando ele fora atingido por uma lança no ombro no campo de batalha. Polites já estava gravemente ferido, a sangrar profusamente, e Neoptólemo estava logo atrás dele a apontar a flecha para o último golpe. O rapaz ferido caiu em frente dos pais e das irmãs, a vomitar sangue. Príamo, revoltado, furioso, gritou para Neoptólemo:

— Monstro! Animal! Dizes que és filho de Aquiles? Não acredito. Até ele devolveu o corpo de Heitor, até ele mostrou algum respeito pelos deuses.

Já a chorar, o velho homem arremessou a sua lança, mas, com pouca força, foi facilmente desviada pelo bronze tilintante do escudo de Neoptólemo. O jovem riu-se.

— Está bem, Príamo, podes dizer ao meu pai que eu o desonrei quando o vires no Érebo. Agora, morre!

Agarrou no homem pelo cabelo e arrastou-o a deslizar no sangue do próprio filho até ao altar. Neoptólemo levantou a espada. E foi isto que Helena teceu: o momento antes de o rei ser morto e de Troia acabar, enquanto Hécuba e as filhas se agarravam umas às outras e escondiam os rostos nos regaços para não verem nada.

Mas Helena, escondida atrás do pilar, viu tudo. No meio de todo o tumulto, o olhar dela cruzou-se com o de Eneias por um instante, enquanto ele fugia daquela última e vã batalha: mais um sobrevivente com um peso na consciência. À noite, iria pegar no velho pai, Anquises, aos ombros, e fugir com a mulher, Creusa, e o filho, Ascânio, pelas ruas fustigadas pelo fogo de Troia, para tentar fugir para o monte Ida, onde haveria de juntar um grupo de refugiados que fugiria pelo mar. Mas, no meio do alvoroço, nas ruas estreitas e labirínticas de Troia, haveria de largar a mão da mulher. Ela haveria de achar-se sozinha, separada da família. E naquela cidade haveria de morrer, consumida pelos fogos vorazes.

Por fim, Helena teceu as mulheres da realeza troiana a reunirem-se, vigiadas pelos soldados gregos debaixo das torres de Troia, despidas de toda a dignidade, destituídas de liberdade e de humanidade, à espera de serem entregues aos vencedores. Teceu Hécuba a delirar de dor pela filha Políxena, ignominiosamente morta no altar para satisfazer o fantasma vingativo de Aquiles. A rapariga, embora terrivelmente assustada, acabara por se entregar voluntariamente, sabendo que uma morte rápida seria melhor do que uma vida de escravidão. Helena teceu Cassandra, em pé, pálida e a resmungar, ignorada. Andrómaca também lá estava, a viver todos os seus pesadelos ao mesmo tempo: o filho, Astíanax, estava morto, como ela sempre temera. Fora-lhe arrancado dos braços quando ela inspirava um último fôlego do seu cheiro doce de bebé e atirado das muralhas de Troia.

Mãos ásperas começaram a dividir as mulheres, a esmurrá-las e pontapeá-las, a tratá-las como a um rebanho. Andrómaca foi atribuída ao homem que matara o seu pai, Neoptólemo; Cassandra a Agamémnon, tal como ela previra. Hécuba, que fora atribuída a Ulisses, estava a delirar, já longe da postura de rainha, longe da postura de um ser humano; estava a esgaravatar a terra, a uivar como um animal, como um cão... Até que Menelau apareceu, à procura de Helena, determinado a vê-la morta, e Hécuba lhe gritou:

— Sim, mata-a, Menelau, mas não olhes para ela. Ela vai enganar-te com aqueles olhos dela! Os olhos dela destroem cidades!

Foi isto que Helena teceu: as mulheres troianas a serem apartadas umas das outras pela última vez e ela, separada das restantes, a forçar um sorriso para Menelau, a fazer força para manter a cabeça erguida, na esperança de que as faces retivessem alguma cor e de que, não obstante as feridas e as roupas sujas e rasgadas, ainda lhe restasse um vestígio da lendária beleza para a ajudar a tornar tudo o que pudesse numa vantagem que lhe permitisse manter-se viva.

— Pensa bem, Menelau — disse ela, com toda a calma que conseguiu. — Se Páris tivesse dado o pomo de ouro a Hera, hoje seria o dono de um império; se o tivesse dado a Atena, seria um rei astuto e poderoso, impossível de ludibriar. Fosse como fosse, não teria sido bom para os gregos: tu não serias o senhor de Troia, como és agora. Admito que houve perdas. Perdas terríveis. Mas derrotaste Páris. Está morto. Ganhaste. Quanto ao meu abandono de Esparta, em vez de me culpares a mim, culpa Afrodite. Nada disto estava nas minhas mãos. Foram os deuses, as Moiras, que me obrigaram a deixar-te. Páris seduziu-me, é verdade, mas eu nada podia contra a força das suas palavras, nada podia contra a força dos deuses.

— Ela veio para cá por vontade própria! Deixou-te pelo meu filho! Não a oiças, Menelau — gritou Hécuba. — Ela não foi vítima nenhuma. Ninguém a raptou. Não verteu uma única lágrima por ti. Eu costumava dizer-lhe para sair, para se ir embora, não a queria cá, os meus filhos estavam a morrer por causa dela. Mas não, ela deixou-se ficar, não me consegui ver livre dela, ela adorava a vida de luxo em Troia e amava o meu filho. Ela traiu-te, Menelau. Mata-a.

Mas Helena manteve o olhar fixo em Menelau, embora as mãos estivessem a tremer, os joelhos quase a ceder. Por fim, ele desviou os olhos dos dela e disse:

— Vou levá-la comigo. Mato-a quando a tiver em casa.

E Helena respirou fundo, em alívio, sabendo que ele não o iria fazer, que tinha ganhado tempo, que o tinha seduzido.

Esta era a tapeçaria que Helena de Esparta estava a terminar no seu quarto grande de tetos altos. O palácio acabava de celebrar o casamento da sua filha Hermíone com Neoptólemo, embora ele ainda estivesse obcecado pela sua escrava, Andrómaca, que sobreviveu e resistiu, apesar de todo o sofrimento. No quarto ao lado, ouviu vozes: a voz alta e vigorosa do marido e outras que ela não reconhecia.

Pôs-se a ouvir à porta, à espera de uma pausa na conversa, do momento certo. Depois, abriu as portas e entrou, seguida das suas escravas, que lhe levaram a cadeira, o cesto de trabalho e o escabelo. Com um pequeno relanceio, reconheceu os presentes: um rapaz que parecia uma cópia mais nova de um homem que ela conhecia bem e outro jovem.

— Menelau — disse ela — já perguntaste os nomes dos nossos visitantes? Este é Telémaco, seguramente, filho de Ulisses. Era só um bebé quando o pai dele o deixou para ir combater na guerra pela qual me responsabilizaram.

— Eu tinha reparado na semelhança — disse Menelau. — Não há dúvida de que sai ao pai. As mãos, o cabelo, os olhos, tudo me lembra do meu velho amigo. Não conseguiu conter as lágrimas quando estávamos a falar de Ulisses ainda há pouco.

O outro jovem tomou a palavra.

— Tendes razão. Este é Telémaco, filho de Ulisses. Perdoai o meu amigo por estar a ser reticente. É tímido; a senhora parece-lhe uma deusa. Eu sou Pisístrato, filho de Nestor. Estamos aqui porque Telémaco quer saber se tendes notícias do pai dele.

— Então o filho do meu amigo está mesmo aqui — afirmou Menelau. — Adorava tanto aquele homem, que lhe teria dado uma cidade, se ele tivesse sobrevivido, para que pudéssemos ser vizinhos. Seríamos inseparáveis.

Todos eles tinham lágrimas nos olhos. Pisístrato chorava pelo irmão, Antíloco, morto em Troia. Menelau chorava por Ulisses, onde quer que estivesse. Chorava também pelo irmão, Agamémnon, o rei que tinha conquistado Troia, mas, ainda assim, morrera, assassinado logo que chegara a casa em Micenas. Helena chorava as suas próprias lágrimas, silenciosas e secretas. Depois, quando os escravos puseram comida nas mesas, ela levantou-se e misturou o vinho. Salpicou-o com drogas: ervas poderosas e mágicas que a rainha Polídamna lhe tinha oferecido no Egito. Quem provasse aquelas ervas não voltaria a chorar naquele dia, nem sequer se a mãe ou o pai morressem, nem sequer se visse o irmão ou o filho amado a ser morto. Depois de terminar a preparação do vinho, Helena mandou o escravo vertê-lo. Cada um dos convidados derramou as primeiras gotas da taça como forma de libação antes de beber o delicioso líquido vermelho-escuro com gosto; o mesmo fizeram o rei e a rainha de Esparta. Helena recostou-se na sua cadeira de ouro. Depois, começou a contar histórias sobre Ulisses.

CIRCE

Homens transformam-se em porcos
Jasão cria os Argonautas
As mulheres de Lemnos
Héracles e Hilas
Os Argonautas na Cólquida
Medeia e Jasão
Dédalo, Pasífae e o touro
Ariadne, o Minotauro e Teseu
Os touros de bronze de
Procrustes e o Tosão de Ouro
Absirto em perseguição
Cila, Caríbdis, Sereias, Arete,
Alcínoo e os feácios
Talo de Creta
Éson e as filhas de Pélias
Creonte e Glauce
A quadriga de Hélio

Eeia é uma ilha florestada com um interior montanhoso no mar Tirreno. Se, por acaso, déssemos com ela — o que raramente acontece com os marinheiros —, encontraríamos um porto abrigado e muita água doce, mas seria avisado partirmos sem demora. A ilha é o lar de Circe, a bruxa, filha do deus-Sol Hélio e da oceânide Perse. Circe gosta de estar sozinha. A única companhia que consegue suportar durante muito tempo é a dos leões e lobos domados e a das escravas, as ninfas dos rios, dos arvoredos e das nascentes. A casa dela é um lugar sólido e bem construído de pedra e madeira, rodeado de carvalhos da Turquia, medronheiros e pinheiros. Se nos aproximássemos da casa, atraídos pela espiral de fumo caseiro a subir por entre as árvores, ouvi-la-íamos: a sua voz é tão forte e clara que, quando ela canta, até a casa parece vibrar. Mas se estivéssemos mesmo assim tão perto, já estaríamos em perigo.

Circe estava a cantar ao tear uma tarde quando um grupo de marinheiros andrajosos, queimados pelo sol e mal alimentados, se aproximaram da casa: homens que não muito tempo antes estiveram embriagados com a vitória, carregados de despojos de guerra e de escravos, depois do saque de Troia. Mas os deuses castigaram-nos e o rei, Ulisses, infligira-lhes muito sofrimento quando tentavam navegar para a ilha natal de Ítaca. Circe ouviu os mortais a cambalear no meio da vegetação a caminho da porta, mas não deixou de cantar. Em vez disso, com um ágil movimento mental, mandou os leões e os lobos saírem em barda dos covis para os rodearem num mar enrolado de corpos esguios e peludos.

Perante a hesitação dos homens, assustados pelas criaturas selvagens, Circe dirigiu-se à enorme porta de carvalho da sua casa, destrancou-a, abriu-a e deixou-se ficar no limiar da entrada.

— Pareceis cansados e com fome — disse ela. — Entrai para comerdes e beberdes alguma coisa. As leis de Zeus não fazem por menos. — Lá entraram todos em fila, exceto um, o astuto Euríloco, que se deixou ficar para trás sem ser visto. Não tinha a certeza de que poderia confiar na bela mulher — ou, decerto, deusa — com aquela comitiva de animais domados. No interior, Circe afadigou-se, alisando a pele de cabra macia dos bancos e preparando uma refeição de cevada misturada com mel, queijo e vinho.

Circe acrescentou certas ervas àquele delicioso cozinhado: drogas para deixar os homens sonolentos e estúpidos. Assim que fizeram efeito, bateu-lhes com o bastão e transformou-os em porcos. Depois enxotou-os para a pocilga e atirou-lhes alguns punhados de bolotas e bagas azedas. Resolvida a interrupção, Circe voltou para o tear, onde estava a tecer uma tapeçaria maravilhosa, daquelas que só uma deusa é capaz de fazer.

O tecido foi decorado com cenas das aventuras da sua sobrinha, Medeia, filha do irmão de Circe, Eetes, que era o rei de Cólquida, no longínquo extremo oriental do mar Negro. A rapariga era uma poderosa feiticeira, como a tia Circe: sabia como encontrar e misturar as ervas que trazem o sono, a loucura e a morte; como fazer os rios correr para montante, como extinguir fogos violentos, como mover florestas.

Porém, Circe começou por tecer os homens que viajaram para a Cólquida e mudaram o percurso da vida de Medeia: Jasão e os Argonautas.

O pai de Jasão, Éson, era o legítimo rei de Iolco, na Tessália, mas o irmão, Pélias, usurpara o trono e Jasão fora enviado para a segurança do monte Pélion, onde foi criado por Quíron, o Centauro. Assim que chegou à idade adulta, Jasão regressou a casa para exigir que o tio abdicasse do trono. Pélias concordou com a condição de que ele lhe levasse o Tosão de Ouro, a lã brilhante de um carneiro milagroso, a coisa mais preciosa do rei Eetes de Cólquida.

Jasão aceitou o repto do tio e lançou uma chamada convidando os guerreiros mais duros da Grécia para se juntarem a ele na expedição. Héracles, o mais forte e mais implacável de todos eles, aquiesceu. Os Dioscuri — os gémeos Castor e Pólux — voluntariaram-se entusiasmadamente. O mesmo fizeram Cálais e Zetes, os filhos alados de Bóreas e Orítia. O músico e poeta Orfeu também foi, com a sua encantadora lira. O artesão Argos construiu o navio, o primeiro contruído por humanos, a que chamaram *Argo* em sua homenagem; Atena ensinou-o a entrançar placas de madeira de pinheiro para formar a textura de um navio, a tecer velas de linho e a trabalhar a madeira para fazer remos. O toque final foi uma viga montada na quilha que vinha do carvalhal oracular de Zeus em Dodona. A viga — em tempos de crise — falava e oferecia as suas profecias. Hera abençoou a expedição. Estava ansiosa por castigar Pélias, que não lhe tinha oferecido os sacrifícios que ela considerava devidos. Além disso, gostava de Jasão: um dia, quando estava a testar os limites da simpatia humana, disfarçara-se de idosa frágil e o jovem mortal pegara nela ao colo para a levar com cuidado para a outra margem do rio.

No caminho para a Cólquida, os Argonautas — assim foram chamados — tiveram muitas aventuras e viram muitas coisas extraordinárias.

Circe teceu uma cena na costa de Lemnos, onde os homens se depararam com um exército de mulheres e raparigas, lideradas pela rainha Hipsípile. Ao fim de anos de maus-tratos, a população feminina da ilha planeara uma revolução, armara-se e, numa noite sangrenta, chacinara todos os homens e rapazes da ilha. Depois assumiram o controlo do lugar. Arar os campos, fazer discursos em assembleia e defender a cidade era um trabalho mais fácil do que fiar e tecer, diziam.

Os Argonautas enviaram um arauto para negociar com as mulheres armadas. Chegaram a um acordo: os Argonautas poderiam descansar na costa durante uma noite. Porém, no início da manhã seguinte, Hipsípile convocou uma assembleia no mercado e, sentada no grande trono de marfim, começou um debate sobre o que fazer a seguir.

— Penso que podemos dar um bom exemplo de hospitalidade — disse ela. — Vamos mostrar a estes Argonautas como pode ser generosa uma cidade governada por mulheres. Depois de tudo o que sofremos às mãos dos homens, sei que algumas de nós prefeririam ter matado estes Argonautas enquanto dormiam. Mas eu proponho que forneçamos água e comida a estes viajantes de acordo com as leis de Zeus. Depois desejamos-lhes boa viagem.

Mas uma mulher mais velha, Polixo, que fora ama da rainha no passado, disse:

— Minhas amigas, temos de pensar a longo prazo. O que acham que vai acontecer quando começarmos a ficar mais fracas? Os campos não se vão lavrar sozinhos e as nossas batalhas também não se vão lutar por si sós. Por mim tudo bem, não falta muito para que eu vá bater à porta do Hades. Mas o que acontecerá a esta cidade com o passar dos anos? Infelizmente, os homens têm uma função essencial por muito que possamos rezar para produzir filhos sem eles. E estes viajantes que apareceram na nossa costa... Olhem para eles: são uma seleção única da masculinidade grega. Muitos deles são filhos ou netos de imortais. Há guerreiros, poetas e videntes entre eles. E se os recebermos na nossa cidade e lhes oferecermos uma parte dela?

Ouviu-se um murmúrio de aprovação na multidão. Mas Hipsípile voltou a falar.

— Polixo, será a tua memória assim tão curta? — disse ela. — Lembras-te do que sofremos? Contra o que lutámos? Enquanto os homens governavam a cidade, a nossa palavra não era ouvida para nada. Éramos silenciadas. Tínhamos de pedir autorização até para pôr o pé fora de casa. Não podíamos participar nos debates. Mesmo que os nossos maridos nos amassem, a afeição era a mesma que tinham por um cavalo bem treinado ou por um diadema precioso. Os nossos corpos não nos pertenciam. Para justificarem este tratamento, diziam-nos que Pandora, a primeira mulher, era a causa dos males do mundo. Uma mentira evidente! Um mito falso propagado por um poeta que odiava mulheres! Achas verdadeiramente que se trocássemos um grupo de homens por outro as coisas iriam mudar? Eu acredito que é possível imaginar uma cidade em que homens e mulheres são iguais, mas não acontecerá durante o nosso tempo de vida.

— Sim, mas para criar uma cidade como essa no futuro, precisamos de homens, Hipsípile. De filhos — argumentou Polixo.

Hipsípile parou por um momento. Depois voltou a tomar a palavra.

— Tens alguma razão, Polixo. Na verdade, não creio que estes viajantes quisessem ficar com a cidade mesmo que lha oferecêssemos: têm um objetivo a perseguir, muito longe daqui. Mas eu proponho um meio termo. Vamos inventar uma história para os enganar no que toca à falta de homens. Vamos convidá-los para a nossa cidade, ser hospitaleiras, apresentar jogos para os honrar. Mandá-los-emos embora em devido tempo, depois de um período de celebração e prazer. Depois, daqui a alguns meses, penso que poderemos vir a dar as boas-vindas a uma nova geração de lemnianos melhor do que a anterior.

Ouviram-se aclamações na multidão, as mulheres reunidas votaram a favor da sugestão de Hipsípile, e os Argonautas aceitaram a proposta das mulheres, convencidos de que os homens de Lemnos estavam num exílio temporário na Trácia. Realizaram-se os jogos: os Argonautas correram e lutaram sob os olhos atentos e avaliadores das mulheres, recebendo preciosos tecidos como prémio. Jasão e Hipsípile ficaram rendidos um ao outro imediatamente e, ao final das festividades da noite, depois de ouvirem Orfeu a cantar canções de amor, ela pegou-lhe na mão e conduziu-o aos seus aposentos. Quem sabe quanto tempo ficariam os

Argonautas a desfrutar da hospitalidade das ilhoas, a partilhar os seus leitos, se não fosse Héracles, o único do grupo que se manteve longe das mulheres. Foi ele que incitou os companheiros a partir, recordando-lhes da missão que tinham em mãos.

A razão por que Héracles evitou as mulheres de Lemnos foi o incomensurável amor que nutria por Hilas: um amor que, mais tarde, também viria a justificar a decisão de abandonar a expedição antes de os aventureiros chegarem à Cólquida. Na verdade, Héracles matara o pai de Hilas e acolhera-o quando este ainda era rapaz; mais tarde, tornaram-se amantes. Por vezes esquece-se que Héracles amava homens e mulheres; a verdade é que Héracles teve tantos amantes do sexo masculino que seria quase impossível listá-los a todos. Seja como for, foi isto que aconteceu. Pouco depois de deixarem Lemnos, os Argonautas ancoraram em Cio, no mar de Mármara. Hilas sai do navio para a ilha, um balde de bronze na mão, em busca de água doce. Encontrou um charco límpido e frio, totalmente rodeado de canas, celidónias e erva macia. Baixou o balde, mas, quando tocou na água, as ninfas do lugar — Eunice, Mális e Niceia —, indignadas com a intromissão, agarraram-lhe nos pulsos e puxaram-no para debaixo de água, mantendo-o preso muito abaixo da superfície enquanto os companheiros procuravam, debalde, por ele.

— O que caminha no nosso território é nosso — disseram entre dentes, enquanto o pobre homem se debatia, gritando pelo seu amante.

Ninguém o ouviu. Hilas debateu-se em vão. Por fim, quando o vento levantou e o *Argo* estava pronto a zarpar, os companheiros prepararam-se, relutantemente, para partir sem ele. Todos exceto Héracles, que ficou para trás para ir à procura de Hilas, que nunca viria a encontrar.

Depois de muitas aventuras, os Argonautas chegaram à costa da Cólquida, onde o rio Fásis desce das imponentes montanhas do Cáucaso e corre em direção ao mar. Jasão decidira dirigir-se abertamente à cidade de Eia e ao palácio de Eetes, com a justificação de que havia uma boa possibilidade de o rei compreender o apuro em que se encontrava e de lhe oferecer o Tosão do Ouro de boa vontade. Para ajudar os Argonautas, Hera fez três coisas: primeiro, pediu a Afrodite que persuadisse o filho, Eros, a lançar uma das suas flechas a Medeia; segundo, assegurou-se de que Medeia ficava em casa, colocando-lhe na mente a ideia de não ir para o templo de Hécate, do qual era sacerdotisa, naquele dia; terceiro, envolveu os Argonautas numa bruma cerrada, para que, quando caminhassem em direção à cidade de Eia e ao palácio real, estivessem a salvo de olhos curiosos.

E que palácio era o de Eetes. A bruma desanuviou-se mesmo a tempo de os aventureiros admirarem um esplêndido pátio com colunas altas, os edifícios robustos de pedras, os portões imponentes. O mais notável do recinto do palácio eram as fontes milagrosas que o próprio Hefesto construíra: numa corria leite, noutra vinho, noutra óleo e na última água fria da montanha no verão e água a escaldar no inverno.

Quando os Argonautas entraram no palácio, Eros aterrou em silêncio e invisível junto deles, mantendo-se perto de Jasão. Logo que Jasão entrou no átrio majestoso de Eetes, Eros levantou o arco, tirou uma flecha do carcás e, com pontaria certeira, atirou a flecha invisível para o coração de Medeia. A doce dor do amor começou a acender-se dentro dela e depois irrompeu numa chama intensa. Era como quando uma mulher mais velha se levanta antes de o sol nascer e junta acendalhas às brasas de uma fogueira que está a definhar fazendo que as chamas crepitem vigorosamente. Medeia deliciou-se com a visão do belo Jasão. E corou. Muito.

Eetes mandou os escravos prepararem comida e bebida para os viajantes e, só então, depois de todos terem descansado e comido até ficarem bem saciados, é que lhes perguntou quem eram e o que os tinha trazido a Cólquida. Jasão respirou fundo e explicou-lhe a missão em que estavam empenhados. Em troca do Tosão de Ouro, Jasão propunha um acordo: a ajuda dos Argonautas na guerra dos cólquidas com os sármatas, que viviam na costa este do país no Cáucaso.

Eetes sorriu, mas, no íntimo, estava furioso com a presunção do jovem. Ficou tentado a mandar matar os Argonautas logo ali naquele momento, mas lembrou-se de uma forma mais entretida de recusar o que eles lhe vinham pedir.

— Que não se diga que eu sou tão pouco generoso como o teu tio Pélias — disse o rei. — Deixar-te-ei levar o Tosão de Ouro, com certeza, mas com uma condição. Na planície de Ares, tenho dois touros de bronze que cospem fogo. Quando me quero distrair, costumo jungir as criaturas a um arado para semear o campo. Porém, não uso sementes de milho, mas dentes de serpentes. Destas sementes germinam guerreiros, que eu abato quando atacam. Faço tudo isto num dia: emparelho os touros ao arado de madrugada e, ao cair da noite, tenho a minha safra colhida. Se um de vós conseguir fazê-lo tão bem como eu, dar-vos-ei o tosão de bom-grado.

A tarefa parecia impossível. Não obstante, Jasão aceitou-a. Que mais poderia fazer? Contudo, naquele momento, Medeia decidiu ajudá-lo, não só pelo desejo com que Eros a infetara, mas também pelo ressentimento que tinha por ser ignorada e desprezada pelo pai. Um ressentimento que só aumentou quando ela o viu a sussurrar imediatamente com o seu irmão, Absirto, e outros conselheiros próximos para planear (calculou ela corretamente) queimar o *Argo* e assassinar os Argonautas logo que Jasão fracassasse na tentativa de jungir os touros de bronze. Absirto — fraco, estúpido e sem golpe de asa — era o dileto do pai pela simples razão de ser homem. Medeia desprezava-o.

Foi para o quarto, sentou-se, escreveu uma carta a Jasão e mandou uma das escravas mais discretas entregar-lha. De seguida, ajoelhou-se no chão e tirou uma caixa de cedro que tinha debaixo da cama. No interior, guardava a sua mistura mais preciosa e mais difícil de conseguir: um unguento de invulnerabilidade. Quem o esfregasse na pele achar-se-ia muito mais forte e corajoso do que um mortal normal e ficaria imune a ataques de fogo ou de espada. Medeia aventurara-se até às profundezas das montanhas do Cáucaso para encontrar o ingrediente principal: a seiva de uma planta que nascera do icor que Prometeu derramara quando a águia de Zeus lhes rasgara as entranhas diariamente. As flores daquela planta mágica eram da cor do açafrão, a raiz era desagradavelmente parecida com a carne humana. Medeia colhera o seu suco escuro com uma concha do mar Cáspio na calada da noite depois de se banhar em sete regatos e de cantar sete encantamentos a Hécate.

A rapariga ficou sentada no quarto, a rever os planos mentalmente, até que, por fim, pediu que lhe levassem a quadriga e dirigiu-se para o templo de Hécate, onde — esperava ela, se a carta tivesse chegado ao destino — teria um encontro.

O templo ficava longe dos outros edifícios, no limiar da cidade. Medeia escondeu os cavalos e a quadriga num renque de árvores, entrou e ficou à espera, à sombra da estátua da deusa. Ao fim de algum tempo, ouviu a enorme porta do sacrário interior a ranger e a deixar entrar uma brecha de luz da noite e, depois, viu os contornos da silhueta encorpada de Jasão. Não obstante todo o poder que tinha, estava nervosa. Que ideia tinha na cabeça quando convidou um estranho — um inimigo do pai — para aquele lugar sagrado? Se Eetes soubesse, atirá-la-ia a ela e à sua magia para o fim do mundo. E se o estranho a ignorasse ou se risse dela? Os deuses sabiam que ela já tinha uma vida inteira desse tipo de tratamento, mas Medeia não aguentaria se Jasão acabasse por a humilhar. Viu-o entrar para o templo, tão brilhante e encantador, mas também tão destrutivo, como Sírio, a estrela que traz o calor aos dias escaldantes de verão. Hera fizera-o tão belo que os seus próprios companheiros ficavam encantados com a sua beleza.

Olharam um para o outro por um instante em silêncio, o jovem e a rapariga, o aventureiro e a bruxa, como duas árvores altas e esguias na vertente de uma montanha. Foi assim que Circe os desenhou, juntos e sozinhos pela primeira vez.

— Vieste — disse Medeia por fim.

— Vim — disse Jasão, amavelmente. — Como poderia deixar de o fazer? — Ele sorriu, e Medeia sentiu a chama de Eros incendiar-se e a arder dentro dela.

— Chamei-te aqui — disse ela, acalmando a voz —, porque tenho algo que te poderá ajudar com a tarefa que o meu pai te deu.

Mas não tenho a certeza de que to deva dar. O que sei é que o meu pai tentaria matar-me se descobrisse, se soubesse até que nos encontrámos. Posso confiar em ti, Jasão?

O jovem sentou-se num dos bancos de pedra encostados à parede do santuário e deu uma palmadinha no lugar ao lado dele.

— Bem — disse ele —, seja qual for o caminho que escolheres, Medeia, quero que saibas que sou teu amigo. Mas vamos só conversar um pouco por agora. Fala-me sobre ti. Como é viver aqui? Como é o teu pai?

Encorajada por Eros, Medeia contou-lhe que, quando era pequena, costumava impressionar o irmão com as suas artes mágicas, mas, desprovido de semelhante magia, o gosto que ele tinha em vê-la desaparecera e transformara-se em inveja, medo e desconfiança; que o pai, que, no passado, lhe fazia as vontades e a incentivava, começou a acompanhar Absirto na fria indiferença, dizendo-lhe que, como já era maior, deveria esquecer-se dos seus poderes e preparar-se para um casamento conveniente; que a mãe e a irmã, embora condescendentes, viviam com receio de Eetes e da sua fúria vulcânica. Contou-lhe que os dias aborrecidos que passava no palácio eram muito diferentes da liberdade que tinha à noite, altura em que aproveitava para vaguear pelas montanhas e florestas. Descreveu o que sentira quando o poder de Hécate a atravessou como um relâmpago. E Jasão ficou encantado.

— Pergunto-me: o que é que sabes sobre o resto da tua família? — perguntou Jasão, ao fim de algum tempo. — Os que vivem longe daqui. E Ariadne? Contaram-te alguma coisa sobre ela?

— Sobre a minha prima Ariadne? A filha da minha tia Pasífae, que casou com o rei Minos de Creta? O que é que há para dizer sobre ela? Ariadne não tem poderes mágicos nenhuns, apesar de ser filha de Hélio. Suponho que foi por isso que a casaram com Minos, em vez de a enviarem para uma ilha no fim do mundo, como fizeram com a minha outra tia, Circe.

— Na verdade, há muito para dizer sobre Ariadne — disse Jasão. — É verdade que nasceu sem poderes mágicos, mas dizem que é muito inteligente. Passou muito tempo como Dédalo e foi ele quem acabou por a educar. Não ouviste falar dele? Foi o grande arquiteto e inventor que o rei Minos empregou no palácio. Eu digo empregou... Foi mantido lá, até muito depois de ele querer ir embora.

»Mas, bem, Dédalo fez todo o tipo de coisas extraordinárias para o rei: armas, sobretudo, como flechas que nunca falham e armaduras impregnáveis. Mas, depois, Pasífae foi ter com ele em segredo. Estava obcecada com um touro. Dizem que foi Posídon que a deixou louca pelo animal, um castigo depois de Minos não lhe ter oferecido a criatura em sacrifício. Ela queria encontrar uma forma de fazer sexo com o touro. Por isso, Dédalo desenhou-lhe um modelo perfeito e realista de uma vaca. Era oco, para a tua tia conseguir pôr-se lá dentro.

»Ela usou-o e fez sexo com o touro. Nove meses depois, deu à luz um bebé. Só que não era bem um bebé: tinha a cabeça de um touro e o corpo de um rapaz. Chamaram-lhe Minotauro. Minos perguntou ao oráculo o que havia de fazer com ele, e a resposta foi ordenar a Dédalo que construísse um sito para ele viver. Por isso, Dédalo desenhou e construiu o Labirinto, um lugar enorme e emaranhado, cheio de corredores confusos e sinuosos. Ninguém entendia verdadeiramente o desenho a não ser ele. Quem entrasse não conseguia encontrar a saída.

»Acontece que o que o Minotauro gostava mesmo de comer era carne humana. Como é habitual, o rei Minos usou este facto em seu proveito. Depois de o filho, o teu primo Androgeu, ter sido morto em Atenas, Minos exigiu um tributo. Os atenienses tinham de enviar sete raparigas e sete rapazes todos os anos para o Labirinto, onde ficavam perdidos. Nunca nenhum saiu.

»Isto continuou durante muito tempo, até que, por fim, Teseu, o filho do rei Egeu de Atenas, se ofereceu para ser uma das oferendas sacrificiais. Teseu é excecional. Passou a infância em Trezena, longe de Atenas, longe dos inimigos de Egeu para sua própria segurança. Reza a lenda que Egeu enfiou a espada numa rocha quando o deixou lá ainda bebé: era um teste para quando Teseu crescesse. Desde pequeno, todos os anos Teseu tentava puxar a espada, até que, quando tinha 16 anos, o conseguiu finalmente. Depois, partiu para Atenas. Quando estava a caminho, usou a espada para libertar todo o território de Ática dos bandidos e malfeitores, pessoas como Procrustes, que atraía os viajantes até sua casa e os forçava a deitar nas suas camas. Se fossem menores do que as camas, esticava-os até atingirem a medida certa. Se fossem maiores, cortava-os à medida. Seja como for, Teseu livrou-se dele, chegou a Atenas e voltou a encontrar o pai.

»Não passou muito tempo até que ele insistisse em ir para Creta com as ofertas anuais. Estava determinado a acabar com os sacrifícios para o Minotauro. E conseguiu. Matou o monstro, salvou os amigos e voltou para Atenas, onde agora é rei. Mas a questão é que ele não teria conseguido fazê-lo sem Ariadne. Foi ela quem o ajudou. Foi ela que percebeu como matar o Minotauro, como matar o próprio meio-irmão. Conseguiu levar uma espada a Teseu e deu-lhe um rolo de fio vermelho. Ele atou uma extremidade à porta do Labirinto e desenrolou-o à medida que avançava para o interior do edifício. Assim, depois de enfrentar o Minotauro, sabia como encontrar o caminho de volta e levar os outros jovens atenienses com ele.

»Depois, Teseu e Ariadne conseguiram fugir juntos: chegaram ao navio dele e zarparam para Atenas. Tenho a certeza de que foi difícil para Ariadne. Inimaginavelmente difícil: o meio-irmão merecia morrer, mas não deixava de ser meio-irmão dela. E teve de deixar a mãe e o pai para sempre. Mas acontece que Ariadne e Teseu se tinham apaixonado.

Jasão sorriu para Medeia e pegou-lhe nas mãos. Deixou as implicações da história — como uma rapariga tinha ajudado um aventureiro a trair a família — no ar.

— Seria muito importante para mim saber que vais estar a pensar em mim amanhã — disse ele. — É melhor ir-me embora agora. O teste começa de madrugada e tenho de me preparar.

Fez um gesto de quem se vai levantar, mas ela disse:

— Espera. Se eu te ajudar, levas-me contigo para a tua cidade?

— Claro — respondeu ele. — Depois de tudo o que me disseste, não te poderia deixar ficar aqui.

— Prometes? Prometes nunca me deixar ficar mal?

— Nunca, mas nunca, te vou deixar ficar mal.

— Então toma isto — disse ela, levando a mão à bolsa de pele que continha o unguento da invulnerabilidade. — E ouve-me. Esta noite, o meu pai vai dar-te os dentes de serpente que quer que semeies. Quando os tiveres em segurança, espera até à meia-noite, depois lava-te com cuidado no rio para te purificares. A seguir, veste uma túnica escura e cava um poço. Sacrifica uma ovelha lá dentro, reza a Hécate e apresenta uma oferenda de mel. Deixa a carcaça da ovelha no poço, constrói uma pira em cima e acende-a. Nessa altura, vai-te embora. Não olhes para trás, por mais estranhos que sejam os ruídos que ouvires. Amanhã de manhã esfrega este unguento na pele, como se estivesses a passar óleo no corpo depois de te exercitares. Unta a espada, a lança e o escudo com ele também.

»Só mais um conselho — acrescentou ela. — Quando os guerreiros começarem a brotar à tua volta, não te vão ver de imediato. Atira uma rocha para o meio deles. Vão começar a lutar uns com os outros, o que te vai permitir ganhar algum tempo.

Jasão ficou tão grato e tão aliviado que acreditou verdadeiramente que estava a apaixonar-se. Inclinou-se na direção de Medeia e beijou-a. Depois contou-lhe do seu amado mas fraco pai, Éson; contou-lhe da bela cidade de Iolco, dos seus templos bem construídos e do movimentado mercado; falou-lhe dos olivais, das vinhas, dos prados e dos penhascos íngremes que se estendem até ao mar.

— Vais ser venerada como uma deusa quando chegarmos a casa — disse-lhe ele. — Toda a gente vai ficar a saber que foi por tua causa que os filhos e as filhas chegaram a casa com vida. E vamos casar e partilhar o nosso leito todos os nossos dias, até que a morte nos separe.

Mas Jasão não contou a Medeia tudo o que sabia sobre Teseu e Ariadne. Não lhe contou que, depois de terem fugido de Creta, se instalaram por uma noite na ilha de Naxos. Não lhe disse que, no início da manhã, antes de o sol nascer, quando Ariadne ainda dormia, Teseu mandou a tripulação fazer-se ao mar sem ela, traindo-a e quebrando todas as promessas que lhe tinha feito.

No entanto, Jasão não conhecia a história toda. Não sabia o que aconteceu quando Ariadne acordou, na faixa costeira rochosa, a sentir o sol quente a bater-lhe no rosto e a achar-se abandonada. Primeiro ficou assustada, confusa, em pânico. Correu para a costa, viu a vela de Teseu no horizonte, gritou até ficar rouca a tentar chamá-los de volta.

Depois, ficou zangada. Acusou Teseu de ser um mentiroso, de quebrar promessas. Depois de tudo o que ela fizera por ele: deixara a família, conspirara para matar o meio-irmão. Mais tarde, rezou a Zeus para que Teseu ficasse esquecido, tal como ele a esquecera a ela; para que, no vazio que se formaria na sua cabeça, se esquecesse de içar velas brancas novas ao aproximar-se de Atenas, o sinal acordado com o seu pai, Egeu, para avisar de que estava a regressar com vida. A terra agitou-se e suspirou quando ela gritou aquelas maldições aos ventos e às aves marinhas.

Ao fim de algum tempo, vazia de desespero e de fúria, deixou-se ficar lá, deitada de bruços na praia de Naxos a rezar pela morte. E foi então que ouviu um som estranho e cacofónico: címbalos, flautas, canções, risos. Sentou-se, olhou em volta e, para sua surpresa, viu uma quadriga puxada por dois leopardos, conduzida por um jovem deus belo, sorridente e andrógino. À volta dele, estavam as companheiras envoltas em heras, a balançarem-se, extáticas, perdidas na dança. Exceto por uma figura tremendamente gorda e embriagada, que estava montar um burro, dobrada sobre o pescoço do animal em perigo de escorregar.

O deus era Dioniso. As jovens mortais que o seguiam era as ménades. Em cima do burro estava Sileno, não um homem, mas uma criatura com cauda de cavalo: um sátiro, um espírito luxurioso e sem lei das florestas. Ariadne levantou-se, admirada. Dioniso saltou da quadriga. Hipnotizados pelo olhar um do outro, obcecados pelo desejo, caminharam um para o outro, o deus e a rapariga. E, na sua alegria, Dioniso lançou uma nova constelação para os céus, uma coroa de estrelas.

E Zeus, veio-se a ver, ouviu Ariadne. Quando Teseu estava a chegar com o navio à costa da sua terra, Ática, esqueceu-se, de facto, de trocar as velas do navio. O seu pai, Egeu, não viu o linho branco mas o preto letal: o sinal de que os jovens tinham morrido e de que a missão fracassara. Movido pela dor, o velho rei atirou-se da Acrópole, pelo que, quando o príncipe regressou a casa, encontrou-a em luto profundo e lágrimas.

Deixemos Ariadne, prima de Medeia, e o seu amor por Teseu de Atenas. Naquela noite, depois de se separarem contra a vontade, Jasão fez exatamente o que Medeia lhe tinha dito: lavou-se, vestiu roupa escura, cavou o poço, sacrificou a ovelha, fez a oferenda de mel e rezou. Depois, acendeu a pira e afastou-se, pelo que ouviu, mas não viu, Hécate a erguer-se, com sobrancelhas escuras, envolta em cobras, uma tocha a arder em cada mão, enquanto os cães de caça de Hades subiram de baixo da Terra e ladraram num coro estridente.

No início da manhã seguinte, Eetes vestiu a couraça que o próprio Ares lhe dera e pegou na lança. Depois, com o filho Absirto a acalmar as cabeças dos cavalos, subiu para a quadriga e seguiu a galope para a planície de Ares, o povo a segui-lo para ver o espetáculo.

Ao mesmo tempo, rodeado dos companheiros, Jasão esfregou a pele com o unguento de invulnerabilidade, sem se esquecer de untar a espada, o escudo e a lança. De início, nada. Mas depois sentiu uma energia nova a inundar-lhe o corpo. Parecia um cavalo de corrida excitável: tudo o que o animal quer é sentir o gozo da corrida, o poder invencível dos seus próprios membros. Recusou a armadura que os amigos lhe levaram: sentia-se como um deus, como se nada lhe pudesse tocar.

Os Argonautas chegaram à planície, uma visão magnífica: um grupo de homens jovens e intrépidos com o líder nu à cabeça, um saco de dentes de serpente pendurado aos ombros. Eetes pareceu momentaneamente confuso ao ver Jasão a irradiar confiança, mas afastou a ansiedade e virou-se para os habitantes da Cólquida.

— Hoje vou colocar este jovem à prova — gritou ele. — Vamos ver se Jasão é digno do Tosão de Ouro!

Apontou para o arado de madeira que estava pronto aos seus pés.

— Um conselho: tenta não deixar os touros queimarem o teu arado — disse ele, com um trejeito desagradável. — Que os deuses te acompanhem, Jasão. Que o jogo comece!

A multidão irrompeu em gritos. Medeia, com véu e reservada, apertou os punhos e fez uma oração silenciosa e apaixonada a Hécate.

Jasão caminhou, decidido, pela planície, enquanto Castor e Pólux o seguiram com o arado nas mãos. Perscrutou o horizonte até ver os touros à distância; o sol nascente refletia-se no brilho metálico das ilhargas dos animais e as narinas cuspiam foguetes de luz escaldante. Jasão correu até junto deles, atirou a espada e a lança contra uma pedra, fincou os pés e fletiu os joelhos, preparado, tão indiferente à força e ao sopro escaldante dos animais como uma rocha gigante ao bater das ondas do oceano.

Os touros baixaram as imponentes cabeças e investiram como se tivessem a intenção de o derrubar e escornear. Mas, antes que o primeiro chegasse até ele, Jasão estendeu o braço e agarrou um dos cornos de bronze do animal. Depois, deu um pontapé violento ao animal. Tinha os dedos nus e humanos a bater na ilharga quente de bronze do animal, mas o unguento de medeia era tão poderoso que o touro caiu de joelhos. O outro touro recebeu o mesmo tratamento. Castor e Pólux atiraram o arado na direção de Jasão com a força combinada de ambos e retiraram-se rapidamente: o calor era avassalador e, furiosos e aflitos, os touros tornaram-se meros lança-chamas, a envolver Jasão completamente no seu sopro abrasador.

A única coisa que a multidão conseguia ver naquele momento era uma ampla bola de fogo à distância. Parecia que o jovem aventureiro tinha sido aniquilado. Mas, subitamente, ouviram-se gritos de empolgamento quando viram o jovem a emergir do inferno, a pele brilhante milagrosamente imaculada. Ainda mais extraordinário, parecia estar a conduzir os touros à frente dele.

— Vamos! Andor! — gritou. E os animais de bronze, ainda a bufar chamas, mas já mais calmos, seguiram devagar em uníssono, os pescoços presos ao jugo. A relha furou o solo. Jasão tinha conseguido. Tinha domado os touros de bronze.

De seguida, Jasão, a agarrar o arado com a mão esquerda, levou a mão direita à bolsa de pele com os dentes de serpente e começou a semeá-los atrás dele. Trabalhou a manhã inteira, mas, mesmo assim, a tarefa extenuante de lavrar e semear continuou; só quando o sol começou a cair é que conseguiu terminar. Por fim, com a mortífera colheita plantada, deixou os touros afastarem-se, lavou-se no rio, e, depois, rodeado pelos amigos, arreganhou os dentes, preparado para a batalha: fez-se tão furioso como um javali encurralado por caçadores, com os dentes à mostra, a boca salpicada de espuma.

Não teve de esperar muito. No lugar onde tinha começado a lançar as sementes, o solo pareceu estremecer e mover-se. Depois algo grande e redondo pareceu elevar-se da terra, como um fungo gigante a abrir caminho do solo para a luz. No entanto, o fungo não demorou a revelar-se o cimo do elmo de um guerreiro. Depois, emergiu um rosto e, de seguida, um corpo inteiro, armado com couraça, caneleiras, elmo e espada. A criatura sacudiu o solo dos membros e pestanejou, momentaneamente ofuscada pela luz. Em toda a volta começaram a emergir mais soldados dos regos que Jasão tinha arado.

Jasão correu de novo para a rocha onde tinha deixado as suas armas. Quando retornou, já havia uma safra de cinquenta guerreiros ou mais, aparentemente menos confusos e mais agressivos a caminhar na sua direção, a rosnar, as espadas a reluzir ao sol baixo. Jasão levantou a imensa rocha e atirou-a para o meio deles, tal como Medeia o tinha aconselhado. Os homens, a roncar, viraram-se uns para os outros. Foi um alvoroço terrível e sangrento, uma confusão louca. A tarefa de Jasão era acabar com os desgarrados e desbastar homens em crescimento, matando-os ainda antes de saírem do solo. Quando terminou, a planície parecia uma floresta derrubada por uma tempestade. Eetes olhou para a cena com uma fúria crescente. Ainda antes de Jasão concluir aquela tarefa mortal, o rei ordenou que lhe levassem a quadriga e partiu para o palácio.

Naquela noite, os Argonautas construíram uma enorme fogueira junto do rio e beberam e festejaram para celebrar o sucesso de Jasão. No início do dia seguinte, combinaram, iriam ter com Eetes para reclamar o tosão e zarpar para casa.

Medeia, porém, estava desesperadamente assustada. Sim, Jasão tinha concluído a tarefa que Eetes lhe atribuíra: tinha sobrevivido àquele dia. Mas ela conhecia o perigo que ainda havia pela frente, enquanto os jovens estivessem com a guardas baixas, assumindo ingenuamente que o pai dela era um homem de palavra. Medeia sabia que tinha de se antecipar ao pai, que iria planear matar o jovem aventureiro antes da aurora.

Por isso, mandou as escravas embora, a fingir que não estava a sentir-se bem. Arrumou as ervas e poções mais preciosas que tinha. Deu um adeus rápido ao quarto onde passara a juventude e saiu sub-repticiamente do palácio, sem ser vista, depois de abrir as portas e os portões trancados do edifício com os seus encantamentos mágicos. Não demorou a sair da cidade, invisível para toda a gente, exceto para Selene, a deusa-Lua, que a observou, reconhecendo uma sofredora de amores, uma vez que Selene ainda ardia de desejo pelo seu amante antes mortal, Endimião, que dormia um sono eterno, encerrado numa juventude eterna.

Os Argonautas estavam embriagados, roucos e a cantar quando ela os encontrou. Só Orfeu, reparou ela, não se tinha juntado a eles; estava sentado longe deles. Quando ela se aproximou, os homens calaram-se gradualmente. Um ou dois tentaram levantar-se e saudá-la. Ela ignorou-os e puxou o véu para trás.

— Ouçam-me, Argonautas — disse ela. — Este não é o momento de celebrar. O meu pai não tem intenção de honrar o compromisso que fez convosco. Assim que entrardes no palácio amanhã de manhã, ides ser armadilhados e é como se estivésseis mortos. A única possibilidade que tendes, que temos, é ir buscar o Tosão de Ouro já e sair imediatamente.

— Mas isso é uma loucura — discordou um dos homens da escuridão em volta do fogo. — Como todo o respeito, senhora, não podemos fazer isso. Sabemos que o Tosão é mantido numa floresta sagrada, vigiada de noite e de dia por uma serpente que nunca dorme. Não temos possibilidade nenhuma de o ir buscar sem que o vosso pai no-la dê. Até agora, tratou-nos com justiça. Não temos razão para pensar que nos vai deixar ficar mal.

— Com justiça? Ele atribuiu uma tarefa ao Jasão que o mataria se não fosse a minha magia, o meu unguento de invulnerabilidade. Acreditai, a palavra do meu pai não vale nada — disse ela. — Mas podeis confiar em mim. Arrisquei a vida para vos ajudar. Olhai para isto — tirou um frasco do meio do monte que trazia. — É uma poção. Posso usá-la na serpente. Vai pô-la a dormir, pela primeira vez na vida dela. Depois disso, podeis pegar no tosão. E podemos partir. Mas temos de fazer isto *já*. Depois, eu volto convosco para Iolco, e o Jasão e eu vamos casar-nos assim que chegarmos lá.

Houve um silêncio incómodo quando os homens pensaram nas implicações do que ela dizia. Era a primeira vez que ouviam falar daquele casamento, daquela fuga com a rapariga estrangeira.

— Ela tem razão — disse Jasão, por fim. — Vamos. Mexam-se. Vamos buscar o Tosão de Ouro.

Os homens apagaram a fogueira de imediato, embarcaram para o *Argo* e remaram ao longo do Fásis — não demorando a ficar sóbrios —, até chegarem ao local indicado por Medeia, que, juntamente com Jasão, saiu do navio e abriu caminho pelas sombras escuras da floresta sagrada.

Ao fim do que pareceu muito tempo, Jasão viu uma espécie de aura rosada à distância. De início pensou, com o coração a afundar-se, que era a deusa Eos a trazer a aurora, que estavam atrasados e que tinham sido vistos. Depois, decidiu que não, não poderia ser a aurora, mas antes seria algum tipo de celeiro ou mansão distante a arder. Ficou incrédulo quando Medeia disse entre dentes:

— O tosão.

Jasão começou a falar, mas Medeia pôs o dedo à frente da boca a pedir para que se calasse e fez um gesto para que ele a seguisse. Pouco depois, estavam suficientemente perto para o ver bem, embora emitisse um brilho tão forte que Jasão teve de proteger os olhos com a mão. Além disso, era enorme, muito maior do que qualquer tosão de carneiro que já se viu: era tão grande como a pele de um boi. Estava pousado em cima dos ramos de um carvalho baixo, mas frondoso. Enroscada no tronco estava uma serpente. Tinha o corpo tão grosso como o tronco de Jasão. As escamas pareciam couraças, duras, brilhantes e negras. Os olhos estavam fixados nos mortais. A língua movimentou-se. Da barriga saiu um silvo chocalhante. Começou a desenroscar o corpo interminável e a deslizar na direção deles, sinuosa como fumo em espiral.

Foi então que Jasão viu o poder de Medeia pela primeira vez. Circe teceu a cena: a jovem feiticeira pôs-se à frente dele. E, quando a serpente se aproximava, deslizante, levantou os braços à frente dela, as palmas das mãos levantadas, e começou a cantar.

Era uma melodia etérea, aguda e estranha, quase um choro; parecia estar a parar o ar nas árvores, a parar o tempo. Invocou Hipnos, o deus do sono; lisonjeou-o e adulou-o, cantando aos seus parentes titânicos, Nix, a noite, e Érebo, as trevas; homenageando dois dos seus irmãos — Tanatos, a morte, e Momo, a culpa — e as suas grandes irmãs, as Moiras. Descreveu a casa de Hipnos com nostalgia, a caverna escura nas margens do rio Letes, onde crescem as camomilas e as papoilas. Invocou-o para que trouxesse o seu doce alívio para a serpente que nunca tinha dormido, para a deixar tranquila e sonolenta, para lhe oferecer descanso daquela vigia constante e extenuante.

O encanto funcionou. A serpente parecia ter dificuldade em levantar a cabeça colossal. Depois deixou de se mover por completo, embora os olhos, sem pálpebras, continuassem a parecer estar a vigiar os humanos. Medeia pegou apressadamente no vaso de terracota e mergulhou os dedos no unguento pegajoso que tinha no interior para o esfregar na cabeça da serpente. Depois virou-se para Jasão.

— Vai, agora, agarra o tosão. Não te demores. O unguento vai ajudar a mantê-la a dormir, mas não por muito tempo.

Em silêncio, Jasão deu um passo por cima do corpo da serpente, trepou para os ramos inferiores do carvalho e puxou o grande tosão até ele cair. Depois, correram ambos de volta para o *Argo*, com o tosão entre eles, os rostos dourados com o brilho refletido.

— Toca a remar! — vociferou Jasão. Os homens dobraram-se para os remos.

Pouco depois da aurora, Eetes recebeu as primeiras notícias de que o tosão — bem como a filha e Jasão — tinha desaparecido. Furioso, mandou a sua frota fazer-se ao mar em perseguição ao navio de Jasão, dividida em diferentes contingentes para cobrir todas as rotas prováveis dos gregos. Ao fim de vários dias, os navios comandados pelo irmão de Medeia, Absirto, alcançaram o *Argo*.

Os Argonautas estavam desesperados: os navios da Cólquida tinham-nos encurralado numa ilha minúscula na foz do rio Istro, um lugar que não tinha nada a não ser um pequeno santuário devotado a Ártemis. Uma delegação dos homens aproximou-se calmamente de Jasão; Cálais falou em nome de todos e disse que a única forma de saírem do impasse era fazerem um acordo com Absirto no qual se ofereceriam para deixar Medeia na ilha em troca do Tosão de Ouro.

— Afinal — afirmou —, Eetes prometeu-to se conseguisses lavrar o campo e vencer os guerreiros. Haverá certamente uma boa probabilidade de o Absirto aceitar estes termos.

Não demorou até que a ideia chegasse aos ouvidos de Medeia; ouviu dois tripulantes a discuti-la e foi confrontar Jasão.

— Como foste capaz? — disse ela. — Todas as palavras mansas, as promessas que me fizeste. Podiam muito bem ter sido escritas no ar! Prometeste casar comigo. *Estamos* casados aos olhos dos deuses. Eu abandonei a minha terra natal, a minha família, por ti. Sacrifiquei tudo. Não tenho nada a não ser a ti. Sabes bem disso e irias, o quê, deixar-me aqui sozinha e desaparecer enquanto eu dormia? Se não fosse eu, estarias morto, queimado pelos touros do meu pai. Estou tão furiosa que era capaz de te queimar o navio neste momento, de vos queimar a todos. Espero que morras, espero que os teus filhos morram. Espero que sejas expulso da tua terra.

Jasão sentia o cheiro amargo e elétrico da raiva de Medeia. Os dedos dela crepitavam de poder, nos olhos faiscavam chamas de luz. Jasão estava assustado.

— Meu amor, Medeia, acalma-te, por favor — disse ele. — Estou tão desgostoso com isto como tu. Mas o que é que podemos fazer? Estamos cercados. O teu irmão tem alianças com todos os reis das redondezas. Temos de pensar numa solução. Se não, vamos ser todos mortos. Será certamente melhor se conseguirmos sair disto vivos.

— *Temos* de pensar numa solução? Parece que eu sou a única que pensa um pouco por aqui. E acreditas mesmo que, se o meu pai me apanhasse, me deixaria viver? Não fazes ideia de nada, pois não? E ainda me dizes para ter calma.

Medeia soltou um riso amargo. Depois começou a andar de um lado para o outro, a mandar Jasão ficar calado com impaciência. Por fim, disse:

— Penso que pode haver uma forma. Um plano que poderá funcionar. Mas não é... honroso.

— Bem, seja o que for, desembucha — disse Jasão.

— O que me disseste sobre a minha prima Ariadne deu-me uma ideia. Ela ajudou Teseu a matar o meio-irmão dela, não foi? Usou uma vantagem injusta, é certo: deu-lhe uma espada e um rolo de fio. Mesmo assim, toda a gente acha que ela fez o mais correto. Segundo uma dizes, é honrada na Grécia. O que ela fez justificou-se porque o Minotauro queria matar os atenienses. Bem, a nossa situação é semelhante. O meu pai Eetes, o meu irmão Absirto... É claro que te querem matar a ti e aos outros Argonautas. E, provavelmente, a mim também. O que significa que temos justificação para o matar. O meu irmão, Absirto...

Deteve-se e virou-se. Depois voltou a falar, resoluta.

— O que tens de fazer é pedir-lhe para vir aqui, acompanhado apenas dos arautos, como se fosses fazer um acordo com ele. Tem de ser credível. Tens de preparar todos os presentes que puderes oferecer, como se fosses realmente celebrar um pacto com ele por causa do tosão. E eu também lhe vou fazer chegar uma mensagem a dizer-lhe que estou preparada para te trair a ti e aos Argonautas. Vou dizer-lhe que, se ele vier cá para negociar contigo, eu roubarei o Tosão de Ouro e irei para a Cólquida com ele. Depois, quando ele chegar, vou encontrar uma forma de o deixar sozinho enquanto os arautos estiverem a carregar o navio com os presentes. Nessa altura, poderás...

— Sim, estou a ver — disse Jasão.

— E vamos fazer o seguinte. O meu pai irá insistir em fazer um funeral como deve ser ao meu irmão. Por isso, esquartejamo-lo. Pegamos nos pedaços do corpo e atiramo-los à água, um a um. Os homens dele terão de ir buscar cada pedaço ao mar. Assim ganharemos algo tempo.

Olharam um para o outro, ele assentiu com a cabeça. Voltaram para junto dos outros. Jasão explicou o que iria acontecer. Os Argonautas ouviram-no, em silêncio, com os rostos fechados. Não gostaram da ideia. Mas tinham prometido lealdade a Jasão. Jasão e Medeia enviaram as diferentes mensagens para Absirto, e Jasão começou a juntar os presentes mais generosos que conseguia encontrar, entre eles um extraordinário vestido púrpura que a rainha de Lemnos, Hipsípile, lhe tinha dado e que fora tecido pelas Graças. Era exatamente do mesmo tecido que Dioniso espalhara no chão quando fizera amor com a prima de Medeia, Ariadne, na costa de Naxos.

Pouco depois, Absirto atracou na ilha. Aceitou os termos de Jasão, mas, enquanto os arautos estavam a carregar o navio com os tesouros, Medeia aproximou-se dele, como que em segredo. Disse-lhe que tinha sido raptada pelos Argonautas e que iria usar os poderes que tinha para ajudar a levar o tosão de volta para a Cólquida.

Foi então que Jasão apareceu e lhe deu um golpe com a espada antes de ele perceber o que estava a acontecer. Medeia não conseguiu olhar e virou costas. Juntos, os amantes arrastaram o cadáver da vítima para bordo. Depois Jasão gritou uma ordem e o *Argo* zarpou.

Medeia e Jasão esquartejaram o corpo do rapaz juntos. O sangue encharcou a proa do barco e os braços e os rostos de ambos. Atiraram os pedaços de Absirto um a um para as águas atrás deles.

Os navios dos cólquidas detiveram-se a recolher cada pedaço, enquanto o vento acabado de chegar de Hera impeliu o *Argo* pelas águas fora.

A tripulação vogou para casa em silêncio. Os dias foram longos, repetitivos, extenuantes. Uma noite, a viga sagrada de Dodona começou a falar. Na sua voz estranha e quebradiça, disse-lhes para encontrarem Eeia, a ilha de Circe, e lá procurarem a purificação do crime de fratricídio. Os homens, exaustos, embora estivessem ansiosos por chegar a casa, rumaram para os mares ocidentais.

Circe teceu uma cena em que ela própria saudava a sobrinha e os companheiros na costa. Fora avisada da chegada iminente do navio por sonhos inquietantes e sangrentos. Recebeu-os, contrariada, matou um porco, salpicou-os com o sangue do animal e executou rituais de propiciação para apaziguar a ira das Fúrias, que castigam os assassinos. Jasão e Medeia foram circunspetos e evasivos quando Circe os questionou; porém, com a sua visão de feiticeira, Circe viu tudo o que tinha acontecido e percebeu, também, como iria terminar.

Depois de abandonarem a ilha de Circe, os companheiros tiveram muitas mais aventuras. Por ordem de Hera, Tétis, deusa do mar, ajudou-os a evitarem o grande redemoinho Caríbdis e os braços arrebatadores e sedentos de Cila.

Cila costumava alimentar-se de peixes e golfinhos que agarrava na água com os longos braços. Mas também comia marinheiros, quando lhes conseguia chegar. Muitos anos antes, fora uma bela deusa do mar. Mas fora desejada por Glauco, um pescador mortal por quem a própria Circe se perdera de amores. Na sua fúria, Circe usou a magia contra a rival: em lugar das pernas, Cila passou a ter uma cauda de peixe e, da cintura, cresciam cabeças de cães com os dentes arreganhados.

Depois, Glauco comeu, por acaso, uma erva que o transformou num deus do mar. Com o tempo, foi fustigado por tempestades e ondas, conchas e algas colaram-se a ele, e ele acabou por se assemelhar a um navio naufragado encrustado de perceves.

Circe teceu os companheiros a sobreviverem às Sereias, as filhas da Musa Terpsícore. A música delas era maravilhosa, mas havia cadáveres a apodrecer junto à costa, corpos de homens que se esqueceram de comer e beber por estarem tão distraídos pela irresistível arte daquelas criaturas. Quando os Argonautas passaram ao largo da costa, aqueles seres magníficos — metade mulheres, metade pássaros — começaram a cantar, algumas a menearem-se elegantemente por cima das cabeças dos homens, outras empoleiradas nos penhascos a abrirem as asas. E foi só porque Orfeu cantou mais alto do que elas, abafando a bela música com a sua própria melodia penetrante, que Jasão resistiu à tentação de mandar a tripulação remar para a ilha e para a sua perdição.

Finalmente, os Argonautas chegaram à elusiva ilha dos féacios, habitualmente impossível de encontrar pelos mortais. Arete, a sensata e forte rainha, governava a ilha com o marido, Alcínoo. Viviam num extraordinário palácio, coberto em sumptuoso bronze e vigiado por cães imortais de prata e ouro feitos por Hefesto. Nos salões, os banquetes eram iluminados por tochas flamejantes erguidas por estátuas realistas de ouro. As mulheres feácias faziam tecidos excecionais na ilha, os dedos hábeis e rápidos como folhas de choupo ao vento; fora Atena quem lhes concedera a habilidade e a inteligência para fazerem coisas bonitas.

Os aventureiros gozaram da hospitalidade extravagante dos ilhéus. Mas os formigantes sentidos de feiticeira de Medeia diziam-lhe que havia navios cólquidas por perto em busca do tosão. Inteligentemente, dirigiu-se diretamente a Arete para lhe pedir ajuda. À noite, depois de se terem ido deitar, a rainha falou com o marido, dizendo-lhe que receava pelo futuro da rapariga se ela voltasse para a família.

— Temos de a proteger. Os pais podem ser muito cruéis. Não te lembras de como o pai de Dánae a lançou ao mar numa arca? Pensa na nossa bebé, Nausícaa, e na sorte que tem por seres pai dela. Sempre quiseste ajudar uma mulher em perigo, não foi?

— Claro — disse Alcínoo. — Também é verdade que não teríamos dificuldade em derrotar o Eetes numa batalha naval. Mas seria mais eficaz resolver o problema de uma forma que seja considerada aceitável pela maioria dos homens e dos deuses. Deveríamos dizer ao Eetes que Medeia pode voltar se ainda for virgem; mas se for casada, tem de ficar com Jasão.

A astuta Arete aceitou a proposta do marido. Levantou-se mais cedo do que ele, chamou Jasão e Medeia e mandou os escravos preparar sacrifícios e um banquete. Fizeram-se todos os rituais habituais e, para alegria de Medeia, o casal casou-se. O Tosão de Ouro era a coberta — a brilhar, milagrosa — da cama na noite de núpcias.

Pouco tempo depois, quando os representantes da Cólquida chegaram, Alcínoo não se demoveu: Medeia era uma mulher casada, pelo que não voltaria para a ilha do pai. Os membros da delegação, com medo do que lhes poderia acontecer quando voltassem, procuraram asilo e acabaram por viver alegremente entre os feácios até ao fim dos seus dias.

Por fim, os Argonautas deixaram os confortos da terra dos feácios e retomaram a viagem. Quando se aproximaram de Creta, encontraram o perigo mais mortal de todos: o assustador guardião da ilha, Talo. Muitos anos antes, Zeus dera a criatura a Europa após a violar e a deixar na ilha, grávida com o bebé que haveria de se tornar o rei Minos.

Talo era um gigante robótico, um autómato violento de bronze. O trabalho dele consistia em percorrer a linha costeira três vezes por dia e pegar em pedaços de rochedos dos penhascos para os atirar contra navios indesejados. Quando o *Argo* vogava perto da costa, o gigante arremessou rochas para o mar e à volta do navio. Jasão gritou para os tripulantes, ordenando que rodassem a embarcação e rumassem para longe, embora precisassem desesperadamente de água e descanso. Com o navio a corcovear e a balançar, Medeia disse ao marido:

— Acho que consigo derrotar esta criatura. Parece ser de bronze, impossível de ferir, tirando num sítio acima do tornozelo. Consegues vê-lo. Tem uma espécie de veia que não está protegida.

Os Argonautas remaram para levar o navio para perto, mas fora do alcance do gigante. Depois, Medeia pôs-se na dianteira do navio, virada para a costa, magnífica, como uma figura de proa, envolta num manto vermelho-escuro. Foi assim que Circe a mostrou: minguada pelo vasto arcabouço do gigante de bronze, mas com relâmpagos de força a precipitarem-se brilhantes do corpo, a cintilarem como raios sobre as planícies numa noite escura. Invocou o espírito de Tanatos e os cães devoradores do Hades e aproveitou a sua potência escura e sinistra. Manietou os olhos de Talo com o olhar e lançou sensações de agonia para a mente da criatura. O gigante, ao dobrar-se para agarrar mais rochas para atirar contra o *Argo*, tropeçou e cortou o tornozelo numa rocha aguçada que se projetava da vertente da montanha. A veia desprotegida verteu icor e, com ele, a força do monstro. Talo conseguiu aprumar-se e tentou arremessar mais uma rocha contra o navio. Mas, naquele momento, a luz pareceu desaparecer-lhe dos olhos e ele caiu com um estrondo tremendo e ensurdecedor, como um pinheiro a embater no chão de uma floresta. Mais tarde, os Argonautas pensaram, ou, pelo menos, disseram, que Talo tropeçou por acaso e a queda não teve nada que ver com a jovem mulher que se pôs sozinha na proa do *Argo* para o enfrentar.

De Creta à cidade natal de Jasão, Iolco, a viagem não foi longa. Os Argonautas foram saudados como heróis e as suas aventuras tornaram-se rapidamente tema de poesia que cantores errantes tornaram famosas. Pélias foi a única pessoa que não ficou, de todo, satisfeita por os ver, embora lhes tivesse dado as boas-vindas com pompa e organizado vários banquetes em sua honra. Teve o cuidado de dar a impressão de que estava a preparar-se para abdicar do trono em favor do irmão, Éson, e do triunfante sobrinho Jasão.

Jasão andava demasiado ocupado a desfrutar do estatuto de aventureiro mais popular de Iolco para reparar no que Medeia não demorou a prognosticar: que Pélias estava a ganhar tempo e não tinha intenção de entregar o poder. Medeia percebeu que Pélias estava determinado a usar a fragilidade de Éson como desculpa para se agarrar ao trono enquanto pudesse e que, por sua vez, Jasão não tinha grande propensão para o trabalho de sapa e a subtileza necessária para ser rei. Por isso, Medeia decidiu atuar, usando o seu poder para revigorar Éson.

Fazê-lo exigiu poderes mágicos potentes e cuidadas decocções de ervas. Medeia esquadrinhou os campos, andou durante dias pelos cimos das montanhas de Pélion, de Ossa, onde o ar é limpo e fresco e as sombras caem com a contundência de punhais, e onde ela procurou maratona selvagem, cavalinha e dafne amarga; raiz de croco, heléboro, beladona, mandrágora e o suco do freixo de Pélion, o mesmo freixo que Quíron, o Centauro, viria a usar mais tarde para fazer a lança do grande guerreiro Aquiles.

Com estas e certas outras plantas que só uma pessoa com o dom da feitiçaria pode encontrar, Medeia regressou a Iolco. Na noite de lua cheia seguinte, ofereceu uma ovelha em sacrifício a Hécate, começou as suas invocações e chamou a si os seus poderes mais temíveis: aproximar ou afastar as nuvens no céu; encapelar ou serenar o mar; fazer a Terra entregar os seus restos sombrios, os fantasmas dos mortos. Enquanto preparava as ervas, macerando-as e combinando-as em proporções exatas, recorreu aos monarcas do Mundo Inferior, Hades e Perséfone, e rogou-lhes para não levarem Éson ainda e protelarem a sua descida ao país das trevas.

Depois de considerar que o remédio estava pronto, verteu-o num pedaço velho de madeira de oliveira para o testar: o ramo começou a brotar folhas frescas e frutos novos. Quando ela esfregou a poção com cuidado na testa do velho e doente sogro, ele pareceu começar a dormir mais serenamente, a dor, a desorientação e a confusão começaram a desaparecer. De manhã acordou, ainda com a barba branca, mas com mais vigor, decisão e inteligência nos olhos.

Tudo acabaria bem, talvez, não fossem as filhas de Pélias. Ao verem a mudança em Éson, foram falar com Medeia e perguntaram-lhe se ela não poderia fazer o mesmo com o seu pai. Medeia fingiu sentir-se lisonjeada e concordar, mas, secretamente, na raiva fervilhante que sentia pelo usurpador, no profundo desdém pela imbecilidade das filhas de Pélias, planeou o fim do rei e o das suas filhas. Armou um espetáculo para os olhos das raparigas em que fez de conta que convocava poderes mágicos. No entanto, estava a executar uma paródia da sua própria feitiçaria. Posicionou-se diante de um imenso caldeirão e mexeu-o com encantos falsos. Cortou a garganta de um carneiro e atirou a criatura lá para dentro. Depois, retirou um cordeiro vivo que, antes, tinha escondido no enorme recipiente de bronze. Virou-se para as filhas de Pélias.

— Vá, agora é a vossa vez. Primeiro têm de cortar a garganta do vosso pai e, depois de o colocarmos dentro do caldeirão, ele sairá muito mais jovem.

As raparigas, crédulas, seguiram o conselho de Medeia e cortaram a garganta do pai enquanto ele dormia. As filhas de Pélias tornaram-se assim nas suas assassinas, enganadas pela bruxa Medeia.

Este ato de violência acabou por não reforçar, como Medeia esperava, o poder de Jasão em Iolco. Pelo contrário, no escândalo que se seguiu, Jasão foi obrigado a deixar a cidade com Medeia e a procurar asilo em Corinto, no sul longínquo, cujo trono era ocupado pelo rei Creonte. Viveram na cidade durante muitos anos e tiveram dois filhos juntos. Mas a verdade é que, em Corinto, a relação de ambos começou a talhar-se e a azedar. Foi, talvez, em parte devido à tensão de viver longe de casa. Era uma realidade para ambos, claro, mas muito pior para Medeia, que era mais obviamente estrangeira. Tentou integrar-se, resguardar a magia, comportar-se como uma grega. Mas era tratada com desconfiança, independentemente do que fizesse, e nunca chegou a ser completamente aceite. As mulheres coríntias evitavam-na e riam-se nas suas costas pela estranha forma como se vestia e pelo sotaque denso de Cólquida. Às vezes, os homens faziam pouco dela de forma mais ou menos aberta. E ela, não sem dificuldade, engolia o assomo de raiva que sentia a crescer-lhe no estômago e reprimia a crepitação de fogo nos dedos. Depois do que tinha acontecido em Iolco tinha prometido que não iria causar mais problemas nem usar mais artes mágicas.

Jasão, por seu turno, aproveitava a reputação que tinha conquistado e banqueteava-se com a gente mais fina de Corinto. Começou a ficar ressentido com Medeia; pelo poder que ela tinha, pela desastrosa manipulação das filhas de Pélias; por saber que, com uma mulher estrangeira, nunca seria o homem que queria ser. Passava cada vez mais tempo fora de casa, no palácio de Creonte. E foi o próprio Creonte que chamou Jasão à parte e se sentou com ele no ar frio de um dos pátios do palácio.

— Meu amigo — disse ele —, todos nós percebemos que não estás feliz. Desculpa-me a intromissão, mas não me parece que Medeia seja a melhor pessoa para ti. Há tantas diferenças entre os cólquidas e os gregos. Não consigo deixar de pensar que serias mais feliz com uma mulher que partilhasse as tuas tradições, o teu modo de vida. Eu sei que não vais querer ouvir isto, mas temos todos algum receio do que ela poderá fazer. Vemo-la sentada, aparentemente calma e serena, mas todos conhecemos a reputação de violência que a precede. É inteligente, também sabemos isso, embora eu nunca tenha considerado que isso fosse uma qualidade particularmente desejada numa mulher. A questão é: ela pode estar a pensar em qualquer coisa, a planear qualquer coisa por detrás daquele véu que ela usa.

»Bem, estou certo de que te ofendi ao falar tão abertamente. Mas, como homem, como grego, quero que compreendas que o estou a fazer porque te tenho afeição e me preocupo contigo. Tenho mais uma coisa a dizer e não tens de me responder já. A minha filha Glauce está em idade casadoira e sei que te admira. Sabes a consideração que tenho por ti também. Por que não pensares em começar de novo? Com uma boa rapariga, uma rapariga grega. Os teus filhos também. Seriam, claro, parte da nossa família, tratá-los-íamos como se fossem sangue do nosso sangue. E certificar-nos-íamos de que Medeia era tratada de forma justa, claro. Pensa nisso. Sem pressa.

Creonte levantou-se e saiu. Jasão ficou perplexo. Poderia o rei sugerir realmente algo tão obviamente desleal e tão perverso como ele deixar a sua mulher? E casar com Glauce, uma coisinha bonita, mas não mais do que uma menina?

Mas, à medida que as semanas e os meses passavam, e ele e Medeia continuavam a esbarrar um com o outro, Jasão começou a remoer a sugestão de Creonte. Começou a pensar em como seria ser genro do rei: ser consultado, incluído. E, acima de tudo, começou a dizer a si próprio o que significaria para os filhos terem um futuro sem nenhuma sombra da mãe a pairar sobre eles. Depois, havia Glauce. Era bonita, tímida e jovem, tão diferente de Medeia, sempre triste e carrancuda.

E, assim, chegou o dia em que Jasão disse a Creonte que gostaria de se casar com Glauce. Mudou-se oficialmente para a casa de Creonte; fez-se o casamento.

Medeia libertou-se de tudo exceto do choque e da fúria. Andou sem parar, de um lado para o outro, na casa que partilhara com Jasão, fora de si, a maldizer o dia em que o viu pela primeira vez, a culpar Afrodite (e bem poderia fazê-lo) por todas as coisas insanas e terríveis que tinha feito... Rezou, não a Hécate, mas à forte e ancestral deusa Témis, guardiã dos juramentos. Porque Jasão jurara que nunca, mas nunca, a deixar ficar mal. E deixou.

Estava acabada, dizia ela. Queria morrer. Não tinha absolutamente nenhum sítio para onde ir. Porque é que tinha nascido mulher? *Porquê*? Para os homens era fácil. Tinham liberdade. Eram eles quem inventavam as regras. Escreviam histórias e cantavam loas uns aos outros, controlavam a forma como as coisas eram recordadas. Mas eram cobardes e mentirosos. Não faziam ideia do que era o verdadeiro heroísmo. As mulheres sabiam: Medeia preferiria combater na frente de batalha três vezes a ter um parto. Um dia, as coisas iriam mudar. Seriam as mulheres a receber a glória; as façanhas das mulheres seriam cantadas aos céus. A ideia de que Jasão tinha ficado com os louros por ter roubado do Tosão de Ouro... Fora tudo obra dela, a história era dela! Um dia, as Musas haveriam de calar as canções falsas que versavam sobre as traições das mulheres, a duplicidade das mulheres.

Se Creonte e Jasão pensaram que Medeia iria aceitar a sua nova situação com o tempo, enganaram-se. A fúria de Medeia era um buraco sem fundo, uma sombra negra que se arrastava da casa e contaminava a cidade. Algumas das mulheres de Corinto começaram a murmurar entre elas e a dizer que ela tinha alguma razão: quem entre elas ficaria feliz por ser deixada por uma mulher mais jovem, mais bonita e mais rica? Depois de ter arriscado a vida por ele, abdicado de tanto por ele, feito tantas coisas terríveis só por ele?

Finalmente, Creonte decidiu que a situação estava a ficar fora de controlo. Foi falar com Medeia e disse-lhe que ela tinha de deixar a cidade... e de levar os filhos. No dia seguinte, Jasão foi ter com ela.

— Não podes tentar entender — disse ele — que fiz isto por nós e, o que é mais importante, pelos nossos filhos? Não tem nada que ver com abandonar-te, encontrar outra pessoa, sexo ou amor. A ideia foi tentar melhorar o trabalho das nossas vidas aqui em Corinto.

— O trabalho das *nossas* vidas? Estás mesmo a tentar dizer que me estás a deixar para o meu próprio bem? Para o bem dos nossos filhos? Deuses, deves pensar que sou uma imbecil. Tu não amas os nossos filhos de verdade. Fui eu que sofri para os dar à luz. Sou eu que passo o dia inteiro com eles, que aprecia aquelas peles macias, os hálitos doces. Sou eu que me preocupo com o crescimento deles. Olha bem para o que estás a fazer, Jasão: estás a abandonar a pessoa que abdicou de tudo por ti. Todos os teus pretensos feitos heroicos foram meus, na realidade. Fui eu que fiz tudo. Sou a autora. E não me importei, porque te amo. Queria fazer essas coisas por ti. E agora estás a pisar todos os votos, todas as promessas que fizeste.

— Ser abandonada é uma escolha tua — contrapôs Jasão. — Não tinha de ser assim. Se tivesses aceitado a situação, podias ter ficado aqui em Corinto com os nossos filhos. A culpa é tua, e de mais ninguém. Mas, olha, vou dar-te dinheiro, apresentar-te a pessoas, vamos encontrar um lugar ondes estejas em segurança e possas assentar.

Medeia olhou para ele, despeitada.

— Não quero nada de ti. Nem os teus pretensos amigos, nem, muito menos, o teu dinheiro.

Jasão enrubesceu.

— És impossível, Medeia. Sabes o que eu queria? Queria que houvesse uma forma de os homens reproduzirem sem precisarem das mulheres. Nesse caso, talvez pudéssemos ser felizes.

— Foi só isso que eu fui para ti? Um *recipiente?* — disse Medeia.

Jasão tinha a mão na porta, estava de saída. Mas, ao sair, ouviu a voz de Medeia a gritar.

— Desfruta da tua nova mulher, Jasão. Mas uma coisa te prometo, o meu sofrimento não se comparará com o teu, não tarda. Os deuses encarregar-se-ão disso.

Ele encolheu os ombros e continuou, o idiota. Todos aqueles anos de vida em Corinto entorpeceram-lhe a memória das capacidades de Medeia, de até onde ela era capaz de ir. Parecia outro mundo, outra existência o momento em que a vira em pé na proa do *Argo*, a estilhaçar o céu com o seu poder, enquanto gritava para Hécate e para os deuses da morte e fazia Talo cair com estrondo.

À noite, Medeia ficou acordada a planear a queda de Jasão. Na manhã seguinte, fingiu, diante de toda a gente, que tinha finalmente ouvido a voz da razão. Iria embora calmamente, suportaria o inevitável com dignidade, não haveria ressentimentos. Como testemunho da sua boa vontade, mandou os filhos para a casa de Creonte com presentes para Glauce: um diadema de ouro e um vestido precioso que o avô dela, Hélio, lhe tinha dado. Mas espalhara veneno no vestido, uma substância pegajosa, viscosa e letal, impregnada de encantos negros; o diadema também estava enfeitiçado. Quando Glauce experimentou o vestido, virando-se para um lado e para o outro para admirar o tecido justo que era tão bonito a refletir a luz, começou a sentir a pele a arder e os braços a tremer. Começou a espumar da boca. Caiu. O diadema de ouro parecia estar a apertar-se em volta da cabeça, a esmagá-la. Glauce tentou arrancar o diadema da cabeça, o vestido do corpo. Quando o pai dela os agarrou, também ele ficou infetado pelo veneno. Morreram juntos, em sofrimento e humilhação.

Depois da morte do rei e da filha do rei, os coríntios começaram a provocar distúrbios; formaram um bando de vingadores, aterrador nos seus gritos de vingança. Os filhos de Medeia fizeram o que a mãe lhes tinha pedido. Para se manterem seguros, para não serem magoados, deveriam ir a correr para o templo de Hera, onde ninguém lhes faria mal. Mas os coríntios ignoraram a santidade do templo. Viraram-se contra as crianças, apedrejaram-nas, pontapearam-nas, baterem-lhes até morrerem. Quando Medeia ouviu a terrível notícia, o bando já estava a caminho. Planeavam arrombar a porta da casa dela, fazer a bruxa estrangeira em pedaços, desmembrá-la.

Mas não foi isso que aconteceu. Quando a multidão se aproximou, as portas abriram-se e Medeia saiu de casa. Quando a viu, a multidão recuou: ficaram todos ofuscados, queimados, pelo calor cintilante que ela irradiava. Medeia tinha sofrido uma mudança. Já não era uma mulher, mas outra coisa qualquer: uma criatura do cosmo, um cometa, uma estrela, uma bola de fogo pronta a explodir. Jasão tentou gritar-lhe, culpá-la por tudo, pela morte das crianças. Medeia ignorou-o. Falou com voz de trovão, na sua própria língua: palavras que convocavam um poder que ela nunca tinha usado. Dos confins mais longínquos do céu surgiu uma mancha negra que foi crescendo, crescendo, até se tornar, para os coríntios com a visão mais apurada, uma quadriga. Uma quadriga vazia a voar pelos céus a uma velocidade vertiginosa, puxada por um par de dragões com escamas verdes-acinzentadas nas quais a luz cintilava e faiscava: era do avô dela, Hélio, que lha estava a enviar quando ela mais precisava.

Os dragões pairaram sobre a cidade. O vento das asas a bater fustigava as árvores, que oscilavam num imenso frenesi. Os guinchos sinistros das criaturas arrancaram gritos de pânico dos coríntios, que se dispersaram. As criaturas avançaram vagarosamente pelo ar em direção a Medeia, que estava em frente da casa, cintilante. Pousaram a quadriga devagar à sua frente e ela subiu para o interior e agarrou nas rédeas. Gritou para os dragões, exultando-lhes a força e elogiando-lhes a beleza. As bocas dos dragões cuspiram fogo quando levantaram voo. As criaturas pousaram no telhado da casa e Medeia baixou os olhos para a cidade. Foi assim que Circe a teceu: magnífica, terrível, furiosa. Tinha ar de quem queria dizer alguma coisa, mas depois pareceu pensar duas vezes. Optou por dar uma ordem aos dragões, que se fizeram aos céus. Um instante depois, desapareceram. Para sempre.

Estas eram as cenas que Circe estava a tecer enquanto os homens — ou, melhor dito, os porcos — de Ulisses grunhiam, fungavam e esgaravatam a terra em busca das bolotas que ela lhes tinha atirado. Euríloco, porém, escondido entre as árvores, viu tudo e regressou com a sua história para o navio de Ítaca. Pouco depois, Circe ouviu mais passos de mortais junto da casa. Desta vez, era Ulisses, sozinho. A bruxa tentou lançar o seu feitiço transformador de novo, mas, para sua surpresa, descobriu que o visitante era imune às suas artes mágicas. Hermes dera-lhe um ramo de moli, uma erva conhecida apenas pelos deuses, que serve como antídoto para os encantos.

Por isso, Circe convidou o mortal a entrar. Falaram, partilharam histórias e, ao fim de algum tempo, ela levou-o para a cama. Mais tarde banquetearam-se juntos e desfrutaram das mentes animadas e subtis um do outro. Depois de um período mais longo do que Ulisses viria a admitir mais tarde, Circe transformou os porcos em homens novamente. Os outros itacenses, acampados na costa, foram levados para a casa e houve mais banquetes e mais vinho.

Quando o ano mudou, Circe mandou os homens embora com provisões e conselhos. Disse a Ulisses para visitar o Mundo Inferior, com vista a consultar o profeta Tirésias, e depois explicou-lhe como poderia planear uma rota, como o *Argo* fizera, que passasse pelas Sereias, por Cila e por Caríbdis. Por fim, da costa de Eeia viu as velas do navio a desaparecerem no horizonte. Depois voltou, aliviada, para a sua solidão e o seu tear.

PENÉLOPE

Telémaco
Fémio
Ulisses e Penélope em Esparta
Euricleia
Argo
uma competição de arco
a morte dos pretendentes e as escravas
Ulisses e Penélope juntos de novo
Clitemnestra
Egisto
Atreu e Tiestes
O regresso de Agamémnon a Micenas
Cassandra, Electra, Crisótemis, Orestes e Pílades
as Benevolentes

Penélope esperou vinte anos por Ulisses. E mal ele regressou à rochosa Ítaca, foi-se embora de novo. Quando Ulisses se encontrara com o fantasma de Tirésias no Mundo Inferior na sinuosa viagem a partir de Troia, o profeta dissera-lhe que, depois de chegar a casa, haveria mais uma viagem. Com o remo atado às costas, Ulisses deveria viajar, dissera Tirésias, até encontrar um povo que nunca tinha ouvido falar do mar. E quando um viandante confundisse o remo que ele levava às costas com uma joeira, Ulisses deveria fixá-lo na terra e fazer um sacrifício a Posídon. Só então poderia viver o resto da vida em casa, em paz.

Durante aquela primeira e longa ausência, Penélope criou o filho de ambos, Telémaco, sozinha. Tratou da casa e geriu as plantações. Chegavam-lhes histórias das façanhas de Ulisses em Troia, da sua impiedade, da sua inteligência, do seu talento para o logro. Depois das notícias da vitória dos gregos terem corrido até Ítaca, Penélope esperou por ele todos os dias, o seu coração a bater mais depressa cada vez que ouvia um passo novo.

Porém, à medida que o tempo passava, Fémio, o poeta errante, começou a cantar outras canções: como Ájax, o filho de Oileu, violara Cassandra no templo de Atena, o que azedara o antigo amor de deusa pelos gregos e o transformara em ódio. Nestas novas histórias, o regresso dos gregos a casa estava amaldiçoado. Atena convencera Posídon a ajudá-la, e o deus dos oceanos levara muitos homens — incluindo o violador — para túmulos de água salgada.

E Ulisses? As histórias diziam que tinha partido de Troia para casa com a sua frota, mas, depois, nada. Não aparecia nas canções mais recentes de Fémio. Era apenas um espaço em branco, uma inexistência, tinha sido apagado da história. Morrera afogado, provavelmente. De vez em quando, aparecia um estranho em Ítaca a fazer-se passar por ele; Penélope aprendeu a testar estes homens quando a esperança lhe abria uma brecha de dúvida no espírito. Outros apareciam a contar histórias de pretensos avistamentos. Fora visto no Egito. Fora encontrado em Creta ou na Tesprócia. Fora capturado por piratas táfios, vendido como escravo. Fora visto com mercadores fenícios. Tinha riquezas sem fim. Casara com uma deusa. Ou: estava a caminho. Num mês, ou numa mudança de lua, estaria em casa. Já estava a chegar, já estava na ilha. Penélope aprendeu a defender-se dos maliciosos vendedores de rumores, os embusteiros que iam à procura de uma recompensa generosa por pretensa informação.

Houve um conjunto pretendes que começou a juntar-se na casa: os grandes homens de Ítaca e das ilhas mais próximas pareciam ter-se mudado com a intenção de a convencer a aceitar um deles como novo marido. Penélope não queria voltar a casar. Mas antes de partir para Troia, quando estava prestes a subir a bordo do navio, Ulisses pegara-lhe no pulso e dissera:

— Se o bebé crescer antes de eu voltar, aceita outro marido.

Ela rira-se da sugestão na altura, enquanto embalava Telémaco na anca. Mas, entretanto, o rapaz já batia à porta da idade adulta, num minuto ainda um rapaz tímido e inseguro, no minuto seguinte já estava a impor-se desajeitadamente perante os pretendentes da mãe. Chegou a dizer a Penélope para ficar calada e se dedicar à roca e ao tear, o que a deixou perplexa e irritada.

Penélope hesitara antes de casar até com Ulisses: lembrava-se muitas vezes do dia em que um homem que ela mal conhecia, ainda em Esparta, estendera a mão queimada pelo sol e pegara na dela, segurando-a enquanto ela subia para a quadriga.

Ulisses fora visitar a cidade ostensivamente para casar com a sua prima Helena, a mulher que ofuscava os homens com a sua beleza. Mas acabara por a preferir a ela, aquela para quem ninguém olhava, pelo menos quando Helena estava por perto. Ulisses fizera um acordo com o tio de Penélope, Tíndaro — pai de Helena —, para a conquistar. Ulisses era assim: sempre a engendrar cenários, a trocar favores. Penélope era a sua recompensa. E não se importava: compreendia um cérebro que pensava assim. O seu não era muito diferente.

O seu pai, Icário — irmão de Tíndaro —, pedira a Ulisses que assentassem em Esparta. Acompanhara-os até quando eles partiram para a costa, com planos para zarpar para Ítaca. Ulisses não fizera segredo do que pensava da ilha; era desinteressante, não tinha vales ricos como Esparta. Mas... havia primorosos pomares. E eram dele. Penélope via as saudades nos olhos do marido.

Por fim, cansado da situação ridícula de ser perseguido pelo sogro destroçado, Ulisses puxara as rédeas dos cavalos, virara-se para Penélope e dissera:

— Não te vou tirar do teu pai, se não quiseres vir. Se preferires ficar, fica. A escolha é tua.

Penélope não dissera nada. Escondera a confusão de ideias que tinha no espírito. Limitara-se a levantar o véu para cima da cabeça e a pôr os olhos no caminho adiante, no futuro.

Passaram vinte anos desde que ela fizera aquela escolha impulsiva e estivera sozinha a maior parte deles. Pelo menos, nos anos mais recentes, os pretendentes faziam-lhe algum tipo de companhia. Conseguia mantê-los a todos num limbo: dava preferência a um por algum tempo, depois parecia virar-se para outro, mas com a delicadeza suficiente para não hostilizar os restantes. Pensava naquele jogo da mesma maneira que pensava nos desenhos no tear: não queria deixar que um elemento dominasse, porque, se tal acontecesse, perder-se-ia o efeito. Algumas das suas escravas dormiam com os pretendentes, e ela sabia-o. Não gostava, mas, na verdade, elas não tinham grande escolha. Protelar — esta era a sua tática. Penélope haveria de ter de escolher um marido algum dia, mas ainda podia esperar. Ainda era cedo.

Lembrou-se de um ardil: disse aos pretendentes que tomaria uma decisão, mas só quando acabasse de tecer o sudário do sogro, Laertes. Desde que a sua mulher Anticleia morrera, ansiosa e triste por causa do filho ausente, o homem, já velho, parecia estar à espera da morte. Abandonara a cidade e mudara-se para uma quinta nas montanhas onde tinha muito poucos cuidados consigo próprio. Porém, continuava a cultivar o pomar, a colher maçãs, peras, figos e uvas. Laertes enterrou-se na memória do filho: lembrava-se de que, quando era uma criança pequena e curiosa, Ulisses costumava segui-lo, moê-lo com perguntas sobre as árvores, os nomes e a natureza de cada uma.

Penélope tecia aquele sudário todos os dias, a trabalhar num desenho tão intricado como o seu próprio espírito enrevesado e suspenso. E todas as noites voltava sub-repticiamente para o tear, iluminada por uma tocha, e desfazia o trabalho: a ourela de cavalos alados e deuses do vento voadores a separar-se, a liquefazer-se, como um reflexo num charco perturbado pela brisa. De início, custou-lhe, todo aquele trabalho desperdiçado. Depois, começou a apreciar os movimentos repetidos de fazer, desfazer, refazer. Gostava da forma como o trabalho nunca chegava ao fim, nunca ficava resolvido, nunca tinha nada definitivo a dizer. Estava num estado constante de adiamento, tal como ela.

Ou não, como se viria a revelar. Manteve os pretendentes em estase durante três anos, dizendo-lhes que um trabalho tão complexo demorava, o que era verdade, claro. Depois, ao quarto ano, algumas das escravas, as que dormiam com os pretendentes, revelaram o que ela estava a fazer. Penélope tinha de terminar o sudário, mas já não lhe agradava; afinal, parecia algo morto e estático. Depois de o mostrar, contrariada, aos pretendentes — que não estavam interessados na sua arte e mal olharam para ela, mais preocupados que estavam que estivesse terminada —, dobrou-o e arrumou-o. E o desenho, bem, haveria de continuar a ser um segredo, partilhado apenas por ela e pelo cadáver de Laertes.

Por outro lado, na altura, não parecia provável que viesse a ser necessário tão cedo. Atena pareceu ter soprado nova vida a Laertes, que se mostrou mais vigoroso quando Ulisses finalmente chegou.

O regresso: acontecera tudo muito depressa, muito inesperada e violentamente. Penélope estava sobretudo preocupada com Telémaco. O filho tinha desaparecido, sem dizer palavra. Havia vários dias que ela não o via, até que, por fim, a escrava Euricleia, antiga ama de Ulisses, deixou escapar a verdade: o rapaz obrigara-a a jurar segredo, mas ela ajudara-o a abastecer um navio para que ele pudesse fazer-se ao mar em busca de notícias do pai. Voltou com um aspeto mais velho e mais seguro de si; fora falar com Nestor em Pilos, e Menelau e Helena em Esparta. Eles contaram-lhe histórias sobre o pai em Troia, disseram-lhe que reconheciam o pai nele. Helena dera ao rapaz um vestido para ele guardar para a noiva, tecido pelas suas próprias mãos. Um gesto tipicamente galanteador. Penélope examinara a peça; não estava mal.

E Telémaco tinha notícias para dar. E deu-as sem pruridos. Tinha-as obtido de Menelau, que as ouvira de Proteu, deus do mar. Tanto quanto se sabia, Ulisses estava preso na ilha da ninfa Calipso, sem um navio, sem tripulação, sem poder voltar para casa. Ao ouvir este relato, o espírito de Penélope encheu-se de uma mistura de ansiedade, ciúme e fúria assassina e cega. Mas não deixou que ninguém notasse o que lhe ia na mente.

Depois aconteceram duas coisas, nenhuma das quais parecia importante na altura. Em primeiro lugar, o velho Argos — o cão que Ulisses treinara desde pequeno — morreu. Fora um bom caçador e leal. Agora não passava de uma criatura tinhosa e velha que passava a maior parte dos dias deitado no estrume, longe de casa. Penélope não ficou surpreendida por o ver morrer. Era extraordinário ter aguentado tanto tempo. Mas ficou admirada quando se achou comovida ao ver o cadáver hirto, com moscas a zumbir à volta dos olhos vazios e vidrados.

Em segundo lugar, Eumeu, o guardador de porcos, apareceu em casa de Penélope vindo das pocilgas com um velho vagabundo a reboque. Os pretendentes não demoraram a provocar o vadio. Penélope ouviu tudo atrás da porta do salão. Houve uma discussão: Antínoo, o mais malicioso dos pretendentes, atirou-lhe um banco e atacou Telémaco quando o filho de Ulisses lhe sugeriu que partilhasse comida, que, afinal, nem era dele, com o velho. O vagabundo desfiou as memórias: fora rico, no passado, disse, até um dia ser levado como escravo quando tentara atacar uma cidade no Egito... Penélope ficou ansiosa por o conhecer, mas, quando o chamou, ele mandou uma mensagem por Eumeu a pedir-lhe para falarem sozinhos mais tarde. Era um ato presunçoso, mas intrigante.

Penélope desceu à sala. Queria afastar Telémaco dos pretendentes ao sentir a hostilidade latente que tinham pelo rapaz. Depois, lavou-se, vestiu roupa lavada, arranjou-se para ser o mais cativante possível e apresentou-se perante eles, desviando-se deliberadamente da atenção que lhe dedicavam. De seguida, convenceu-os a irem buscar as prendas que tinham para ela. Durante todo este tempo, olhou demoradamente para o vagabundo.

Naquela noite, depois de os pretendentes se irem embora, para sua felicidade, Penélope regressou ao salão enquanto as escravas estavam a arrumar a confusão. Prepararam-lhe o assento habitual junto da fogueira, coberto por pele de carneiro. Depois, Penélope conversou com o estranho. Ele parecia cheio de tristeza. Lisonjeou-a. Havia algo nele. Penélope deu por si a contar-lhe mais do que pretendia. Falou-lhe do ardil que engendrara para atrasar a tapeçaria. Contou-lhe que não poderia demorar a escolher um marido. Depois fez-lhe perguntas sobre a família dele. Ele disse que era de Creta, neto do rei Minos, nada menos; vira Ulisses vinte anos antes e trocara presentes com ele. E fora isso. Nada mais.

Naquele momento, toda a emoção que Penélope guardara tão cuidadosamente dentro dela irrompeu. O rosto, às vezes tão esfíngico, desfez-se em lágrimas. Mais tarde, Penélope haveria de lembrar-se da forma como ele olhara para ela enquanto ela chorava, sem mexer um músculo, sem emoção, apenas um olhar intenso.

Depois, ao fim do que pareceu muito tempo, ela limpou o rosto, reordenou as ideias e testou-o.

— Se, de facto, o viu, talvez se consiga lembrar do que ele levava vestido? — disse ela.

O estranho respondeu:

— Sim. Um manto púrpura. Uma túnica, suave e brilhante como casca de cebola. O manto estava preso, se bem me lembro, por um broche extraordinário, decorado com um cão a segurar um enho entre os dentes. Toda a gente reparou: o enho estava em verdadeiras dificuldades, ou assim parecia, e o cão era tremendamente realista.

Penélope voltou a soluçar naquele momento.

— Fui eu que fiz essa túnica, fui eu que fiz o manto e fui eu que lhe preguei o broche no peito. Mas ele nunca mais vai voltar. Foi tudo há tanto tempo.

O estranho olhou para ela.

— Ele vai voltar — afirmou ele. — Está em Tesprócia agora. É rico, trouxe um tesouro. Está sozinho. Todos os homens dele se foram. Posídon castigou-os por eles terem comido o gado sagrado de Hélio. Ele teria chegado a casa mais cedo, mas foi a Dodona, para ouvir as folhas do carvalho sagrado a farfalhar, para saber o que Zeus tem em mente. Mas, juro por Zeus, e por este coração, que ele vai voltar. Este mês.

Ela respondeu com tristeza.

— Não, ele já não volta.

Mas havia algo a iluminar-se-lhe no cérebro. Levantou-se e mandou fazer uma cama para o homem. Ele pediu uma escrava para o lavar, uma das mulheres mais velhas, disse, não uma das mais rancorosas jovens, que, atiçadas pelos pretendentes, o tinham andado a provocar. Penélope chamou a velha ama de Ulisses, Euricleia.

— Podes lavar os pés do... amigo do teu amo? — disse ela. A velha mulher fez o que lhe mandaram. E não teve pressa. Houve muita água derramada e muitos sussurros, mas Penélope manteve os olhos longe de ambos.

Porém, ao final, virou-se de novo para ele e disse:

— O que acha que devo fazer? Os meus dias não são assim tão maus: dedico-me ao meu trabalho, tenho bastante com que me ocupar. Contudo, à noite, fico acordada a remoer preocupações. Acha que devo continuar a esperar pelo meu marido? Ou deveria casar com um destes homens? É o que o meu pai acha que eu devo fazer. Deixe-me dizer-lhe uma coisa. Tive um sonho. Vinte gansos apareceram no meu quintal. Estavam a comer o meu grão. Eu fiquei contente, de uma forma indefinível, por eles estarem lá. Mas a águia disse: «Sou o Ulisses. Estou aqui, vim para casa e vou matar aqueles pretendentes.» Foi isto. Acordei. O que acha que significa?

Ele olhou longamente para ela e disse:

— Só pode querer dizer uma coisa: que ele está a caminho e que os vai matar a todos.

Ela respondeu.

— Talvez. Mas dizem que há dois portões para os sonhos: um feito de marfim, outro feito de chifres. Os portões de marfim trazem sonhos falsos, os portões de chifres sonhos verdadeiros. Eu acho que este foi um sonho falso. O facto é que não posso continuar a adiar o que tenho de fazer. Vou ter de escolher. Decidi propor um desafio a estes pretendentes. Ulisses costumava dispor doze cabeças de machados numa fila bastante comprida. Depois atirava uma flecha pelo meio deles. Se um dos homens que estão na minha casa conseguir fazer o mesmo usando o arco de Ulisses, vou chamá-lo meu marido.

Ele encolheu os ombros.

— Faça-o — disse ele. — Não creio que nenhum dos homens seja capaz de encordoar o arco antes de Ulisses chegar.

Era tarde. Penélope ficou acordada durante a noite, a sua mente a pensar em tudo o que vira, de uma maneira e de outra. De manhã, os pretendentes, com deprimente previsibilidade, voltaram a aparecer em sua casa e passaram o dia a empanturrarem-se. A atmosfera aproximava-se perigosamente da violência à medida que os homens bebiam cada vez mais o vinho tinto da dona da casa.

Penélope estava sentada num canto a fiar e a observar tudo o que se passava. Um deles, um homem rico, um verdadeiro patego chamado Ctesipo, disse que ia dar um presente ao vagabundo. Depois atirou-lhe com um pé de boi à cabeça, no que ele considerava ser uma brincadeira. O vadio baixou-se com uma agilidade surpreendente e o casco foi bater contra a parede. Telémaco falou então com uma confiança pouco habitual.

— Controlai-vos! Não penseis que sou uma criança. Eu conheço a diferença entre o certo e o errado. Se tivésseis atingido aquele homem, eu ter-vos-ia matado.

Um dos outros, Agelau, respondeu:

— Muito bem. Nós compreendemos. Temos de nos deixar de brincadeiras. Mas fica o conselho. Isto não pode continuar. Ulisses não vai voltar. A vossa mãe tem de escolher. Depois, tudo isto acabará. Vamos deixar-vos em paz.

Telémaco disse:

— Se ela quiser casar novamente, não deixarei de lhe dar um dote. Mas não a vou obrigar a fazê-lo. Ela é que vai decidir.

Os homens começaram a rir-se, a dar sonoras gargalhadas embriagadas, histéricas.

Penélope levantou-se naquele momento. Estava na hora. Percebeu-o com absoluta certeza. Teria sido Atena a colocar-lhe aquela ideia na cabeça? Dirigiu-se para o quarto e estendeu a mão musculada e gasta pelo trabalho para o local secreto onde tinha uma chave com pega de marfim. Usou-a para destrancar um quarto de arrumos e, no fundo, encontrou um arco, ainda embrulhado com o carcás cheio de flechas. Deixou cair o arco nas mãos. Depois recompôs-se, limpou as lágrimas e desceu as escadas. Com o véu a tapar-lhe o rosto, pronunciou-se:

— Vou pôr um fim a esta saga. Ouçam: vai haver uma competição. Quem for capaz de encordoar o arco do Ulisses e depois atirar uma flecha pelo meio das cabeças de machados bem fixadas no chão será o homem a que chamarei meu marido.

Enquanto os escravos estavam a preparar os machados, Telémaco tentou encordoar a arma do pai por curiosidade. Não foi capaz, não esteve perto sequer de o conseguir; encolheu os ombros e entregou-o pesarosamente ao primeiro concorrente, Leodes, o único pretendente que nunca se juntara aos outros nas provocações ao velho sem-abrigo. Por um momento, pareceu que o arco se iria dobrar de acordo com a sua vontade, mas descobriu que também não o conseguia fazer e entregou-o a Antínoo, que mandou vir unto numa tentativa de tornar o arco mais maleável. Do canto do olho, Penélope viu o vagabundo a abandonar o salão discretamente e, um instante depois, voltar. Um outro pretendente, Eurímaco, fez a sua tentativa. Falinhas mansas e mentiroso, andava a dormir com Melanto, a escrava que Penélope criara como se fosse sua filha. Sempre pensara que se tivesse de escolher entre aqueles homens, acabaria por ser ele o escolhido. Mas ele debateu-se com o arco em vão. De seguida, Antínoo disse:

— Já chega por hoje. Vamos fazer um sacrifício a Apolo, o arqueiro. Amanhã tentamos de novo.

Naquele momento ouviu-se uma voz do canto da sala.

— Suponho que não terá objeções a que eu tente. — O vagabundo.

Fez-se silêncio por um momento. Depois Antínoo mofou:

— Tu? Tentares usar o arco? O que é que estás aqui a fazer sequer? Claro que não podes tentar.

Penélope disse.

— Mostrai algum respeito. Se ele quiser tentar, que tente.

Mas Telémaco interrompeu-a:

— Sou eu quem decide quem é que vai tentar usar o arco. Mãe, vai para o teu quarto. Os arcos são para homens; os teares e os fusos é que são para mulheres.

Penélope ficou tão perplexa que acabou por lhe obedecer. Euricleia foi imediatamente atrás dela.

— Senhora — disse — faça o que fizer, não vá lá abaixo.

Foi então que Ulisses levou a guerra de volta para casa com ele. Penélope soube mais tarde que ele encordoara o arco tão facilmente como Fémio mudará uma corda da sua lira. Que, ainda sentado descontraidamente no banco, pegara numa flecha, apontara-a e disparara-a pelo meio das dozes cabeças de machados, tudo num movimento contínuo e desenvolto. Sem respirar, retirara outra flecha do carcás e apontara de novo, desta vez para Antínoo. A flecha atravessara o pescoço do homem. A taça que ele estivera a levar aos lábios caíra ao chão, o vinho e o sangue a encharcarem a comida que tinha no prato. Mas a única coisa que Penélope viu naquele momento foi o rosto de pânico de Euricleia enquanto juntava as escravas no quarto dela e, com a mão a tremer, punha as trancas nas portas.

— Vamos fiar — disse a velha mulher. — Vamos tecer. E vamos cantar. O mais alto que pudermos.

E assim fizeram. Durante muito tempo. Mas a cantoria não abafou os sons terríveis mais abaixo: gritos, mesas a serem reviradas, o embate de armaduras, gemidos de dor, a berraria aterradora de homens a suplicar pelas vidas. Por fim, ouviu-se uma voz à porta — de Telémaco — a chamar por Euricleia, só Euricleia. A velha mulher saiu do quarto, cambaleante. Depois, ao fim de alguns minutos, voltou a entrar, com o rosto fechado, e escolheu doze raparigas para irem para baixo com ela. Eram as raparigas que tinham andado a dormir com os pretendentes. Penélope nunca mais as voltaria a ver — pelo menos, vivas. Haveria de ver uma pilha de cadáveres; o menino dela, o filho Telémaco, enforcou-as, mas só depois de elas terem limpado o sangue do salão. Os pretendentes estavam todos mortos. Os estúpidos, os gentis, os rufiões, os que deveriam ter mais juízo, os jovens: todos. Fémio, o poeta que os entretinha, foi poupado e pôde viver para contar a história.

Por fim, Euricleia voltou ao andar de cima. A velha escrava estava quase histérica, a balbuciar algo sobre corpos mortos, sangue a jorrar.

— O meu amo voltou! O bebé que amamentei com os meus seios! Reconheci-o quando o estava a lavar, por causa da cicatriz de caça que ele tem desde que era um rapaz, mas ele obrigou-me a jurar segredo, disse que me mataria se eu dissesse alguma coisa. O seu marido, senhora! Ulisses! Está de volta: era o vagabundo.

— Tenho de ver o Telémaco — conseguiu dizer Penélope. — E tenho de ver esse homem que diz ser meu marido.

O cheiro nauseabundo a enxofre e a sangue atingiu-lhe as narinas mal ela entrou no salão: alguém tentara perfumar o lugar, mas não tinha abafado o odor a morte. Como é que o lugar em que ela costumava fiar se tinha tornado um campo de batalha? Como é que a casa dela se tinha tornado um matadouro? A projetar uma serenidade que não sentia, sentou-se no seu lugar habitual junto da fogueira. O homem estava lá, sentado junto do pilar, tal como quando tinham falado pela primeira vez. Tinha o cabelo coberto de sangue. O filho dela também estava lá, com os olhos esgazeados, exultante e trémulo. Laertes também, surpreendentemente. O homem que diziam que era Ulisses não levantou a cabeça, deixou-se ficar com os olhos postos nas brasas fracas da fogueira. Penélope não disse nada. Depois, Telémaco quebrou o silêncio.

— Mãe, este é o teu marido! Fala com ele! Como podes ser tão insensível?

— Se este homem é realmente Ulisses, tenho a minha própria forma de o provar — respondeu ela. — Há coisas, segredos, que só ele e eu sabemos.

E o homem disse:

— Deixa-a em paz, Telémaco. Ela não me vai reconhecer assim, acabado de sair de uma luta. Mas primeiro precisamos de um plano. As famílias dos homens mortos virão à procura de sangue, não tarda. O que sugeres, meu rapaz?

Telémaco titubeou, mas o homem mais velho disse:

— Vamos fazer o seguinte: fazemos de conta que estamos a celebrar um casamento. Isso deve mantê-los longe por uns tempos. Lavai-vos. Vesti as vossas melhores roupas. Mandai vir música. Ponde toda a gente a dançar. Vou tomar um banho.

Quando Ulisses voltou para o seu lugar no salão iluminado pela fogueira, estava... diferente. Algo dourado. Teria Atena feito uso das suas artes mágicas para o transformar? Era Ulisses tal como ela se lembrava vinte anos antes, e não o monstro coçado pela batalha que ela acabara de testemunhar. Perguntou-se qual dos dois homens seria o seu verdadeiro marido. Ambos?

— És uma mulher estranha — disse ele, com o esboço de um sorriso. — Que outra esposa se comportaria desta forma com um marido que esteve fora durante vinte anos? Que sofreu tudo o que tu sofreste?

Os sons fraudulentos da celebração — sons de flauta e canções nupciais — entraram na sala vindos do pátio. Penélope comentou:

— Estranho: estás exatamente igual ao que ele era quando entrou no navio para Troia. Mas deves estar cansado. Euricleia, faz a nossa cama. Lá fora, por favor.

O rosto de Ulisses ficou ensombrado pela fúria.

— Do que é que estás a falar? A nossa cama não pode ser deslocada, pelo menos por um mortal — disse ele. — Fui eu que a fiz. Quando estava a construir esta casa, fui buscar uma oliveira viva, tirei-lhe os ramos e usei-a como coluna de leito. Construí o resto da cama à volta dela. Está enraizada no solo de Ítaca. Ninguém a consegue tirar de lá. Isso é um segredo que só nós conhecemos. Diz-me, por favor, que não houve outro a homem a serrar o tronco e a tirá-la de lá.

Ao ouvi-lo, Penélope aproximou-se dele e beijou-lhe os lábios de assassino.

— Não te zangues comigo. Houve tantos homens que vieram para aqui com mentiras a fazerem de conta que eram o meu marido. Os deuses foram muito duros connosco. Foi Afrodite que obrigou a Helena a ir para Troia, para começar. Foi Afrodite que provocou a nossa dor, a minha dor.

Naquele momento, agarraram-se um ao outro e Penélope deixou que o a alívio a dominasse, o alívio a que o seu espírito desconfiado e cansado resistira tanto tempo. Sentia-se como o marinheiro de um navio afundado que consegue finalmente arrastar-se até à costa. Como se tivesse estado num mar revolto todos aqueles anos, a ser lançada de um lado para o outro pelas ondas. Como um viajante que passou por muito, mas que, apesar de tudo, conseguiu sobreviver.

Depois foram para a cama juntos e contaram histórias um ao outro. Penélope contou-lhe tudo sobre os anos que passou sozinha a criar o filho de ambos, os esforços que fez para confundir os pretendentes que a rodeavam. Ulisses falou-lhe da viagem de uma década para casa: dos Lotófagos, cujo fruto fez com que os seus homens se esquecessem de casa; de como ludibriara o Ciclope Polifemo e lhe arrancara o único olho com o tronco de uma oliveira aguçado, quando ele estava deitado num torpor embriagado. Falou-lhe do inconstante Éolo, senhor dos ventos, que o ajudara ao dar-lhe os ventos atados numa bolsa de pele, ao passo que o suave Zéfiro os empurrava sozinho em direção a Ítaca; porém, os homens dele abriram a bolsa enquanto ele estava a dormir, libertando todos os outros ventos, o que levou a que uma tempestade os tenha feito perder o rumo. Falou-lhe dos gigantes antropófagos Lestrígones, que destruíram toda a frota itacense, exceto o seu próprio navio. Falou-lhe de como resistira aos encantamentos de Circe e descera ao Mundo Inferior e conhecera os fantasmas da sua mãe e dos seus camaradas em Troia. Sobre o belo canto das Sereias e como escapara à antropófaga Cila e ao redemoinho Caríbdis. Disse-lhe que os companheiros foram mortos numa tempestade depois de comerem a carne do gado de Hélio, mas ele lavara-se em Ogígia, a ilha de Calipso. Que a ninfa o mantivera na ilha durante sete anos e se oferecera para o tornar um deus, quando ele não queria mais do que voltar para casa e para Penélope, em Ítaca. Por fim, Calipso deixara-o ir, embora outra tempestade quase o tenha matado antes de ele dar por si na costa da terra dos fenícios, onde uma rapariga que estava a lavar a roupa o encontrou. A rapariga — Nausícaa — levara-o ao encontro dos seus pais da realeza, os abastados e generosos Arete e Alcínoo. Foram eles que o enviaram finalmente para casa num navio carregado com um tesouro e o deixaram na costa de Ítaca enquanto dormia. Disse-lhe que, quanto acordara, completamente sozinho, chorara, longe de reconhecer a praia nublada. Mas depois um pastor desviara-se do seu caminho para ir ter com ele, e o pastor haveria de revelar-se ser Atena disfarçada.

Penélope não tinha a certeza no que devia acreditar de tudo o que ele contara.

E, de repente, ele desaparecera de novo, na viagem misteriosa decretada por Tirésias, com um remo atado às costas. E Penélope estava sozinha, a trabalhar novamente no tear. A tapeçaria foi tecida com a representação do regresso de Agamémnon a Micenas.

Depois de Agamémnon ter sacrificado a própria filha, Ifigénia, em troca de vento para ir para Troia, a dor da esposa, Clitemnestra, quase a derrubara. Fora, durante anos, uma sombra de uma mulher, longe do mundo, quase incapaz de ser mãe para os filhos ainda vivos: as raparigas, Electra e Crisótemis, e o filho mais novo, Orestes.

Mas à medida que os anos passaram, as coisas mudaram. A prostração sarou e tornou-se algo duro e férreo. A descrença e a confusão foram substituídas por desprezo e ódio. Tomou um amante, Egisto, primo e inimigo de Agamémnon. Anos antes, os pais de ambos — os irmãos Atreu e Tiestes — combateram pelo trono de Micenas. Atreu, pai de Agamémnon, expulsara o irmão, mas, mais tarde, este regressara e pedira misericórdia. A ideia de misericórdia de Atreu fora capturar os filhos de Tiestes, chaciná-los e servi-los como carne assada ao irmão, que não sabia de nada. Tiestes, engasgado com a carne horrenda, lançara uma chuva de maldições a Atreu e à sua família, quando fugira do palácio com o bebé Egisto, que passara a ser o seu único filho vivo.

No entanto, era Clitemnestra, e não o amante, quem governava a cidade, com firmeza e decisão, revestindo-se da autoridade de um rei como se fosse um manto. Na sua fúria, no seu desejo de vingança, o seu espírito tornou-se uma rede de conspirações intrincadas. A imaginação de Clitemnestra produzia um sem-fim de cenários, uma coisa a levar à outra, como feixes de luz a iluminarem-se em rápida sequência no cimo de montanhas.

Foi um feixe de luz que lhe disse que Agamémnon iria voltar para casa. Clitemnestra planeara tudo anos antes: uma série de sinais chamejantes, desde Troia, que a avisariam de quando o marido estaria de regresso. O primeiro estava no monte Ida, perto da cidade; o segundo na ilha de Lemnos; o terceiro no monte Atos; e assim por diante, numa grande cadeia até chegar a Micenas. Colocou um guarda nas muralhas do palácio com a missão de estar atento, durante as noites longas e estreladas, ao último feixe de luz da sequência. Penélope mostrou-o na tapeçaria, sob a procissão de corpos celestiais cujos nasceres e pores ele conhecia tão bem, no momento em que ele viu o sinal flamejante a subir aos céus. O rei estava a caminho.

Clitemnestra estava pronta para o regresso do marido: o cenário estava montado. Pôs-se às portas do palácio, senhora de si e do lugar, enquanto a multidão se reuniu na praça mais abaixo para saudar o rei. Agamémnon apareceu a encabeçar uma procissão de soldados carregados com os tesouros resplandecentes de Troia. As mulheres que tinha feito escravas seguiam-nos, pálidas, subalimentadas, agarradas umas às outras, a olhar em volta, inseguras. Quando o rei chegou aos degraus do palácio, virou-se para o povo.

— Os deuses trouxeram-nos a vitória! — bramou, enquanto os cidadãos o aclamavam. — Os deuses votaram pela destruição de Troia, e a cidade ainda está a fumegar, o ar ainda está denso com o cheiro fétido das suas riquezas. Eles pensavam que podiam levar uma das nossas mulheres, mas estavam enganados. Por causa de Helena, o poder de Micenas foi lançado contra eles! O animal feroz que estava no ventre de um cavalo de madeira éramos nós. Somos como um leão e, quando atacámos, deliciámo-nos com o sangue da sua casa real, pavoneámo-nos orgulhosamente no cimo das suas torres.

»Aprendi muito sobre a natureza humana ao longo dos anos. Algumas pessoas foram leais. Outras... nem tanto. Vou prestar homenagem ao meu camarada Ulisses, fiel até ao fim, embora tenhamos tido de o forçar a vir connosco... Infelizmente, não sabemos onde está neste momento. No entanto, eu estou de volta! E agora está na hora de olharmos para a situação doméstica aqui em Micenas, fazer as contas, ver o que está a correr bem e o que precisa da minha atenção. Mas, primeiro, agora que cheguei à minha casa e ao meu lar, vou prestar homenagem aos deuses.

Enquanto as pessoas o aclamavam, ele virou-se para entrar em casa, mas Clitemnestra, para sua evidente surpresa, deteve-o com um sorriso e um gesto firme. Virou-se para a multidão.

— Ouvi, todos: não tenho vergonha de mostrar o que sinto pelo meu marido. Deixai-me dizer-vos como tem sido a minha vida: é assustador ficar sozinha com o nosso marido na guerra e não ouvirmos a não ser os ecos do rumor. Se Agamémnon tivesse sido morto tantas vezes como as que me contaram, seria como uma rede de pesca, mais feridas do que pele.

»Admito: houve momentos em que pensei tirar a minha própria vida. Já não me restam mais lágrimas: chorei tudo o que tinha a chorar. Pouco tenho dormido, mas se me *deixei* adormecer foi apenas para sonhar contigo, Agamémnon, ferido e morto. Mas olha para ti, aqui por fim! Entra! Mas cuidado: pés como os teus não podem pisar o chão. Temos de tratar melhor o saqueador de Troia. Escravos, depressa, fazei o que vos mando. Fazei um caminho para ele com tapeçarias, espalhai tecido púrpura debaixo dos pés do rei. E, acima de tudo, deixai que a justiça o leve para casa! Deixai-me garantir-vos a todos que o que vier a acontecer no futuro será o resultado de planeamento e de ponderação cuidada. Vai ser o correto, e vai acontecer com a ajuda dos deuses.

Os escravos precipitaram-se para a frente e desenrolaram as tapeçarias: tecidos em tons de púrpura com motivos intrincados que se espalhavam como um oceano de sangue pelos degraus do palácio abaixo.

Surpreendido pela transformação de Clitemnestra, que deixara de ser uma esposa submissa e passara a ser uma política calejada, Agamémnon titubeou na resposta.

— Ora, obrigado. O teu discurso foi... bem, como dizê-lo... como a minha ausência. Longo. Mas não me trates como uma espécie de estrangeiro luxurioso. Não quero pisar em tecidos preciosos. Este tipo de coisas está reservado para os deuses. Não quero que as pessoas pensem que eu sou arrogante. Seria errado provocar inveja nas pessoas.

— O que teria feito Príamo se estivesse no teu lugar? — perguntou Clitemnestra.

— Caminhado em tapeçarias, por certo — respondeu ele.

— Então fá-lo — disse ela.

Agamémnon riu-se com nervosismo.

— Não tenho a certeza de que este desejo de conflito seja particularmente feminino — disse ele.

— Bem, então retira-te com graça!

— Precisas mesmo de ganhar isto, não precisas?

— Se te retirares livremente, serás tu quem sairá vencedor.

O rei encolheu os ombros e mandou os escravos tirar-lhe as botas. Depois pousou um pé descalço nos tecidos ondulados, frutos do trabalho interminável de mulheres.

Foi isto que Penélope teceu: a sua prima, triunfante, à frente dos portões do palácio enquanto Agamémnon subia as escadas na sua direção, pisando tapeçarias preciosas como prata que brilhavam de púrpura colhido do mar.

Quando Agamémnon subia o caminho carmesim virou-se para trás por um instante, como se de repente se tivesse lembrado de algo, e fez um gesto em direção a uma figura que se encontrava na sua quadriga.

— Trazei essa rapariga, por favor, e sede gentis para com ela: é uma escrava, mas todos sabemos que ninguém é escravo por vontade própria. Ela é a mais estreme de Troia. Os homens insistiram que eu a trouxesse. Foi o presente que me deram.

Quando ele alcançou as portas do palácio, parou e sorriu para a esposa.

— Clitemnestra, estou aqui — disse ele. — Pronto para satisfazer as tuas vontades, tal como pediste.

— Ah, agora estás verdadeiramente em casa — retorquiu ela. — Zeus, ouvi as minhas preces. Vamos fazer o que tem de ser feito.

Clitemnestra recuou para deixar Agamémnon entrar. Depois virou-se para a figura com ar exausto na quadriga. Era Cassandra, a filha-profeta de Príamo e Hécuba.

— Falas grego?

Nenhuma resposta.

— Entra. És uma escrava, tens de te aguentar. Até Héracles foi escravo. Toca a entrar...

A rapariga não reagiu, o rosto impávido.

— Oh, desisto. Tenho coisas para fazer, sacrifícios para prestar. — Clitemnestra dirigiu-se à multidão de cidadãos: — Talvez alguém seja capaz de falar a língua dela? Façam-na entrar, por favor.

Desapareceu para o interior do palácio. Um dos homens mais velhos avançou e tentou, com gestos, mostrar a Cassandra o que fazer. Mas, subitamente, as palavras, palavras gregas, saíram-lhe em torrente da boca, contundentes, aterradoras:

— Apolo, Apolo! — bradou. — Para onde me trouxeste? Para esta casa de morte, a casa de Atreu, a casa que os deuses detestam, encharcada em sangue... onde um pai já comeu a carne dos filhos, oh, oh, *horrível*... O que está a acontecer aqui agora? Outra coisa... Afasta o touro da bezerra: ela vai tingir a água de vermelho, a rede vai apertar-se, ela vai emaranhá-lo na armadilha dela. Ele vai morrer na água, enredado no seu sudário. Oh, deuses, quem me dera ser Filomela! Quem me dera poder transformar-me em rouxinol — mudar — ser poupada da morte que está a chegar. Nunca mais verei as águas do Escamandro a correr, só me restam os rios do Mundo Inferior, o Cocito e o Aqueronte...

Parou, recobrou o fôlego e aprumou-se. Parecia ter crescido em estatura, em autoridade.

— Chega de ambiguidade! As minhas palavras já não podem ser veladas como qualquer jovem rapariga afogueada! Deixai-me ser tão contundente como o vento e luminosa como o sol! A mulher ataca o homem! É tão forte como Cila! É como uma leoa. E vai matar-me, por tudo o que levou o homem a fazer de mim escrava, a violar-me... Mas chegará alguém que a vai matar a ela, oh, sim, também vejo isso, não vai demorar...

»A minha oração agora é para o Érebo: dai o golpe que me mata de uma vez. Só isso. Vou lá para dentro. Acabou. O que interessa? Não passo de uma escrava. Uma vida mínima. Só um risco de giz num quadro, pronto a ser apagado.

Entrou. As pessoas reunidas na praça estavam chocadas e falavam incessantemente umas com as outras: o que estava a acontecer, o que tinha a rapariga bárbara dito, o que queria dizer tudo aquilo?

No interior do palácio, Clitemnestra levou o marido até à banheira e, com suave firmeza, ajudou-o a tirar a roupa. Ficou a observá-lo a entrar na água e a fechar os olhos, quando a água lhe cobriu o corpo cansado da batalha. Depois, pegou numa rede de um esconderijo e atirou-a, prendendo-o nas suas voltas serpenteantes e inextricáveis. Retirou uma espada do mesmo lugar e, enquanto ele se debatia na água, esfaqueou-o uma, duas, três vezes, e tremeu de prazer ao ver o sangue a jorrar sobre o seu próprio corpo, tão bem-vindo e agradável para ela como o orvalho da manhã que encharca os prados. Eis o que Penélope teceu: a prima manchada de escarlate a virar-se, a fletir o braço com a espada em direção à jovem e pálida rapariga troiana que tinha entrado na sala calmamente.

As filhas de Clitemnestra, Electra e Crisótemis, cresceram a odiar a mãe pelo crime que ela cometera e a detestar Egisto. Orestes estava longe, criado com o filho de Estrófio, Pílades, na Fócida: os rapazes eram companheiros que se adoravam. Electra e a mãe discutiam uma com a outra vezes sem conta, Clitemnestra a justificar o que fizera, a falar da terrível morte que fora infligida a Ifigénia; Electra a insistir com veemência que a culpa fora de Ártemis, não do pai dela, que não tivera escolha. Crisótemis era diferente. Preferia ceder à necessidade a tentar resistir-lhe.

— Sinto o mesmo que tu — dizia à irmã —, mas não podemos fazer nada. A única coisa que podemos fazer é tentar sobreviver. Para isso, temos de ser calmas e pacientes.

Electra desprezava esta opinião da irmã.

O túmulo de Agamémnon era num pedaço de terra sujo e abandonado fora das portas da cidade. Ninguém deveria lá ir, muito menos Electra. Mas ela ia: esgueirava-se do palácio para fazer libações e ofertas de grão e milho. Depois sentava-se sozinha, amuada, deixando que a terrível visão da mãe a derrubar o pai, como um lenhador poderia derrubar um carvalho, encher-lhe a imaginação. Esperava o dia em que Orestes voltasse para planearem juntos a correção dos males da casa.

Foram os passos indesejados de Crisótemis que Electra ouviu um dia enquanto mantinha a vigília ao lado da tumba.

— O que queres? — inquiriu ela, sem olhar para cima.

— Vim dizer-te para teres cuidado — disse Crisótemis. — Há um rumor a correr no palácio que diz que vais ser encarcerada. Por favor, Electra, tens de alterar o teu comportamento. Pelo menos faz de conta que és mais submissa. Tenho medo do que te possam fazer.

— Como se eu quisesse saber! Quanto mais cedo melhor, se queres que te diga. Mas, espera, o que é que tens aí?

— Oferendas. Da nossa mãe para o túmulo do nosso pai. Ela está preocupada. Esta noite sonhou que tinha dado à luz uma serpente. Quando a amamentava, ela mordeu-lhe o seio. E do seio jorrou sangue e leite.

— Oh, deuses. Será que isso quer dizer que ele vai voltar? Orestes? Seria ele a serpente? Era bom... Crisótemis, não faças essa libação. Tudo aquilo em que ela tocou... não quero profanar este túmulo. Deixa-me em paz, pelo amor dos deuses.

Crisótemis suspirou e foi-se embora, mas o coração de Electra começou a encher-se de esperança. E depois vislumbrou algo no túmulo. O que era? Uma madeixa de cabelo? Foi ver mais de perto: o curioso é que poderia ser de si própria, tão parecido era em cor e textura. Quem o teria posto ali? Olhou para a terra à volta. As pegadas... não eram dela, nem de Crisótemis... eram demasiado grandes. Agachou-se junto delas, comparou-as com as suas e assustou-se quando uma sombra a encobriu. Levantou-se e viu um jovem, exatamente da mesma altura que ela, a encará-la.

— Electra — disse ele. — Sou eu. O teu irmão, Orestes.

Electra ficou paralisada. Aquele jovem a chegar à idade adulta seria realmente o seu irmão mais novo? A criança que ela conseguira enviar em segurança para longe da cidade quando era ainda muito pequenino?

— Isto é algum tipo de partida? — perguntou ela. — Quem és tu? Diz-me a verdade.

— Tu sabes, realmente, não sabes? — disse ele. — Vi-te a comparar o teu cabelo com o meu. E olha para esta peça de roupa. Foste tu que a fizeste. Olha os animais bordados no tecido, foste tu que os desenhaste.

Electra olhou para o tecido, maravilhada. Depois, sem dizer palavra, acolheu o querido irmão nos braços: o rapazinho que se fizera homem.

— Abraça-me sempre assim, nunca me largues — disse ele. E choraram juntos. Penélope teceu-os assim, irmã e irmão juntos de novo, num abraço apertado junto ao túmulo do pai de ambos.

Electra e Orestes fizeram planos juntos, desta vez a sério. Orestes disse à irmã que fora Apolo quem lhe dissera para voltar à cidade. Era o momento certo. Seria castigado se não agisse. Orestes viajara com o seu amado amigo Pílades. Decidiram que deveriam dirigir-se ao palácio disfarçados de estrangeiros de Fócida e contar a Clitemnestra que Orestes tinha morrido.

Os jovens foram saudados junto ao portão, recebidos como convidados. Contaram as notícias falsas a Clitemnestra; ela deixou-se enganar, não percebeu que um dos estranhos era o seu próprio filho há tanto tempo ausente. Ao ouvi-los a falar, sentiu emoções insuportáveis a embrulharem-se-lhe no coração. Dor, uma dor terrível por Orestes, outro dos seus filhos, estar morto. Mas também... sim, alívio. Receou durante muitos anos que o filho voltasse e a matasse. Noite após noite sem dormir, sentira a tensão da espera, sempre em alerta. E depois tivera aquele sonho, um sonho que não conseguia esquecer, um sonho recorrente, sobre uma víbora que chupava leite em sangue do seu seio.

Foi quando Egisto chamou os dois jovens aos seus aposentos, na esperança de conversar com os viajantes da Fócida, que a violência começou. Orestes e Pílades apanharam-no de surpresa e deram-lhe um golpe que o atirou ao chão. Saíram ensanguentados do quarto no momento em que Clitemnestra, o coração cheio de medo, acudiu ao salão ao ouvir os berros do amante, gritando aos escravos, a qualquer pessoa, para que trouxessem um machado.

Mas os escravos tinham desparecido. Só lá estavam Electra e Crisótemis. Era uma espécie de encontro familiar. Foi isto que Penélope teceu: Clitemnestra, quando começou a compreender que o jovem com a espada a pingar era o seu filho.

— Mataste o homem que eu amo? — perguntou ela.

— Agora é a tua vez, mãe — disse Orestes. — Queres deitar-te ao lado dele? O teu desejo não demorará a concretizar-se.

Clitemnestra nunca desviou o olhar do dele, mas levou as mãos aos ombros, desapertou os alfinetes que lhe seguravam o vestido e deixou-o cair.

— Sim, os meus seios, onde mamaste quando eras bebé, Orestes, as tuas gengivas nos meus mamilos. Sou a tua *mãe*, Orestes. Para com isto. Fui eu que te dei à luz. Cuidei de ti. Não posso envelhecer ao teu lado?

— Mataste o meu pai e queres que vivamos juntos? A sério? Como... uma família?

— O que aconteceu tinha de acontecer! Foram as Moiras. Não percebes isso. Por favor, não mates a tua mãe. Vais ficar amaldiçoado. Oh, deuses, não sejas a víbora com que eu sonhei. Orestes, espera, se me assassinares, as Fúrias virão atrás de ti...

Orestes levantou a espada e hesitou. Mas Electra gritou:

— Fá-lo! Outra vez! Outra vez!

Pílades e Crisótemis viraram as costas. Ao fim de algum tempo, tudo tinha terminado.

Quando Orestes recuou, cambaleante, do corpo da mãe, começou a vê-las a chegar pelo canto do olho. Elas desapareceriam da vista se ele tentasse olhar diretamente para elas, mas estavam ali, à espreita na periferia da sua visão: mulheres com asas negras e rostos fechados, serpentes a enroscarem-se no cabelo e nos braços — as Fúrias. À medida que os dias passavam, pareciam estar cada vez mais próximas, a sorrirem-lhe. De início, Orestes não as conseguia ouvir, mas depois não demorou a ser atormentado pelas vozes, por constantes provocações, por latidos enlouquecedores de cães. A voz da sua mãe... Orestes tinha a certeza de que também a ouvia; às vezes, tinha a certeza de que conseguia ver-lhe o rosto entre os das Fúrias. Aparecia-lhe nos sonhos, o corpo cortado e aberto onde ele firmara os golpes.

Electra e Pílades tentaram tranquilizá-lo, mas ele estava a desaparecer nos confins mais escuros do próprio espírito, a gemer, a suar e a tremer. Por vezes, recobrava a lucidez; dizia que as Fúrias estavam a dormir. Passava aqueles momentos com Electra, eram as horas em que a podia confortar. E prometiam que iriam proteger-se um ao outro. Ao fim de algum tempo, até outras pessoas começaram a ser capazes de sentir as Fúrias, como uma corrente de ar fria ou uma sombra escura, de início. Pouco depois, toda a gente as conseguia ver e ouvir dobradas sobre ele, a olhá-lo com más intenções, a ameaçá-lo.

Fora Apolo quem dissera a Orestes para matar a mãe, e o deus tinha de ser honrado — e consultado — de novo. Por isso, o jovem Orestes viajou outra vez até ao santuário de Apolo, em Delfos, com as Fúrias a morder-lhes os calcanhares como cães a perseguir uma lebre.

— Bebe-lhe o sangue, fá-lo pagar — murmuravam. — Arrasta-o lá para baixo, leva-o para o Mundo Inferior, matador de mães. Sem pena, sem misericórdia: o sangue de uma mãe, derramado, não pode correr-lhe nas veias novamente.

Assim que chegou ao santuário, Orestes agarrou-se à estátua de Atena para se manter em segurança num local onde estava protegido, o que enraivecia as Fúrias, que amaldiçoavam os Olímpicos, deuses mais jovens que ameaçavam o seu poder ancestral, uma potência que vinha da Mãe Gaia e de laços de sangue que mantinham as famílias juntas. Enquanto Orestes estava agarrado à estátua, o próprio Apolo defendeu o filho de Clitemnestra das deusas de asas negras.

— Nós castigamos matadores de mães! É um direito nosso e o nosso trabalho — gritaram as Fúrias.

— E as matadoras de maridos? É um crime mais grave — contrapôs Apolo.

— Não, o crime é pior quando é derramado sangue partilhado. Não existe partilha de sangue entre marido e mulher.

O impasse só se o desfez Atena quando interveio para responder às preces de Orestes. Ouviu as acusações e as contra-acusações.

— Isto não pode eternizar-se — disse ela. — Este ciclo pode ser interminável: os filhos da casa de Atreu a chacinar-se uns aos outros à vez, vingança a alimentar vingança.

Propôs que Orestes fosse julgado em Atenas, num tribunal. O júri seria formado por homens mortais da cidade, escolhidos por sorteio. Iriam ouvir as provas, votar e cumprir o veredicto. Atena presidiria ao julgamento, como era seu direito, num tribunal reunido na sua cidade. Todos concordaram.

O julgamento teve lugar no Areópago, um afloramento rochoso elevado a norte e a oeste da Acrópole. As Fúrias eram as responsáveis pela acusação e começaram por interrogar Orestes.

— Admites que mataste a tua mãe? — perguntou uma das mulheres aladas.

— Admito — disse ele.

— Ah, ele admite-o! E como o fizeste?

— Com a minha espada. Cortei-lhe a garganta.

— Porque o fizeste?

— Porque o deus Apolo me mandou. Ele poderá confirmá-lo. Era o que a minha mãe merecia. A dobrar.

— O que queres dizer com isso?

— Ela matou o marido... o meu pai.

— Irrelevante! Estás vivo, não estás? Não te matou a ti. Matou uma pessoa que não era sangue do seu sangue. Orestes é culpado, jurados!

Orestes virou-se para Apolo.

— Eu não nego que a matei, a questão é: foi lícito? Apolo, o que dizeis?

— Foi lícito — respondeu o deus. — O oráculo que mandei a Orestes veio diretamente de Zeus. E a palavra de Zeus é a lei. Castigar Clitemnestra por assassinar Agamémnon foi a atitude correta.

Uma das Fúrias interveio.

— Afirmas que Zeus disse que Orestes tinha legitimidade para assassinar a mãe por ela ter matado o pai dele? Mas, e os crimes de Agamémnon: o assassinato da própria filha? Falas das reivindicações do pai, mas que direito tem Zeus de se pronunciar sobre isso? Zeus acorrentou o pai *dele*, Crono, e encarcerou-o no Tártaro. Consideras realmente que é legítimo Orestes governar Micenas no palácio manchado por um matricídio?

— É verdade que matar um dos pais é um ato terrível — respondeu Apolo. — Mas não vos esqueçais do seguinte: o crime que estamos a julgar *não* é o assassinato de um progenitor. A mãe não é o progenitor da criança. É o pai é que é o verdadeiro progenitor. Vejamos as coisas da seguinte maneira: é a semente do pai que entra no ventre. O ventre não passa do solo em que planta cresce. A mulher não é mais do que... o recipiente para a criança. Sabemo-lo, porque o ventre nem sequer é necessário! Está aqui a prova, mesmo à vossa frente: Atena. Foi Zeus quem a deu à luz, sem necessidade de uma mãe. Ela nasceu da cabeça dele.

E foi isto. As provas estavam apresentadas, as testemunhas interrogadas. Os jurados deliberaram e cada um colocou o seu voto numa de duas urnas. Chegou finalmente a vez de Atena. Foi assim que Penélope teceu a cena: as Fúrias de um lado, as asas negras a brilhar, os rostos sedentos de sangue; do outro lado, os jurados atenienses; e, no centro, Orestes, com o deus Apolo ao lado, e Atena, com o elmo na cabeça, a estender a mão cintilante e imortal e a deixar cair o voto na urna da inocência de Orestes.

— Sou filha do meu pai — disse ela. — Não vou colocar-me ao lado de nenhuma mulher que tenha matado o marido.

Os votos foram em mesmo número, a favor e contra. De acordo com a regra do tribunal, Orestes foi absolvido. As Fúrias ulularam de raiva e insurgiram-se contra os deuses mais jovens, dizendo que as tinham desonrado, que tinham quebrado as leis ancestrais dos crimes de sangue. Bradaram as suas maldições. Atena seria arrasada, os filhos ficariam doentes, o povo seria massacrado. Por fim, Atena levantou a mão.

— Por favor, Fúrias. Eu respeito-vos. Sois mais velhas e, claro, muito mais sábias do que eu. Mas eu também tenho o meu quinhão de inteligência e tenho algo a dizer. Afirmais que fostes desautorizadas. Que nós, deuses mais jovens, vos retirámos os vossos antigos direitos. Talvez. As coisas mudaram. Mas vós também podeis mudar. Podeis tornar-vos... mais benevolentes. Nós podemos dar-vos um lar nesta cidade. Aqui mesmo, debaixo desta grande rocha do Areópago. Podeis ser veneradas. Podeis ajudar a fazer Atenas crescer, ajudar a ganhar guerras, ajudar a enriquecer as pessoas. Ficai connosco: deixai-me convencer-vos. Esquecei esta ideia de desautorização. Tornai-vos mais brandas, mais calmas. Perdei o azedume. Sede amadas. Deixai de ser as Fúrias. Sede as Benevolentes.

As Fúrias deixaram-se convencer pela oratória subtil de Atena, seduzidas pela oferta que ela lhes estava a fazer. A dança de raiva tornou-se uma dança de alegria. Adaptaram-se ao seu novo papel. Permitiram que os poderes primordiais, os direitos ancestrais, se esvaíssem. As vozes ásperas, caninas, tornaram-se mais suaves, quase inaudíveis. Toda a sua velha força, a velha potência, a velha lealdade aos direitos da mãe passou a ser aproveitada pela cidade e dedicada a deixá-la mais sedenta de território, riqueza e poder.

Penélope terminou a tapeçaria. Recuou alguns passos para olhar para ela com olhos avaliadores. Pensou na prima, Clitemnestra, a rapariga com quem crescera em Esparta. Seria ela um exemplo tão perverso para a condição feminina? O que faria ela, Penélope, se Ulisses tivesse matado o filho de ambos? Poderia perfeitamente ter agido da mesma forma que a prima, se as circunstâncias tivessem sido diferentes: ambas tinham a capacidade de ser calculistas, de saber esperar, para assumir o manto do poder, para usar a astúcia. Talvez tivesse sido apenas um golpe de sorte, um acidente nupcial, que fez com que as suas vidas acabassem por ser tão diferentes. Porém, ali estava ela, a rainha de Ítaca, cuja lealdade e paciência os poetas cantavam aos céus. Por sua vez, Clitemnestra era sinónimo de homicídio e monstruosidade.

Contudo, os poetas nada sabiam: não faziam ideia das ideias assassinas que ela tivera quando soubera dos casos de Ulisses, de o quão perto esteve de o abandonar e de casar-se de novo com um dos pretendentes. Do receio que tivera de Ulisses quando ele voltara, do choque que sentira com a violência do marido: sim, terror e repulsa, percebeu, poderiam coexistir com o amor. E a que se devia toda a sua lendária virtude? Afinal, consistia apenas em manter a casa de Ulisses intacta e a sua propriedade em segurança, em manter as leis do reinado, o poder dos homens, os costumes de herança. Pensou no cão Argos: manteve-se vivo o tempo suficiente para bater com a velha cauda no estrume por um minuto, quando viu o velho dono a regressar a casa. Deveria ela ser a versão humana do fiel cão de Ulisses?

Quanto a Atena, como amava ela os homens mortais! Como bajulara Ulisses, Telémaco, e até Orestes. Não foi surpresa vê-la a repudiar os direitos da mãe, da mulher, de Clitemnestra. A deusa assumira muitas formas, envolvera-se em muitos disfarces, para ajudar o marido e o filho. Tornara-se Mentor, um dos mais antigos amigos de Ulisses. Pelos vistos, foi assim que ajudou Telémaco a encontrar um navio para ir para Pilos e Esparta. Tornara-se um abutre. Uma bela jovem. Uma bela mulher. Um pastor. Uma andorinha. Tanto esforço! Se não soubéssemos que Atena não tinha interesse em sexo, pensaríamos que estava apaixonada por Ulisses. A forma como o lisonjeava parecia quase um galanteio. Se Ulisses fosse de fiar, claro.

Penélope deixou cair a régua e sentou-se no banco. O filho e o marido viram a deusa várias vezes, diziam eles. Mas ela nunca a vira. Tinha de acreditar na palavra do marido — tanto sobre isso como sobre tudo o resto —, e a única certeza que tinha sobre Ulisses era a de que ele era um mentiroso compulsivo. Atena existiria sequer? A deusa colocara-lhe ideias na cabeça. Pelo menos, fora o que ela sempre presumira, quando tinha um assomo de inspiração vindo do nada. Seriam as suas melhores ideias trazidas realmente por Atena? Ou seriam, na verdade, produto da sua própria inteligência? A deusa nascera, pretensamente, da cabeça do pai, o que parecia implausível a Penélope, uma espécie de fantasia masculina sobre a forma como uma criança deveria nascer sem necessidade do corpo de uma mulher.

Poderia o universo ser governado realmente por deuses e deusas do Olimpo, com a sua cobiça interminável de sacrifícios, a suscetibilidade a ofensas, os castigos arbitrários? Penélope ouvira dizer que os trácios acreditavam que os deuses eram altos e loiros como eles; que os etíopes concebiam os deuses negros. Talvez se os leões, cavalos e vacas tivessem deuses, devaneou ela, eles se assemelhassem a leões, cavalos e vacas.

Seria Zeus realmente o responsável pelos relâmpagos? Talvez houvesse outra explicação. Talvez, pensou ela, surgissem do choque do vento com as nuvens. Talvez o arco-íris não fosse obra da deusa Íris, como sempre lhe disseram, mas um efeito da luz nas nuvens. Não poderia a chuva ser o resultado do vapor que se eleva da terra? Seria a Terra realmente plana, os cantos delimitados por Oceano, e, se assim fosse, como é que os deuses pareciam rodar em volta do mundo? Não poderia o céu estar sob nós, de alguma maneira, bem como acima de nós?

Olhou de novo para o tear, para as cenas elaboradas que tinha tecido. Depois pegou na lançadeira e puxou o fio da trama para desfazer o trabalho. Tudo começou a desfazer-se. As histórias começaram a dissolver-se. Quando não restava nada a não ser o fio, deixou o tear, saiu do quarto e fechou a porta.

Mais tarde — anos mais tarde —, quando a casa foi abandonada, quando o pátio ficou vazio, quando o telhado caiu de velho, só as aranhas continuaram a tecer no lugar. Apanhavam as moscas nos seus fios cintilantes, e as suas teias fortes não se partiam.

NOTAS

UM: ATENA

Atena é a deusa da tecnologia e do artesanato; é a inventora do tear. *Fasti*, de Ovídio, um calendário poético de festivais romanos, por exemplo, descreve Minerva (a versão romana de Atena) como «*mille dea ... operum*», a deusa das mil artes (3.833). Também descreve o papel da deusa em ensinar aos humanos a arte do trabalho com a lã e o tear.

As fontes do meu relato da criação são a *Teogonia*, de Hesíodo, e as aberturas das *Metamorfoses*, de Ovídio, e da *Biblioteca*, de Pseudo-Apolodoro.

A história da criação de Hesíodo, que os académicos situam na era dos épicos de Homero, talvez o final do século VIII ou VII a. C., trata sobretudo das genealogias divinas. Ovídio, que escreveu na era do Imperador Augusto, no fim do século I a. C. ou início do século I d. C., apresenta uma bela visão materialista do início do universo no seu poema épico sobre transformações mitológicas. Deve muito ao texto poético/científico/filosófico anterior de Lucrécio, *Da Natureza das Coisas*.

A *Biblioteca*, de Pseudo-Apolodoro, um manual de histórias mitológicas em prosa grega, foi, provavelmente, escrito no século I ou II a. C. Para conveniência do leitor, nestas notas segui a divisão do trabalho em livros e secções realizada por Robin Hard na sua tradução para a coleção Oxford World's Classics, que é diferente das divisões feitas (por exemplo) por James Frazer na sua edição bilingue da Loeb.

Combinei elementos das três fontes, simplificando a extrema profusão de pormenores (e a longa lista de nomes) de Hesíodo, e aproveitei pormenores de outras fontes: por exemplo, a história de **Hefesto** a ser atirado do Olimpo por Zeus está na *Ilíada* 1.590–5; a imagem de **Afrodite** a elevar-se do mar deve algo ao glorioso trono de Ludovisi, que pode ser visto no Palazzo Altemps, em Roma; e o monte Etna como prisão de Tifão é maravilhosamente descrito na primeira *Ode Pítica*, de Píndaro. O poeta do século V a. C celebrou os vencedores de vários Jogos ancestrais, incluindo os Olímpicos; são uma fonte importante de histórias míticas.

Na verdadeira Atenas antiga, as Panateneias anuais incluíam a dedicação de um peplo, ou vestido, sagrado à pequena estátua de oliveira dedicada a Atena Polias (a deusa como protetora da cidade, ou *polis*). Este momento é descrito nas cenas finais da frisa do Pártenon. Pensa-se que a tecelagem terá demorado nove meses e foi levada a cabo por mulheres e raparigas. Alguns historiadores da religião grega pensam também que havia uma tapeçaria maior feita de quatro em quatro anos, que pode ter sido envolvida na colossal estátua (teria cerca de 10 metros) de Atena no Pártenon, ou pendurada debaixo dela. Estes têxteis eram tecidos com cenas da batalha dos deuses com os Gigantes, a gigantomaquia, razão por que o episódio forma a cena central da tecelagem que a minha Atena faz. O poeta de *Ciris*, uma obra da *Appendix Vergiliana* (uma coleção de poemas latinos já atribuídos a Virgílio), descreve o peplo desta forma: «Assim, as batalhas de Pallas [Atena] são tecidas em ordem, os grandes vestidos são adornados com os troféus dos Gigantes e os combates terríveis são desenhados em escarlate de sangue. Ali acrescenta-se aquele que foi atirado pela lança de ouro — Tifão...» Depois, o poeta anuncia a intenção de criar uma obra análoga: uma história poética «tecida» sobre natureza.

Simplifiquei a história das origens do fogo dada por Hesíodo na sua *Teogonia*: lá, Prometeu rouba-o de novo para os humanos depois de Zeus o tirar, tendo ficado zangado com a distribuição de comida durante os sacrifícios.

Hesíodo é o criador da história de **Pandora**. Conta-a duas vezes: uma vez em *Teogonia* e outra no seu manual de cultivo poético, *Trabalhos e Dias*. Em ambos os casos, Pandora é amaldiçoada, abrindo o seu jarro de barro (uma metáfora não muito ocluída para a vagina dela) para levar a desdita aos homens. Hesíodo, em geral, é francamente misógino, numa forma que Homero, digamos, não o é (nem Pandora é tema em Homero). Tomei a liberdade de fazer alterações à história, usando o seu nome — com o significado de «aquela que dá tudo» —, para sugerir que, de facto, ela permite que os homens descubram a sua verdadeira humanidade e toda a sua complexidade moral. Para Hesíodo, antes de as mulheres chegarem para desgastar os homens, os humanos masculinos viviam uma era dourada em que nenhum deles envelhecia e a Terra dava frutos espontaneamente.

O meu **Prometeu** deve muito à peça *Prometeu Agrilhoado*, tradicionalmente atribuída a Ésquilo, em que o protagonista epónimo descreve o seu desejo rebelde de ensinar habilidades aos humanos. No início da peça, Prometeu é acorrentado a uma rocha pelo relutante **Hefesto.** Há um coro de **Oceânides**.

A história de **Deméter e Perséfone** segue de perto o *Hino Homérico a Deméter*. Os 33 *Hinos Homéricos*, no passado atribuídos ao próprio Homero, são canções compostas sobretudo nos séculos VII e VI a. C. para honrar deuses individualmente. O *Hino a Deméter* é um dos poucos textos gregos antigos que dá a uma personagem feminina uma narrativa de «busca» que parece fazer eco tanto da

Ilíada (a raiva digna de Aquiles e a retirada de Deméter) como da *Odisseia* (as viagens da deusa e o hábito da dissimulação). O *Hino a Deméter* funciona em parte como poema etiológico, ao explicar as origens dos Mistérios Eleusianos, um importante culto de mistérios com sede na cidade de Elêusis, perto de Atenas.

As histórias de **Faetonte** e **Pirra e Deucalião** são retiradas em grande parte das *Metamorfoses* de Ovídio, cantos 2 e 1, respetivamente.

A ideia de uma humanidade simultaneamente magnífica e destrutiva é expressa da forma mais eloquente pelo dramaturgo Sófocles, do século V, na famosa ode coral de *Antígona*, versos 322ff.

DOIS: ALCÍTOE

Alcítoe não é — é verdade — um nome conhecido. Tanto ela como as irmãs, as **filhas de Mínias** de Orcómeno, aparecem no início do quarto canto das *Metamorfoses* de Ovídio como céticas da divindade de Dioniso. São tecedeiras, e continuam a tecer enquanto outras mulheres se precipitam para fora de casa para venerarem o deus.

O facto de as seguidoras de Dioniso contrariarem as funções domésticas normais e as atribuições de género — ao abandonarem os teares e as lançadeiras, atiçadas pelo deus para irem para as montanhas — é um aspeto importante da grande peça de Eurípides, *As Bacantes*. A peça conta a história de como o primo mortal do deus, **Penteu** de Tebas, nega a divindade de Dioniso e é devidamente castigado. A obra *As Bacantes* terá sido escrita por volta de 406 a. C. na Macedónia, onde o autor passou aproximadamente o último ano de vida; foi produzida postumamente em Atenas nas Grandes Dionisíacas, o mais importante festival anual dedicado ao deus.

Ao longo de três anos, três dramaturgos competiam uns contra os outros com quatro peças cada: uma trilogia de tragédias seguida de uma «peça sátira» dissoluta, com um coro de criaturas lascivas e itifálicas.

Nas *Metamorfoses*, as filhas de Mínias cantam canções enquanto tecem, tornando-se assim um meio de contar várias histórias dentro da história, incluindo a de **Píramo e Tisbe**. O tema da minha Alcítoe é a «história» de Tebas até à chegada de Dioniso (embora eu tenha integrado uma longa prolepse para as histórias de Édipo e dos seus filhos). Entre as fontes deste material contam-se, além de *As Bacantes*, o épico *Dionisíacas*, o mais longo poema ainda existente da antiguidade greco-romana com 20 456 versos, organizado em 48 cantos. O poema, que conta a história de Dioniso, a começar com a fundação de Tebas pelo seu avô materno, Cadmo, foi escrito em grego no final do século IV ou início do século V d. C. por Nono, uma habitante de Panópolis no Egito, a cidade moderna de Akhim. Irá ser publicada uma nova tradução inglesa, de Robert Shorrock, Camille Geisz, Mary Whitby, Tim Whitmarsh e Berenice Verhelst, e eu agradeço ter tipo a oportunidade de consultar uma das versões preliminares.

A violação de **Europa** é o tema de umas das maiores obras de Ticiano, pintada para Felipe II da Espanha na década de 1550. O xaile cor-de-rosa esvoaçante é um elemento dominante da cena desde a antiguidade. A história é contada no final do canto 2 das *Metamorfoses.*

O episódio de **Cadmo e Tifão** encontra-se no canto 3 das *Dionisíacas* de Nono. A visita de Cadmo a Samotrácia e a **Electra** e **Harmonia** estão nos cantos 3 e 4.

A história de **Io**, que Cadmo narra a Electra nas *Dionisíacas*, também é contada no canto 1 das *Metamorfoses* de Ovídio, no canto 2 da *Biblioteca* de Pseudo-Apolodoro, e na peça de Ésquilo,

Prometeu Agrilhoado, de onde vêm os pormenores das viagens de Io, incluindo para a terra das **Greias** que lembrava «cisnes», como Ésquilo lhes chama.

Há muitas fontes (incluindo *Histórias*, de Heródoto, 5.58) que dizem que Cadmo leva consigo o alfabeto de Fenícia. É verdade que os gregos adaptaram o sistema de escrita alfabético a partir do desenvolvido na Fenícia.

Dirce — às vezes considerada não uma nascente, mas uma pessoa (ou uma pessoa que se torna nascente) — era a tia de Antíope, que tratava mal. Os filhos de Antíope e Zeus (que a violou disfarçado de sátiro) eram **Anfíon e Zeto**, os construtores dos muros e dos setes portões de Tebas. Mais tarde, mataram Dirce devido à sua crueldade atando-a aos cornos de um touro. Este é o tema do famoso *Touro Farnésio*, um grupo de esculturas no Museu Arqueológico de Nápoles.

A noção de que **Tirésias** é descendente de um dos **homens semeados** está na *Biblioteca* de Pseudo-Apolodoro (3.6.7), assim como está a história da sua transformação em mulher. Por que fica Hera tão zangada com a resposta à pergunta sobre o prazer sexual? Há várias teorias. Eu aproveitei a de Nicole Loraux em *The Experience of Tiresias: The Feminine and the Greek* (1995, traduzida por Paula Wissing).

De acordo com Diodoro da Sicília (*Biblioteca Histórica* 4.66.5), Manto, às vezes conhecida como Dafne, «escreveu respostas oraculares de todos os tipos, excedendo-se na sua formulação; e, de facto, foi da poesia dela, diz-se, que o poeta Homero tirou muitos versos que usou como se fossem seus e com eles adornou a sua poesia». *Mantis* é a palavra grega para profeta, da qual vem o nosso adjetivo mântico e o nome mantódeo, os insetos vulgarmente conhecidos como louva-deus, assim chamados devido à postura, com os braços dobrados como se estivessem a rezar. A *Biblioteca*, de Diodoro, era um compêndio de conhecimento universal desde os tempos mitológicos até a 60 a. C. Só sobrevivem 15 dos 40 livros originais.

A fonte para **Édipo e Jocasta** é a obra-prima de Sófocles, *Rei Édipo*. A data precisa da peça é desconhecida, embora provavelmente tenha estreado em 430 ou 429 a. C.; a carreira no teatro foi longa, tendo durado pelo menos entre 469 e 406 a. C. Aristóteles considerava-o o mais exemplar dos dramas gregos. No entanto, não foi parte de uma trilogia vencedora nas Grandes Dionisíacas.

A morte de Édipo perto de Atenas é o tema da peça *Édipo em Colono*, de Sófocles. A história de **Polinices e Etéocles** é contada em *Sete Contra Tebas*, de Ésquilo. A tentativa de enterro de Polinices pela irmã **Antígona** é o tema de *Antígona*, de Sófocles. O pormenor sobre o colar de Harmonia a ser usado para subornar Erifile é de Pseudo-Apolodoro.

A história de **Actéon** baseia-se no canto 3 das *Metamorfoses* de Ovídio. A história também é contada no *Hino* de Calímaco, conhecido como *O Banho de Palas*, e nas *Dionisíacas* de Nono.

Uma parte da história de Sémele é retirada do canto 7 das *Dionisíacas*. Em relatos antigos, é a habitualmente a ciumenta Hera que persuade Sémele a pedir a Zeus que lhe mostre os relâmpagos; inventei a noção de que Sémele o faz deliberadamente, talvez ciente do resultado provável.

O papel de **Ino** na criação de Dioniso quando este era criança e a transformação em deusa do mar é relatado em Pseudo-Apolodoro, 3.4.3.

Os **primeiros tempos de Dioniso** são em grande parte retirados dos *Hinos Homéricos* a Dioniso, 1 e 26. A história de **Ampelos** encontra-se nos cantos 10, 11 e 12 das *Dionisíacas* de

Nono. *Ampelos* é a palavra grega para vinho. As viagens de Dioniso pela Ásia estão listadas no discurso de abertura do deus em *As Bacantes*, de Eurípides.

A história do **rapto de Dioniso** é retirada do maravilhoso *Hino Homérico* a Dioniso. Inventei a ideia de que foi naquele navio específico que ele viajou até à Grécia. Há um cílix, ou taça, feito pelo oleiro ateniense Ezekias na década de 540 a. C., que mostra uma cena semelhante à que eu coloquei Alcítoe a tecer. Encontra-se na coleção do Antikensammlungen, em Munique.

A história de **Dioniso em Tebas** e do encontro com Penteu é retirada de *As Bacantes*, de Eurípides. A imagem de **Agave** a descer o monte Citéron com a cabeça do filho empalada no bastão é uma das mais inesquecíveis do teatro grego. Imagine-se a «cabeça» como a máscara do ator.

A transformação da tapeçaria das **filhas de Mínias** encontra-se no canto 4 das *Metamorfoses*. As mulheres negam explicitamente a divindade de Dioniso, tal como Penteu; na minha versão, sugeri que estão demasiado concentradas em fazer as obras de arte para dar atenção ao seu chamamento. A ideia do deus disfarçado de ménade é retirada das *Metamorfoses*, de Antonino Liberal, uma obra datada dos séculos I a II d. C.

TRÊS: FILOMELA

A história de **Filomela e Procne** é contada na forma sobrevivente mais completa no canto 6 das *Metamorfoses*, de Ovídio. Foi também o tema de uma peça há muito perdida de Sófocles chamada *Tereu*. Pensa-se que a peça de Sófocles colocou as irmãs como a lente da história. As relações entre irmãs também são importantes nas peças de Sófocles, *Electra* e *Antígona*. Nestas peças, cada par de irmãs é algo contrastante: Antígona e Electra são caracterizadas como «fortes» e decididas, Crisótemis e Isménia como as contrapartes «mais fracas». Na versão de Ovídio da história de Filomela e Procne, pelo menos, as irmãs mostram uma solidariedade pouco habitual.

Fui buscar o desejo das irmãs de se tornarem aves de um dos belos coros de *Hipólito*, de Eurípides, 732ff. Na tradução de Anne Carson, o texto é o seguinte: «I long for the secret sunwalked places, / and a god to take me up high / amid high birds flying, / to rise and soar / over sea coasts / and rivers / where sad girls / pitying Phaeton / drop into the deepblue wave / their amber tears, their brilliant tears.»[5]

A história de **Ífis**, contada no canto 9 das *Metamorfoses*, é uma de um punhado de mitos em que as personagens se transformam em homem ou mulher ou vice-versa. (Outras personagens que sofrem esta transformação são Ceneia e Tirésias.) À primeira vista, Ífis pode ser vista como uma precursora mítica de uma experiência transgénero moderna. No entanto, um ensaio consubstanciado por um classicista transgénero, Sasha Barish, publicado na revista *Eidolon*, sugere que a história — colocada que está nas *Metamorfoses* entre um conjunto de histórias sobre amores impossíveis e pouco naturais — pode ser mais problemática do que parece. Também se pode salientar que a mudança de mulher para homem é necessária, na história de Ovídio, porque, para ele, a ideia de duas mulheres se amarem é uma novidade tão grande, que ele considera impensável: «*femina femineo correpta cupidine nulla est*» — Nunca nenhuma mulher foi capturada pelo desejo de outra mulher, afirma o poeta.

---

[5] «Oh! se Deus me pusesse / Nas altas fendas / De excelsa rocha! / Se me vestisse / De leves penas, / Ave volante / Entre rebanho alado! / Dali me levantara / Sobre as marinhas ondas / Do Adriático: / Ou sobre as águas / Do turvo Erídano, / Onde as misérrimas / Suas filhas tristes, / Tristes e aflitas / Por Faetonte, / Na água purpúrea / Destilam lágrimas / De puro electro.» *Hipólito*, Eurípides, tradução de J. B. de Mello e Souza.

Foi por isso que deixei em aberto o que acontece no final da história. Existe alguma bênção de Ísis, mas cabe ao leitor decidir qual é a bênção. Fui buscar a minha deixa a outro verso da história de Ovídio (*Metamorfoses*, 9.711–13). «*Facies, qam siue puellae / siue dares puero, fieret formosus uterque*» — «O aspeto de Ífis, quer o consideremos rapariga ou rapaz, seria sempre belo.»

As histórias de **Eco** e **Narciso** são contadas no canto 3 das *Metamorfoses*.

A história de **Pigmalião** está no canto 9 das *Metamorfoses*. Na versão de Ovídio, Pigmalião e a estátua têm um final feliz e um filho, Ciniras (embora as coisas não venham a acabar da melhor forma para ele). A estátua de Ovídio era feita de marfim; a minha baseia-se na famosa estátua helenista de Ariadne que podemos ver nos Museus do Vaticano (também aparece no meu livro *Red Thread*). De acordo com um diálogo chamado *Erotes,* atribuído a Luciano, um homem que foi ver a estátua de marfim de Afrodite nua ao vivo em Cnido, do famoso escultor ateniense Praxiteles, ficou tão excitado que ejaculou sobre ela, deixando uma mancha nas coxas da estátua. Foi esta história que inspirou o pormenor sangrento deste livro.

Héracles vestido com roupa de mulher e a fiar para **Ônfale** é mencionado nas *Elegias*, de Propércio, 4.9; e a mudança de vestuário em *Como se Deve Escrever História*, 10, de Luciano. No British Museum há uma fonte que mostra Héracles num vestido, levantado para mostrar o pénis ereto «em perseguição erótica» (como se diz no museu) de uma mulher.

Alceste, de Eurípides, conta como a protagonista se oferece para morrer em vez do marido, Admeto, e é levada de volta para o mundo dos vivos por Héracles, que combate a Morte e a leva para casa, velada, para que o marido a reconheça.

A história da morte acidental de **Héracles** às mãos da sua esposa **Dejanira** é contada em fontes como o *Catálogo de Mulheres*, de Hesíodo (que também conta com a história de Periclímeno, irmão de Nestor, que era capaz de se disfarçar de formiga, abelha, águia ou serpente, e que, quando perdeu as graças de Atena, foi morto por Héracles numa batalha fora das muralhas da cidade do seu pai, Neleu).

A principal fonte usada aqui, no entanto, foi *As Mulheres da Trácia*, de Sófocles. Nesta peça, os Trabalhos (o facto mais famoso da vida de Héracles) estão comprimidos num único discurso em analepse, enquanto a história se centra na forma como o grande herói é inadvertidamente morto pela esposa. Há um maravilhoso quadro renascentista de Jan Gossaert (no Barber Institute, em Birmingham) que faz algo parecido: mostra Héracles e Dejanira sentados lado a lado, Dejanira prestes a oferecer-lhe a túnica impregnada de veneno que o vai matar. Os famosos Trabalhos de Héracles são sugeridos numa frisa esculpida e parcialmente escondida no fundo do banco de pedra em que estão sentados, que inspirou a minha abordagem neste livro. Em algumas versões da história de Héracles, os Trabalhos foram levados a cabo para expungir o pecado de ter matado a sua primeira mulher, Mégara. Mas Homero, no canto 9 da *Ilíada*, diz que foi por causa de Hera, que fizera Zeus prometer que, se um dos seus descendentes mortais nascesse naquele dia, teria domínio sobre os seus vizinhos. Hera atrasou o nascimento de Héracles e foi naquele dia que Euristeu, neto de Zeus, nasceu. Por isso, Héracles ficou obrigado a ser subserviente do seu parente.

É a *Biblioteca*, de Pseudo-Apolodoro, que relata que Dejanira conduzia uma quadriga e conhecia as artes da guerra. A imortalidade de Héracles em paz eterna com Hebe como esposa é descrita na primeira *Ode Nemeana*, de Píndaro, e em *Catálogo de Mulheres*, de Hesíodo.

A história de **Atalanta** é contada nos cantos 8 e 10 das *Metamorfoses*, de Ovídio. Entre outras fontes contam-se a *Biblioteca*, de Pseudo-Apolodoro, e o *Hino a Ártemis*, de Calímaco, que menciona a aniquilação dos que a tentaram violar. Melânion é, por vezes, conhecido como Hipómenes. O pormenor de Atalanta agarrar a maçã «com a velocidade de uma Harpia» é retirado de *Catálogo de Mulheres*, de Hesíodo.

A história de **Píramo e Tisbe** aparece pela primeira vez na literatura sobrevivente no canto 4 das *Metamorfoses*, de Ovídio.

A história muito, mesmo muito mais leve de **Eros e Psique** vem da obra de ficção em prosa latina do século II d. C., *O Burro de Ouro*, de Apuleio, um escritor de Madaurus (a moderna M'Daourouch, na Argélia). As cenas que eu coloquei Filomela a tecer — o conselho dos deuses e o banquete de casamento — estão entre as que se podem ver no teto da lógia no Palazzo Farnesina em Trastevere, Roma, uma obra magnífica de um grupo de artistas, de entre os quais se conta Giulio Romano.

A história de **Procne e Filomela** é inegavelmente macabra. A versão de Ovídio é mais negra do que a minha: o autor descreve uma cena verdadeiramente horrível de corte da língua. Shakespeare retirou pormenores desta história em *Tito Andrónico* — tanto a ideia de servir os filhos de alguém para jantar, como a de uma violação seguida de uma mutilação. A língua de Lavínia é cortada e as mãos também, para que ela não pudesse escrever (nem tecer) a sua história. No entanto, consegue indicar a história a Filomela numa cópia das *Metamorfoses*, de Ovídio, para comunicar o que lhe tinha acontecido.

O assassinato das crianças aqui é talvez, como na *Medeia* de Eurípides, a arma de último recurso da mulher contra a patriarquia: uma forma de interromper a transferência de prestígio, poder e propriedade de pai para filho de que a sociedade depende nestas histórias. (Embora também se possa olhar para o episódio como a projeção masculina do terror sobre o controlo inegável que as mulheres têm sobre a função humana: o do parto e da criação de crianças jovens.)

Os ornitólogos farão notar que os rouxinóis fêmeas na verdade não cantam, mas não deixem que um pormenor como este estrague uma boa história.

QUATRO: ARACNE

A história da competição de tecelagem de **Aracne** com **Atena** é contada no início do canto 6 das *Metamorfoses*, de Ovídio, e eu segui o relato de Ovídio muito de perto até às descrições das tapeçarias das duas concorrentes, incluindo a imagem do arco-íris. Usei os temas das tecelagens relatados por Ovídio, mas alterei o conteúdo exato das obras, embora seja verdade que Ovídio apresenta a **disputa entre Atena e Posídon** como tema central da tapeçaria da deusa.

Cólofon e Foceia estão ambos em Jónia, cidades gregas no que é agora a costa mediterrânica ocidental da Turquia. **Púrpura** era um sinónimo de luxo no mundo clássico, muitas vezes associado à Fenícia (o Líbano moderno). Tive a sorte de aprender mais sobre o processo de produção da «púrpura de Tiro» em visita ao Museu Nacional de Beirute e ao Museu Arqueológico da Universidade Americana, em Beirute, cerca de 80 quilómetros a norte do próprio Tiro.

A história de **Ixíon** é contada em fontes como a segunda *Ode Pítia*, de Píndaro. Foi objeto de um conjunto de tragédias perdidas: Ésquilo e Eurípides dramatizaram a história. Um fragmento da peça perdida de Ésquilo, *Mulheres de Perrébia*, inclui o pormenor das «taças de beber, forjadas em ouro e prata». Diodoro da Sicília também reconta a história (4.69.3–5).

De acordo com as *Fábulas* de Higino, nenhum dos deuses consumiu a carne de Pélope no jantar de **Tântalo** a não ser Ceres (o nome romano de Deméter). Higino (*c.* 64 a. C. – 17 d. C.) era um liberto do Imperador Augusto. As suas fábulas são vistas como notas de aprendiz algo simplistas para os mais elaborados tratados mitográficos originais. (Píndaro oferece-nos uma versão diferente na sua primeira *Ode Olímpica*: os deuses não podem ser canibais, escreve; pelo contrário, Pélope deve ter sido raptado por Posídon, que queria o mortal como amante. Mais tarde, relata, Posídon ajudou Pélope a conquistar Hipodâmia e a fazê-la sua mulher, o que implicou vencer o pai dela, Enomau, numa corrida de quadriga. Pélope e Hipodâmia tornaram-se os fundadores da casa real de Micenas.)

O **castigo de Tântalo** é descrito na *Odisseia* (11.582–92).

A história de **Níobe** aparece pela primeira vez no final da *Ilíada* (24.602–9), onde ela é apresentada como um exemplo de extremo luto na cena notável em que Príamo, rei de Troia, se embrenha no acampamento grego e persuade Aquiles a deixá-lo ficar com o corpo do filho. Há outras versões nas *Metamorfoses* de Ovídio e na *Biblioteca* de Pseudo-Apolodoro. O número de filhos de Níobe varia muito; eu cingi-me ao número indicado por Homero. O pormenor da rocha a envolvê-la como «hera trepadeira» é retirado de *Antígona*, de Sófocles. Há um extraordinário fresco romano da matança — Apolo a alvejar humanos à medida que vão tentando fugir nos dorsos dos cavalos — no Museu Arqueológico de Nápoles, originalmente de uma casa em Pompeia.

Para a história de **Mársias**, segui, em geral, a versão de Diodoro da Sicília (3.59). Ovídio tem uma descrição famosa, e famosamente macabra, do esfolamento no canto 6 das *Metamorfoses*. Também tive em conta a pintura da cena de Jusepe de Ribera no Museu Capodimonte, em Nápoles.

A história de **Dafne** é contada no canto 1 das *Metamorfoses*. A transformação é o tema de várias obras de arte, incluindo a extraordinária escultura de Gianlorenzo Bernini na Villa Borghese, em Roma.

Há várias versões sobre a localização do rapto de **Orítia**, e eu escolhi a do mitógrafo Acusilau, do século VI a. C. A cena do rapto em si, nas margens do rio Erígono, é apresentada por Apolónio de Rodes na *Argonáutica* (final do século III a. C.). Há uma ânfora belíssima na coleção do Antikensammlungen, em Munique, a demonstrar o rapto.

Creusa descreve a sua violação, acusando Apolo, na peça *Íon*, de Eurípides, 881ff. A história aqui contada segue de perto esta peça, incluindo os pormenores da violação e da descrição do cobertor com o padrão de górgona e serpente, muito mal feito pela jovem inexperiente: a tecelagem dá a este enredo um meio de resolução. (Numa peça muito preocupada com os têxteis, também encontramos descrições de colgaduras que decoram o lugar dos banquetes onde Íon escapa por pouco a um envenenamento. As colgaduras descrevem céus completos com Hélio, Nix, as Plêiades, Oríon, a Ursa Maior, as Híades e Eos; uma batalha naval entre gregos e estrangeiros; várias criaturas metade animal metade humano; caças a veados e leões; e Cécrope e as suas filhas. Além disso, no início da peça, o coro de mulheres atenienses admira as esculturas no santuário de Delfos, dizendo que reconhecem as cenas descritas das histórias contadas ao tear: podemos imaginá-las a cantar enquanto trabalham ou até a tecer histórias.)

A história da arcadiana **Calisto** é contada no canto 2 das *Metamorfoses* e *Fastos*, de Ovídio, e por Pseudo-Apolodoro (*Biblioteca*, 3.8), que recolhe as correntes de várias tradições distintas relacionadas com ela. A minha versão está mais próxima da de Pseudo-Eratóstenes, que, por sua vez, cita uma obra perdida de Hesíodo, na compilação de mitos estelares chamada *Catasterismos*

— um resumo do século I a. C. de um original perdido, provavelmente não da autoria do verdadeiro Eratóstenes de século III a. C. O poema de Fiona Benson «[transformation: Callisto]» é uma notável reconstituição crua da história de Calisto.

Uma das violações tecidas por Aracne nas *Metamorfoses* de Ovídio é a de **Leda**. Erotizar a cena revelou-se irresistível para os pintores, escultores e poetas masculinos ao longo dos séculos; para um ponto de vista diferente, ver os poemas *Leda*, de Lucille Clifton. Pretensamente, Leda também dormiu com o marido no dia em que foi violada pelo cisne, pelo que, enquanto Zeus é o pai de Helena, Tíndaro é o de Clitemnestra, e, muitas vezes, também de Castor e Pólux.

A história de **Ganimedes** é contada no *Hino Homérico a Afrodite*, 201ff.

Pseudo-Apolodoro (*Biblioteca*, 2.4) conta a história de **Dánae** e da conceção de **Perseu** na chuva de ouro. É outro tema popular para os artistas, incluindo Ticiano: veja-se a sua versão na Apsley House, em Londres. Na sua *Ode* 3.16, Horácio, o poeta romano do século I d. C., partilha a interpretação cínica de **Acrísio** sobre o ouro. Os pormenores da arca vêm de uma pintura numa hídria ática de meados do século V a. C. (do «pintor de Dánae») no Museu de Belas Artes de Boston. A pequena canção cantada por Dánae a Perseu enquanto a arca está no mar é tirada quase palavra por palavra de um fragmento de um bonito poema do poeta Simónides de Ceos, do século VI a. C.

A cena na praia com **Díctis** e o pescador baseia-se em fragmentos sobreviventes da peça satírica de Ésquilo, *Dicktyoulkoi*.

Pseudo-Apolodoro é quem pega na história a partir deste momento (*Biblioteca*, 2.4.2). As **Greias** — às vezes um par, outras um trio — são muitas vezes descritas como mulheres velhas e grotescas.

Mas o vestido cor de açafrão e as maçãs do rosto bonitas são cortesia da *Teogonia* de Hesíodo (270), que também nos diz que têm o cabelo grisalho desde o nascimento. Hesíodo apresenta duas irmãs com nome, Énio e Pénfredo; Dino é acrescentada por Pseudo-Apolodoro (que também tem Péfredo em vez de Pénfredo). O facto de haver encontros com três trios diferentes de mulheres sobrenaturais, além de um leque tão alargado, até excessivo, de objetos mágicos, dá a entender aos comentadores modernos que os mitógrafos podem ter reunido variantes do conto para construir uma única história algo confusa. Eu emulei esta característica de exagero na minha versão dos encontros de Perseu com as Greias e as **ninfas**, que, habitualmente, não eram tão conhecedoras nem sarcásticas.

A noção de que as ninfas vivem no «norte» é invenção minha: as localizações destes acontecimentos são vagas, mas distantes. Aparentemente, as Greias vivem perto da Cítia em *Prometeu Agrilhoado*, mas também podem ser encontradas junto do lago Tritonis, perto do Norte de África.

Na arte grega arcaica e clássica, e em textos como os de Pseudo-Apolodoro, **Medusa** e as irmãs, as **Górgonas**, que, tal como a Greias, são filhas dos deuses do mar Ceto e Fórcis, têm defesas, mãos de bronze, asas e cabeças escamosas. No entanto, às vezes, Medusa é descrita como uma bela mulher alada, como acontece numa pélica, uma espécie de jarro para vinho, do pintor do século V, Polignoto, agora no Metropolitan Museum of Art. Na décima *Ode Pítia*, de Píndaro, diz-se que Medusa tem bonitas maçãs do rosto. Em Pseudo-Apolodoro, Atena guia a mão de Perseu para matar Medusa. Nas *Metamorfoses* de Ovídio (4.791–803) ficamos a saber que o cabelo de serpente da bela Medusa cresceu depois de Neptuno (o equivalente romano a Posídon) a violar no santuário de Minerva (Atena). O cabelo foi o castigo de Atena. Seguindo o exemplo de Polignoto, não lhe dei o cabelo de serpente, mas usei a violação e a inimizade de Atena.

A *Teogonia* de Hesíodo (270ff) também nos diz que Medusa foi violada por Posídon e que, quando ela foi morta por Perseu, nasceram duas criaturas: o cavalo alado **Pégaso** e a guerreira Crisaor. O frontão ocidental do templo do século VI a. C. a Ártemis em Corfu — agora no Museu Arqueológico da ilha — mostra-a com os dois filhos.

De acordo com Ovídio, a paragem seguinte de Perseu é o Titã Atlas, a quem transforma em pedra (a Cordilheira do Atlas). Depois vai para a **Etiópia**. Para os gregos, tratava-se de uma terra distante a sul, com uma localização vaga, que foi sendo gradualmente associada com o território nilótico a sul do Egito, mas próximo do Sudão moderno do que da Etiópia moderna (rodeada de terra).

Ceto, a enorme criatura marinha, dá o nome à cetologia, o estudo das baleias. «O galante Perseu, filho de Júpiter, foi o primeiro baleeiro», escreveu Melville em *Moby-Dick*. Cassiopeia e Cefeu acabaram por se tornar constelações: a Cassiopeia, com o seu formato em W, é particularmente fácil de encontrar no polo celestial norte.

Algumas das afirmações de **Aracne** que revelam ceticismo religioso são retiradas do discurso de Íon na obra epónima de Eurípides (429–51). O castigo aracnídeo encontra-se nas *Metamorfoses* (6.139–45).

CINCO: ANDRÓMACA

Os pormenores da história de **Andrómaca** aqui apresentada foram retirados dos cantos 6 e 22 da *Ilíada*. No último, ela está no tear, a trabalhar num têxtil tecido com um padrão florido intrincado, quando ouve a notícia de que Heitor foi morto. Quando se apercebe do que aconteceu, arranca o toucado da cabeça e deixa cair a lançadeira; um dos grandes momentos de devastação da literatura. A palavra grega para as flores que ela está a tecer é um termo pouco usado: *throna*. Aparece no segundo *Idílio* de Teócrito, a transmitir a ideia de que têm poderes mágicos ao serem usadas num feitiço de amor. Na minha versão, Andrómaca está a tecer uma espécie de satisfação de um desejo, que não é bem um feitiço de amor: contos sobre a natureza que a levam além do confinamento das muralhas da cidade de Troia e das histórias de amor.

A memória específica do seu dia de casamento é extraída de uma obras (fr 44) da poetisa lésbica Safo (*c.* 630–570 a. C.). A ideia das mulheres nos teares a especular qual será o grego que as arrastará pelo cabelo vem de *Ifigénia em Áulide*, de Eurípides, 786–91.

A história de **Alcíone e Céix** aparece-me pela primeira vez, de forma fragmentada, no *Catálogo de Mulheres*, de Hesíodo, onde Alcíone e Céix se chamam «Hera» e «Zeus» impiamente um ao outro e são devidamente punidos ao serem transformados em aves. A minha versão deve mais a Ovídio, no canto 11 das *Metamorfoses*, onde o conto se torna uma terna história de amor.

Ceyx é a palavra grega para gaivota ou andorinha-do-mar, pelo que este deve ser o pássaro em que ele se deve ter transformado. O discurso que dei a Alcíone contra as viagens marítimas é retirado de alguns dos pormenores das *Odes* de Horário 1.14, em que o narrador espera que o seu amigo, o poeta Virgílio, chegue ao seu destino ileso. Céix empresta alguns argumentos em resposta a este discurso do *Soneto 39*, de Shakespeare. A terra dos Cimérios é descrita no canto 11 da *Odisseia*. As minhas pombas gementes e abelhas murmurantes foram retiradas de Tennyson.

Báucis e Filémon e **Ícaro** são histórias contadas no canto 8 das *Metamorfoses* de Ovídio.

A história de **Jacinto** é contada nas *Metamorfoses* (10.162–219), mas também há pormenores retirados de dois livros escritos em grego, ambos chamados *Imagens*, cada um escrito por uma pessoa diferente chamada Filóstrato, e descrevendo cada um obras de arte com temas mitológicos, o que não deixa de ser confuso. Seriam, talvez, membros da mesma família ateniense, possivelmente avô e neto. O Filóstrato mais velho estava a trabalhar no século III d. C. Um fragmento de um poema de Bíon de Esmirna (que se pensa que trabalhava por volta de 100 a. C) tem um deus a tentar usar ambrósia e néctar para reanimar o seu amante.

O destino de **Adónis** é narrado por Ovídio no canto 10 das *Metamorfoses*. A história também é o tema do poema do poeta helenista Teócrito, que escreveu no século III a. C. No seu 15.º *Idílio*, o autor descreve duas mulheres que participam no festival de Adónis. As mulheres admiram tapeçarias tão maravilhosas que as figuras desenhadas parecem mover-se. Bíon de Flosa, outro poeta helenista, escreveu um *Lamento para Adónis*, cheio de pormenores barrocos do extravagante luto de **Afrodite**. Ticiano pintou Afrodite a envolver o amante nos braços, para tentar impedi-lo de caçar sozinho, numa série de obras inspiradas em Ovídio encomendadas por Felipe II de Espanha.

O maravilho *Hino Homérico a Afrodite* é a fonte para a história de **Afrodite e Anquises**. Dei a Afrodite alguns dos versos. A história do filho de ambos, Eneias, é contada no grande épico romano *Eneida*, de Virgílio.

A história de **Orfeu e Eurídice** tem duas fontes principais: as *Geórgicas*, de Virgílio (4.453–527), e o canto 10 das *Metamorfoses*, de Ovídio. A versão nas *Geórgicas* centra-se no apicultor arcadiano Aristeu, que causa a morte dela. Na nona *Ode Pítia*, de Píndaro, é contada a história de Cirene. Há frequentemente uma raposa aos pés de Orfeu em representações em mosaicos romanos da cena.

A história de **Pico** encontra-se no canto 5 das *Metamorfoses*, a de **Leto e as rãs** no canto 6; as **pegas** estão no canto 5.

A geografia e a natureza do Mundo Inferior são sobretudo retiradas do canto 6 da *Eneida* e do livro 11 da *Odisseia*. Tomei a liberdade de dar a Eurídice o papel tradicionalmente masculino de descer ao Mundo Inferior e de ser conduzida por um guia, um papel que eu atribuí a **Hermes**, que tradicionalmente acompanha as almas dos mortos. (A Sibila de Cumes executa o papel de guia para Eneias no épico de Virgílio, e Virgílio, fá-lo, por sua vez, para Dante em *A Divina Comédia.*)

A história de **Belerofonte**, **Pégaso** e **Quimera** é relatada em mais pormenor na *Ilíada* (6.119–211). A caracterização sobre a forma como Belerofonte doma Pégaso usando rédeas com correias douradas é retirado da *Ode Olímpica 13*, de Píndaro.

A história das **Harpias** é da *Argonáutica*, de Apolónio de Rodes, escrita em Alexandria no século III a. C. As Harpias de Apolónio também roubam comida e deixam um cheiro repugnante onde quer que vão. Nos vasos gregos, as Harpias são, por vezes, representadas como mulheres com asas magníficas; ou aves com cabeças de mulheres. As **Fúrias** são frequentemente mostradas como mulheres aladas que usam túnicas e botas e têm serpentes enroladas no cabelo e em volta dos braços.

Sísifo é encontrado por Ulisses na *Odisseia* (11.593ff), e a sua história também é contada na *Biblioteca* de Pseudo-Apolodoro (1.9.3).

É Ovídio quem, no canto 10 das *Metamorfoses*, pede a **Hades e Perséfone** (nas versões romanas de Plutão e Prosérpina) para tecer de novo o destino de Eurídice — «*retexite fata*».

SEIS: HELENA

Na *Ilíada* 3.125–9, vemos **Helena** no tear a tecer as disputas entre os gregos e os troianos num grande tecido púrpura com dobra dupla. **Íris** aparece-lhe disfarçada e insta-a a ir para as muralhas juntar-se a **Príamo**, onde ela lhe aponta vários guerreiros acaicos — gregos — (o que é algo implausível, uma vez que se trata, pretensamente, do décimo ano da guerra). Este episódio é conhecido como teicoscopia (o «olhar a partir de uma muralha»). Segue-se um único combate entre **Menelau** e **Páris** que termina com Afrodite a salvar Páris. É no final do canto 8 que surge a descrição mágica dos fogos dos troianos a arder à noite como estrelas. Inventei a ideia de que Helena sai de casa à noite para ver a cena.

A sensação de Helena de que o seu «verdadeiro eu» está noutro lugar é uma referência à peça de Eurípides, *Helena*, em que um fantasma feito pelos deuses foge com Páris, provocando a guerra, enquanto a verdadeira Helena, inocente e fiel, é levada misteriosamente para o Egito. A fonte de Eurípides foram, provavelmente, os poemas sobre Helena do poeta lírico Estesícoro, que viveu antes dele.

Nesta primeira tapeçaria, feita em Troia, imaginei Helena a tecer alguns dos principais acontecimentos da *Ilíada*. O escudo de Atenas é descrito (de forma muito mais elaborada do que eu fiz aqui) na *Ilíada* 18.478ff. A *Ilíada* não nos diz se a relação amorosa, apaixonada e intensamente próxima de Aquiles e **Pátroclo** é também sexual, embora os fragmentos sobreviventes da peça *Mirmidões*, de Ésquilo, sejam explícitos, com Aquiles, destroçado, a lembrar-se do sexo com o companheiro perdido. Pseudo-Apolodoro relata o episódio do jogo da bugalha (3.13.8). A *Ilíada* termina com **Cassandra**, **Andrómaca**, **Hécuba** e, por fim, Helena, a chorarem a morte de **Heitor**.

O episódio de **Idoteia e Proteu** é descrito na *Odisseia*, 4.361ff. O fuso de ouro de Helena e a caixa de prata sobre rodas são descritas em 4.120ff.

O conflito de **Hermíone** com Andrómaca, que carrega um filho de Neoptólemo enquanto ela continua sem filhos, é o tema da peça de Eurípides, *Andrómaca*.

A decisão de colocar **Tétis** a casar com Peleu é contada na oitava *Ode Ístmica*. O encontro entre Peleu e Tétis e a cena de casamento são retirados do poema 64 do poeta romano do século I a. C., Catulo. Mantive o erro de continuidade de Catulo (se o *Argo* foi o primeiro navio, como é que a colcha de Peleu e Tétis mostra Teseu e Ariadne a bordo de um barco?). A *Crestomacia*, de um escritor chamado Proclo (data desconhecida), inclui um resumo das várias partes perdidas do ciclo épico. Um destes poemas, o *Cípria*, sobre o início da Guerra de Troia, continha a cena de Éris no casamento de Peleu e Tétis, bem como a do **Julgamento de Páris**. Estes acontecimentos também são narrados por Pseudo-Apolodoro. Atena com a pele a ser esfregada com azeite e Afrodite encharcada em perfume vêm do quinto *Hino* de Calímaco a Atena. As particularidades do sonho de Hécuba são tiradas do oitavo *Peã* incompleto de Píndaro.

A história dos **pretendentes de Helena** é contada em Proclo. *Ifigénia em Áulide*, de Eurípides, mostra uma versão ligeiramente diferente, em que **Tíndaro** engendra um plano para evitar derramamento de sangue e Helena escolhe Menelau.

Na *Ilíada* 6.321ff, Páris está a tomar conta das armas dentro de portas com Helena quando Heitor entra de rompante e o repreende pela sua indolência antimilitar. Aproveitei algum desse espírito aqui. Os sentimentos de Helena ao deixar Esparta devem algo ao maravilhoso poema de Safo, que chegou até nós como fragmento 16, que começa, na tradução de Stanley Lombardo: «Some say an army on horseback, / some say on foot, and some say ships / are the most beautiful things / on this black earth, / but I say / it is whatever you love».[6]

A história do **arado** está nas *Fábulas*, de Higino, 95. Às vezes (incluindo, talvez, numa peça perdida de Sófocles sobre ele), diz-se que Palamedes foi o inventor dos jogos de tabuleiro; e, de facto, Palamedes é visto no início de *Ifigénia em Áulide*, de Eurípides, a jogar ao jogo da bugalha com Protesilau.

A história de **Ifigénia** é contada em *Ifigénia em Áulide*, uma poderosa peça sobre cálculo político e compromissos morais, encenada pela primeira vez pouco depois da morte de Eurípides, em 406 a. C., numa trilogia com *As Bacantes* e a peça perdida *Alcméon de Corinto.* No que respeita especificamente ao sacrifício, recorri ao tom sombrio de Agamémnon de Ésquilo (227–57). Saliento que as raparigas, como Perséfone, que chamam os pais em momentos de necessidade nos mitos gregos, o fazem em vão muitas vezes.

A história de **Protesilau** é retirada da *Ilíada*, 2.695–710. Polidora é apontada como mulher dele na obra. Noutras fontes é Laodâmia. Pseudo-Apolodoro (Epit. 3.28) coloca-a a criar uma imagem do marido na sua dor quando recebe uma visita de um fantasma e, depois, se suicida. «O mais competente Protesilau»: há, nesta formulação, um aceno ao maravilhoso poema *Memorial*, de Alice Oswald, uma versão da *Ilíada*.

Há um manuscrito da *Ilíada* em que um escoliasta aponta a primeira linha de uma continuação da história do poema: «Por isso afadigaram-se com o funeral de Heitor. E veio uma Amazona, / uma filha de Ares de coração nobre, o assassino de homens.»

---

[6] «Alguns dizem que é um exército de cavalaria, outros de infantaria, / Outros dizem que é uma frota, aquilo que, sobre a negra terra, / É a coisa mais bela: / mas eu digo que é aquilo / Que se ama.» Tradução de Sofia Carvalho.

O escoliasta estava a referir-se ao poema do ciclo épico que se segue à *Ilíada*, o perdido *Etiópida*, que se ocupava das aventuras da Amazona **Pentesileia** e do etíope **Mémnon**, ambos mortos por Heitor. Proclo, na *Crestomacia*, dá-nos um resumo do enredo, e o assaz laborioso poema épico de Quinto de Esmirna, *Pós-Homéricas,* escrito talvez no final do século IV d. C., conta as suas histórias nos cantos 1 e 2. Quinto de Esmirna inclui um debate entre as mulheres troianas sobre se deveriam emular as Amazonas e recorrer às armas. Há uma belíssima ânfora do século VI a. C. no British Museum de Ezequias que mostra a morte de Pentesileia. Algumas versões da história têm Aquiles a apaixonar-se por Pentesileia quando ela morre. O leitor pode verificar que neste livro (em «Filomela») Hipólita foi morta por Héracles, e não por Pentesileia. A consistência não é o forte dos mitos gregos.

A história de **Titono** é contada no *Hino Homérico a Afrodite* (218ff). William Congreve traduz o final da história da seguinte forma: «Lock'd in a Room her useless Spouse she left, / Of Youth, of Vigour, and of Voice bereft.»[7] O ato de sacrifício de **Antíloco** é descrito na *Ode Pítia* (6.28–42), de Píndaro (e também em Quinto de Esmirna). A forma como levou a notícia da morte de Pátroclo a Heitor é contada no ponto de união dos cantos 17 e 18 da *Ilíada*.

Ésquilo, Sófocles e Eurípides escreveram cada um peças perdidas (lamentavelmente) sobre Mémnon. A *Psicostasia*, de Ésquilo, parece ter introduzido Zeus a **ponderar os destinos** de Mémnon e de Aquiles (como faz com os gregos e os troianos no canto 8 da *Ilíada*), para decidir qual deverá viver, enquanto **Eos** e **Tétis**, as respetivas mães deusas, apelavam ao rei dos deuses em nome dos respetivos filhos. Baseei o apelo de Tétis a Zeus nas palavras da deusa nos cantos 1 e 18 da *Ilíada*. No verso 1.424 diz-se (Tétis diz, aliás) que Zeus está a banquetear-se com os etíopes. Eu coloquei

[7] «Num quarto a esposa dormente deixou encerrada / da juventude, do vigor e da voz despojada.» Tradução nossa do inglês.

Aquiles a falar com Mémnon com um pouco do espírito com que ele se dirige ao jovem troiano na *Ilíada* 21.107ff. Há uma taça do início do século V, no Louvre, de Douris e Calíades, a representar Eos a levantar o corpo do filho, ao estilo pietà. O relato do funeral de Aquiles está no início do canto 24 da *Odisseia*.

A peça de Sófocles *Ájax* versa sobre a loucura, a raiva e o suicídio do guerreiro depois de as armas de Aquiles serem entregues a **Ulisses**. A história abriu a obra *Pequena Ilíada*, de Lesques de Mitilene, de acordo com a *Crestomacia*, de Proclo. Ovídio, no canto 13 das *Metamorfoses*, imagina as discussões entre os dois (incluindo a ideia de que só Ulisses é um crítico suficientemente capaz para compreender a arte do escudo). Há uma bela ânfora moldada e pintada por Ezequias nos Museus do Vaticano que mostra Ájax e Aquiles a jogar um jogo de tabuleiro. Os únicos combates de Ájax com Heitor são descritos nos cantos 7 e 14 da *Ilíada*, a batalha nos navios no canto 15. Um escoliasta de *Os Cavaleiros*, de Aristófanes, refere que foi Ájax quem carregou o corpo de Aquiles do campo, na *Pequena Ilíada*. O canto 10 da *Ilíada* contém a história de Diomedes e Ulisses a matar Dólon.

A peça *Filoctetes* de Sófocles (409 a. C.) versa sobre a viagem de Ulisses a Lemnos com o filho de Aquiles, Neoptólemo, para convencer o arqueiro em sofrimento a levar o arco de Héracles para Troia, um episódio que também aparece na *Pequena Ilíada*.

Helena lembra-se de se encontrar com Ulisses, disfarçado de pedinte, em Troia, no canto 4 da *Odisseia*; o **Paládio** é descrito por Pseudo-Apolodoro 3.12.3. No canto 3 da *Ilíada*, o troiano Antenor descreve a forma de falar de Ulisses como flocos de neve a cair numa tempestade de inverno. Eu tornei Helena um acessório ativo do roubo do Paládio.

Toda a narrativa do **cavalo de madeira** é cantada pelo poeta Demódoco no julgamento de Alcínoo e Arete no canto 8 da

Odisseia; a queda de Troia é a extraordinariamente vívida história do canto 2 da *Eneida* de Virgílio. O episódio de Helena a imitar as vozes das esposas dos gregos é contado por Menelau no canto 4 da *Odisseia*. «*Timeo Danaos et dona ferentes*» é um verso famoso de Virgílio — «Temo os gregos mesmo quando trazem presentes». Em Virgílio, a frase é pronunciada por uma personagem chamada Cápis. Contudo, aqui atribuí-a a **Cassandra** porque, no relato de Pseudo-Apolodoro, são ela e **Laocoonte** que defendem que não seja levado para a cidade. É nesta obra que a história da violação de Cassandra por Ájax, «o inferior», filho de Oileu, é descrita (não confudir com Ájax, «o superior», filho de Télamon).

Alguns académicos consideram que o momento, na *Eneida*, em que Eneias fixa os olhos nos de Helena está interpolado. De facto, ele vai deixar Troia e perder a mulher, **Creusa**, na confusão pelo caminho, mas sempre acompanhado do pai, Anquises, e do filho, Ascânio. Depois de muitas aventuras, vai chegar à Itália, combater numa guerra e fundar a dinastia que, mais tarde, estabelecerá Roma.

Os destinos de **Andrómaca**, **Cassandra**, **Hécuba** e **Helena**, que são, famosamente, as mulheres que choraram a morte de Heitor no final da *Ilíada*, são o tema da obra *As Troianas*, de Eurípides. Na peça, vemos Helena e Hécuba a discutirem o destino da primeira com Menelau. Também aproveitei algo do *Elogio de Helena* de Górgias, filósofo do século v a. C. nascido na Sicília, uma peça retórica que defende a inocência de Helena. Na sombria peça de Eurípides *Hécuba*, vemos **Políxena** a ser sacrificada; a própria Hécuba, prevê-se, irá transformar-se em cão. Como diz Anne Carson na introdução à sua tradução, «Não há outro lugar para onde ela possa ir a não ser para fora da espécie humana.»

Em Esparta, coloquei Helena a aparecer no salão onde Menelau está a receber **Telémaco** e **Pisístrato**, precisamente no momento em que o faz no canto 4 da *Odisseia* e que sigo muito de perto até ao final da secção. Quando descrevo os efeitos das drogas de Helena, sigo a tradução de Emily Wilson, que usa o pronome feminino, embora a maioria dos tradutores use habitualmente o masculino. Não se especifica no original que estamos a falar de uma experiência masculina; de facto, o contexto é algo mais sugestivo de uma experiência feminina.

SETE: CIRCE

No canto 10 da *Odisseia*, quando os homens de Ulisses encontram o caminho para a casa na floresta de Eeia, ouvem um canto. «It was Circe, / the goddess. She was weaving as she sang, / an intricate, enchanting piece of work, / the kind a goddess fashions.» (tradução de Emily Wilson.)[8] Circe a tecer as histórias das várias parentes femininas, sobretudo de Medeia, sua sobrinha, é invenção minha.

A história de **Medeia e Jasão** é inspirada em duas fontes principais: a *Argonáutica*, de Apolónio de Rodes (final do século III a. C.), e a *Medeia*, de Eurípides (431 a. C). Também adoro o relato de Píndaro da história, na quarta *Ode Pítia*, que é anterior a Apolónio e Eurípides.

A *Argonáutica* é uma espécie de prequela da peça de Eurípides e apresenta uma personagem muito diferente: não a mulher furiosa, vingativa e enganada da primeira tragédia, mas uma criatura inocente e virginal que emprega um poder mágico ao mesmo tempo sombrio e fantástico. Em geral, tornei-a mais calculista e menos ingénua do que Apolónio; e dei-lhe um motivo para o ressentimento relativamente ao pai e ao irmão.

---

[8] «e ouviram de dentro Circe a cantar com voz melodiosa, / enquanto se dedicava à trama imperecível da sua tecelagem, / subtil, graciosa e brilhante, como são as tapeçarias das deusas.» Homero, *Odisseia*, Frederico Lourenço e Quetzal Editores, 2018.

A história de **Hipsípile** e das **mulheres de Lemnos** é retirada da *Argonáutica*. A representação que Apolónio faz do poder feminino não é lisonjeira, e eu tornei as mulheres muito mais competentes do que ele, mas foi ele quem disse que elas consideram o trabalho dos lavradores e dos soldados mais fáceis do que as tarefas de Atena (ou seja, fiar e tecer). Atualizei a discussão entre Hipsípile e Polixo, cuja conclusão, em Apolónio, é a de que a cidade deveria ser oferecida aos Argonautas.

A história de **Hilas e Héracles** é contada na *Argonáutica*, mas também é tema do terceiro *Idílio* de Teócrito.

Foi Plutarco, ao escrever na viragem dos séculos I e II d. C., quem disse que Héracles tinha tantos amantes homens que seria impossível listá-los. Esta afirmação surge no seu diálogo filosófico sobre desejo, *Sobre o Amor*, onde também defendeu que as nações mais bélicas são as mais amorosas, e escreveu sobre o amor erótico de companheiros de armas.

Sigo Apolónio ao apresentar Jasão a contar a Medeia a história da prima dela, **Ariadne**. Na verdade, tornei a economia de Jasão com a verdade muito mais evidente do que o original. Mas esta é só uma versão da história. Por vezes, quando Teseu volta para o seu pai ateniense quando é um jovem adulto, Medeia já está instalada na cidade como mulher de Egeu e tenta matá-lo (é para Egeu e Atenas que Eurípides regista Medeia a fugir no final da sua peça, o que não pode ser feito na minha versão, porque Egeu já está morto). As datas das várias versões não condizem, uma vez que, para Eurípides, a história de Ariadne e Teseu deve ter acontecido depois, e não antes, da história de Medeia e Jasão.

No arrepiante episódio da morte de **Absirto**, sigo Apolónio ao colocar Medeia a planear a armadilha e Jasão a matar o meio-irmão. (Inventei a noção de que ela usa o exemplo de Ariadne para justificar as suas ações, mas os ecos entre as duas histórias são evidentes.) O arremesso de pedaços do corpo para a água é descrito, entre outros, em Pseudo-Apolodoro e no canto 3 de *Trístia*, de Ovídio. O pormenor sobre o tecido que Ariadne e Dioniso estendem é retirado de Apolónio. Roberto Calasso, em *As Núpcias de Cadmo e Harmonia*, escreve sobre as primas Medeia e Ariadne: «Nunca se conheceram. Mas tocaram-se por meio do tecido.»

A história de **Cila** e **Glauco** é contada no canto 13 das *Metamorfoses* de Ovídio. A descrição de Glauco é inspirada na *República*, 10.611d, de Platão. Sócrates usa a história para marcar um ponto filosófico: está a comparar as acreções que se agregam à alma de uma pessoa às conchas e algas que se colam a Glauco.

A descrição do palácio de **Arete** e **Alcínoo** é retirada do canto 8 da *Odisseia*, incluindo a descrição das escravas feácias como escravas especialmente dotadas na arte da tecelagem. O catálogo de Arete de raparigas maltratadas pelos pais é de Apolónio, embora ela não refira a própria filha: Nausícaa.

O exercício de rejuvenescimento de Medeia é descrito nas *Metamorfoses* de Ovídio; o mesmo acontece com a forma como se livra de **Pélias**. Fui buscar o catálogo das ervas de Medeia a «Medicinal Plants of Mt Pelion, Greece», de David Eric Brussell, *Economic Botany*, vol. 58, Supplement (Winter, 2004), pp. S174–S202.

Se há alguma coisa que se sabe sobre Medeia, tende a ser que ela mata os filhos. É o que acontece na *Medeia* de Eurípides, e foi esta grande peça que acabou por ser considerada o texto «definitivo» sobre ela. Mas nos fragmentos sobreviventes das muitas outras peças perdidas sobre Medeia, como aponta Matthew Wright no seu livro *The Lost Plays of Greek Tragedy* (vol. 2, Bloomsbury), vemos «uma extraordinária multiplicidade de Medeias. É impossível dizer qual destas versões, se é que há alguma, se considerava, na antiguidade, a que oferecia um retrato autoritário, mas parece-me que no mundo ancestral nunca ninguém criou, ou pretendeu criar, uma versão verdadeiramente definitiva da personagem da história.»

Nem sempre Medeia mata os filhos. Pode argumentar-se, de forma plausível, que Eurípides estava a criar um novo e arrojado enredo na sua versão da história. (Outro dramaturgo, Neofron, também a coloca a matar os filhos: temos fragmentos desta peça, mas não se sabe ao certo qual das duas saiu primeiro.) Em algumas versões, são os coríntios que matam as crianças. O estudioso Parmenisco, do século II a. C., por exemplo, sugere que eles o fizeram porque não estavam dispostos a ter Medeia como rainha; chegou até a dizer que os coríntios subornaram Eurípides para colocar Medeia a matá-los na sua peça (melhor para a reputação da cidade). Uma peça perdida de Carcinus, descrita por Aristóteles, parece ter tido Medeia a ser falsamente acusada de matar os filhos quando, na verdade, os mandou para longe por questões de segurança.

A **quadriga puxada por dragões** é o ponto final em clímax da *Medeia* de Eurípides e uma cena muito usada pelos pintores de cerâmica: ver, por exemplo, o *calyx-kratêr* (*c.* 400 a. C.) atribuído ao Pintor de Policoro, agora no Museu de Arte de Cleveland, no Ohio.

Voltemos a Eeia. No canto 10 da *Odisseia*, é o claramente desonesto Ulisses que narra o seu encontro com **Circe**. Na sua história (contado aos feácios), **Hermes** deu-lhe uma erva especial, moli, que o torna invulnerável a feitiços. Quando ele chega a casa dela, tenta atacá-la com a sua espada, mas Circe sugere-lhe que vão para a cama juntos. Ulisses recusa dormir com ela enquanto ela não libertar os homens, o que ela promete fazer imediatamente. Depois, ele recusa-se a comer até que os homens sejam libertados. A minha versão de Circe é um pouco menos desesperada, e o meu Ulisses apresenta-se ligeiramente menos ansioso por ver os porcos a voltarem à forma humana.

OITO: PENÉLOPE

O texto-chave no caso de Penélope é a *Odisseia*, no qual ela se apresenta como uma figura intrigante, sagaz e muitas vezes opaca, com a cabeça cheia de ideias de que nem sempre somos cúmplices. Em particular, é pouco evidente no texto quando é que ela reconhece exatamente no Ulisses disfarçado o seu marido há muito desaparecido. É, pelo menos, possível inferir que o reconhece — de alguma forma — antes da cena do reconhecimento oficial (digamos) no canto 23. A primeira parte do capítulo usa a chegada de Ulisses ao seu próprio palácio no canto 17 e seguintes como base; mas os acontecimentos desenrolam-se a partir da perspetiva de Penélope.

Quando **Ulisses** visita o Mundo Inferior no canto 11 da epopeia, Tirésias oferece-lhe a profecia (122ff) sobre a **joeira**. Em contraste, uma outra iteração do ciclo épico, a *Telegonia* perdida de Eugámon de Cirene, conta a história do filho de Circe e Ulisses, Telégono, que mata o pai sem saber com uma lança que tem uma barbela de uma raia na ponta. Telégono acaba com Penélope e Telémaco com Circe.

Na *Odisseia* 1.325, **Fémio** conta, de facto, a história do regresso dos gregos de Troia e o castigo que receberam de Atena. É um caso de autorreferenciação homérica, uma vez que a própria *Odisseia* é uma história do regresso de um grego a casa vindo de Troia. A canção não alegra Penélope, que lhe pede para parar, mas Telémaco intervém dizendo: «Go in and do your work. / Stick to the loom and distaff. Tell your slaves / to do their chores as well. It is for men / to talk, especially me. I am the master.» (tradução de Emily Wilson).([9])

---

[9] «Agora volta para os teus aposentos e presta atenção / aos teus lavores, ao tear e à roca; e ordena às tuas escravas / que façam os seus trabalhos. Pois a fala competirá aos homens / todos, a mim sobretudo: pois dele é o poder cá em casa». Homero, *Odisseia*. Frederico Lourenço e Quetzal Editores, 2018.

Posídon luta ao lado dos gregos no início do canto 15 da *Ilíada*, até ser desautorizado por Íris, enviada por Zeus.

Na *Odisseia* 18.270, Penélope recorda-se de Ulisses lhe dizer que ela deveria escolher outro marido quando Telémaco se fizer homem.

A história em que **Icário** segue Penélope e Ulisses é relatada por Pausânias em *Descrição da Grécia* (3.20.10–11). Os méritos e deméritos de Ítaca são provocadoramente apresentados por Atena na *Odisseia* (13.236–49).

Ellen Harlizius-Klück disse-me que, quando tece em espaços públicos do Museu de Moldes em Gesso, em Munique, os visitantes — surpreendentemente — não costumam escrutinar o que ela está a fazer. *I do, I undo, I redo* (Faço, desfaço e refaço) é o nome de uma série de esculturas em torre que a artista Louise Bourgeois (filha de restauradores de tapeçarias) fez para o Tate Modern, em Londres, em 2000.

O fantasma de **Anticleia** aparece na *Odisseia* 11.188ff. **Laertes** e o pequeno Ulisses no pomar vem de *Odisseia* 24.339–446. **Cavalos alados e deuses do vento voadores**: a inspiração tem origem no desenho mostrado no escifo, ou taça, no Museo Civico, Chiusi, na Toscânia, pelo pintor de Penélope (ver também a Introdução). Por outro lado, Euricleia lava os pés de Ulisses.

Na *Odisseia* 17.290ff, **Argos** reconhece o seu antigo dono e morre. É um dos episódios mais tocantes no poema e uma das «cenas de reconhecimento» cruciais, em que escravos fiéis, membros da família e este velho animal de estimação reconhecem Ulisses há muito ido. **Euricleia** reconhece Ulisses no verso 19.468.

A ideia de que Penélope faz a sua **segunda tapeçaria** depois de Ulisses voltar a partir é invenção minha. Por sua vez, a história de Clitemnestra e do regresso do marido, bem como a vingança que Orestes exerce sobre a mãe, por sua vez, é o tema da trilogia *Oresteia*, de Ésquilo, produzida pela primeira vez em 458 a. C. (Ésquilo muda a ação de Micenas para Argos.) Os dramas são inspirados num poema perdido do ciclo épico chamado *Nostoi* (*Regressos*), de Agias de Trezena, que versava sobre os regressos dos gregos depois da Guerra de Troia, sobretudo o de Agamémnon. A *Odisseia* é, claro, um regresso ou *nostos* (a palavra grega que nos dá a palavra «nostalgia», «dor do regresso», uma dor intensa pelo lar). O poema está impregnado de referências ao catastrófico regresso de Agamémnon, que contrasta fortemente com o mais bem-sucedido regresso de Ulisses a Ítaca.

O discurso de um **vigia** abre o *Agamémnon* de Ésquilo, a primeira peça de *Oresteia.* A trilogia estava cheia de imagens intrincadas relacionadas com redes e tecidos. O desenrolar das tapeçarias púrpuras, a batalha de palavras entre Agamémnon e Clitemnestra, e o pontapé que ele dá no precioso tecido são acontecimentos de uma das cenas mais emocionantes dos dramas gregos.

A parte seguinte de *Oresteia* é *Os Portadores da Libação*, a história do regresso de Orestes a Argos, o reencontro com **Electra** e o assassinato da mãe para vingar o pai. Este território também está coberto na peça *Electra* de Sófocles e na peça de Eurípides com o mesmo nome.

Há uma escultura romana gloriosa de **Pílades** e Orestes, do século I d. C., com os braços entrelaçados, conhecida como Grupo Santo Ildefonso, no Museu do Prado em Madrid.

As **Fúrias** reúnem-se no final de *Os Portadores de Libações* e formarão um coro na terceira peça de *Oresteia, As Euménides,* de Ésquilo, que se inicia em Delfos e, depois, muda para Atenas para o julgamento de Orestes pelo homicídio de Clitemnestra.

No caso do **Areópago** e do **julgamento de Orestes**, segui *As Euménides* de perto. Uma leitura fascinante foi a da cena do tribunal, de Johann Jakob Bachofen em *Das Mutterrecht* (*O Direito de Mãe*, 1861). O julgamento pode ser lido de forma convincente como uma derrota de uma velha ordem matriarcal (personificada pelas divindades ctónicas femininas, as Fúrias) em favor de uma ordem nova e patriarcal representada pelos jovens deuses Apolo e Atena.

Mentor. A nossa palavra mentor é derivada desta personagem. Atena disfarça-se de Mentor e leva Telémaco sob a sua alçada na *Odisseia* 3.398. Transforma-se em abutre no verso 3.372, em menina no 7.19, em mulher bonita no 13.288 e no 15.157, e em andorinha no 22.239.

O **ceticismo de Penélope** é invenção minha, embora seja verdade que ela, ao contrário do marido e do filho, nunca veja realmente Atena na *Odisseia*. Porém, as teorias e as especulações de Penélope não são inventadas: são retiradas das ideias dos filósofos pré-socráticos, um grupo discrepante de pensadores, muitos dos quais viviam na Jónia (o litoral ocidental da Turquia moderna) nos séculos VI e V a. C. Foram, muito provavelmente, influenciados pelo fluxo ocidental de aprendizagem matemática da Babilónia e do Próximo Oriente, e nos seus escritos — que sobrevivem apenas de forma fragmentada — vemos um certo ceticismo em relação ao papel dos deuses e tentativas de explicar os fenómenos por meios puramente naturais, em vez dos sobrenaturais. A observação sobre os deuses da Trácia e da Etiópia são retiradas de Xenófanes de Cólofon (*c.* 570–*c.* 480 a. C.); o mesmo acontece com a ideia sobre os deuses dos animais e a explicação do arco-íris. As teorias sobre os relâmpagos e a chuva vêm de Anaximandro, que viveu em Mileto, na Jónia, no século VI a. C., bem como a ideia de que o céu não está só acima de nós, mas também à nossa volta.

A imagem final das aranhas a ocuparem a casa vazia vem de Eikones, de Filóstrato, *o Velho*, 2.28.

AGRADECIMENTOS

Agradeço ao meu inimitável agente Peter Straus e aos seus colegas na Rogers, Coleridge and White.

Agradeço à melhor das editoras, Bea Hemming, que, sentada na esplanada do *pub* King Charles I em King's Cross, Londres, no início de agosto de 2017, disse, «Porque não fazes um livro sobre mitos gregos?» A toda a equipa da Jonathan Cape, incluindo Suzanne Dean, Neil Bradford, David Eldridge, Katherine Fry, Anna Redman Aylward e Ilona Jasiewicz. Agradeço a Dan Franklin.

Obrigada, Chris Ofili, por fazeres desenhos de tão rara beleza. É uma honra partilhar estas páginas contigo. Obrigada, Tamsin Wright e Kathy Stephenson.

Agradeço aos meus colegas do *The Guardian* que tornaram as minhas ausências possíveis e as toleraram: Katharine Viner, Jan Thompson, Pippa Prior, Randeep Ramesh, Jonathan Shainin, Clare Longrigg, David Wolf, Alex Needham, Charlotte Northedge, Liese Spencer e Carey Evans.

Obrigada, Mary Harlow, pela resposta às minhas perguntas sobre textos antigos, e por me deixar brincar com um fuso de suspensão e o tear vertical de baixo liço. Agradeço a Ellen Harlizius-Klück: passou uma manhã comigo, muito generosamente, a mostrar-me o trabalho que faz no Projeto Penélope em têxteis antigos, no âmbito do Instituto de Investigação para a História da Tecnologia e da Ciência do Deutsches Museum, em Munique. Obrigada, Frank J. Nisetich (e Pindar) pelo epígrafo.

Agradeço a duas instituições extraordinárias: a Academia Americana em Roma, onde fui muito bem recebida como professora convidada em 2018; e à Gladstone's Library em Flintshire, onde fui escritora residente durante o mês de fevereiro de 2020, e em que fui tão bem e tão calorosamente tratada por toda a gente. Tive a extraordinária sorte de poder concluir a minha residência antes de a pandemia de COVID-19 ter obrigado ao fecho temporário da biblioteca. Obrigada, Peter Francis, Louisa Yates, e toda a equipa.

Agradeço a duas queridas amigas por serem as minhas primeiras leitoras: Fiona Bradley e Sara Holloway.

Obrigada, James Davidson, Tim Whitmarsh e Paul Cartledge, por terem lido o manuscrito tão generosamente com olhos de especialistas. Salvaram-me de muitos erros, e os que restarem são meus.

Recebi muita ajuda, consciente e inconsciente, de amigos, classicistas e escritores (alguns eram as três coisas), entre os quais Richard Baker, Nick Barley, Andy Beckett, Francis Bickmore, Kate Bland, Emma Bridges, Xan Brooks, Aditya Chakrabortty, Agnes Crawford, Sarah Crown, Susanna Eastburn, David Fearn, Barbara Graziosi, Mark Haddon, Sophie Hay, Jon Hesk, Keith Miller, Camilla Norman, Charlotte Schepke, Ali Smith e Gary Younge.

Obrigada, Cynthia Smart, por ter sido a minha primeira professora de Grego e Latim. Agradeço aos classicistas falecidos Jasper Griffin, Oliver Lyne e Michael Comber, que me ensinaram Literatura Clássica quando eu era estudante. Tive a sorte de aprender com três mulheres quase deusas — Emma Christian, Antonia Potter e Emily Wilson —, bem como com Joshua St. Johnston, que foi uma inspiração nestes últimos trinta anos.

Obrigada ao meu amado pai, Peter Higgins, que me incutiu a ideia (aos 8 anos e devido a uma carta mal escrita de agradecimento, com referência a Evelyn Waugh) de que o trabalho de um escritor consiste em reformular.

Obrigada à minha amada mãe, Pamela Higgins, que morreu em novembro de 2018. Devo-lhe mais do que sou capaz de expressar.

Agradeço a Rob Higgins, pelo primeiro livro de mitos, e agradeço também a Pam Magee. Obrigada, Rupert Higgins e Dawn Lawrence, por me manterem alerta para o mundo natural. Obrigada aos sempre estimulantes Miriam, Isaac e Simeon Bird, e a Zora Bird, que chegou em 2019 e é uma deliciosa distração.

Agradeço ao meu maravilhoso sobrinho e às minhas maravilhosas sobrinhas — James e Emma Higgins, Tilda e Eleanor Lawrence — a quem este livro é dedicado com muito afeto e orgulho.

Obrigada, acima de tudo, Matthew Fox, por me ouvires com amor.

GLOSSÁRIO DE NOMES E LUGARES

Cada entrada é concluída com uma referência à página no texto principal em que a personagem ou a localização aparece pela primeira vez.

Absirto — filho de Eetes da Cólquida, irmão de Medeia, 260

Acrísio — rei de Argos, pai de Dánae, 166

Actéon — neto de Cadmo e Harmonia, filho de Autónoe e Aristeu, 96

Admeto — rei de Feres na Tessália, marido de Alceste, 122

Adraste — uma das escravas de Helena em Esparta, 221

Afrodite — deusa do desejo, 41

Agamémnon — rei de Argos (ou Micenas), líder das forças gregas na Guerra de Troia, irmão de Menelau, 215

Agave — filha de Cadmo e Harmonia, mãe de Penteu, 96

Agelau — um pretendente de Penélope, 299

Agenor — rei de Tiro, pai de Europa e Cadmo, 79

Ájax — (1) «o Ájax superior», filho de Télamon, de Salamina, guerreiro defensivo grego em Troia, 215; (2) «o Ájax inferior», filho de Oileu, também guerreiro grego em Troia, 241

Alceste — mulher de Admeto, filha de Pélias, 122

Alcínoo — rei dos feácios, 277

Alcíone — mulher de Céix e a primeira ave alcião, 186

Alcítoe — uma das filhas de Mínias, rei de Orcómeno na Beócia, 78

Alcmena — mãe de Héracles, 52

Amalteia — cabra que alimentou o bebé Zeus, 42

Amicleia — aldeia perto de Esparta, 191

Áulide — ponto de encontro na costa da Beócia para as forças gregas dirigidas a Troia, 228
Autónoe — filha mais velha de Cadmo e Harmonia, mãe de Actéon, 96
Bactriana — região da Ásia central (parte do Afeganistão e Paquistão modernos), 101
Báucis — velha hospitaleira, casada com Filémon, 187
Belerofonte — cavaleiro de Pégaso, matador de Quimera, 202
Benevolentes — Euménides; outro nome para as Fúrias, 317
Beócia — região do centro da Grécia, onde ficam Tebas e Orcómeno, 77
Bóreas — o vento norte, 71
Bósforo — estreito que liga o mar Negro ao mar de Mármara, 83
Cadmo — fundador fenício de Tebas, irmão de Europa, 78
Cálais — filho de Bóreas, o vento norte; um Argonauta, 203
Calcas — vidente nas tropas gregas na Guerra de Troia, 217
Calídice — filha de Metanira de Elêusis, 56
Cálidon — uma cidade em Etólia devastada pelo javali de Cálidon, 126
Calíope — Musa da poesia épica, 33
Caríbdis — uma criatura marinha perigosa na forma de remoinho, 276
Caronte — barqueiro que leva as almas para a outra margem do rio Estige, 142
Cassandra — filha profetiza de Príamo e Hécuba, 220
Cassiopeia — rainha de Etiópia, mãe de Andrómeda, 178
Castor — irmão de Pólux, meio-irmão de Helena, 126
Cécrope — primeiro rei de Atenas; meio-homem, meio-serpente, 153
Cefeu — rei de Etiópia, pai de Andrómeda, 178
Cefiso — um deus-rio de Beócia, pai de Narciso, 118
Céix — marido de Alcíone, filho de Fósforo, 186
Celeu — marido de Metanira, soberano de Elêusis, 57
Ceneia— uma ninfa que depois se transforma em Ceneu, um homem, 205
Centauros — seres meio-humanos, meio-cavalos, 155
Cérbero — guardião canino do Mundo Inferior, 124
Cerineia — uma cidade no norte do Peloponeso, 124
Ceto — um monstro do mar, 177

Dia — mulher de Ixíon, mãe de Pirítoo, 154

Díctis — irmão de Polidectes, marido de Dánae, 168

Diomedes — filho de Tideu, um dos guerreiros gregos em Troia, 124

Dioniso — deus do vinho e do teatro, 77

Dioscuri — Castor e Pólux, filhos de Leda e Tíndaro, Argonautas, 165

Dirce — uma nascente em Tebas, 86

Dodona — Oráculo de Zeus em Épiro, noroeste da Grécia, 255

Dólon — um espião troiano capturado e morto por Diomedes e Ulisses, 239

Dríades — ninfas associadas a árvores, 71

Ecália — uma cidade em Eubeia, 122

Eco — uma ninfa condenada a repetir as palavras dos outros, 118

Édipo — um rei de Tebas, filho e marido de Jocasta, 89

Eeia — ilha mítica do extremo ocidental habitada por Circe, 253

Eetes — filho de Hélio, rei dos Cólquidas, 87

Egeu — rei de Atenas, pai de Teseu, 263

Egina — filha de Asopo, raptada por Zeus; deu o nome à ilha no golfo Sarónico, 206

Egisto — primo de Agamémnon, amante de Clitemnestra, 305

Eia — capital de Cólquida, governada pelo rei Eetes, 259

Eioneu — pai de Dia, vítima de Ixíon, 154

Electra — (1) uma das Plêiades, filha de Atlas, 82; (2) filha de Agamémnon e Clitemnestra, 230

Ematíon — (1) rei de Samotrácia, filho de Electra, 81

Encélado — um Gigante, 52

Endimião — amante mortal de Selene, 67

Eneias — aliado troiano, filho de Anquises e Afrodite. Irá fundar a dinastia que um dia virá a estabelecer Roma, 195

Enésimo — um jovem caçador morto pelo javali de Cálidon, 126

Eneu — rei de Cálidon, pai de Meléagro, 126

Enómao — rei de Pisa em Elis, pai de Hipodâmia, 170

Éolo — senhor dos ventos, 304

Eos — deusa da aurora, 40

Epimeteu — irmão Titã de Prometeu, marido de Pandora, 46

Fásis — rio na Cólquida, 258
Fémio — poeta/cantor em Ítaca, 291
Festo — cidade no centro sul de Creta, 116
Fílace — um lugar na Tessália governado por Protesilau, 231
Filémon — velho hospitaleiro, casado com Báucis, 187
Filo — uma das escravas de Helena em Esparta, 221
Filoctetes — arqueiro grego na Guerra de Troia, 225
Filomela — filha de Pandíon, rei de Atenas, irmã de Procne, 115
Fineu — um rei de Trácia, 203
Flegetonte — o rio que corre com fogo no Mundo Inferior, 201
Foceia — cidade na Jónia, 151
Fócida — região do centro da Grécia, onde fica Delfos, 310
Frígia — uma região na Ásia Menor (na moderna Anatólia, Turquia), 156
Fúrias — espíritos femininos alados que perseguem assassinos, também conhecidas como as Euménides ou as Benevolentes, 205
Gaia — deusa da terra, mãe dos Titãs, 40
Ganimedes — príncipe dardânio, 144
Gigantes — filhos de Gaia, inimigos dos deuses do Olimpo, 51
Glauce — filha do rei Creonte de Corinto, 282
Górgonas — três irmãs, Esteno, Euríale e Medusa, com a capacidade de transformar seres vivos em pedra com o olhar, 171
Greias — três irmãs, Dino, Énio e Péfredo, com um único olho entre elas, 171
Grifos — criaturas aladas de Cítia, com cabeças de águias e corpos de leões, 83
Hades — deus Olímpico do Mundo Inferior (e o próprio Mundo Inferior), 41
Hamadríades — como as dríades, as ninfas das florestas, 71
Harmonia — filha de Afrodite, mulher de Cadmo de Tebas, 79
Harpias — «sequestradoras», mulheres aladas, 203
Hebe — deusa Olímpica da juventude, 44
Hécate — deusa da fertilidade e da feitiçaria, 53
Hecatonquiros — Gigantes Titãs, 40
Hécuba — mulher de Príamo de Troia, mãe de Heitor, Paris, Cassandra e outros, 185

deusa do mar chamada Leucótea, 96
Io — filha de Ínaco, a sacerdotisa de Hera, 82
Ióbates — um rei da Lícia, 202
Iolau — amante e ajudante de Héracles, 124
Iolco — cidade na Tessália, local de nascimento de Jasão, 254
Íon — filho de Apolo e Creusa de Atenas, 161
Íris — deusa-mensageira do arco-íris, 60
Isménia — filha de Édipo e Jocasta, 90
Istro — jusante do rio Danúbio, 273
Ítis — filho de Procne e Tereu, 144
Íton— território na Tessália governado por Protesilau, 231
Ixíon — aspirante a violador de Hera, 154
Jacinto — rapaz espartano amado por Apolo, 191
Jápeto — pai Titã de Prometeu e Epimeteu, 40
Jasão — líder dos Argonautas, 125
Jocasta — mulher de Laio, mãe-mulher de Édipo, 89
Jónia — região costeira do centro-oeste do Mediterrâneo, que seria a Turquia atual, 158
Lábdaco — um rei de Tebas, 96
Lácio — região do centro-sul de Itália, precursora da Lázio moderna, 198
Laertes — pai de Ulisses, 294
Laio — um rei de Tebas, 90
Laocoonte — um sacerdote troiano, 241
Lápitas — um povo de Tessália, 155
Láquesis — uma das Moiras, 33
Leda — mulher de Tíndaro, mãe dos Dioscuri, Clitemnestra e Helena, 165
Leodes — um pretendente de Penélope, 300
Letes — um rio do Mundo Inferior, 190
Leto — Titã, mãe de Apolo e de Ártemis, 45
Leucótea — deusa do mar, antes Ino, 100
Lícia — uma região na Ásia Menor, no que é agora o sul da Turquia, 158
Licomedes — rei de Esquiro, pai de Deidâmia, 237
Lídia — uma região da Ásia Menor, no que é agora o centro-oeste da Turquia, 122
Liríope — uma ninfa, mãe de Narciso, 118
Macáon — curandeiro filho de Asclépio, 240
Macedónia — uma região a norte de Tessália, 198

Líbia, a Etiópia, a Arábia e a Índia, 100

Nix — deusa Titã da noite, 272

Noto — o vento sul, 71

Oceânides — filhas de Tétis e Oceano, 51

Oceano — divindade Titã do canal de água doce que circunda o mundo, 40

Olímpicos — geração reinante de divindades, que inclui Zeus e Hera, 41

Olimpo — monte onde vivem os deuses, a sudoeste da Salónica moderna, 39

Ônfale — uma rainha da Lídia, 122

Orestes — filho de Clitemnestra e Agamémnon, 229

Orfeu — músico filho de Apolo e Calíope, 197

Orítia — filha de Erecteu de Atenas, 159

Pã — deus dos rebanhos e dos pastores, com pernas e chifres de cabra, 136

Palamedes — guerreiro grego em Troia, recrutador de Ulisses, 227

Palémon — deus do mar, antes um mortal chamado Melicertes, 100

Pandíon — um rei de Atenas, pai de Procne e Filomela, 115

Pandora — a primeira mulher, 50

Páris — príncipe troiano, marido de Helena, filho de Príamo e Hécuba, 185

Pasífae — filha de Hélio, mulher de Minos, mãe do Minotauro e de Ariadne, 222

Patara — cidade de Lícia sagrada para Apolo, 158

Pátroclo — amado de Aquiles, 210

Pégaso — um cavalo alado, filho de Posídon e Medusa, 177

Peito — personificação/deusa da persuasão, 81

Pela — cidade da antiga Macedónia, 198

Peleu — um dos Argonautas, rei de Ftia, marido de Tétis, pai de Aquiles, 126

Pélias — tio de Jasão, 254

Pélope — filho de Tântalo, irmão de Níobe, 155

Penélope — filha de Icário, mulher de Ulisses, mãe de Telémaco, 225

Peneu — o deus-rio de Tessália, pai de Dafne, 157

Pentesileia — Amazona filha de Ares, 231

Periclímeno — irmão de Nestor, 122

Perse — uma das Oceânides, mãe de Circe, Eetes, Pasífae, 253

Perséfone — filha de Deméter e Zeus, mulher de Hades, 53

Samotrácia — ilha no norte do Egeu entre Troia e Trácia, 81
Sátiros — criaturas itifálicas da floresta que se assemelham a humanos, mas têm caudas de cavalos e pernas de cabras, 144
Selene — deusa Titã da lua, 40
Sémele — filha de Cadmo e Harmonia, mãe mortal do deus Dioniso, 96
Semíramis — mulher e sucessora do rei Nino da Babilónia, conquistadora da Etiópia, 130
Sereias — criaturas meio-mulheres, meio-pássaros com belas vozes, 277
Sileno — um dos sátiros, 266
Sínon — soldado grego em Troia, 242
Sípilo — monte em Lídia; a rocha em que Níobe foi transformada, 155
Sírio — Alfa de Cão Maior, a mais brilhante no céu, a anunciar dias quentes de verão, 261
Sísifo — um mortal condenado a empurrar uma rocha por um monte acima no Mundo Inferior, 206
Tália — Musa da comédia, 33
Talo — um Gigante de bronze, guarda da ilha de Creta, 278
Taltíbio — um arauto no lado grego da Guerra de Troia, 228
Tanatos — deus/personificação da morte, 122
Tântalo — um lídio, ladrão da ambrósia e do néctar dos deuses, 155
Tártaro — região subterrânea do Hades/Érebo onde os Titãs estavam encarcerados, 41
Teano — sacerdotisa de Atena, 233
Tebas — (1) cidade na Beócia fundada por Cadmo, 77; (2) cidade em Tróade, terra natal de Andrómaca e Criseida, 185; (3) cidade no Egito famosa pela sua riqueza, 221
Tecmessa — uma mulher frígia, cativa de Ájax, 239
Telémaco — filho de Ulisses e Penélope, 227
Ténaro — promontório na ponta da península central do sul do Peloponeso (Mani moderna), 142
Tereu — rei da Trácia, marido de Procne, pai de Ítis, 115
Terpsícore — Musa da dança, 33
Teseu — filho de Egeu, 126
Tesprócia — região de Épiro na costa oeste da Grécia, 292
Tétis — deusa do mar, mãe de Aquiles, mulher de Peleu, 218
Tétis — deusa Titã do oceano, 40
Tifão — filho de Gaia e Tártaro com muitas cabeças, 52